MW01515849

DELIRIUM

LAUREN OLIVER

DELIRIUM

LIVRE 3

Traduit de l'anglais (États-Unis)
par Alice Delarbre

hachette

Aux résidents de Portland, dans le Maine, et de ses environs : je vous prie de me pardonner toutes les modifications que j'ai, pour les besoins de la fiction, fait subir à votre merveilleuse région.

Pour Michael, qui a fait tomber les murs.

Lena

J'ai recommencé à rêver de Portland.

Depuis la réapparition d'Alex, ressuscité d'entre les morts mais changé et difforme, tel le monstre de ces histoires d'horreur qu'on se racontait enfants, le passé a réussi à s'insinuer en moi. Il s'infiltre par les fissures dès que j'ai le dos tourné et s'accroche à moi de ses doigts avides.

Voilà contre quoi ils m'ont mise en garde pendant toutes ces années : le poids écrasant dans la poitrine, les fragments de cauchemar qui me poursuivent après le réveil. Dans ma tête, j'entends tante Carol me dire :

« Je t'avais prévenue... »

« On te l'avait dit », ajoute Rachel.

« Tu aurais dû rester. »

Cette dernière voix, c'est celle de Hana. Elle vient de loin et traverse plusieurs épaisseurs de mémoire, opaques, tendant une main immatérielle vers moi tandis que je sombre.

Une vingtaine d'entre nous sont arrivés du Nord, en provenance de New York : Raven, Tack, Julian et moi, mais aussi Dani, Gordo et Pike, plus une quinzaine d'autres, qui se contentent pour l'essentiel de suivre les instructions sans un mot.

Et Alex. Pas le mien pourtant : un étranger qui ne sourit jamais, rit encore moins et ouvre à peine la bouche.

Les autres, ceux qui s'étaient installés dans l'entrepôt à la sortie de White Plains, se sont dispersés vers le sud ou l'ouest. À l'heure qu'il est, le bâtiment a été entièrement abandonné. Il n'était plus sûr après le sauvetage de Julian. Julian Fineman représente un symbole, et pas n'importe lequel. Les zombies le traqueront. Ils voudront le pendre, en faire un exemple public et sanglant pour que les autres retiennent la leçon. C'est pourquoi nous devons redoubler de prudence.

Hunter, Bram, Lu et quelques autres membres de l'ancienne colonie de Rochester nous attendent au sud de Poughkeepsie. Il nous faut près de trois jours pour couvrir la distance – nous sommes contraints de contourner une demi-douzaine de villes officielles –, et, soudain, nous atteignons notre but : les bois cèdent brusquement le pas à une immense étendue de béton, parcourue d'un réseau d'épaisses fissures et de marques blanches fantomatiques, qui indiquaient autrefois des places de parking. Quelques voitures rouillées, privées de leurs pneus et de plusieurs pièces métalliques, témoignent encore de l'ancienne fonction de cet endroit. Perdues au milieu de ce vaste espace, et légèrement grotesques, elles évoquent des jouets délaissés par un enfant.

Le parking à l'abandon se répand telle une eau grise dans toutes les directions, avant de rencontrer enfin un barrage, structure monumentale d'acier et de verre : un vieux centre commercial. Un panneau strié de fientes blanches indique en belles anglaises : « Centre Commercial Empire State Plaza ».

Les retrouvailles sont joyeuses. Tack, Raven et moi nous élançons vers nos anciens compagnons. Bram et Hunter courent, eux aussi, et nous nous rencontrons à mi-chemin. Je me jette sur Hunter, ivre de rire, et il me soulève de terre. Tout le monde crie et parle en même temps.

Hunter me repose enfin, mais je garde un bras passé autour du sien, comme s'il risquait de disparaître. Je tends le second vers Bram, qui serre les mains de Tack, et nous nous retrouvons pressés les uns contre les autres, à sauter et hurler sous un soleil éclatant.

— Ça, alors ? Mais qui vois-je ?

Nous démêlons nos corps et apercevons Lu, qui vient dans notre direction d'un pas nonchalant, les sourcils arqués. Elle a laissé pousser ses cheveux et ils font deux rideaux sur ses épaules.

Pour la première fois depuis des jours, j'éprouve un bonheur complet. Les quelques mois que nous avons passés séparés ont transformé Hunter et Bram. Le second a, contre toute attente, pris du poids. De nouvelles rides ont fleuri au coin des yeux du premier, même si son sourire reste plus juvénile que jamais.

— Comment va Sarah ? leur demandé-je. Elle est ici ?

— Elle est restée dans le Maryland, me répond Hunter. La colonie accueille trente personnes, elle n'aura pas à migrer. La résistance essaie de faire passer le mot à sa sœur.

— Et Papy ? Les autres ?

J'ai autant de mal à respirer que si j'étais encore pressée contre eux.

Hunter échange un rapide regard avec Bram avant de m'expliquer en quelques mots :

— Papy n'a pas survécu. Nous l'avons enterré près de Baltimore.

Raven se détourne, crache sur le bitume. Bram s'empresse d'ajouter :

— Les autres vont bien.

Il effleure ma cicatrice triangulaire, identique à la marque du Protocole et qui a constitué mon rite d'initiation à la résistance. C'est lui qui me l'a faite.

— Elle a bien guéri, constate-t-il avant de m'adresser un clin d'œil.

Nous décidons de camper là, cette nuit. Il y a de l'eau potable à proximité de l'ancien centre commercial, et dans les décombres de vieilles maisons, ou bureaux, nous faisons quelques trouvailles intéressantes : conserves enfouies dans les gravats, outils rouillés, et même un fusil, toujours fixé à son support – deux pattes de chevreuil transformées en patères –, que Hunter déterre sous une montagne d'éclats de plâtre. De plus, Henley, l'une des femmes de notre groupe, petite et discrète, avec de longues boucles grises, a de la fièvre. Elle pourra se reposer cette nuit.

À la fin de la journée, une dispute éclate au sujet de la suite des événements.

— On pourrait se séparer, suggère Raven, qui remue les premières braises du feu de camp avec l'extrémité noircie d'un bâton.

— Plus on est nombreux, plus notre sécurité est garantie, contre Tack.

Il a retiré sa polaire et ne porte qu'un tee-shirt qui dévoile les muscles saillants de ses bras. Le temps se réchauffe peu à peu, et les bois reprennent vie. On sent que le printemps ne va pas tarder à s'éveiller, qu'il s'agite dans son sommeil et exhale déjà un souffle tiède.

Dans l'immédiat, pourtant, il fait froid, d'autant plus que nous restons immobiles ; le soleil est rasant, d'immenses ombres violettes engloutissent la Nature. Les nuits ont encore un parfum d'hiver.

— Lena ! aboie Raven.

Je sursaute, absorbée par le feu naissant, par les flammes qui s'enroulent autour des aiguilles de pin, des brindilles et des feuilles sèches.

— Va vérifier les tentes, tu veux ? Il fera bientôt noir.

Raven a fait le feu dans une rigole peu profonde qui devait, autrefois, être le lit d'un ruisseau et qui le protégera en partie du vent. Elle a tenu à ce que nous installions notre campement à distance du centre commercial et de ses recoins hantés. Il domine la cime des arbres, tout en torsades métalliques noires et yeux béants, tel un vaisseau spatial échoué.

À une dizaine de mètres, sur la berge, Julian participe au montage des tentes, dos à moi. Lui aussi ne porte qu'un tee-shirt. Trois petits jours dans la Nature ont suffi à le changer. Ses cheveux, emmêlés, retiennent une feuille, juste derrière son oreille gauche. Il semble amaigri, même s'il n'a pas eu vraiment le temps de perdre du poids. C'est un des effets de la vie au grand air, des vêtements trop grands qu'on lui a passés et de cette nature sauvage qui nous entoure et nous rappelle, en permanence, que notre survie ne tient qu'à un fil.

Il vérifie que la corde qu'il vient de fixer à un arbre est bien tendue. Nos tentes ne datent pas d'hier, elles ont été déchirées et réparées à de nombreuses reprises : elles ne tiennent pas debout toutes seules. Les arbres fournissent la structure nécessaire, mâts permettant de les hisser telles des voiles au vent.

Julian obtient l'approbation de Gordo, qui surveille de près ses gestes.

— Vous avez besoin d'un coup de main ?

Je me suis arrêtée à quelques pas. Ils se retournent tous les deux.

— Lena !

Le visage de Julian s'illumine, puis se referme aussitôt quand il comprend que je n'ai pas l'intention de m'approcher davantage. Je l'ai amené ici, avec moi, dans cet endroit inconnu, et je n'ai rien à lui offrir.

— C'est bon, répond Gordo. On a presque fini.

Il a des cheveux roux vif et, bien que n'étant pas plus vieux que Tack, une barbe qui lui tombe au milieu du torse. Julian se redresse puis s'essuie les paumes sur l'arrière de son jean. Il hésite avant de descendre dans la rigole. Il coince une mèche de cheveux derrière son oreille et s'approche.

— Il fait frisquet, tu devrais aller près du feu.

— Je vais bien, dis-je, en rentrant pourtant les mains dans les manches de mon coupe-vent.

Le froid vient de l'intérieur ; m'asseoir près du feu n'y changerait rien.

— Tu t'es bien débrouillé avec les tentes, ajouté-je.

— Merci. Je crois que j'ai pigé le truc.

Son sourire ne s'étend pas jusqu'à ses yeux.

Trois jours : trois jours de conversations tendues et de silences. Je sais qu'il se demande ce qui a changé, et si un retour en arrière est possible. Je sais que je lui fais du mal. Il s'interdit de poser certaines questions, de dire certaines choses.

Il me laisse du temps. Il se montre patient, compréhensif.

— Tu es jolie dans cette lumière, déclare-t-il.

— Tu dois être en train de devenir aveugle.

Je l'entendais comme une plaisanterie, mais ma voix a pris des inflexions sévères. Se renfrognant, Julian secoue la tête et détourne le regard. La feuille, d'un jaune éclatant, est toujours emmêlée dans ses cheveux. Je brûle d'envie de l'ôter, d'enrouler ses boucles autour de mes doigts et de rire avec lui de la situation. « Voilà à quoi ressemble la Nature, lui dirais-je. Tu avais imaginé une chose pareille ? » Il entrelacerait ses doigts avec les miens, et il les presserait. « Qu'est-ce que je deviendrais sans toi ? » répondrait-il.

Je ne trouve pas l'énergie de bouger, pourtant.

— Tu as une feuille dans les cheveux.

— Une quoi ?

Il a l'air aussi surpris que si je l'avais tiré d'un rêve.

— Une feuille. Derrière ton oreille.

Il passe une main impatiente dans sa chevelure.

— Lena, je…

Pan !

Le bruit d'une détonation nous fait tous deux sursauter. Plusieurs oiseaux prennent leur envol, obscurcissant tout à coup le ciel, avant de se disperser et de recouvrer leur forme individuelle.

— Mince ! s'écrie quelqu'un.

Dani et Alex émergent du bosquet d'arbres derrière les tentes. Armés, chacun, d'un fusil. Gordo se redresse.

— Un chevreuil ? demande-t-il.

Le jour s'est presque couché, et les cheveux d'Alex paraissent noirs.

— Trop gros pour un chevreuil, répond Dani, une grande femme large d'épaules, avec un immense front plat et des yeux en forme d'amande.

Elle me rappelle Miyako, qui a trouvé la mort avant que nous ne prenions la route du Sud, l'hiver dernier. On a brûlé son cadavre par une journée glaciale, juste avant les premières neiges.

— Un ours ? reprend Gordo.

— Bien possible, lâche Dani, sans s'étendre.

Elle est plus sèche que Miyako : elle a laissé la Nature la sculpter, la façonner en cette structure d'acier.

— Vous l'avez touché ? veux-je savoir, impatiente, même si je connais déjà la réponse.

J'espère un regard d'Alex, une parole.

— Sans doute rien de plus qu'une petite égratignure, répond Dani. Difficile à dire... Pas assez pour le mettre hors d'atteinte, en tout cas.

S'emmurant dans le silence, Alex ignore jusqu'à ma présence. Il poursuit sa route, longe les tentes, puis passe devant Julian et moi, nous frôlant de si près que j'ai l'impression de pouvoir sentir son odeur, ce parfum d'herbe et de bois chauffé par le soleil. Un parfum venu de Portland, qui me donne envie d'enfouir le visage dans son torse.

Il descend dans la rigole au moment où la voix de Raven nous parvient :

— Le dîner est prêt. Si vous voulez manger, c'est tout de suite !

— Allez, m'encourage Julian en m'effleurant le coude du bout des doigts.

Compréhensif et patient.

Mes pieds me portent vers le feu, où s'élèvent désormais de grandes flammes brûlantes, où la fumée efface le garçon qui se tient à proximité, le transforme en revenant. Voilà ce qu'est Alex dorénavant : l'ombre d'un garçon, une illusion.

En trois jours, il ne m'a pas adressé un seul mot ni un seul regard.

Hana

Vous voulez connaître mon secret le plus inavouable ? Au catéchisme, je trichais pendant les interros. Je n'ai jamais accroché avec *Le Livre des Trois S*, même enfant. La seule section qui m'ait un tant soit peu intéressée était celle intitulée *Légendes et Doléances*, qui regorgeait de contes folkloriques sur le monde préprotocolaire. L'histoire de Salomon était mon récit préféré.

Il était une fois, à l'époque de la maladie, deux femmes et un bébé qui se présentèrent devant le roi. Chacune des femmes affirmait être sa mère et refusait de le céder à l'autre. Chacune plaida sa cause avec passion, menaçant de mourir de chagrin si la garde de l'enfant ne lui était pas entièrement confiée.

Le roi, qui répondait au nom de Salomon, écouta leurs deux discours, puis annonça qu'il avait une solution équitable.

— Nous couperons le bébé en deux, déclara-t-il, ainsi vous en aurez chacune une moitié.

Les femmes se rendirent à la sagesse de son jugement et l'on convoqua donc le bourreau, qui de sa hache partagea le nourrisson en deux parts bien nettes.

L'enfant ne poussa pas le moindre cri, et les mères restèrent impassibles. Pendant les mille années qui suivirent, il y eut, sur le sol du palais, une tache de sang qu'aucune substance connue ne parvint à effacer ni à diluer...

Je ne devais pas avoir plus de huit ou neuf ans lorsque j'ai lu ce passage pour la première fois, mais il m'a laissé une forte impression. Plusieurs jours durant, je n'ai pas réussi à chasser l'image de ce pauvre bébé de ma tête. Je le voyais ouvert en deux sur le carrelage, tel un papillon épinglé sur un support puis placé sous verre.

C'est ce qui est si formidable avec cette histoire. La réalité de ce qu'elle raconte. Même si les faits ne se sont pas vraiment produits – des débats sur la véracité historique de *Légendes et Doléances* ont cours –, ils dépeignent le monde avec fidélité. Je me souviens d'avoir eu l'impression d'être comme ce bébé : tiraillée par mes sentiments, divisée en deux, écartelée entre loyauté et désir.

Tel est le monde malade.

Tel était le monde pour moi, avant ma guérison.

Dans vingt et un jours exactement, je serai mariée.

Ma mère semble prête à verser des larmes, et j'espère presque que ce sera le cas. Je l'ai vue pleurer deux fois dans ma vie : la première quand elle s'est cassé la cheville, et la seconde, l'an dernier, quand des contestataires ont enjambé la grille pour piétiner notre pelouse et mettre sa belle voiture en pièces.

Finalement, elle se contente de dire :

— Tu es ravissante, Hana.

Puis :

— Ça bâille juste un peu à la taille.

Mme Killegan – « appelez-moi Anne », a-t-elle minaudé, lors du premier essayage – tourne autour de moi sans un bruit et plante des épingles dans le tissu pour ajuster la robe. Grande, elle a les cheveux blond pâle et un air pincé, qui donne l'impression qu'elle a, par accident, avalé une kyrielle d'épingles et d'aiguilles à coudre au cours des années.

— Tu es sûre pour les mancherons ?

— Sûre et certaine.

Au même instant, ma mère répond :

— Ça risque de faire trop jeune, vous trouvez ?

Mme Killegan – Anne – agite sa longue main osseuse d'un mouvement expressif.

— Toute la ville aura les yeux braqués sur ce mariage, explique-t-elle.

— Tout le pays, rectifie ma mère.

— J'aime les manches courtes.

Je me retiens d'ajouter : « et c'est mon mariage ». D'autant que ça n'est plus la vérité, plus depuis les Incidents de janvier et la mort du maire Hargrove. Mes noces appartiennent au peuple désormais. Tout le monde me le répète depuis des semaines. Hier, nous avons reçu un appel du Service national des Informations, qui voulait savoir si ses journalistes pouvaient récupérer des images ou s'il devait envoyer sa propre équipe de tournage afin d'immortaliser la cérémonie.

Aujourd'hui plus que jamais, notre pays a besoin de ce symbole.

Le miroir à trois pans décline l'expression renfrognée de ma mère selon autant d'angles différents.

— Mme Killegan a raison, dit-elle en m'effleurant le bras. Voyons voir ce que ça donnerait avec des manches trois quarts, d'accord ?

Je n'ai pas la bêtise de m'y opposer. Trois reflets hochent simultanément la tête ; trois filles identiques avec trois tresses blondes et trois robes blanches qui balaient le sol. Déjà, j'ai du mal à me reconnaître.

Je suis transfigurée par la robe et par les lumières éclatantes du salon d'essayage. Toute ma vie, j'ai été Hana Tate. Et la fille dans le miroir n'est pas Hana Tate, mais Hana Hargrove, future épouse du futur maire et symbole des valeurs positives du monde guéri. Un modèle à suivre pour tout un chacun.

— Je vais aller voir ce que j'ai derrière, annonce Mme Killegan. Ça te fournira un point de comparaison.

Elle semble flotter sur la moquette grise usée quand elle disparaît dans la réserve. À travers la porte ouverte, j'aperçois des robes, par dizaines, encapsulées dans du plastique, mollement suspendues à des portants.

Ma mère soupire. Nous sommes ici depuis deux heures déjà, et je commence à me faire l'impression d'un épouvantail : on me rembourre, on me tâte et on me reprise. Elle s'assied sur un tabouret décoloré à côté des miroirs, son sac à main sur les genoux pour lui éviter tout contact avec la moquette.

Si la boutique de Mme Killegan a toujours proposé les plus belles robes de mariée de Portland, elle souffre elle aussi des conséquences persistantes des Incidents, et des mesures de répression mises en œuvre par le gouvernement. L'argent manque à presque tout le monde, et ça se voit. L'ampoule d'un des plafonniers est cassée, et l'odeur de renfermé de la pièce laisse penser qu'on n'y a pas fait le ménage depuis longtemps. Le papier peint d'un mur gondole par endroits et, plus tôt, j'ai remarqué une grosse tache marron sur le tissu rayé d'un sofa. Surprenant mon regard, la couturière a, l'air de rien, jeté un châle dessus.

— Tu es vraiment ravissante, Hana, observe ma mère.

— Merci.

Je le sais. Ça peut paraître prétentieux, seulement c'est la vérité.

Voilà un autre changement apporté par le remède. Avant, même si les gens me répétaient sans arrêt que j'étais jolie, je n'en étais pas convaincue. Depuis l'opération, un mur s'est érigé en moi. À présent, je constate que ma beauté est, en effet, indiscutable.

Et ça m'est aussi devenu égal.

— Regardez ce que j'ai déniché, annonce Mme Killegan, qui ressort de la réserve les bras chargés de robes sous leurs housses de plastique.

Je ravale un soupir, mais pas assez vite.

— Ne t'inquiète pas, ma chérie, dit-elle avant de me prendre par le bras. Nous te trouverons la robe parfaite. C'est la seule chose qui compte, non ?

Je me compose un visage souriant et la jolie fille dans le miroir m'imite.

— Bien sûr.

Une robe parfaite. Un mariage parfait. Un bonheur parfait.

La perfection est une promesse, l'assurance de ne pas faire fausse route.

La boutique de Mme Killegan est située dans le quartier du vieux port, et lorsque nous débouchons sur le trottoir je respire les odeurs familières d'algues séchées et de bois ancien. C'est une belle journée, même si un vent frais souffle en provenance de la baie. Seuls quelques bateaux s'agitent sur l'eau, principalement des embarcations destinées à la pêche ou au forage. À cette distance, les piliers en bois éclaboussés de fientes de mouette ressemblent à des roseaux poussant dans l'eau.

La rue est vide à l'exception de deux Régulateurs et de Tony, notre garde du corps. Mes parents ont décidé de recourir aux services d'une société de sécurité après les Incidents, qui ont causé la mort du père de Fred Hargrove, le maire, et qui ont précipité mon départ de l'université pour que mon mariage puisse avoir lieu le plus tôt possible.

Tony nous accompagne partout dorénavant. Lors de ses congés, il est remplacé par son frère, Rick. Il m'a fallu un mois pour apprendre à les différencier. Ils ont tous deux un cou épais et court, ainsi qu'un crâne lisse et luisant. Aucun d'eux n'est très bavard, et ils n'ont jamais rien d'intéressant à dire.

C'était l'une de mes plus grandes craintes, que le Protocole me coupe d'une partie de mes facultés, qu'il entrave mon cerveau. Le contraire s'est produit : j'ai les idées plus claires aujourd'hui. D'une certaine façon, mes sensations le sont aussi. J'étais souvent en proie à la fièvre, envahie par la panique, l'angoisse et des désirs contradictoires. Il y avait des nuits où je fermais à peine l'œil, des jours où mes entrailles me donnaient le sentiment de remonter dans ma gorge.

J'étais contaminée. Le mal a disparu.

Tony est adossé à la voiture. Est-il resté dans cette position pendant les trois heures où la couturière nous a gardées ? Il se redresse à notre approche et ouvre la portière, avant de s'effacer devant ma mère.

— Merci, Tony. Un problème à signaler ?

— Non, m'dame.

— Bien.

Elle s'installe sur la banquette arrière et je prends place à côté d'elle. Nous ne possédons ce véhicule que depuis deux mois – en remplacement de celui qui a été vandalisé – et, quelques jours après son acquisition, ma mère a découvert, en sortant de l'épicerie, que quelqu'un avait gravé le mot « PORCS » au moyen d'une clé, sur la carosserie. Pour tout dire, je crois que ma mère a surtout embauché Tony pour protéger sa nouvelle auto.

Lorsqu'il referme la portière, le paysage derrière les vitres teintées se couvre d'un voile bleu foncé. Il règle la radio sur IN, la station des informations nationales. Les voix des présentateurs sont familières et rassurantes.

Je bascule la tête en arrière et regarde le monde s'animer. J'ai toujours vécu à Portland, j'ai des souvenirs associés à presque toutes les rues, à presque tous les carrefours. La ville me paraît distante désormais, déformée par le filtre du passé. Dans une autre vie, je m'asseyais à ces tables de pique-nique avec Lena, et nous attirions des mouettes avec des miettes de pain. Nous parlions de nous envoler. De nous échapper. Des histoires d'enfants, pour faire semblant, comme croire aux licornes et à la magie.

Je n'aurais jamais imaginé qu'elle passerait à l'acte.

Mon ventre se serre. Je réalise que je n'ai rien avalé depuis le petit déjeuner ; je dois avoir faim.

— Cette semaine est bien remplie, souligne ma mère.

— Oui.

— Tu n'as pas oublié que le *Post* veut t'interviewer cet après-midi ?

— Je n'ai pas oublié.

— Il ne nous reste qu'à te trouver une robe pour la cérémonie d'investiture de Fred, et nous serons parées. À moins que tu ne te sois décidée pour la jaune que nous avons vue à Lava, la semaine dernière.

— Je ne suis pas sûre, encore.

— Comment ça, tu n'es pas sûre ? La cérémonie a lieu dans cinq jours, Hana. Tu attireras tous les regards.

— Je porterai la jaune, dans ce cas.

— Bien entendu, je n'ai pas la moindre idée de ce que, moi, je vais mettre...

Nous avons traversé les quartiers ouest de la ville, où nous habitions autrefois. Historiquement, ils ont abrité les personnalités les plus importantes du monde religieux et médical : prêtres de l'Église du Nouvel Ordre, hauts fonctionnaires, médecins et chercheurs employés dans les laboratoires. Ce qui explique évidemment pourquoi cette zone a été la cible privilégiée des émeutes consécutives aux Incidents. Émeutes rapidement étouffées. Certains continuent à débattre sur leur nature : s'agissait-il d'un véritable mouvement révolutionnaire ou de la simple manifestation de la colère et des passions que nous nous efforçons d'éradiquer ? Malgré tout, de nombreuses familles sont parvenues à la conclusion que ces quartiers étaient trop proches du centre-ville et d'autres plus sensibles, où se terrent nombre de Sympathisants et de résistants. Et beaucoup ont, à notre image, quitté la péninsule aujourd'hui.

— N'oublie pas, Hana, nous devons voir le traiteur, lundi.

— Je sais, je sais.

Nous empruntons Danforth jusqu'à Vaughan, notre ancienne rue. Je me penche légèrement en avant pour tenter d'apercevoir notre maison, mais les haies des Anderson la dissimulent presque entièrement et je ne discerne qu'un des pignons verts du toit.

Notre vieille maison, comme celle des Anderson, à côté, ou celle des Richard, en face, est vide et le restera sans doute. Il n'y a pas un seul panneau « à vendre » sur les pelouses. Personne n'a les moyens de les acheter. Selon Fred, le gel économique persistera encore quelques années, le temps que la situation se stabilise. Dans l'immédiat, le gouvernement doit reprendre le contrôle. Rappeler aux gens quelle est leur place.

Je me demande si les souris se sont déjà frayé un chemin jusqu'à mon ancienne chambre, laissant des crottes sur le parquet verni, si les araignées ont commencé à tisser leurs toiles dans les coins. Bientôt, cet endroit ressemblera au 37 Brooks Street, bâtisse désolée, quasi rongée par le temps, s'effondrant progressivement sous l'assaut des termites.

Nouveau changement : je peux penser au 37 Brooks Street, à Lena et à Alex sans qu'une boule se forme dans ma gorge.

— Et je parie que tu n'as même pas regardé la liste d'invités que j'ai déposée dans ta chambre.

— Je n'ai pas eu le temps, réponds-je d'un air absent, les yeux rivés sur le paysage qui défile derrière ma vitre.

Nous nous engageons dans Congress, et le décor change rapidement. Bientôt, nous dépassons une des deux stations-service, protégée par des Régulateurs, armes pointées vers le ciel, puis des magasins qui ne vendent que des objets à un dollar, une laverie automatique à l'auvent orange décoloré et enfin une épicerie minable.

Soudain, ma mère se penche vers Tony, une main en appui sur le dossier de son siège.

— Montez le volume, ordonne-t-elle.

Il tourne un bouton et la voix du présentateur résonne dans l'habitacle :

« Suite aux récents incidents de Waterbury, dans le Connecticut... »

— Mon Dieu, souffle ma mère, pas encore !

« ... tous les citoyens, et en particulier ceux des quartiers sud-est ont été fortement encouragés à investir des logements temporaires dans la ville voisine de Bethlehem. Bill Ardury, le chef des forces spéciales, a tenu à rassurer les citoyens inquiets. "La situation est sous contrôle, a-t-il déclaré lors de son allocution publique de sept minutes. L'armée travaille en collaboration avec la police municipale pour contenir la maladie. Dès que le périmètre sera sécurisé, elles le nettoieront et l'assainiront. Il n'y a donc aucune raison de redouter une épidémie..." »

— Ça suffit, décrète soudain ma mère en se calant sur la banquette. Je ne veux plus les entendre.

Tony joue avec le bouton de la radio. Sur la plupart des stations, il n'y a que des parasites. Ça a fait la une le mois dernier : le gouvernement a découvert que les Invalides pirataient plusieurs fréquences pour leurs communications. Nous sommes parvenus à intercepter et à décoder plusieurs messages cruciaux, qui ont permis un coup de filet à Chicago et l'arrestation de plusieurs figures-clés de la résistance. Notamment l'homme qui a provoqué l'explosion à Washington, l'automne dernier, faisant vingt-sept morts, dont une mère et son enfant.

L'exécution de ces Invalides a été une source de joie. Certains se sont plaints que l'injection létale était une méthode trop humaine pour des terroristes ; pour ma part, j'ai trouvé, au contraire, que le message envoyé était fort : nous ne sommes pas les méchants. Nous sommes raisonnables et compatissants. Nous représentons la justice, l'équilibre et l'organisation. De l'autre côté, les Vulnérables sèment le chaos.

— C'est vraiment révoltant, observe ma mère. Si nous les avions bombardés au tout début des troubles... Attention, Tony !

Il pile. Les pneus crissent. Projetée en avant, je manque de justesse de m'ouvrir le front sur l'appuie-tête devant moi avant d'être plaquée en arrière par ma ceinture de sécurité. Un bruit mat sonne à mes oreilles. Une odeur de caoutchouc brûlé envahit l'atmosphère.

— Nom de Dieu, grommelle ma mère, qu'est-ce que…

— Je suis désolé, m'dame, je ne l'avais pas vue. Elle a surgi de nulle part…

Une fille se tient devant la voiture, les mains posées sur le capot. Ses cheveux encadrent son petit visage étroit et la terreur éclaire ses immenses yeux. Elle me rappelle quelqu'un.

Tony baisse sa vitre : les effluves des bennes – il y en a plusieurs, en enfilade – pénètrent dans l'habitacle, un parfum suave de pourriture. Ma mère tousse et se couvre le nez.

— Ça va ? crie Tony en passant la tête dehors.

La fille ne répond pas. Elle halète. Son regard glisse de Tony à ma mère, puis à moi. Une onde de choc me parcourt.

Jenny. L'aînée des cousines de Lena. Je ne l'ai pas revue depuis l'été dernier et elle s'est considérablement amincie. Elle paraît plus vieille, aussi. Mais il n'y a pas d'erreur, c'est bien elle. Je reconnais la dilatation de ses narines, son menton fier et pointu, et ses yeux.

Elle me reconnaît également. Sans me laisser le temps d'ouvrir la bouche, elle retire soudain ses mains du capot et traverse la rue comme une flèche. Elle porte un vieux sac à dos taché d'encre que Lena avait acheté d'occasion. L'une de ses poches est barrée de deux noms écrits au feutre noir : celui de Lena et le mien. Nous avions tracé les grosses lettres en forme de bulles pour tuer l'ennui pendant un cours, l'année de cinquième. Le jour précis où nous avons inventé notre petit code, notre formule d'encouragement, que nous criions ensuite en chœur à chaque compétition de cross. *Halena*. La combinaison de nos deux prénoms.

— Pour l'amour du ciel. Cette fille a pourtant l'âge de savoir qu'on ne se jette par sous les roues d'une voiture ! Un peu plus, et je faisais une crise cardiaque.

— Je la connais, dis-je sans réfléchir, incapable de chasser l'image des immenses prunelles sombres de Jenny et de son visage d'une pâleur fantomatique.

— Comment ça, tu la connais ? s'exclame ma mère en se tournant vers moi.

Je ferme les paupières et tente de penser à des choses apaisantes. La baie. Des mouettes décrivant des cercles dans le ciel bleu. Des flots de tissu blanc immaculé. Les yeux noirs reviennent sans arrêt au premier plan toutefois, les angles acérés de ses joues et de son menton.

— Elle s'appelle Jenny. C'est la cousine de Lena...

— Surveille ton langage !

Je réalise, trop tard, que j'aurais dû tenir ma langue. Chez moi, on considère le prénom de Lena avec plus de sévérité qu'un juron.

Pendant des années, ma mère a été fière de notre amitié. Elle y voyait une illustration de son esprit de tolérance. « Nous refusons d'avoir des préjugés envers cette fille à cause de sa famille, répondait-elle à ses invités, quand ils mettaient le sujet sur le tapis. La maladie n'a rien de génétique, c'est une conception dépassée. »

Elle l'a presque pris comme une insulte personnelle lorsque Lena a contracté le mal et réussi à s'échapper avant son opération – à croire que l'objectif de celle-ci était précisément de la ridiculiser.

« Toutes ces années, nous l'avons accueillie chez nous, répétait sans raison ma mère, dans les jours qui ont suivi la fuite de Lena. Et nous connaissions les risques. On nous avait mis en garde... Nous aurions dû écouter les autres. »

— Elle a perdu beaucoup de poids, observé-je.

— À la maison, Tony.

Ma mère se laisse aller contre l'appuie-tête, les yeux clos. La conversation est terminée.

Lena

Un cauchemar me réveille au milieu de la nuit. Grace était emprisonnée sous le parquet de notre ancienne chambre à coucher, chez tante Carol. Des cris montaient du rez-de-chaussée : un incendie. La fumée envahissait la pièce. Je tentais de libérer Grace, mais sa main, glissante, m'échappait constamment. J'avais les yeux qui brûlaient, la fumée m'étouffait et je savais que si je ne partais pas j'allais mourir. Elle, elle pleurait et me hurlait de la sauver…

Me redressant en sursaut, je me répète le mantra de Raven : le passé est mort, il n'existe plus. Ça ne m'est d'aucune utilité. Impossible de me défaire de cette sensation, celle de la minuscule menotte de Grace, moite de transpiration, que je ne parviens pas à retenir dans ma main.

La tente peine à nous contenir, toutes. Dani est pressée contre moi, et trois femmes sont entassées de l'autre côté.

Julian a sa propre tente, pour le moment. Un petit égard du groupe, pour lui laisser le temps de s'adapter – j'ai eu droit au même traitement, lors de mon arrivée dans la Nature. Il faut s'habituer à la promiscuité, au contact permanent d'autres corps. Il n'y a de place ni pour l'intimité ni pour la pudeur.

J'aurais pu rejoindre Julian. Je sais qu'il s'y attendait, après ce que nous avions vécu dans les souterrains : l'enlèvement, le baiser... Je l'ai conduit ici, après tout. Je suis allée le chercher, je l'ai attiré dans cette nouvelle vie, une vie de liberté et de sentiments. Rien ne m'empêche de dormir à côté de lui. Les Invulnérables, les zombies, diraient que nous sommes déjà infectés. Nous nous vautrons dans le vice comme des cochons dans la boue.

Qui sait ? Peut-être qu'ils ont raison. Peut-être que nous sommes rendus fous par nos émotions. Peut-être que l'amour est une maladie et que nous serions mieux sans elle.

Nous avons choisi une autre route, pourtant. En fin de compte, c'est pour cette raison précise que nous avons refusé le remède : la liberté de choix. La liberté de suivre la mauvaise voie.

Je ne retrouverai pas le sommeil tout de suite. J'ai besoin d'air. M'extrayant de l'enchevêtrement de sacs de couchage et de couvertures, je cherche à tâtons l'ouverture de la tente. J'en sors à plat ventre, le plus discrètement possible. Derrière moi, Dani donne des coups de pied dans son sommeil, tout en grommelant des paroles incompréhensibles.

La nuit est fraîche. Le ciel, clair et sans nuages. La lune, qui paraît plus proche que d'habitude, peint le paysage d'un voile argenté, telle une fine couche de neige. Je me repais du silence et de la paix quelques instants : le sommet des tentes effleuré par le clair de lune, les branches basses qui bourgeonnent à peine, le hululement d'une chouette au loin.

Sous une de ces tentes se trouve Julian.

Et sous une autre, Alex.

Je m'éloigne et descends dans la rigole, puis dépasse les restes du feu de camp, qui ne consiste plus qu'en quelques morceaux de bois carbonisés et tas de cendres. L'atmosphère conserve un vague parfum de métal chauffé et de haricots.

Je ne sais pas très bien où je vais, et s'éloigner du camp est stupide – Raven me l'a déjà répété un million de fois. La nuit, la Nature devient le royaume des animaux, et on peut facilement se retrouver cerné, ou se perdre parmi les broussailles et le dédale d'arbres. Seulement j'ai la bougeotte, et la nuit est si lumineuse que je me repère sans difficulté.

Le lit asséché est tapissé de pierres, de feuilles et, plus rarement, d'un souvenir de la vie passée : canette cabossée, sac en plastique, chaussure d'enfant. Je marche en direction du sud sur plusieurs dizaines de mètres, avant d'être arrêtée par un énorme chêne, qui me barre la route. Son tronc est si large que, bien qu'à terre, il m'arrive presque à la poitrine ; le vaste fouillis de racines projeté vers le ciel évoque une gerbe d'eau sombre.

Quelque chose bruit derrière moi. Je fais volte-face. Une ombre se déplace, se fige et, l'espace d'un instant, mon cœur s'arrête : je ne suis pas armée, je n'ai rien pour repousser un animal affamé. Puis l'ombre sort des fourrés et prend forme humaine. Au clair de lune, impossible de dire que ses cheveux ont la couleur exacte des feuilles d'automne : brun doré, avec des reflets roux.

— Oh, c'est toi… lâche Alex.

Ce sont les premiers mots qu'il m'adresse en quatre jours.

Il y a mille choses que je voudrais lui dire.

« S'il te plaît, essaie de comprendre. S'il te plaît, pardonne-moi. J'ai prié tous les jours pour que tu sois encore en vie, jusqu'à ce que l'espoir finisse par devenir une douleur. Ne me déteste pas. Je t'aime toujours. »

Les mots qui franchissent mes lèvres, pourtant, sont différents :

— Je n'arrivais pas à dormir.

Alex se souvient sans doute de mes cauchemars fréquents. Nous en avons souvent parlé pendant l'été que nous avons passé ensemble, à Portland. Il y a un peu moins d'un an. Je ne parviens pas à me représenter la distance que j'ai parcourue en si peu de temps, le paysage qui s'est dressé entre nous.

— Je n'y arrivais pas non plus, répond-il tout simplement.

Il suffit de cette petite phrase, il suffit qu'il m'adresse la parole pour qu'un nœud se défasse dans mon ventre. Je voudrais l'étreindre, l'embrasser comme autrefois.

— Je te croyais mort, lui dis-je. Ça a failli me tuer.

— Et tu as survécu, observe-t-il d'un ton neutre. Tu t'es remise plutôt rapidement.

— Non. Tu ne comprends pas...

J'ai la gorge aussi serrée que si on m'étranglait.

— Je ne pouvais pas continuer à espérer, insisté-je, et découvrir, chaque matin au réveil, que ce n'était pas vrai, que tu n'étais pas là. Je... je n'étais pas assez forte.

Il conserve le silence un moment. Il fait trop sombre pour que je puisse discerner son expression. Son visage a beau être dans l'ombre, je sens son regard sur moi. Il finit par reprendre :

— Quand ils m'ont emmené dans les Cryptes, j'ai cru qu'ils allaient me tuer. Ils ne se sont même pas donné cette peine. Ils m'ont laissé croupir dans une cellule.

— Alex...

La sensation d'étouffement est tombée dans ma poitrine ; sans m'en rendre compte, je me suis mise à pleurer. Je fais un pas vers lui. J'ai envie de passer la main dans ses cheveux, de lui embrasser le front puis chacune de ses paupières pour lui ôter le souvenir de ce qu'il a vu. Il recule et se dérobe.

— J'ai survécu, je ne sais pas comment. J'aurais dû y rester. J'avais perdu beaucoup de sang. Ils ont été aussi surpris que moi. C'est devenu une sorte de jeu, ensuite, il s'agissait de voir ce que je pouvais endurer, ce qu'ils pouvaient m'infliger avant que je...

Il s'interrompt brutalement. Je suis incapable d'en entendre davantage. Je ne veux pas savoir, je ne veux pas que ce soit vrai, je ne supporte pas d'imaginer les tortures auxquelles il a été soumis là-bas. Je fais un pas de plus vers lui et tends la main en direction de ses épaules, dans le noir. Cette fois, il ne me repousse pas. Mais il ne me serre pas non plus contre lui. Il reste impassible, aussi froid et immobile qu'une statue.

— Alex...

Je répète son nom telle une prière, telle une formule magique qui arrangera tout. Je remonte les mains jusqu'à son menton.

— Je suis désolée. Je suis tellement, tellement désolée...

Soudain, il s'écarte tout en m'attrapant par les poignets ; il me ramène les bras le long du corps.

— Certains jours, dit-il, j'ai regretté qu'ils ne m'aient pas tué.

Il ne m'a pas lâchée ; il serre mes poignets de toutes ses forces et les épingle à mes flancs, m'immobilisant. Sa voix grave est pressante et si pleine de colère qu'elle me fait plus de mal que sa poigne de fer.

— Certains jours, je le réclamais, je priais pour que ça arrive au moment de me coucher. Imaginer que je te reverrais, que je te retrouverais... L'espérer, c'était la seule chose qui me donnait la force de continuer.

Il me libère et recule encore.

— Alors, non, conclut-il. Je ne comprends pas.

— Je t'en supplie, Alex...

Il ferme les poings.

— Arrête de répéter mon nom. Tu ne me connais plus.

— Bien sûr que si !

Je continue à pleurer, ravalant des sanglots et cherchant à reprendre mon souffle. Je suis en plein cauchemar, en pleine histoire d'horreur, face à une créature monstrueuse, une créature brisée, rapiécée et haineuse. À mon réveil, il sera redevenu celui d'autrefois, mon Alex. Je trouve ses mains et entrelace nos doigts alors qu'il cherche à se dérober.

— C'est moi, Lena. Ta Lena. Tu t'en souviens ? Tu te souviens du 37 Brooks Street, de la couverture sur laquelle on s'allongeait...

— Arrête.

Sa voix se brise.

— Je te battais toujours au Scrabble, insisté-je.

Je dois continuer à parler, je dois le garder avec moi et raviver sa mémoire.

— Parce que tu me laissais gagner. Tu te rappelles le jour où on a décidé de pique-niquer ? On n'a trouvé que des spaghettis en boîte et des haricots verts. Tu m'as dit de les mélanger...

— Arrête.

— C'est ce que j'ai fait, et ce n'était pas mauvais. On a tout mangé, tellement on avait faim. Et quand la nuit est tombée, tu m'as montré le ciel en m'expliquant qu'il y avait une étoile pour chacune des choses que tu aimais chez moi.

Je suis hors d'haleine, j'ai l'impression de me noyer ; je tente de me raccrocher à lui aveuglément, j'agrippe son col.

— Stop.

Il m'attrape par les épaules. Son visage, à quelques centimètres du mien, est méconnaissable : un masque difforme et répugnant.

— Ça suffit maintenant. Assez. C'est fini, d'accord ? Tout est fini, maintenant.

— Alex, s'il te plaît...

— Stop !

Sa voix claque avec autant de violence qu'une gifle. Il me relâche et je titube.

— Alex est mort, tu m'entends ? Tout ça... nos sentiments, ce qu'ils signifiaient... c'est derrière nous, d'accord ? Enterré. Désintégré.

— Alex !

Il s'est déjà détourné et fait volte-face. Le clair de lune jette un éclairage cru et violent sur lui, le rendant semblable au sujet en deux dimensions d'une photo, écrasé par un flash surpuissant.

— Je ne t'aime pas, Lena. Tu comprends ? Je ne t'ai *jamais* aimée.

L'oxygène disparaît. Tout disparaît.

— Je ne te crois pas.

Je suis si secouée de sanglots que j'ai du mal à parler. Il se rapproche. À présent, je ne le reconnais plus du tout. Il s'est entièrement transformé, il est devenu un étranger.

— C'était un mensonge, d'accord ? Un mensonge de A à Z. De la folie, comme ils l'ont toujours dit. Oublie. Oublie ce qui est arrivé.

— S'il te plaît...

Je ne sais pas pourquoi je reste debout, pourquoi je ne me désagrège pas aussitôt, pourquoi mon cœur continue à battre alors que je voudrais qu'il s'arrête.

— S'il te plaît, Alex, ne fais pas ça...

— Je t'ai demandé de ne pas prononcer mon nom.

Un son attire notre attention brusquement : une branche qui craque et des feuilles qui frémissent derrière nous, autant de bruits signalant la présence d'une créature massive. L'expression d'Alex se modifie. La colère disparaît pour être remplacée par autre chose : une tension figée, comme celle d'une biche juste avant la détente.

— Ne bouge pas, Lena, me murmure-t-il.

La panique imprègne ses mots.

Avant même de pivoter, je sens la forme menaçante dans mon dos, le grognement animal, la *faim* – maladive et incontrôlable.

Un ours.

Il a remonté le lit du ruisseau et ne se trouve qu'à un peu plus d'un mètre de nous. Un ours noir, au pelage emmêlé que la lune raye d'argent, et immense : un mètre soixante ou quatre-vingts debout. Même à quatre pattes, il m'arrive presque aux épaules. Son regard circule d'Alex à moi, avant de revenir sur Alex. Ses yeux évoquent deux onyx taillés, ternes et mornes.

Deux choses me frappent simultanément. L'ours, décharné, est affamé – l'hiver a été rude. Et aussi : il n'a pas peur de nous.

La peur s'empare de moi, faisant taire la douleur et toutes les autres pensées à l'exception de celle-ci : « J'aurais dû apporter un pistolet. »

L'animal continue sa progression, alors que son énorme tête balance de droite à gauche pendant qu'il nous jauge. Sa respiration forme un nuage de vapeur dans l'air froid, ses omoplates saillent sous sa robe.

— Très bien, reprend Alex de la même voix basse.

Il se tient derrière moi, et je sens combien il est tendu – droit comme un *I*, presque pétrifié.

— Aucun mouvement brusque, ajoute-t-il. On va reculer tout doucement, d'accord ? Sans à-coups.

Il suffit qu'il fasse un tout petit pas en arrière pour que l'ours se tapisse en position d'attaque et montre les dents, dont la blancheur réfléchit les rayons de lune. Alex s'immobilise à nouveau. L'ours se met à grogner. Il est si près de moi que je sens la chaleur qui émane de son corps énorme et l'odeur aigre de son haleine affamée.

« J'aurais dû apporter un pistolet. » Impossible de tourner les talons et de fuir ; ça ferait de nous des proies, et c'est ce que l'ours cherche. Comment ai-je pu oublier cette règle ? Dans la Nature, il faut être le plus grand, le plus puissant, le plus fort. Blesser ou être blessé.

L'ours approche en grognant. Le moindre muscle de mon corps est en alerte, me criant de détaler, pourtant je reste enracinée sur place, je m'interdis de bouger, de tressaillir même.

L'ours hésite. Je ne m'enfuis pas. Est-il vraiment face à une proie potentielle ? Il recule de deux ou trois centimètres, minuscule concession. Je ne la laisse pas passer.

— Hé ! hurlé-je de toutes mes forces en levant les bras au-dessus de la tête pour me grandir. Hé ! Pars d'ici ! Allez, ouste !

Surpris et déboussolé, l'ours cède quelques centimètres supplémentaires de terrain.

— J'ai dit : ouste !

Je décoche un coup de pied dans l'arbre le plus proche, envoyant des éclats de bois en direction de l'ours. Comme il hésite toujours – à présent sur la défensive, il ne grogne plus –, je tombe à quatre pattes et ramasse la première pierre que ma main rencontre. Je me relève aussitôt et la jette de toutes mes forces. Elle l'atteint juste en dessous de son épaule gauche. Il recule en gémissant avant de faire demi-tour et de disparaître dans les bois, masse noire aux contours devenus flous.

— La vache ! s'écrie Alex dans mon dos.

Il pousse un long soupir retentissant, se penche en avant, puis se redresse.

— Je n'en reviens pas, souffle-t-il.

Entre la poussée d'adrénaline et la tension, il a oublié : l'espace d'une seconde, il oublie son masque et j'aperçois le vieil Alex.

Une vague de nausée me submerge. Je ne cesse de penser aux yeux de l'ours, meurtris et désespérés, et au bruit sourd de la pierre le heurtant. Je n'avais pas d'autre choix, cependant. C'est la règle dans la Nature.

— C'était de la folie. Tu es folle, insiste Alex en secouant la tête. La Lena d'avant aurait pris ses jambes à son cou.

Il faut être plus grand, plus puissant, plus fort.

Un froid m'envahit, un mur épais qui s'élève, bloc après bloc, dans ma poitrine. Il ne m'aime pas. Il ne m'a jamais aimée.

C'était un mensonge.

— La Lena d'avant est morte, dis-je avant de l'écarter de mon passage pour remonter jusqu'au campement.

Chaque nouveau pas est plus difficile que le précédent ; la pesanteur qui m'emplit transforme mes membres en pierre.

Blesser ou être blessé.

Alex ne me suit pas, je m'y attendais. Je me fiche de savoir ce qu'il compte faire, il peut bien passer toute la nuit dans les bois, ne jamais retourner au campement. Il l'a dit lui-même : tout ça, c'est terminé. On ne représente plus rien l'un pour l'autre.

J'ai presque atteint les tentes quand je me remets à pleurer. Les larmes jaillissent brusquement, m'empêchant d'avancer et me forçant à m'accroupir. Je voudrais qu'on me saigne pour me purger de tous ces sentiments. Un instant, je songe même combien il serait facile de repasser de l'autre côté, de me rendre directement aux laboratoires et de me remettre entre les mains des chirurgiens.

« Vous aviez raison, j'avais tort. Opérez-moi. »

— Lena ?

Je relève la tête. Julian est sorti de sa tente ; j'ai dû le réveiller. Ses cheveux forment des épis indisciplinés, évoquant les rayons cassés d'une roue, et il est pieds nus.

Je me redresse et m'essuie le nez avec la manche de mon sweat-shirt.

— Ça va, dis-je en ravalant des sanglots dans un hoquet. Je vais bien.

Il reste planté là une minute, à me regarder, et je devine qu'il sait pourquoi je pleure, qu'il le comprend. Ça va s'arranger. Il écarte les bras.

— Viens là, me souffle-t-il.

Mes jambes ne me répondent pas assez vite, je tombe presque. Il me rattrape et me serre contre lui, et je m'abandonne, donnant libre cours à mes larmes. Il ne bouge pas, me murmure des paroles rassurantes dans les cheveux, m'embrasse le sommet du crâne. Il accepte que je pleure pour un autre garçon, un garçon que j'ai su mieux aimer que lui.

— Je suis désolée, répété-je inlassablement contre son torse. Je suis désolée.

Son tee-shirt sent la fumée et la nature au printemps.

— Ce n'est rien, murmure-t-il.

Quand je me suis un peu apaisée, Julian me prend par la main et je le suis dans sa tente, grotte obscure qui a le même parfum que son tee-shirt, en plus puissant.

Je m'allonge sur son sac de couchage, et lui, à côté de moi. Nos deux corps s'emboîtent parfaitement et je me blottis contre lui, bien en sécurité, bien au chaud. Je laisse alors rouler sur mes joues les dernières larmes que je verserai jamais pour Alex, et la terre les absorbe.

Hana

— Hana ! s'impatiente ma mère. Fred t'a demandé de lui passer les haricots verts, ajoute-t-elle quand elle a obtenu mon attention.

— Désolée, dis-je avec un sourire forcé.

J'ai à peine fermé l'œil, la nuit dernière. J'ai même rêvé par bribes – des images floues qui se dérobent quand j'essaie de les préciser.

Je soulève le plat en porcelaine – beau, comme tout ce que contient la maison des Hargrove –, alors même qu'il est à portée de Fred. Ça fait partie de notre rituel. Bientôt je serai sa femme, et tous nos dîners ressembleront à celui-ci, réglés par une chorégraphie précise. Il me sourit.

— Fatiguée ? s'enquiert-il.

Au cours des derniers mois, nous avons passé beaucoup de temps ensemble : nos soirées du dimanche ne sont qu'une partie de nos rendez-vous réguliers, destinés à fondre, peu à peu, nos deux vies en une seule.

J'ai longuement examiné ses traits pour déterminer s'il était séduisant, ou non, et j'en ai conclu qu'il était agréable à regarder. Il n'est pas aussi beau que moi, mais il est plus intelligent. Et j'aime ses cheveux foncés, la façon dont ils tombent sur son sourcil droit quand il n'a pas eu le temps de se coiffer.

— Elle a l'air fatiguée, observe Mme Hargrove.

La mère de Fred parle souvent de moi comme si je n'étais pas là. Je ne m'en formalise pas : elle se comporte de la sorte avec tout le monde. Le père de Fred a assuré trois mandats en tant que maire. Après sa mort, son fils s'est aussitôt préparé à lui succéder. Depuis les Incidents en janvier, Fred a mené une campagne intensive, et elle a été payante. Il y a une semaine, à peine, un comité intérimaire l'a nommé au poste de maire. Il prendra publiquement ses fonctions la semaine prochaine.

Mme Hargrove a l'habitude d'être la femme la plus importante, pourtant.

— Je vais bien.

Lena répétait toujours que j'aurais pu embobiner le diable. Parce qu'à la vérité je ne vais pas bien du tout. Je suis rongée par la peur de ne pas réussir à oublier Jenny et sa maigreur. Terrifiée par le fait que Lena se rappelle à mon souvenir.

— Les préparatifs d'un mariage sont toujours éprouvants, souligne ma mère.

— On voit bien que ce n'est pas toi qui signes les chèques, grommelle mon père.

Tout le monde éclate de rire. Un éclair de lumière en provenance de l'extérieur illumine soudain la salle à manger : un journaliste, embusqué dans les buis juste devant la fenêtre, vient de nous prendre en photo pour vendre le cliché aux journaux et aux chaînes de télé.

Mme Hargrove est à l'origine de la présence d'un paparazzi, ce soir. De même qu'elle avait fourni à la presse l'adresse de l'endroit où nous nous étions retrouvés, Fred et moi, pour le réveillon du jour de l'an. Ces instants volés sont soigneusement orchestrés ; ainsi, le public peut suivre les progrès de notre histoire et témoigner du bonheur que nous avons atteint – et ce, parce que nous sommes parfaitement assortis.

Et je suis heureuse avec Fred. Nous nous entendons à merveille. Nous apprécions les mêmes choses, nous avons de nombreux sujets de conversation. Et c'est bien ce qui m'inquiète : tout se volatilisera si le Protocole n'a pas fonctionné pour moi.

— J'ai entendu à la radio qu'ils avaient évacué une partie de Waterbury, remarque-t-il. Et de San Francisco aussi. Des émeutes avaient éclaté pendant le week-end.

— S'il te plaît, Fred, le reprend sa mère, est-on obligés de parler de politique pendant le dîner ?

— Fermer les yeux n'arrange rien, insiste-t-il en se tournant vers elle. C'est ce que papa a fait. Regarde ce qui lui est arrivé...

— Fred ! Ce n'est vraiment pas le moment...

En dépit de la tension perceptible dans sa voix, elle réussit à garder le sourire. *Clic clac.* Le flash de l'appareil photo éclabousse encore une fois les murs de la salle à manger de lumière.

— On ne peut pas continuer à faire les autruches.

Fred promène son regard tout autour de la table, comme pour en appeler à chacun d'entre nous. Je baisse les yeux.

— La résistance est une réalité, martèle-t-il. Elle pourrait bien être en train de se développer. Une épidémie... voilà ce à quoi nous sommes confrontés.

— Ils ont réussi à sécuriser l'essentiel des quartiers de Waterbury, intervient ma mère. Je suis sûre qu'il en sera bientôt de même à San Francisco.

Fred secoue la tête.

— Le problème ne vient pas seulement des malades, c'est toute la difficulté. Ils réunissent beaucoup de Sympathisants autour d'eux, leur cause suscite de nombreux soutiens. Je ne commettrai pas les mêmes erreurs que papa, ajoute-t-il avec une virulence subite.

Mme Hargrove ne laisse transparaître aucune émotion.

— Pendant des années, des rumeurs ont évoqué l'existence des Invalides, leur nombre croissant même. Tu étais au courant. Papa aussi. Et il refusait d'y croire.

Je ne quitte pas mon assiette des yeux. Un morceau d'agneau, intact, accompagné de haricots verts et de sauce à la menthe fraîche. On sert toujours le meilleur chez les Hargrove. Je prie en silence pour que le paparazzi ne prenne pas de photo à cet instant : je suis sûre d'être rouge. Autour de cette table, tout le monde sait que mon ancienne meilleure amie a pris la fuite avec un Invalide et que je les ai couverts (ou du moins ils le soupçonnent). Fred se radoucit :

— Quand il a bien voulu se rendre à l'évidence, et agir, il était trop tard.

Il tend la main vers celle de sa mère, mais elle se dérobe et attrape sa fourchette. Elle pique des haricots verts d'un geste si brusque que les dents heurtent l'assiette avec fracas. Fred se racle la gorge.

— Je refuse de me voiler la face. Il est temps d'affronter la réalité.

— Peut-être bien, toutefois je ne vois pas pourquoi nous devons en parler au dîner, alors que nous passons un moment délicieux...

— Puis-je quitter la table ?

J'ai posé ma question un peu trop abruptement. Tout le monde me considère avec surprise. *Clic clac*. Je vois d'ici la photo : l'expression d'étonnement parfaite de ma mère, le renfrognement de Mme Hargrove et le bout d'agneau sanguinolent à quelques centimètres des lèvres de mon père.

— Comment ça, quitter la table ? rétorque ma mère.

— Qu'est-ce que je t'avais dit ? soupire Mme Hargrove en considérant son fils avec désapprobation. Tu as contrarié Hana.

— Non, non, pas du tout. C'est juste que... Vous aviez raison. Je ne me sens pas bien.

Je roule ma serviette en boule sur mes genoux puis, découvrant le regard de ma mère, la plie et la pose à côté de mon assiette.

— J'ai la migraine, ajouté-je.

— J'espère que tu ne couves rien, observe Mme Hargrove. Tu ne peux pas être malade pour la cérémonie d'inauguration.

— Elle ne sera pas malade, s'empresse de dire ma mère.

— Je ne serai pas malade, répété-je comme un perroquet.

Je ne saurais pas expliquer ce qui m'arrive, des petits points de douleur irradient dans mon crâne.

— Il faut juste que je m'allonge, expliqué-je.

— Je vais appeler Tony.

Ma mère écarte déjà sa chaise.

— Non, maman. S'il te plaît.

J'ai surtout besoin de rester seule. Depuis un mois, depuis que Mme Hargrove et ma mère ont décidé de précipiter le mariage afin de le faire coïncider avec l'accession de Fred au pouvoir, mes seuls moments de solitude semblent être ceux où je vais aux toilettes.

— Ça ne me dérange pas de marcher, dis-je.

— Marcher !

Mon annonce provoque un mini-tollé général. Soudain, tout le monde se met à parler en même temps.

— Hors de question ! s'écrie mon père.

— Tu ne te rends pas compte de ce que les gens pourraient penser ! me reproche ma mère.

— C'est trop dangereux, Hana, me souffle Fred à l'oreille.

— Tu dois avoir de la fièvre ! s'exclame Mme Hargrove.

Mes parents finissent par se mettre d'accord sur une solution : Tony me reconduira, puis reviendra les chercher plus tard. Un compromis convenable. Au moins, j'aurai la maison pour moi toute seule un moment. Je me lève et porte mon assiette dans la cuisine, en dépit de l'insistance de Mme Hargrove pour laisser la domestique débarrasser. Au moment de jeter les restes, je suis frappée de plein fouet par l'odeur de la poubelle, qui me rappelle celle des bennes de la veille. Je suis aussi surprise que lorsque Jenny a surgi au milieu de la route.

— J'espère que la conversation ne t'a pas fâchée.

Je me retourne : Fred m'a suivie dans la cuisine. Il maintient une distance respectueuse entre nous.

— Pas du tout.

Je suis néanmoins trop fatiguée pour le rassurer davantage ; je voudrais juste rentrer.

— Tu n'as pas de fièvre, si ?

Il me dévisage avec insistance.

— Tu es pâle.

— Non, juste fatiguée.

— Bien, dit-il en mettant les mains dans les poches de son pantalon foncé à plis, comme celui de mon père. J'avais peur d'être tombé sur un élément déficient.

Je secoue la tête, convaincue d'avoir mal entendu.

— Pardon ?

— Je plaisante.

Quand il sourit, une fossette apparaît sur sa joue gauche et on peut admirer ses belles dents. C'est une chose qui me plaît, chez lui.

— On se revoit vite, dit-il avant de se pencher pour me faire une bise.

Par réflexe, je m'écarte. Je ne suis toujours pas habituée à ce qu'il me touche.

— Va te reposer, ajoute-t-il.

— Compte sur moi.

Il regagne déjà la salle à manger, où bientôt le dessert et le café seront servis. Dans trois semaines, il sera mon mari, ce sera ma cuisine et la domestique travaillera pour moi. Mme Hargrove devra m'écouter, je choisirai le menu tous les jours et mon bonheur sera complet.

À moins que Fred n'ait raison. À moins que je ne sois déficiente.

Lena

Les débats continuent : où aller, se séparer ou non. Certains membres du groupe veulent prendre la direction du sud avant de bifurquer vers l'est, en direction de Waterbury – les résistants y auraient remporté des victoires et les Invalides seraient réunis dans un vaste camp, à l'abri des dangers. D'autres sont d'avis de pousser jusqu'à Cape Cod, presqu'île pour ainsi dire inhabitée, où notre sécurité sera garantie. Quelques-uns d'entre nous – Gordo, en particulier – préféreraient partir vers le nord pour essayer d'atteindre le Canada.

À l'école, on nous a toujours appris que, en l'absence du remède, les autres pays ont été ravagés par la maladie et transformés en déserts. Ce qui, comme la plupart des enseignements que nous avons reçus, était sans le moindre doute un mensonge. Gordo a entendu parler de trappeurs et de vagabonds. À l'entendre, ce pays ressemble à l'Éden du *Livre des Trois S*.

— Je vote pour Cape Cod, dit Pike.

Ses cheveux d'un blond presque blanc sont coupés si court qu'on entraperçoit son crâne. Il argumente :

— Si les bombardements recommencent...

— Si les bombardements recommencent, nous ne serons en sûreté nulle part, l'interrompt Tack.

Ils se cherchent sans arrêt des poux dans la tête.

— Plus nous serons éloignés d'une ville, moins nous constituerons une cible, insiste Pike.

Si la résistance engendre une véritable rébellion, nous pouvons nous attendre à des représailles immédiates du gouvernement.

— Nous aurons plus de temps, ajoute-t-il.

— Plus de temps pour quoi ? ironise Tack. Traverser l'océan ?

Il est accroupi à côté de Raven, qui répare un de nos pièges. C'est fou ce qu'elle a l'air heureuse ainsi, assise en tailleur par terre, après une longue journée de marche et de chasse – bien plus que lorsque nous vivions ensemble à Brooklyn, nous faisant passer pour des Invulnérables, dans notre joli appartement arrangé comme il faut avec ses meubles bien cirés. Là-bas, elle me rappelait ces femmes dont on nous parlait en cours d'histoire, prisonnières de corsets si serrés qu'elles pouvaient à peine respirer ou parler : le visage exsangue, les mouvements raides.

— Écoutez, on ne peut pas y échapper, reprend-il. Nous ferions mieux de rejoindre les autres, pour grossir les rangs et mettre le maximum de chances de notre côté.

Il croise mon regard par-dessus le feu de camp et je lui souris. J'ignore ce qu'ils savent, Raven et lui, de mon histoire avec Alex – ils ne m'en ont pas parlé –, mais ils se sont montrés plus attentifs que d'habitude.

— Je suis d'accord avec Tack, déclare Hunter avant de lancer une balle de pistolet en l'air, de la rattraper sur le revers de sa main et de la faire sauter dans sa paume.

— On pourrait se séparer, suggère Raven pour la centième fois.

Il est évident qu'elle n'apprécie ni Pike ni Dani. Dans ce nouveau groupe, les rapports de pouvoir ne sont pas aussi clairs qu'ils ont pu l'être et ce qui sort de la bouche de Tack ou de Raven n'est pas automatiquement parole d'Évangile.

— On ne se sépare pas, assène Tack.

Aussitôt, il lui prend le piège des mains et ajoute :

— Laisse-moi t'aider.

C'est leur mode de fonctionnement : leur langue secrète consistant en attaques et reculades, en oppositions et concessions. Avec le remède, les relations se ressemblent toutes, les règles et les attentes étant strictement définies. Sans lui, les rapports entre les individus doivent être réinventés chaque jour, le moindre signe décrypté.

La liberté est épuisante.

— Qu'en dis-tu, Lena ? me demande Raven, faisant tout à coup de moi l'objet du regard de Pike, Dani et les autres.

À présent que j'ai apporté la preuve de mon investissement dans la résistance, mon opinion compte. Dans l'obscurité, je sens aussi les yeux d'Alex sur moi.

— Cape Cod, finis-je par répondre, après avoir jeté du petit bois dans le feu. Plus nous serons loin des villes, mieux ce sera, et tout avantage est bon à prendre. Et puis, nous ne serons pas seuls. Il y aura d'autres résistants, là-bas.

Ma voix résonne dans la clairière. Je me demande si Alex a remarqué ce changement : je m'exprime avec davantage de force et d'assurance. Un silence suit ma déclaration. Raven me considère d'un air pensif, puis, soudain, elle se retourne.

— Et toi, Alex ?

— Waterbury, rétorque-t-il du tac au tac.

Mon ventre se serre. Je sais que c'est idiot, que les enjeux dépassent notre histoire à tous les deux, mais je ne peux m'empêcher d'éprouver de la colère. Il fallait qu'il soit d'un avis contraire. Évidemment.

— Se couper des réseaux de communication et de l'information ne constitue pas un avantage, explique-t-il. Nous sommes en guerre. Nous pouvons essayer de le nier, de nous mettre la tête dans le sable, ça n'en restera pas moins vrai. Et la guerre finira par nous rattraper, tous, où que nous soyons. Je suggère d'aller à sa rencontre, tête baissée.

— Il a raison, approuve Julian.

Je le regarde, désarçonnée. Il ne prend presque jamais la parole, le soir, autour du feu de camp. Sans doute parce qu'il ne se sent pas encore assez à l'aise. Il reste le petit nouveau, l'étranger ou, pire, le converti de fraîche date. Julian Fineman, fils de feu Thomas Fineman, fondateur et leader de l'association pour une Amérique sans *delirium*, l'ennemi de tout ce que nous représentons. Peu importe que Julian ait tourné le dos à sa famille et à sa cause – et qu'il ait failli y laisser la vie au passage – pour nous rejoindre. Je sais que certains ne lui font pas confiance.

Julian a la cadence mesurée de l'orateur habitué à s'exprimer en public :

— Les tactiques de fuite ne servent à rien, ça ne se calmera pas. Si la résistance continue à grandir, le gouvernement et l'armée feront tout ce qui est en leur pouvoir pour l'arrêter. Nous serons mieux préparés à la riposte si nous nous jetons dans la mêlée. Autrement, nous ne serons que des lapins dans un terrier, attendant qu'on nous inonde.

Julian a beau étayer les arguments d'Alex, il s'adresse à Raven. Les deux garçons n'échangent jamais ni une parole ni un regard, et les autres ont la délicatesse d'ignorer cette bizarrerie.

— Je vote pour Waterbury, lance Lu, à mon grand étonnement.

L'an dernier, elle ne voulait pas entendre parler de la résistance et souhaitait disparaître dans la Nature, trouver une colonie le plus loin possible des villes officielles.

— Très bien, conclut Raven, qui se redresse et essuie l'arrière de son jean. Ce sera Waterbury. Y a-t-il d'autres objections ?

Nous conservons le silence une minute, échangeant des regards, les visages grignotés par les ombres. Personne n'ouvre la bouche. La décision ne me convient pas, et Julian doit le sentir ; il me presse le genou.

— Dans ce cas, c'est décidé. Demain, nous...

Raven est interrompue par un hurlement, suivi d'une cacophonie d'éclats de voix. En moins de temps qu'il n'en faut pour le dire, nous sommes tous debout – réaction instinctive.

— Qu'est-ce qui se passe ?

Tack, qui a déjà épaulé son fusil, fouille du regard la masse d'arbres nous entourant, ce mur de végétation enchevêtrée. Les bois sont redevenus muets.

— Chut ! souffle Raven, une main levée.

Soudain, nous entendons :

— J'ai besoin d'aide, ici !

Puis :

— Merde !

Le soulagement est collectif, la tension se dissipe aussitôt. Nous avons reconnu Sparrow. Il est parti un peu plus tôt dans la journée pour chasser.

— On est là ! lui crie Pike.

Plusieurs s'engouffrent entre les troncs d'arbres, devenant des ombres dès qu'ils sortent du cercle de lumière projeté par le feu de camp. Julian et moi restons où nous sommes, comme Alex. Quelques ordres émergent du brouhaha : « Ses jambes, ses jambes, prenez-la par les jambes. » Soudain, Sparrow, Tack, Pike et Dani émergent dans la clairière, lestés de deux corps. Au début, je crois qu'il s'agit d'animaux entortillés dans des bâches, jusqu'à ce que j'aperçoive un bras pâle qui pend vers le sol, auquel les flammes donnent un éclat cruel. J'ai un haut-le-cœur. Des humains.

— De l'eau, allez chercher de l'eau !

— La trousse de secours, Raven, elle saigne.

L'espace d'un instant, je reste paralysée. Deux visages apparaissent quand Tack et Pike allongent les blessés près du feu. Le premier, vieux et buriné, est celui d'une femme qui a passé l'essentiel de sa vie dans la Nature, sinon la totalité. Des bulles de salive se forment aux commissures de ses lèvres et sa respiration, haletante, s'accompagne d'un bruit mouillé.

Le second visage est d'une délicatesse désarmante. Il appartient à une fille de mon âge, ou un peu plus jeune. Sa peau a la couleur de la chair de l'amande et ses longs cheveux bruns sont étalés autour de sa tête par terre. Cette vision me ramène brusquement à ma propre arrivée dans la Nature. Je devais être dans le même état lorsque Raven et Tack m'ont trouvée – plus morte que vive, exténuée et couverte de bleus.

En se retournant, Tack surprend mon regard.

— On a besoin d'un coup de main, Lena, me dit-il sèchement.

Tirée de ma rêverie, je le rejoins et m'agenouille à côté de lui, auprès de la femme. Raven, Pike et Dani s'occupent de la fille. Julian m'a suivie.

— Comment puis-je aider ? demande-t-il.

— Il nous faut de l'eau bouillie, répond Tack sans lever les yeux.

Il a sorti son couteau pour découper le tee-shirt de la victime. Par endroits, le vêtement semble presque se confondre avec sa peau... Je constate alors, avec effroi, que le bas de son corps a été gravement brûlé et que ses jambes sont couvertes de plaies infectées. Je suis forcée de fermer les yeux une seconde et de me concentrer pour ne pas être malade. Julian m'effleure l'épaule avant de partir en quête d'eau.

— Oh, non, grommelle Tack en découvrant une nouvelle blessure, une longue entaille sur son mollet, profonde, irrégulière et gagnée par la gangrène.

La femme laisse échapper un gémissement avant de redevenir silencieuse.

— Ne nous lâche pas, dit-il, le front luisant de sueur, avant de retirer son coupe-vent.

Le feu, alimenté par les autres, dégage de plus en plus de chaleur.

— Il me faut la trousse de secours, s'écrie-t-il en récupérant un essuie-mains, qu'il déchire en bandelettes, à gestes rapides et experts.

Elles lui serviront de garrots.

— Quelqu'un peut m'apporter cette foutue trousse de secours ? répète-t-il.

La chaleur forme un mur à côté de nous. La fumée opaque, qui bouche le ciel, s'insinue aussi dans mon esprit, déformant mes sensations, qui deviennent irréelles. Les voix, le mouvement, la chaleur et l'odeur des corps, tous éclatés et dépourvus de lien logique, comme dans un rêve. Je ne sais plus si je suis agenouillée à cet endroit depuis des minutes ou des heures. Julian finit par apporter un seau d'eau fumante. Puis il repart et revient. J'aide Tack à nettoyer les plaies de la femme, et progressivement son corps ne m'apparaît plus comme de la chair mais comme un amas de ces bouts de bois pétrifié que nous retournons dans la forêt, étranges et difformes.

Tack délivre les instructions et je les suis à la lettre. Il nous faut davantage d'eau, froide cette fois. Des linges propres. Je me lève, récupère les éléments en question et les rapporte. Plusieurs minutes s'écoulent, plusieurs heures.

À un moment donné, en redressant la tête, je découvre qu'Alex a remplacé Tack. Il recoud une plaie sur l'épaule de la femme, au moyen d'une aiguille de couture et d'un long fil noir. La concentration le fait pâlir, pourtant ses mouvements sont fluides et rapides. Il a de l'entraîne-ment. Je suis frappée de constater que j'ignore tout un pan de sa vie – son passé, son rôle dans la résistance, sa vie dans la Nature avant sa venue à Portland... Une dou-leur si violente me transperce que je dois retenir un cri : je ne souffre pas de l'avoir perdu, je souffre à cause des occasions ratées.

Nos coudes se touchent par accident. Il s'écarte.

La fumée me tapisse la gorge à présent, et j'ai du mal à déglutir. L'air a une odeur de cendre. Je continue à net-toyer les jambes de la femme comme j'aidais ma tante à cirer les pieds de la table en acajou une fois par mois, avec application.

Puis Alex s'en va, et Tack revient. Il pose les mains sur mes épaules et m'attire doucement en arrière.

— C'est bon, dit-il, tu peux arrêter. Ça va, Lena. Elle n'a plus besoin de toi.

« On a réussi, elle est en sûreté maintenant. » C'est ce que je pense tandis que Tack me pousse vers les tentes, avant d'apercevoir, à la lueur du feu, le visage de la femme – blanc et cireux, les yeux grands ouverts et fixés sur le ciel – et de comprendre qu'elle est morte, que tous nos efforts ont été vains.

Raven est toujours agenouillée à côté de la fille, mais ses gestes sont moins frénétiques, et je peux entendre la respiration régulière de la blessée.

Julian m'attend dans la tente. Je suis si fatiguée que j'ai l'impression de dormir debout. Il me fait de la place et je manque de m'affaler sur lui, sur le petit point d'interrogation que dessine son corps sur le sol. Mes cheveux empestent la fumée.

— Ça va ? me murmure-t-il en cherchant ma main dans le noir.

— Très bien.

— Et elle ?

— Morte.

Il retient son souffle et se crispe.

— Je suis désolé, Lena.

— On ne peut pas tous les sauver. C'est comme ça.

Voilà les mots qu'emploierait Tack, et je sais qu'il a raison, même si au fond de moi je n'y crois pas tout à fait.

Julian me serre contre lui et dépose un baiser sur l'arrière de mon crâne, avant que je m'enfonce dans le sommeil, loin de cette odeur de brûlé.

Hana

C'est la deuxième nuit qu'une image vient troubler les brumes de mon sommeil : deux yeux, flottant dans la mélasse noire, qui se transforment en disques de lumière. Pétrifiée par ces deux phares braqués sur moi, je reste clouée au milieu de la route, cernée par la puanteur des ordures et des gaz d'échappement... Prise en étau, paralysée par la chaleur rugissante d'un moteur...

Je me réveille juste avant minuit, en nage.

Ça ne peut pas arriver. Pas à moi.

En voulant rejoindre, à l'aveuglette, la salle de bains, je me cogne le mollet contre l'un des cartons entassés dans ma chambre. Nous avons emménagé fin janvier, il y a plus de deux mois, pourtant je n'ai déballé que l'essentiel. Dans moins de trois semaines, je serai mariée et je devrai à nouveau déménager. De toute façon, mes anciennes affaires – les peluches, les livres et les figurines de porcelaine que je collectionnais, petite – ne signifient plus grand-chose à mes yeux.

Je m'asperge le visage d'eau froide pour me débarrasser du souvenir de ces yeux-phares, du nœud qui me serre la poitrine, de cette peur d'être écrasée. Je me répète que ça ne veut rien dire, que le remède ne fonctionne pas de la même façon pour tout le monde.

Dehors, la lune, ronde, brille d'un éclat irréel. Je colle mon nez contre la vitre. Dans la rue, en face, se dresse une maison presque identique à la nôtre, et juste à côté une autre, comme si la précédente se regardait dans un miroir. Et ainsi de suite, des répliques par dizaines : mêmes structures à pignons, érigées récemment et conçues pour paraître anciennes.

J'éprouve le besoin de bouger. Cette même démangeaison que lorsque mon corps réclamait de courir. Je n'ai pas enfilé mes baskets plus d'une ou deux fois depuis mon opération – aux rares occasions où je l'ai fait, je n'ai pas retrouvé les anciennes sensations –, et aujourd'hui encore cette perspective ne représente aucun attrait. Je ne peux pas rester immobile, dans mon lit, cependant.

J'enfile un vieux pantalon de jogging et un sweat-shirt foncé, puis j'ajoute une casquette qui appartenait à mon père – en partie pour retenir mes cheveux, en partie pour ne pas être reconnue si je croise quelqu'un. En principe, j'ai le droit d'être dehors après le couvre-feu, mais je ne tiens pas à devoir répondre aux questions de mes parents à ce sujet. Ce n'est pas digne de Hana Trent, future Hana Hargrove. Je préfère qu'ils continuent à ignorer mes insomnies. Mieux vaut ne pas éveiller leurs soupçons.

Je lace mes baskets et sors de ma chambre sur la pointe des pieds. L'été dernier, j'ai souvent fait le mur. Pour aller à la rave illégale dans un entrepôt et à la soirée dans le quartier de Deering Highlands, interrompue par un raid ; il y avait aussi les nuits sur la plage et les rendez-vous interdits avec des garçons pas encore immunisés, notamment cette fois dans la baie de Back Cove où j'ai laissé Steven Hilt glisser la main à l'intérieur de ma cuisse nue, et où le temps a semblé se suspendre. Steven Hilt : de longs cils noirs, des dents bien régulières, une odeur d'aiguilles de pin. Les papillons dans mon ventre chaque fois qu'il posait les yeux sur moi.

Ces souvenirs sont comme des photos témoignant de la vie de quelqu'un d'autre.

Je descends au rez-de-chaussée dans un silence quasi parfait. Je tourne le verrou de la porte d'entrée millimètre par millimètre pour qu'il coulisse sans un bruit. Le vent, glacé, fait bruisser les massifs de houx qui longent le portail, côté jardin. Ces haies sont aussi une marque distinctive de la résidence de WoodCove Farms. La brochure de l'agent immobilier en vantait les mérites : « Ces houx assureront votre sécurité et votre protection, tout en garantissant votre intimité. »

Avant de sortir dans la rue, je tends l'oreille, à l'affût d'une patrouille. Rien. Il doit y en avoir une à proximité pourtant. WoodCove se targue d'offrir un service de sécurité constitué de volontaires vingt-quatre heures sur vingt-quatre, sept jours sur sept. Heureusement, le quartier est grand et il regorge de ruelles et d'impasses. Avec un peu de chance, je réussirai à l'éviter. Descendre les marches du perron, emprunter le chemin dallé et rejoindre le portail. Les silhouettes noires de plusieurs chauves-souris passent devant la lune, projetant des ombres fuyantes sur la pelouse. Je réprime un frisson. Déjà la démangeaison s'estompe ; je songe à retourner me coucher, à me réfugier sous la couette épaisse et à enfouir mon nez dans l'oreiller qui sent encore la lessive. Demain, je me réveillerai reposée, disposée à déguster de délicieux œufs brouillés au petit déjeuner...

Je fais volte-face en entendant un bruit dans le garage ; la porte est entrouverte.

Je pense d'abord à un photographe. L'un d'eux aura escaladé la grille pour se cacher dans le jardin. Je revois rapidement mon jugement. Mme Hargrove a soigneusement orchestré nos « rendez-vous » avec les paparazzis et, jusqu'à présent, je n'ai pas attiré leur attention quand je n'étais pas avec Fred.

Je pense ensuite à un voleur d'essence. Récemment, à cause des restrictions ordonnées par le gouvernement, en particulier dans les zones les plus pauvres de la ville, Portland a connu une vague de cambriolages. En particulier cet hiver : les chaudières ont été vidées de leur fioul, les voitures, de leur essence. Des maisons ont été dévalisées et vandalisées. Rien qu'en février, on a répertorié deux cents vols, nombre record de crimes depuis que le Protocole est devenu obligatoire, il y a quarante ans.

J'envisage de rentrer et de réveiller mon père, mais je renonce par crainte des questions, et des explications à fournir. Je traverse donc la pelouse vers le garage sans quitter la porte des yeux, guettant le moindre mouvement. La rosée qui recouvre l'herbe ne tarde pas à transpercer mes baskets. Un picotement s'empare de mon corps entier : quelqu'un m'observe.

Une brindille craque dans mon dos. Je me retourne aussitôt. Une nouvelle bourrasque de vent ébouriffe les massifs de houx. Prenant une profonde inspiration, je retourne au garage. Mon cœur tambourine dans ma gorge, sensation inconfortable et étrangère. Je n'ai pas eu peur – vraiment peur – depuis le matin de mon opération. Au point que je ne parvenais pas à dénouer la blouse d'hôpital tant mes mains tremblaient.

— Il y a quelqu'un ? murmuré-je.

Un frémissement. Quelque chose, ou quelqu'un, se trouve dans le garage. Je suis à un ou deux mètres, paralysée par la peur. C'est idiot. Je vais rentrer et réveiller mon père. Je lui dirai que j'ai entendu du bruit et je verrai pour les questions plus tard.

Un faible miaulement s'élève alors. Je découvre un chat qui cligne des yeux dans l'entrebâillement de la porte. Je souffle. Un chat errant, rien de plus. Portland regorge de chats et de chiens. Les gens les achètent, puis, une fois qu'ils se rendent compte qu'ils n'ont pas les moyens de les élever ou qu'ils n'ont pas envie de s'occuper d'eux, ils les abandonnent dans la rue. Depuis des années, ils se reproduisent. J'ai même entendu parler de meutes de chiens sauvages dans les faubourgs de la ville.

J'avance avec prudence ; le chat m'observe. J'ouvre la porte de quelques centimètres supplémentaires.

— Viens ici, l'amadoué-je, sors de là.

Il file à l'intérieur, longeant mon vieux vélo et percutant la béquille. Celui-ci se met à vaciller sur ses roues. Je me précipite pour le rattraper avant qu'il ne tombe. Le guidon est poussiéreux ; je sens la crasse sur mes mains. Tout en maintenant le vélo en équilibre, je cherche à tâtons l'interrupteur sur le mur. J'allume le plafonnier. Aussitôt, le garage reprend son caractère banal : la voiture, les poubelles, la tondeuse à gazon dans un coin, les pots de peinture et les bidons d'essence entreposés dans un coin, qui forment une belle pyramide. Le chat s'est accroupi parmi eux. Au moins, il a l'air relativement propre – il n'a pas d'écume autour de la gueule et n'est pas couvert de plaies. Aucun souci à se faire de ce côté-là. Un nouveau pas dans sa direction, et il détale : cette fois, il fait le tour de la voiture, me contourne et s'échappe dans le jardin.

Au moment d'appuyer le vélo contre le mur, je remarque le chouchou mauve délavé, passé autour d'une des poignées du guidon. Lena et moi avions le même vélo, mais elle répétait sans arrêt, pour me taquiner, que le sien était plus rapide. Sans le vouloir, nous les échangions souvent, lorsque nous les récupérions sur l'herbe ou sur le sable. Elle sautait sur la selle et touchait à peine les pédales, alors que je me retrouvais pliée en deux comme une gamine sur son tricycle, et nous rentrions ensemble, ivres de rires. Un jour, elle a rapporté deux chouchous du magasin de son oncle – un mauve pour moi, un bleu pour elle –, et elle a insisté pour qu'on s'en serve afin de différencier nos vélos.

La crasse est incrustée dans le chouchou à présent. Je n'ai pas sorti mon vélo depuis l'été précédent. À l'instar de Lena, il appartient désormais au passé. Pourquoi étions-nous amies ? De quoi pouvions-nous bien parler ? Nous n'avions rien en commun. Nous ne partagions pas les mêmes goûts en matière de nourriture ou de musique, sans parler de croire aux mêmes choses. Quand elle est partie, j'ai eu le cœur brisé en si petits morceaux que je n'arrivais presque plus à respirer. Sans le Protocole, je ne sais pas ce que j'aurais fait.

Je dois bien admettre, avec le recul, que je devais aimer Lena. Pas d'un amour contre nature, non, cependant mes sentiments pour elle devaient s'apparenter à une forme de maladie. Comment quelqu'un peut-il avoir le pouvoir de vous réduire en poussière… tout en vous donnant l'impression de former un tout parfait ?

Je n'ai plus aucune envie de prendre l'air, seulement de m'effondrer dans mon lit. J'éteins et referme la porte du garage en veillant bien à guetter le bruit du loquet qui retombe dans la gâche. Au moment de me diriger vers la maison, j'aperçois un morceau de papier dans l'herbe, déjà taché par l'humidité. Il n'était pas là une minute plus tôt. Quelqu'un l'a glissé entre les barreaux du portail pendant que j'avais le dos tourné. J'étais donc bien observée… Je le suis encore, si ça se trouve.

Je traverse la pelouse à pas mesurés. Je me vois me pencher pour ramasser le papier. Une photo en noir et

blanc, au grain épais (sans doute un effet de la repro-
duction), qui montre un homme et une femme en train
de s'embrasser. La femme est inclinée en arrière, les
doigts emmêlés dans les cheveux de l'homme. Il sourit tout en lui donnant ce baiser. En bas, on peut lire :
NOUS SOMMES PLUS NOMBREUX QUE VOUS NE
L'IMAGINEZ. Par réflexe, je roule le tract en boule. Fred
avait raison : la résistance est ici, parmi nous. Elle a accès
à des photocopieurs, du papier, des messagers.

Une porte claque au loin et je sursaute. Soudain, la
nuit me paraît vivante. Je pique quasiment un sprint
jusqu'au perron ; j'oublie toute discrétion au moment
de m'engouffrer dans la maison et de fermer la porte à
triple tour. Je reste dans l'entrée quelques secondes, la
boule de papier toujours serrée dans mon poing, humant
les odeurs familières de cire et de Javel.

Dans la cuisine, je jette le tract à la poubelle, avant de
me raviser et de le fourrer dans le broyeur à déchets. Je
ne crains plus de réveiller mes parents. Je veux juste me
débarrasser de la photo, me débarrasser de ces mots, de
la menace qu'ils constituent. *Nous sommes plus nombreux
que vous ne l'imaginez.*

Je me lave les mains à l'eau chaude et regagne ma
chambre sur des jambes mal assurées. Je ne me donne
pas la peine de délacer mes baskets avant de les retirer ni
de me déshabiller. J'ôte seulement ma casquette avant
de me glisser sous la couette. Le chauffage ronronne,
pourtant je n'arrive pas à me réchauffer.

De longs doigts sombres m'enserrent. Des mains
gantées de velours, douces et parfumées, se referment
sur ma gorge, et Lena me murmure de très, très loin :
« *Qu'as-tu fait ?* », jusqu'à ce que, par chance, la pression
des mains s'atténue. Alors, je tombe, tombe, tombe dans
un sommeil profond et sans rêves.

Lena

Quand j'ouvre les yeux, une lumière verte et brumeuse envahit la tente : les rayons du soleil sont colorés par les fines parois de tissu qu'ils traversent. La terre sur laquelle je suis allongée est légèrement humide, comme toujours le matin ; le sol exhale de la rosée, se libère des gelées de la nuit. Des voix accompagnées du fracas de casseroles entrechoquées me parviennent. Julian n'est plus là.

Je ne sais pas depuis combien de temps je n'ai pas dormi aussi profondément. Je ne me souviens même pas d'avoir rêvé. Est-ce à ça que ressemble une vie d'Invulnérable ? Se réveiller reposé, sans avoir été troublé par de longs doigts ténébreux cherchant à vous atteindre dans votre sommeil ?

Dehors, l'air est étonnamment doux. Les bois résonnent de chants d'oiseaux. Dans le ciel bleu pâle, des nuages dérivent à vous donner le tournis. La Nature annonce effrontément l'arrivée du printemps, à l'image de ces premiers rouges-gorges qui bombent le torse.

Je descends au petit ruisseau où nous puisons notre eau. Dani vient juste de se laver : intégralement nue, elle se sèche les cheveux avec un tee-shirt. Si la nudité me choquait avant, aujourd'hui, je ne la remarque presque plus ; elle pourrait être une loutre au pelage noir et brillant s'ébrouant au soleil. Ce qui ne m'empêche pas de remonter en aval. Après avoir retiré mon tee-shirt, je me mouille le visage, les aisselles et plonge la tête sous l'eau. Je halète un peu lorsque je la ressors. Le ruisseau reste glacial et je ne trouve pas le courage de m'y baigner entièrement.

De retour au campement, je constate que le corps de la vieille femme a déjà disparu. Avec un peu de chance, ils ont trouvé un endroit pour l'enterrer. Je pense à Blue, que nous avons dû laisser dans la neige, alors que le givre scellait ses paupières et ses cils sombres, puis à Miyako, qui a été brûlée. Des fantômes, des silhouettes noires dans mes rêves. En serai-je un jour libérée ?

— Bonjour, ma jolie, me lance Raven sans lever la tête de la veste qu'elle reprise.

Elle a un éventail d'aiguilles dans la bouche, ce qui la contraint à parler en remuant à peine les lèvres.

— Bien dormi ? demande-t-elle sans attendre ma réponse. Il y a de quoi manger sur le feu, sers-toi vite avant que Dani ne prenne du rab.

La fille que nous avons sauvée la veille est assise près de Raven, à proximité du feu, une couverture rouge serrée autour des épaules. Elle est encore plus ravissante que je le croyais. Ses yeux sont d'un vert éclatant, sa peau, lumineuse et veloutée.

— Salut, dis-je tout en me glissant entre le feu et elle.

Elle me fait un sourire timide mais ne décroche pas un mot, et j'éprouve un élan de sympathie pour elle. Je me rappelle combien j'étais terrorisée à mon arrivée dans la Nature, quand je me suis retrouvée au milieu de Raven, Tack et les autres. Je me demande d'où elle vient, de quelles horreurs elle a été témoin.

À la lisière du feu se trouve une casserole cabossée à demi enfouie dans les cendres. À l'intérieur, une petite quantité de porridge aux haricots noirs, reste de notre dîner de la veille. À force de roussir, il est devenu croquant et n'a presque plus de goût. J'en remplis une petite tasse et me force à manger rapidement.

Je suis en train de terminer lorsque Alex surgit des bois, un bidon d'eau à la main. Par réflexe, je l'observe du coin de l'œil, curieuse de savoir s'il regardera dans ma direction. À son habitude, il garde les yeux rivés au-dessus de ma tête. Il passe derrière moi et s'arrête près de la nouvelle.

— Tiens, lui dit-il d'une voix douce (la voix de l'ancien Alex, celui de mes souvenirs). Je t'ai apporté de l'eau. Ne t'inquiète pas, elle est potable.

— Merci, Alex, répond-elle.

Son prénom prend des inflexions étranges dans sa bouche ; ça me fait la même impression bizarre que ces miroirs déformants de la fête foraine où j'allais, petite, et où le monde m'apparaissait tordu.

Tack, Pike et d'autres émergent des bois à la suite d'Alex, écartant le réseau de branches à coups de coude. Julian est l'un des derniers à apparaître, et je m'étonne moi-même en me levant pour aller me jeter dans ses bras.

— Holà ! s'esclaffe-t-il.

Il vacille légèrement et me serre, à la fois surpris et ravi. Je ne suis jamais aussi démonstrative avec lui durant la journée, devant les autres.

— Qu'est-ce qui me vaut cet honneur ? demande-t-il.

— Tu m'as manqué, dis-je, ayant soudain du mal à respirer.

Le front appuyé contre sa clavicule, je place une main sur son torse. Le rythme des battements de son cœur me rassure : il existe bien, et il est là.

— On a ratissé les bois sur cinq kilomètres à la ronde et tout a l'air en ordre. Les Vengeurs ont dû partir dans une autre direction, déclare Tack.

Julian se crispe aussitôt. Je me tourne vers Tack.

— Les Vengeurs ? répété-je.

Pour toute réponse, il me décoche un regard lourd de sens. Il a rejoint la nouvelle, et Alex. Quelques centimètres seulement séparent leurs bras, et mon attention est comme accaparée par l'espace qui se dessine entre eux deux, des épaules aux coudes, évoquant la moitié supérieure d'un sablier.

— Tu ne te rappelles toujours pas quand ils sont venus ?

Je devine les efforts qu'il en coûte à Tack pour contenir son impatience. En surface, il n'est que piques et rugosités – le double de Raven. C'est d'ailleurs pour ça qu'ils sont si bien assortis.

La fille se mordille la lèvre. Alex lui touche la main d'un geste affectueux qui se veut rassurant. Aussitôt, je suis balayée de la tête aux pieds par une vague de nausée.

— N'aie pas peur, Coral, lui souffle-t-il.

Coral. Évidemment, elle s'appelle Coral. Un nom à la fois beau, délicat et original.

— Je... je ne me souviens pas.

Ses inflexions sont presque aussi graves que celles d'un garçon.

— Essaie, insiste Tack.

Raven lui jette un regard. Son message est très clair : « Ne pousse pas le bouchon trop loin. »

La fille resserre la couverture autour de ses épaules, puis se racle la gorge.

— Ils ont débarqué il y a quelques jours... trois ou quatre. Je ne saurais pas dire combien précisément. On avait trouvé une grange à l'abandon, en bon état. On s'était installés là. On formait un petit groupe, il y avait David, Tigg et... et Nan.

Sa voix se brise sur ce dernier prénom et elle prend une inspiration avant de poursuivre :

— Quelques autres, aussi. Huit en tout. On était ensemble depuis mon arrivée dans la Nature. Mon grand-père était le représentant d'une des anciennes religions, un pasteur.

Elle relève la tête, une expression de bravade au visage, comme si elle nous mettait au défi de la critiquer.

— Il a refusé de se convertir au Nouvel Ordre et a été assassiné.

Elle hausse les épaules, puis reprend :

— À partir de ce moment-là, ma famille a été traquée. Et lorsque le gouvernement a découvert que ma tante était une Sympathisante... on a été montrés du doigt. Impossible de décrocher un travail, ou de se marier. Il n'y avait pas un propriétaire à Boston assez conciliant pour nous louer un logement... De toute façon, nous n'avions pas l'argent pour payer.

L'amertume infuse ses paroles à présent. Je devine que sa fragilité apparente n'est due qu'au traumatisme récent : en temps normal, c'est une meneuse, comme Raven. Comme Hana.

J'éprouve un nouveau pincement de jalousie en voyant Alex la regarder. Tack incite Coral à continuer :

— Les Vengeurs...

— Laisse-la tranquille, intervient Raven. Elle n'est pas prête à en parler.

— Si, si, je suis prête. C'est juste... mes souvenirs sont flous...

À nouveau, elle secoue la tête, l'air perplexe cette fois.

— Nan avait des douleurs articulaires. Elle n'aimait pas sortir seule dans le noir quand elle devait faire ses besoins. Elle avait peur de tomber...

Elle presse les genoux contre sa poitrine, puis ajoute :

— On se relayait pour l'accompagner. C'était mon tour, cette nuit-là. C'est pour cette raison que... Autrement...

— Les autres sont morts, alors ? demande Tack d'une voix blanche.

Elle acquiesce.

— Merde, marmonne Dani en soulevant un peu de terre avec ses orteils.

— Brûlés vifs, explique Coral. Dans leur sommeil. On a assisté à la scène. Les Vengeurs ont encerclé la grange et... *pouf !* Elle s'est enflammée telle une allumette. Nan a perdu la tête, elle a foncé vers l'incendie. J'ai couru après elle... Ensuite, je ne me souviens pas de grand-chose. J'ai cru qu'elle avait pris feu... Puis je me suis réveillée dans un fossé, il pleuvait... Et vous nous avez découvertes...

— Merde, merde, merde.

À chaque juron, Dani répand davantage de terre.

— Tu n'aides vraiment pas, là, lui reproche Raven.

Tack se frictionne le front en soupirant.

— Ils ont évacué le coin, ça nous laisse le temps de souffler. On va juste devoir croiser les doigts pour ne pas les retrouver sur notre route.

— Combien étaient-ils ? s'enquiert Pike.

Coral secoue la tête.

— Cinq ? Sept ? Une douzaine ? Allez, dis-nous...

— Je veux comprendre, l'interrompt Alex.

Il a beau parler tout bas, il réduit aussitôt l'assemblée au silence. C'était une chose qui me plaisait chez lui : sa capacité à s'imposer en douceur, l'aisance et l'assurance qui émanaient en permanence de lui.

Je suis censée ne plus éprouver aucun sentiment pour lui, je me concentre donc sur la présence de Julian à quelques centimètres de moi, je me concentre sur les genoux d'Alex et de Coral, qui se touchent – ce qui ne semble pas le déranger.

— Pourquoi cette attaque ? poursuit-il. Pourquoi détruire la grange ? Ça ne rime à rien... Nous savons tous que les Vengeurs donnent l'assaut pour piller et détrousser, pas pour dévaster. Là, ils ne se sont pas livrés à un vol, mais à un massacre.

— Les Vengeurs bossent pour l'APASD, dit Julian.

Il glisse sur les mots, alors qu'ils doivent lui être difficiles à prononcer. L'Association pour une Amérique sans *delirium* est la création de son père, l'œuvre de sa famille et, jusqu'à ce que nos routes se croisent il y a quelques semaines, c'était aussi sa destinée.

— Exactement, approuve Alex.

Il se lève. Il a beau être engagé dans un dialogue avec Julian, il se refuse à regarder dans notre direction, les yeux obstinément posés sur Raven et Tack.

— Il ne s'agit plus seulement d'une question de survie, pour eux, je me trompe ? Ils espèrent toucher un salaire. Les enjeux sont plus importants, et l'objectif, différent.

Personne ne le contredit. Tout le monde sait qu'il a raison. Les Vengeurs se fichent du remède. Ils se sont réfugiés dans la Nature parce qu'ils n'ont jamais réussi à se faire une place dans la société – ou parce qu'elle ne les a jamais intégrés. Ils ne sont fidèles à aucune cause, ils n'ont ni sens de l'honneur ni idéal. Et même s'ils se sont toujours montrés impitoyables, leurs attaques paraissaient répondre à un objectif : ils dévalisaient ceux qu'ils croisaient, les délestaient de leurs vivres et armes, et n'hésitaient pas à tuer au besoin. Mais éliminer des êtres humains sans raison et sans gain... C'est tout autre chose. Un contrat de tueurs à gages.

— Ils sont là pour nous liquider.

Raven détache bien chaque syllabe, il semblerait que cette idée vient de lui traverser l'esprit. Elle se tourne vers Julian.

— Ils comptent nous traquer comme... comme des bêtes, c'est bien ça ?

Tous les regards sont braqués sur lui – certains curieux, d'autres belliqueux.

— Je ne sais pas.

Il a légèrement buté sur les mots et ajoute :

— Ils ne peuvent pas se permettre de nous laisser en vie.

— Maintenant, je peux dire « merde » ? ironise Dani.

— Mais si l'APASD et les Régulateurs se servent des Vengeurs pour nous décimer, on a la preuve que la résistance a du pouvoir, protesté-je. Ils voient en nous une menace, c'est une bonne chose.

Des années durant, les Invalides réfugiés dans la Nature étaient en quelque sorte « protégés » par le gouvernement, le discours officiel étant que le mal, l'*amor deliria nervosa*, avait été éradiqué pendant le blitz, et toutes les personnes contaminées, tuées. L'amour n'existait plus. Admettre l'existence de communautés d'Invalides serait revenu à reconnaître leur échec. Aujourd'hui, la propagande ne parvient pas à masquer la réalité. La résistance est devenue trop importante et trop visible. Ils ne peuvent plus nous ignorer, ils ne peuvent plus prétendre que nous n'existons pas. Il ne leur reste donc plus qu'à nous effacer de la surface de la planète.

— Ouais, on verra si c'est une si bonne chose que ça quand les Vengeurs nous feront griller dans notre sommeil, réplique Dani.

— Ça suffit, s'écrie Raven en se levant.

Un ruban de cheveux blancs serpente dans sa chevelure noire ; je ne l'avais jamais remarqué avant, et je me demande s'il a toujours été là ou s'il vient d'apparaître.

— On devra juste être plus prudents, dit-elle. On explorera plus attentivement le terrain avant d'établir un campement et on organisera des tours de garde, la nuit. D'accord ? S'ils sont à nos trousses, il nous faudra être plus rapides et plus intelligents. Et rester soudés. Nous sommes plus nombreux de jour en jour, non ? ajoute-t-elle avec un regard appuyé à Pike et Dani avant de se tourner vers Coral : Tu penses avoir la force nécessaire pour marcher ?

— Je pense, oui.

— Très bien, approuve Tack, qui commence visiblement à avoir la bougeotte (il doit être au moins 10 heures). On fait un dernier tour de ronde, on relève les pièges et on remballe les affaires. On décolle le plus tôt possible.

Tack et Raven ne sont peut-être plus les leaders incontestés du groupe, mais ils arrivent encore à donner une impulsion. Et, dans ce cas précis, personne ne discute. Nous campons près de Poughkeepsie depuis près de trois jours et, maintenant que nous nous sommes mis d'accord sur une destination, nous sommes impatients d'y arriver.

Nous nous dispersons aussitôt. Il y a un peu moins d'une semaine que nous voyageons ensemble, cependant chacun d'entre nous a déjà un rôle précis. Tack et Pike chassent ; Raven, Dani, Alex et moi nous occupons, à tour de rôle, des pièges ; Lu puise l'eau et la fait bouillir ; Julian se charge d'emballer, de charger et de déballer ; d'autres réparent les vêtements et les tentes. Dans la Nature, la survie dépend de l'ordre.

Sur ce point-là, les Invulnérables et les Vulnérables se rejoignent.

J'emboîte le pas à Raven, qui gravit un petit talus vers un groupe de fondations en ruine, qui marque sans doute l'emplacement d'anciennes habitations bombardées. Des ratons laveurs y ont établi leurs quartiers.

— Elle vient avec nous ? éclaté-je soudain.

— Qui ? réplique Raven, surprise de me découvrir sur ses talons.

Je m'efforce de garder un ton neutre.

— La fille. Coral.

Raven hausse un sourcil.

— Elle n'a pas vraiment le choix, si ? Soit elle nous accompagne, soit elle reste ici et risque de mourir de faim.

— Mais...

Je ne m'explique pas la méfiance naturelle que j'éprouve à son encontre.

— On ne sait rien d'elle.

— On ne sait rien de personne, Lena. Tu ne l'as pas encore compris ? Tu ignores tout de moi, j'ignore tout de toi. Et tu ignores même tout de toi !

Je pense à Alex, le garçon glacial et distant que je croyais, à une époque, connaître. Peut-être n'a-t-il pas autant changé que ça. Peut-être que je ne l'ai jamais vraiment connu... Avec un soupir, Raven se frotte le visage des deux mains.

— Écoute, j'étais sérieuse tout à l'heure. On doit rester soudés, c'est impératif.

— Je comprends.

J'observe le campement par-dessus mon épaule. À cette distance, la couverture rouge sur les épaules de Coral jure dans la scène, comme une tache de sang sur un parquet bien ciré.

— Je ne crois pas, non, rétorque Raven.

Elle se place en travers de mon chemin, me forçant à rencontrer son regard. Ses yeux sont durs, presque noirs.

— Ce qui nous arrive, maintenant, c'est la seule chose qui compte. Ce n'est pas un jeu, ce n'est pas une blague. C'est la guerre. Ça nous dépasse, toi et moi. Nous ne comptons plus.

Elle se radoucit pour ajouter :

— Rappelle-toi ce que je dis toujours. Le passé est mort.

Je réalise, alors, qu'elle parle d'Alex. Ma gorge se serre, mais je refuse de pleurer devant elle. Je ne verserai plus jamais de larmes sur Alex. Raven se remet en route.

— Tu devrais aller aider Julian, me suggère-t-elle.

Julian a déjà démonté la moitié des tentes. Une d'elles s'effondre sous mes yeux, évoquant la germination inversée d'un champignon.

— Il se débrouille très bien tout seul, il n'a pas besoin de moi.

Je m'apprête à suivre Raven, mais elle fait volte-face, ses cheveux noirs fouettant l'air.

— Crois-moi, Lena, il a besoin de toi.

L'espace d'une seconde, nous nous regardons en chiens de faïence. Une expression traverse les yeux de Raven, j'ai du mal à la déchiffrer. Un avertissement, peut-être. Puis un sourire incurve ses lèvres.

— C'est toujours moi qui décide, tu sais, dit-elle. Tu dois m'écouter.

Je tourne les talons et redescends vers le campement, vers Julian qui a besoin de moi.

Hana

Quand je me réveille, le lendemain matin, je suis désorientée par le soleil qui inonde la chambre. J'ai dû oublier de fermer les volets. Je m'assieds et repousse les couvertures au pied de mon lit. Les mouettes lancent leur appel dehors et, en me levant, je constate que la lumière a peint la pelouse d'un vert vif.

Dans le tiroir de mon bureau, je trouve une des rares choses que je me suis donné la peine de déballer : *Après le Protocole*, l'épais manuel qu'on m'a remis à l'issue de mon opération et qui, à en croire son introduction, « apporte des réponses aux questions les plus [mais aussi les moins !] fréquentes concernant le remède et ses conséquences ».

Je me reporte aussitôt au chapitre sur les rêves et parcours en diagonale les nombreuses pages qui détaillent, en termes techniques barbants, un des effets secondaires accidentels du Protocole : un sommeil sans rêves. Puis je repère une phrase qui me donne envie de serrer le livre contre ma poitrine : « Ainsi que nous l'avons souligné à de nombreuses reprises, les individus diffèrent les uns des autres et, même si le Protocole minimise les variations de tempérament et de personnalité, il va de soi qu'il ne produit pas des effets identiques sur tout le monde. Cinq pour cent, environ, des patients guéris continuent ainsi à rêver. »

Cinq pour cent. Ce n'est certes pas beaucoup, mais ce n'est pas non plus un nombre ridicule et inquiétant.

Je ne me suis pas sentie aussi bien depuis des jours. Au moment de refermer le livre, je prends une décision subite. Je vais aller chez Lena à vélo, aujourd'hui. Je n'ai pas approché le quartier de Cumberland depuis des mois. Ce sera ma façon d'honorer notre vieille amitié et de faire taire la culpabilité qui me ronge depuis que j'ai vu Jenny. Si Lena a succombé au mal, je suis en partie responsable, après tout. Ce qui doit expliquer que je continue à rêver d'elle. L'opération n'élimine pas tous les sentiments, et je persiste à ressentir un tiraillement.

Je passerai devant son ancienne maison ; ainsi, je pourrai constater que tout le monde va bien, et ça allégera ma conscience. La culpabilité se résout dans l'absolution, et je n'ai pas encore demandé pardon pour le rôle que j'ai joué dans cette affaire. Je vais peut-être apporter du café. Sa tante Carol adorait ça.

Puis je reprendrai le cours de ma vie.

Je me lave le visage, enfile un jean et ma polaire préférée, que de nombreux passages au sèche-linge ont rendue toute douce, et enroule mes cheveux en chignon informe. Lena accueillait toujours cette coiffure d'une grimace. « C'est injuste, disait-elle. Si j'essayais de faire la même chose, on aurait l'impression qu'un oiseau a posé son nid au sommet de mon crâne. »

— Hana ? Tout va bien ? m'interroge ma mère, depuis le couloir.

Sa voix, bien qu'étouffée, est empreinte d'inquiétude. J'ouvre la porte.

— Oui, oui, pourquoi ?

Elle m'étudie, les paupières plissées.

— Tu... étais-tu en train de chanter ?

J'ai dû fredonner sans m'en rendre compte. La honte m'embrase les joues, et je m'empresse de trouver une excuse :

— J'essayais de me rappeler les paroles d'une chanson que Fred m'a fait écouter, et je ne retrouve que des bribes.

Ses traits se détendent instantanément.

— Je suis sûre que tu la trouveras sur la BMFA.

Elle me prend le menton et me scrute sous tous les angles.

— Tu as bien dormi ? demande-t-elle.

— Parfaitement.

Je me libère et m'engage dans l'escalier.

Au rez-de-chaussée, mon père fait les cent pas dans la cuisine, déjà habillé pour le travail, à l'exception de sa cravate. Il me suffit de jeter un coup d'œil à ses cheveux pour comprendre qu'il est devant les infos depuis un moment. L'automne dernier, lorsque le gouvernement a, pour la première fois, reconnu publiquement l'existence des Invalides, il a insisté pour que la télévision soit allumée presque en permanence, même quand nous quittons la maison. Il entortille toujours ses cheveux dès qu'il la regarde.

La présentatrice du journal télé, qui porte un rouge à lèvres orange criard, est en train d'expliquer :

« Des citoyens scandalisés ont investi le commissariat de State Street ce matin, exigeant des explications au sujet de la présence d'Invalides dans nos rues, proférant leurs menaces en toute impunité... »

M. Roth, notre voisin, est assis à la table de la cuisine et se réchauffe les paumes avec un mug de café. Il commence à faire partie des meubles.

— Bonjour, Hana, dit-il sans quitter l'écran des yeux.

— Bonjour, monsieur Roth.

Les Roth ont beau vivre en face de chez nous, et Mme Roth a beau nous rebattre les oreilles avec les nouveaux vêtements dont elle couvre sa fille aînée, Victoria, je sais qu'ils ont du mal à joindre les deux bouts. Aucun de leurs enfants ne s'est vu attribuer un compagnon très remarquable, et ce, essentiellement à cause du mini-scandale attaché à Victoria – on raconte que son opération a dû être avancée parce qu'on l'avait surprise dehors après le couvre-feu. La carrière de M. Roth piétine et les signes de leurs difficultés financières sautent aux yeux : ils n'utilisent plus leur voiture, même si on peut toujours l'apercevoir derrière la grille, rutilante ; ils éteignent les lumières de bonne heure pour réaliser des économies d'électricité. Je soupçonne ainsi M. Roth de nous rendre visite aussi souvent parce qu'il n'a plus de télévision.

— Bonjour, papa, dis-je en longeant la table de la cuisine.

Il me répond d'un grommellement, tout en enroulant une autre mèche de ses cheveux. La présentatrice poursuit :

« Les tracts ont été distribués dans une douzaine de quartiers différents, y compris dans des jardins d'enfants et des écoles primaires. »

Le reportage montre une foule de manifestants sur les marches de la mairie. Leurs banderoles indiquent : « Reprenons le contrôle de nos rues » et « Pour une Amérique sans *delirium* ». L'APASD a reçu un déluge de manifestations de soutien depuis l'assassinat de son leader, Thomas Fineman, la semaine dernière. Il a déjà atteint le statut de martyr, et des mémoriaux ont fleuri à travers tout le pays.

« Pourquoi personne ne se charge de nous protéger ? hurle un homme dans un micro pour couvrir le brouhaha des autres contestataires. La police est censée nous préserver de ces fous furieux. Et ils envahissent nos rues ! »

Je me rappelle la frénésie avec laquelle je voulais me débarrasser du fameux tract, la veille, comme si c'était un moyen de nier son existence. Je n'avais pas réalisé que nous n'étions pas spécifiquement visés par les Invalides.

— C'est scandaleux ! explose mon père.

Je ne l'ai entendu élever la voix qu'à deux ou trois reprises dans ma vie, et il n'a pété les plombs qu'une fois : lorsqu'ils ont annoncé les noms des victimes des attaques terroristes et que Frank Hargrove – le père de Fred – comptait parmi les morts. Nous étions tous devant la télévision dans le petit salon, quand soudain il a jeté son verre contre le mur. C'était si choquant que nous nous sommes, ma mère et moi, contentées de le fixer. Je n'oublierai jamais les mots qu'il a prononcés ce soir-là : « L'*amor deliria nervosa* n'est pas la maladie de l'amour, mais de l'égoïsme. »

— À quoi sert le ministère de la Sécurité nationale, si...

M. Roth l'interrompt :

— Assieds-toi, Rich. Tu t'emportes.

— Bien sûr que je m'emporte. Ces cancrelats...

Dans le cellier, les boîtes de céréales et les paquets de café, tous en plusieurs exemplaires, sont bien rangés. Après avoir coincé un paquet de café sous mon bras, je dispose les autres de sorte qu'il n'y ait pas de trou. Puis je prends une tranche de pain que je tartine de beurre de cacahuètes, alors même que les nouvelles m'ont coupé l'appétit.

Je retraverse la cuisine et suis déjà dans le couloir quand mon père m'apostrophe :

— Où vas-tu ?

Je pivote légèrement pour qu'il ne puisse pas voir le café.

— J'ai envie de faire un tour à vélo, dis-je d'un ton enjoué.

— Un tour à vélo ?

— Je suis un peu serrée dans ma robe de mariée, expliqué-je en brandissant la tranche de pain pliée en deux. Le stress m'ouvre l'appétit.

Au moins, l'opération ne m'a pas privée de mon talent pour le mensonge.

— Ne va pas en centre-ville, d'accord ? rétorque-t-il, le front plissé. Il y a eu un incident hier soir...

— Un acte de vandalisme, intervient M. Roth, rien de plus.

À présent, la télévision diffuse des images des attaques terroristes de janvier : l'effondrement subit de la partie ouest des Cryptes filmé, caméra à l'épaule ; les flammes léchant la mairie ; des passagers se déversant de bus immobilisés et se dispersant dans les rues, en proie à la panique et à la confusion ; une femme accroupie dans l'eau de la baie, sa robe étalée autour d'elle dans les vagues, hurlant que le jour du Jugement dernier est arrivé ; un nuage de poussière dérivant dans la ville et recouvrant tout d'un film crayeux.

— Ce n'est que le début, rispote sèchement mon père. Un avertissement. Ça saute aux yeux !

— Ils ne pourront pas entreprendre d'action collective, ils ne sont pas assez organisés.

— C'est ce que tout le monde disait l'an dernier, aussi, et nous nous sommes retrouvés avec un trou dans les Cryptes, un maire assassiné et une ville pleine de psychopathes. Tu sais combien de prisonniers se sont évadés ce jour-là ? Trois cents.

— La sécurité a été renforcée depuis, insiste M. Roth.

— La sécurité n'a pas empêché les Invalides de transformer Portland en boîte aux lettres la nuit dernière. Qui sait ce qui pourrait arriver ?

Il soupire et se frotte les yeux, puis se tourne vers moi :

— Je ne tiens pas à ce que ma fille unique soit réduite en bouillie.

— Je n'irai pas en centre-ville, papa. Je ne poserai même pas le pied sur la péninsule, ça te va ?

Il hoche la tête et reporte son attention sur la télévision.

Je m'arrête sur le perron pour manger ma tartine d'une main, le paquet de café toujours sous le bras. Réalisant, trop tard, que j'ai soif, je ne rentre pas dans la maison. Je m'agenouille, range le fruit de mon larcin dans mon vieux sac à dos – qui garde un vague parfum des chewing-gums à la fraise que j'avais l'habitude de manger –, puis enfonce la casquette sur mon chignon. Je mets aussi des lunettes de soleil. Je porte la même tenue que la veille, pantalon de jogging et vieux sweat-shirt. Je redoute moins d'être repérée par des paparazzis que de tomber sur une personne de ma connaissance.

Je sors mon vélo du garage et le pousse jusque dans la rue. Tout le monde dit que le vélo, ça ne s'oublie pas, pourtant, une fois juchée sur la selle, je me mets à osciller dangereusement, comme un enfant débutant. Au bout de quelques secondes hésitantes, je réussis à trouver mon équilibre. Je dirige mon vélo vers la pente qui descend en direction de Brighton Court, et de la limite du quartier résidentiel de WoodCove Farms.

Le *tic-tic-tic* des roues sur le macadam a quelque chose de rassurant, ainsi que la caresse du vent sur mon visage, frais et pénétrant. C'était différent quand je courais,

mais cette sensation me procure malgré tout une satisfaction comparable à celle que l'on éprouve en se glissant
entre des draps propres à la fin d'une longue journée.

C'est un jour parfait, il fait beau et étonnamment
froid. Par un temps pareil, il semble impossible que la
moitié du pays soit préoccupée par la poussée d'insur-
rections, que les Invalides envahissent Portland, débordant des égouts pour répandre un message de passion
et de violence. Impossible de s'imaginer que quoi que ce
soit puisse aller de travers dans ce monde. Un parterre
de pensées inclinent la tête, comme pour approuver mes
réflexions, alors que je les dépasse, prenant peu à peu de
la vitesse, au fil de la pente. Je franchis en trombe les
grilles de la résidence sans m'arrêter devant la cahute du
gardien – je salue néanmoins Saul au passage, même si je
doute qu'il me reconnaisse.

Le décor ne tarde pas à changer. Des parcelles appartenant à l'État jouxtent des terrains vagues miteux et je
longe trois caravanes garées côte à côte devant lesquelles
s'entassent des barbecues et des braseros, et nimbées
d'un film de fumée et de cendres – leurs habitants n'ont
que rarement recours à l'électricité.

Brighton Avenue me conduit jusqu'à la péninsule et me
fait donc en principe franchir la frontière avec le centre-
ville. Toutefois, la mairie et l'ensemble de bâtiments
municipaux investis par les protestataires sont encore
à plusieurs kilomètres de distance. Depuis le vieux port
jusqu'ici, les édifices ne comptent que quelques étages
et sont intercalés d'épiceries, de laveries automatiques,
d'églises décrépites et de stations-service à l'abandon
depuis longtemps.

Je tente de me souvenir de ma dernière visite chez
Lena – plutôt que de sa venue chez moi –, mais les images
se superposent dans ma tête, accompagnées d'une odeur

de raviolis en boîte et de lait en poudre. Elle avait un peu honte de sa famille, qui vivait à l'étroit. Elle savait ce que les gens disaient. J'ai toujours aimé aller chez elle, pourtant. Je ne suis pas sûre de pouvoir l'expliquer. À l'époque, j'étais attirée par le bazar, je crois – les lits collés les uns contre les autres à l'étage, l'électroménager qui ne marchait qu'une fois sur deux, les plombs qui sautaient sans arrêt, la machine à laver abandonnée à la rouille et transformée en meuble pour ranger les vêtements d'hiver.

Cela a beau faire huit mois, je retrouve le chemin de chez Lena les yeux fermés, me rappelant même que je dois emprunter le raccourci et couper à travers un parking. Tous ces efforts m'ont mise en nage. J'arrête mon vélo à quelques maisons de celle des Tiddle pour retirer ma casquette et me recoiffer, histoire d'être à peu près présentable. Une porte s'ouvre avec fracas plus bas dans la rue, et une femme sort sur un perron encombré de meubles cassés ainsi que d'une intriguante lunette de toilettes tachée de rouille. Elle est munie d'un balai et, sans me quitter des yeux, se met à le passer et le repasser, avec énergie, sur seulement quinze centimètres carrés de plancher.

Le quartier est dans un état de délabrement bien plus avancé qu'autrefois. La moitié des bâtisses sont barricadées. J'ai l'impression d'être embarquée à bord d'un sous-marin et d'explorer les décombres d'un navire. Je vois bouger des rideaux et j'ai le sentiment que plusieurs paires d'yeux invisibles suivent ma progression dans la rue – sans parler de la colère qui bouillonne à l'intérieur de ces habitations tristes et branlantes.

Je commence à penser que c'était idiot de venir. Que vais-je dire ? Que puis-je dire ?

Pourtant, je suis trop près pour tourner les talons sans avoir revu le 237, l'ancienne adresse de Lena. Dès que j'atteins le grillage, je devine que la maison est à l'abandon depuis un moment. Il manque plusieurs tuiles sur le toit, et les fenêtres ont été bouchées avec des planches couleur moisi. Un grand X rouge a été peint sur la porte d'entrée, symbole que l'endroit a abrité un malade.

— Qu'est-ce que tu veux ?

Je fais volte-face. La femme sur son perron a cessé de balayer ; elle a placé une main en visière au-dessus de ses yeux.

— Je cherche les Tiddle.

Ma voix résonne dans la rue déserte. La femme continue de me détailler. Je me force à pousser mon vélo vers elle, alors que quelque chose résiste en moi, m'enjoint de rebrousser chemin. Ma place n'est pas ici.

— Les Tiddle ont déménagé l'automne dernier, dit-elle avant de se remettre à balayer. Ils n'étaient plus les bienvenus ici. Pas après...

Elle s'interrompt brutalement, puis reprend :

— Bref, je n'ai pas la moindre idée de ce qu'ils sont devenus, et je m'en contrefiche. Ils peuvent bien pourrir à Deering Highlands, en ce qui me concerne. Ils ont ruiné la réputation du quartier, ces affaires ont fait du tort à tout le monde...

— C'est là-bas qu'ils ont emménagé ? demandé-je, me raccrochant à la première bribe d'information qu'elle lâche. Deering Highlands ?

Elle se braque aussitôt.

— Est-ce que ça te regarde ? Tu appartiens à la division jeunesse de l'APASD ou quoi ? C'est un bon quartier, un quartier sans histoire.

Avec son balai, elle martèle le plancher du perron, comme pour écraser des insectes invisibles.

— Je lis le *Livre* tous les jours, poursuit-elle, et j'ai réussi mes entretiens aussi bien que les autres. Et ça n'empêche pas certains curieux de venir fouiner, de chercher les ennuis.

Je tente de la rassurer :

— Je ne suis pas de l'APASD. Et je ne cherche pas les ennuis.

— Alors, qu'est-ce que tu fais ?

Elle m'observe à travers ses paupières plissées et soudain son expression change.

— Hé ! Tu es déjà venue ici, non ?

— Pas du tout, m'empressé-je de répondre avant de remettre ma casquette.

Je ne tirerai rien de plus d'elle.

— Je suis sûre de t'avoir déjà vue quelque part, insiste-t-elle, tandis que j'enfourche mon vélo.

Je sais qu'elle ne va pas tarder à me remettre : la future épouse de Fred Hargrove.

— Vous vous trompez, dis-je en m'éloignant dans la rue.

Je devrais tourner la page. Je sais que c'est la seule chose à faire. Cependant, plus que jamais, j'éprouve le besoin pressant de revoir la famille de Lena. Je dois découvrir ce qui leur est arrivé depuis son départ.

Je ne me suis pas rendue à Deering Highlands depuis l'été dernier ; à l'époque, nous nous retrouvions, Alex, Lena et moi, au 37 Brooks Street, l'une des nombreuses demeures inhabitées du quartier. Lena et Alex y ont été arrêtés par les Régulateurs et, suite à ça, ils ont tenté une évasion de dernière minute, planifiée à la va-vite.

Deering Highlands, aussi, est en plus mauvais état que dans mon souvenir. Le quartier a été déserté depuis des années, après une série de rafles qui a entaché sa réputation. Quand j'étais petite, les gamins plus âgés nous racontaient des histoires effrayantes, de fantômes d'Invalides tués par l'*amor deliria nervosa* et qui continuaient à hanter les rues. Nous nous mettions au défi d'aller toucher ses bâtisses en ruine. Il fallait laisser sa main dix secondes, soit le temps nécessaire à la maladie pour vous contaminer.

Avec Lena, nous nous sommes prêtées au jeu une fois. Elle s'est dégonflée au bout de quatre secondes, mais j'ai tenu jusqu'à dix, en comptant lentement, à voix haute, pour que les filles qui nous surveillaient puissent entendre. J'ai ensuite régné en héroïne sur les CE1 pendant deux semaines complètes.

L'été dernier, les autorités ont lancé un raid sur une fête illégale qui avait lieu dans ce quartier. J'y étais. Ce soir-là, j'ai permis à Steven Hilt de coller sa bouche contre mon oreille pour me parler tout bas. C'était l'une des quatre soirées illégales auxquelles j'ai assisté après avoir décroché mon diplôme. Je n'ai pas oublié l'excitation qui m'envahissait chaque fois que je me faufilais dans les rues, bien après le couvre-feu, mon cœur qui remontait dans ma gorge, et mes rendez-vous avec Angelica Martson, le lendemain, pendant lesquels nous nous félicitions de ne pas avoir été prises. Nous parlions, tout bas, de baisers et menacions de nous enfuir dans la Nature, comme des petites filles rêvant du pays des merveilles.

Et c'est bien de ça qu'il s'agissait : des rêves de petites filles. Jouer à faire semblant. Ça n'aurait jamais dû vraiment nous arriver, à Angie, à moi ou à quiconque. Et encore moins à Lena.

Après le raid, le quartier a été officiellement récupéré par la ville de Portland et certaines maisons rasées. Leur projet initial visait à construire des immeubles d'habitation bon marché pour les travailleurs municipaux, mais les travaux ont connu un coup d'arrêt suite aux actes terroristes et, à mon arrivée dans la zone, je n'aperçois qu'un champ de décombres : trous dans le sol, arbres abattus aux racines exposées, terre retournée et panneaux rouillés indiquant que le port du casque est obligatoire.

Il y règne un calme tel que mes roues semblent faire un vrai tintamarre sur le bitume. Un souvenir ancien remonte à la surface sans que je l'aie convoqué : « En silence, entre les tombes, je me perds / À moins que je ne sois allongé sous la terre. » Une vieille comptine que nous chuchotions, enfants, lorsque nous passions devant un cimetière.

Voilà ce qu'est devenu ce quartier : un cimetière.

Je descends de mon vélo et l'appuie contre un vieux panneau, qui donne la direction de Maple Avenue, une artère où s'alignent d'énormes cratères de terre noire et des arbres déracinés. Je m'y engage sur quelques mètres, gagnée progressivement par le ridicule. Il n'y a personne ici. Ça saute aux yeux. Et Deering Highlands est un vaste quartier, enchevêtrement de ruelles et d'impasses. Même si la famille de Lena a investi une maison du coin, je risque de ne pas retrouver leur trace.

Mes pieds continuent pourtant à me porter en avant, comme obéissant à une autre force que ma raison. Le vent balaye sans bruit les terrains vagues, charriant des effluves de pourriture. Je passe le long de fondations exposées, qui étrangement me rappellent les radios que mon dentiste me montrait : structures grises et osseuses, évoquant une mâchoire grande ouverte et fichée dans la terre.

Soudain, je remarque quelque chose : un parfum de fumée, discret mais bien réel, étouffé par les autres odeurs. Quelqu'un fait un feu.

Je prends à gauche au carrefour et descends Wynnewood Road. Je retrouve alors la zone que j'ai gardée en mémoire depuis l'été dernier. Ici, les habitations n'ont pas été rasées. Elles se dressent toujours, menaçantes et vides, derrière d'épaisses haies de troènes. Ma gorge se serre puis se relâche, se serre puis se relâche. Je ne dois plus être très loin du 37 Brooks Street à présent. À l'idée de tomber dessus, je suis prise d'une terreur subite. Je prends une décision : si j'arrive là-bas, ce sera le signe que je dois tourner les talons. Je rentrerai chez moi et j'oublierai cette mission absurde.

— « Maman, maman... aide-moi à retrouver la maison... »

La chanson m'arrête aussitôt ; je retiens mon souffle une minute, essayant de deviner de quelle direction provient la voix.

— « Je suis perdue dans les bois, sans compagnon... »

Ce sont les paroles d'une vieille comptine qui évoque les monstres imaginaires censés peupler la Nature. Vampires. Loups-garous. Invalides.

Sauf que les Invalides sont bel et bien réels.

Je quitte l'asphalte pour l'herbe du bas-côté et slalome entre les arbres qui bordent la rue. J'avance prudemment, veillant à poser d'abord la pointe des pieds sur le sol avant de m'appuyer de tout mon poids. Les inflexions sont si douces, si ténues...

La rue forme un coude et j'aperçois une fillette accroupie au milieu de la chaussée, dans un grand carré de soleil, ses cheveux noirs et plats formant un rideau qui encadre son visage. Elle est si sèche que ses rotules évoquent des mâts dépassant de deux voiles. Elle tient une poupée crasseuse dans une main, et dans l'autre un bâton dont une extrémité est taillée en pointe. Les cheveux de la poupée sont faits de fils de laine jaune emmêlés, ses yeux, de boutons noirs – un seul est encore fixé à son visage. Un simple fil rouge forme sa bouche, et lui aussi menace de se découdre.

— « J'ai été attaquée par un vampire, vieux filou... »

Je ferme les paupières alors que la suite de la comptine me revient.

Maman, maman, borde-moi,
Je suis à demi morte, je ne rentrerai pas,
J'ai rencontré un Invalide, et il m'a eue, le beau parleur,
Il a montré son sourire, et s'est jeté sur mon cœur.

Lorsque je rouvre les yeux, elle redresse brièvement la tête tout en abattant son faux poignard pour repousser un vampire imaginaire. Tout en moi se fige, soudain. C'est Grace, la plus jeune cousine de Lena. Sa cousine préférée. Grace, qui n'a jamais prononcé le moindre mot, en tout cas pas au cours des six premières années de sa vie.

— « Maman, maman, borde-moi... »

Il a beau faire frais à l'ombre des arbres, un filet de sueur s'est formé entre mes seins. Je le sens descendre vers mon ventre.

— « J'ai rencontré un Invalide, et il m'a eue, le beau parleur... »

À présent, elle applique la pointe de son bâton sur le cou de sa poupée, afin d'y tracer la cicatrice protocolaire.

— « Sûreté, santé et satisfaction forment les trois S », chantonne-t-elle.

Sa voix est montée d'une octave pour entonner ce qui ressemble à une berceuse.

— « Chut, sois sage. Ça ne fera pas mal, je te le promets. »

Je ne peux en supporter davantage. Elle tape sur le crâne de sa poupée au cou flexible, qui paraît ainsi acquiescer. Je sors du couvert des arbres.

— Gracie, l'appelé-je.

Par réflexe, j'ai tendu une main vers elle, comme pour amadouer un animal sauvage. Elle se pétrifie. Je fais un pas supplémentaire. Elle serre si fort le bâton dans son petit poing que ses articulations blanchissent.

— Grace, dis-je avant de me racler la gorge. C'est moi, Hana. Je suis une amie... J'étais une amie de ta cousine Lena.

Sans prévenir, elle bondit sur ses pieds et détale, abandonnant sa poupée et son bâton. Je m'élance aussitôt à ses trousses.

— Attends ! S'il te plaît... Je ne te veux aucun mal.

Elle est rapide, elle a déjà mis quinze mètres entre nous. Elle disparaît à l'angle d'une rue et, le temps que je l'atteigne, elle s'est volatilisée. Je m'arrête. Mon cœur bat la chamade dans ma poitrine et un goût métallique m'envahit la bouche. Je retire ma casquette et m'éponge le front. Je me fais l'impression d'une totale idiote.

— Imbécile.

J'ai parlé tout haut. Et puisque ça me soulage, je répète, un peu plus fort :

— Imbécile.

Un gloussement retentit dans mon dos. Je me retourne : personne. Les poils se dressent sur ma nuque ; j'ai soudain l'impression d'être observée, réalisant alors que, si la famille de Lena s'est établie ici, il doit y en avoir d'autres. Je remarque alors les rideaux de douche bon marché, en plastique, suspendus aux fenêtres de la maison d'en face ; le jardin voisin est envahi d'objets en plastique – jouets, seaux et briques – et de briques de construction. Le tout soigneusement agencé, comme si quelqu'un s'en était servi il y a peu. En proie à une gêne subite, je me réfugie dans l'ombre des arbres, les yeux rivés sur la rue, à l'affût d'un mouvement.

— Nous avons le droit d'être ici, tu sais, murmure quelqu'un juste dans mon dos.

Je fais volte-face, si éberluée que j'en perds ma langue. Une fille, qui était cachée derrière un tronc, me fixe maintenant de ses grands yeux marron.

— Willow ? balbutié-je.

Ses yeux papillotent. Si elle me reconnaît, elle ne le laisse pas paraître. Pourtant, c'est bien elle, Willow Marks, une ancienne camarade de classe, au sujet de laquelle des rumeurs ont circulé, racontant qu'on l'avait trouvée avec un garçon, vulnérable, dans le parc de Deering Oaks après le couvre-feu.

— Nous avons le droit, répète-t-elle dans ce même souffle pressant.

Elle tord ses longues mains fines.

— Une voie pour chacun... C'est la promesse du remède.

— Willow, dis-je en reculant et en manquant de trébucher. Willow, c'est moi, Hana Tate. On avait maths ensemble l'an dernier. Avec M. Fillmore. Tu te rappelles ?

Ses paupières battent à nouveau. Sa longue chevelure est terriblement emmêlée. Je me souviens qu'elle avait l'habitude de se faire des mèches de couleur. Mes parents avaient toujours dit qu'elle aurait des ennuis, ils voulaient que je garde mes distances.

— Fillmore, Fillmore... répète-t-elle.

Quand elle incline la tête, je remarque la cicatrice triangulaire sur sa nuque, et je me rappelle alors qu'elle a brusquement disparu du lycée quelques mois avant la fin de l'année scolaire. Tout le monde prétendait que ses parents l'avaient forcée à subir l'opération en avance. Elle se renfrogne et secoue la tête.

— Je ne sais pas... je ne crois pas...

Elle porte ses ongles à la bouche et je constate que les petites peaux tout autour sont rongées jusqu'au sang. Mon estomac se soulève. Je dois partir d'ici. Je n'aurais jamais dû venir.

— Ça m'a fait plaisir de te revoir, Willow.

Je la contourne prudemment, évitant tout mouvement brusque alors même que je rêve de courir à toutes jambes. Soudain, elle m'attrape par le cou et m'attire vers elle, comme pour m'embrasser. Un cri m'échappe et je me débats, mais elle est d'une force surprenante. D'une main, elle me tâte le visage, m'effleurant les joues et le menton, à la façon d'une aveugle. Le contact de ses ongles sur ma peau m'évoque les petites pattes griffues des rongeurs.

— S'il te plaît...

À mon horreur, je découvre que je pleure presque. Des convulsions me nouent la gorge, la terreur m'empêche de respirer.

— S'il te plaît, laisse-moi partir.

Ses doigts trouvent ma cicatrice protocolaire. Aussitôt, elle semble se ressaisir. Elle n'a plus le regard dans le vague et je reconnais, l'espace d'une seconde, l'ancienne Willow : vive, rebelle et, pourtant, à cet instant, vaincue.

— Hana Tate, dit-elle tristement. Ils t'ont eue, toi aussi.

Puis elle me libère et je m'enfuis.

Lena

Coral nous ralentit. Maintenant qu'elle a pu se baigner et bander ses plaies ou égratignures, elle n'a plus de blessures visibles, mais elle reste faible. Elle prend du retard dès le départ, et Alex ralentit la cadence pour être à ses côtés. J'ai beau m'efforcer de les ignorer, mon oreille accroche le fil de leur conversation, tissé parmi les autres voix. À une occasion, j'entends même Alex éclater de rire.

Dans l'après-midi, nous tombons sur un énorme chêne. Plusieurs balafres barrent son écorce. Je laisse échapper un cri en identifiant le dessin : un triangle suivi d'un nombre et d'une flèche. Le symbole de Bram, la série de signes dont il se servait pendant notre migration pour repérer nos progrès vers le sud et nous aider à retrouver notre chemin au printemps.

Je me souviens de cette marque en particulier : elle indiquait la présence d'une maison intacte au milieu des bois, investie par une famille d'Invalides. Raven a dû la reconnaître, elle aussi.

— Bingo ! s'écrie-t-elle avec un sourire.

Puis elle lance à la cantonade :

— Il y a un endroit où s'abriter, par là !

Des cris d'acclamation accueillent la nouvelle. Une semaine loin de la civilisation et nous rêvons de bonheurs simples : un toit, des murs et un bain d'eau chaude. Savonneuse.

Moins d'un kilomètre et demi nous sépare de la bicoque, et dès que j'en aperçois les pignons, tapissés d'une fourrure de lierre brun et touffu, mon cœur s'emballe. La Nature, si vaste et changeante, si déboussolante, nous pousse aussi à rechercher ce qui est familier. Je partage mon enthousiasme avec Julian :

— On a fait halte ici l'automne dernier. Pendant notre voyage au départ de Portland vers le sud. Je me rappelle cette vitre cassée... Tu as vu, ils l'ont réparée avec du bois ? Et la petite cheminée de pierre qui perce à travers la vigne vierge ?

Je ne peux pas m'empêcher de noter, néanmoins, que la maison est plus délabrée qu'il y a six mois. Sa façade s'est assombrie, recouverte d'une couche gluante de moisissure noire, qui a grignoté les joints entre les pierres. La petite clairière, devant, où nous avions planté nos tentes est envahie par de grandes herbes folles et des épineux.

Aucun panache de fumée ne s'échappe de la cheminée. Il doit faire froid à l'intérieur sans feu. L'automne dernier, les enfants s'étaient précipités à notre rencontre. Ils passaient leur vie dehors, à rire et à crier, à se chamailler. À présent, il règne un silence assourdissant que seul le faible soupir du vent dans le lierre vient troubler. Un malaise me saisit. Et je ne suis pas la seule. Nous avons couvert le dernier kilomètre d'un pas rapide, nous déplaçant tous ensemble, comme un groupe soudé, portés par la promesse d'un vrai repas, à l'abri, par l'opportunité de se sentir, à nouveau, humains. Maintenant, plus personne n'ose prendre la parole.

Raven atteint la porte la première. Elle hésite, le poing suspendu à quelques millimètres du battant ; puis elle frappe. Le son, creux, résonne dans le calme. Il ne provoque aucune réaction.

— Ils sont peut-être sortis, suggéré-je.

Je m'efforce de faire taire la panique qui enfle, la sensation de peur acérée que j'éprouvais chaque fois que je passais à proximité du cimetière de Portland. « On ferait mieux d'accélérer, disait Hana, ou ils vont nous attraper par les chevilles. »

Sans un mot, Raven tourne la poignée ; la porte s'ouvre. D'un regard, elle consulte Tack, qui épaule son fusil et entre. Elle semble soulagée qu'il passe devant elle. Après avoir sorti le poignard du fourreau qu'elle porte à la hanche, elle le suit à l'intérieur. Nous leur emboîtons le pas. Une puanteur atroce nous assaille aussitôt. Une faible lumière déchire l'obscurité, pénétrant par la porte ouverte et s'immisçant entre les planches qui recouvrent la vitre brisée. On aperçoit seulement les contours des meubles, pour la plupart cassés ou renversés. Quelqu'un laisse échapper un cri.

— Qu'est-il arrivé ? murmuré-je.

Julian trouve ma main dans le noir et la presse. Personne ne répond à ma question. Tack et Raven continuent leur progression dans la pièce, leurs semelles crissant sur les morceaux de verre. Avec la crosse de son fusil, Tack fait sauter les planches qui couvrent la fenêtre ; elles ne lui opposent aucune résistance et des flots de lumière se déversent dans la maison. Pas étonnant que ça sente aussi mauvais : la nourriture contenue dans une marmite et répandue par terre s'est décomposée. Je fais un pas de plus dans sa direction, et des insectes détalent dans les coins. Je ravale un haut-le-cœur.

— Mon Dieu, marmonne Julian.

— Je vais voir à l'étage, annonce Tack d'une voix normale qui me fait sursauter.

Quelqu'un allume une lampe torche et promène son faisceau sur le parquet jonché de débris. Je me rappelle alors que j'en ai une, moi aussi, et je furète dans mon sac à dos. La lampe braquée devant moi, comme pour nous protéger, j'emmène Julian dans la cuisine. Nous y découvrons de nouveaux signes de lutte, quelques bocaux en verre brisés, de la nourriture en train de pourrir et des insectes. Je me couvre le nez avec ma manche. J'explore les étagères du garde-manger ; elles sont encore plutôt bien fournies : conserves de légumes et de viandes étiquetées avec soin, d'une écriture appliquée et bien lisible. Un vertige soudain s'empare de moi, un tournis violent, alors que je revois la femme aux cheveux rouge feu penchée sur un bocal, qui dit en souriant : « Il n'y a presque plus de papier. Bientôt, nous en serons réduits à parier sur le contenu des conserves ! »

— La voie est libre, annonce Tack, qui redescend d'un pas lourd.

Julian m'attire dans le petit couloir, puis jusqu'au séjour, où l'essentiel du groupe est toujours assemblé.

— Encore les Vengeurs ? s'enquiert Gordo de son ton bourru.

Tack se passe une main dans les cheveux.

— En tout cas, dis-je, ils n'étaient pas à la recherche de vivres. Le garde-manger est plein.

— Ce n'est pas sûr que ce soient les Vengeurs, observe Bram. La famille qui habitait ici a peut-être décidé de partir.

— Ah oui ? Et ils auraient tout saccagé avant ? ironise Tack en déplaçant une tasse métallique de la pointe du pied. Ils auraient abandonné leur nourriture ?

— Qui te dit qu'ils n'étaient pas pressés ? insiste Bram, qui n'y croit pourtant pas lui-même.

Il règne une atmosphère rance et inquiétante : il s'est passé quelque chose de grave, nous le sentons tous. Je ressors sur le perron pour respirer les odeurs fraîches du dehors, les parfums du grand air et de la Nature. Je regrette que nous soyons venus.

La moitié du groupe a déjà battu en retraite à l'extérieur. Dani arpente la clairière lentement en écartant les hautes herbes – j'ignore ce qu'elle peut bien chercher. De loin, on dirait qu'elle patauge, de l'eau jusqu'aux genoux. Des cris me parviennent depuis l'autre côté de la maison, puis la voix de Raven, qui s'élève par-dessus le brouhaha général :

— Recule, recule ! Ne descends pas... Je t'ai dit de ne pas descendre !

Mon ventre se serre ; elle a découvert quelque chose.

— Je les ai trouvés, se contente-t-elle de dire en nous rejoignant dans la clairière, haletante et les yeux brillants de colère.

Inutile de préciser qu'ils sont morts.

— Où ? demandé-je d'une voix cassée.

— Au pied de la butte, répond-elle avec sécheresse, avant de m'écarter pour rentrer dans la maison.

Je n'ai aucune envie d'être à nouveau plongée dans la puanteur et l'obscurité, ainsi que la fine pellicule morbide qui recouvre tout – c'est ce qui explique l'atmosphère inquiétante, le silence nauséabond –, pourtant je la suis.

— Qu'as-tu trouvé ? s'enquiert Tack, qui se tient toujours au milieu de la pièce, entouré de plusieurs de nos compagnons, en demi-cercle.

Ils sont tous si immobiles qu'en pénétrant dans la pièce j'ai l'impression fugace de découvrir des statues baignées d'une lumière grise.

— Des traces d'un feu, répond Raven.

Légèrement plus bas, elle ajoute :

— Et des os.

— Je le savais. Ils sont venus ici, je le savais !

Les inflexions de Coral, haut perchées, confinent à l'hystérie.

— Ils sont partis, maintenant, la réconforte Raven. Ils ne reviendront pas.

— Ce n'étaient pas les Vengeurs.

Nous faisons tous volte-face. Alex se tient dans l'embrasure de la porte, un ruban rouge – ou une bande de tissu – dépassant de son poing.

— Je t'avais dit de ne pas descendre.

Raven le foudroie du regard, pourtant, derrière l'irritation, je perçois aussi de la peur. L'ignorant, Alex pénètre dans la pièce en agitant sa trouvaille : une longue bande de plastique rouge, imprimée à intervalles réguliers d'une tête de mort surmontant deux os en croix et les mots : « Attention, risque biologique ».

— La zone entière a été bouclée, explique-t-il.

Si son visage demeure impassible, sa voix est étonnamment étranglée, comme s'il parlait à travers un bâillon. À présent, j'ai l'impression que c'est moi, la statue. Je voudrais parler, mais mon cerveau ne me répond plus.

— Qu'est-ce que ça veut dire ? s'étonne Pike.

Il vit dans la Nature depuis qu'il est tout petit, il ne sait presque rien de la vie dans les villes officielles – des Régulateurs aux mesures de santé publique, en passant par les quarantaines, les prisons ou la phobie de la contamination. Alex s'adresse directement à lui :

— Les malades ne sont pas enterrés. Ils sont soit enfermés dans des cellules à l'écart, soit brûlés.

L'espace d'une seconde, les yeux d'Alex rencontrent les miens. Je suis la seule à savoir que le cadavre de son père a été enterré dans la minuscule cour des Cryptes. Je suis la seule à savoir que, durant des années, Alex s'est rendu sur cette tombe de fortune, que rien ne signalait, et qu'il a écrit le nom de son père au feutre noir sur une pierre, pour qu'il ne soit pas oublié. « Je suis désolée », voilà le message que mes yeux essaient de lui transmettre, mais trop tard : il s'est déjà détourné.

— C'est vrai, Raven ? s'enquiert Tack d'un ton abrupt.

Elle ouvre la bouche, puis la referme. Un instant, je suis convaincue qu'elle va nier, pourtant, elle se résigne.

— Ça ressemble en effet aux Régulateurs.

Nous retenons tous notre souffle.

— Bordel, grommelle Hunter.

— Je n'en reviens pas, complète Pike.

— Des Régulateurs... répète Julian. Alors, ça signifie...

— Que nous ne sommes plus en sûreté dans la Nature, continué-je à sa place.

La panique, que je ne peux plus contenir, enfle dans ma poitrine.

— La Nature n'est plus à nous, ajouté-je.

— Tu es content de toi ? demande Raven en jetant un regard haineux à Alex.

— Ils avaient le droit de savoir, rétorque-t-il.

— Allez, allez, intervient Tack, tendant les mains dans un geste d'apaisement. Du calme... Ça ne fait aucune différence. Nous savions déjà que les Vengeurs rôdaient dans le coin. Il faut juste qu'on reste sur nos gardes. Les Régulateurs ne connaissent pas la Nature, rappelez-vous. Ils ne sont pas habitués à se repérer sur ce genre de terrain. Sur notre terrain.

Je sais que Tack s'efforce de nous rassurer de son mieux, mais il se trompe sur un point : ça fait une différence. C'est une chose de lancer un bombardement aérien contre nous, c'en est une autre si les Régulateurs ont franchi les frontières, réelles et imaginaires, qui séparaient jusque-là nos deux mondes. Ils ont mis en pièces le voile d'invisibilité qui nous protégeait depuis des années.

Un souvenir me revient subitement en mémoire, la fois où un raton laveur, qui s'était introduit chez tante Carol, a grignoté toutes les boîtes de céréales, laissant des miettes dans chaque pièce. Nous l'avons acculé dans la salle de bains et oncle William l'a abattu, craignant qu'il ne soit porteur de maladies. J'ai retrouvé des céréales dans mes draps : l'animal s'était glissé dans mon lit. Je les ai lavés trois fois avant d'accepter de me coucher à nouveau dedans, et même alors j'ai rêvé de ses petites griffes qui se plantaient dans ma peau.

— Mettons-nous au travail, poursuit Tack. On installera le maximum de personnes à l'intérieur, les autres camperont dehors.

— On reste ici ? lance Julian, estomaqué.

— Et pourquoi pas ? riposte Tack en le considérant avec dureté.

— Parce que...

Julian cherche un soutien auprès des autres, mais personne ne rencontre son regard.

— Des gens ont été tués ici, reprend-il. C'est... On ne peut pas faire ça.

— Ce qu'on ne peut pas faire, c'est tourner le dos à un toit, un garde-manger rempli et de meilleurs pièges que ceux dont on se sert, le rembarre Tack. Les Régulateurs sont déjà passés, ils ne reviendront pas. Ils ont rempli leur mission.

D'un regard, Julian sollicite mon aide. Je connais trop Tack, et la Nature. Je secoue presque imperceptiblement la tête. Façon de lui dire : « Ne discute pas. »

— On se débarrassera plus vite de l'odeur si on casse d'autres fenêtres, observe Raven.

— Il y a du bois de chauffage derrière, je peux faire un feu, propose Alex.

— Très bien, conclut Tack sans poser les yeux sur Julian, c'est décidé. On passe la nuit ici.

Nous entassons les débris à l'arrière. J'évite de m'attarder trop sur les bols en miettes, les chaises cassées, et de penser qu'il y a six mois j'étais assise dessus, pour déguster un bon repas chaud. Nous récurons le parquet avec le vinaigre trouvé dans un des placards, et Raven fait brûler des herbes sèches, recueillies dehors, jusqu'à ce que l'odeur putride et suffocante finisse par disparaître.

Raven m'envoie poser quelques pièges dans les environs, et Julian se porte volontaire pour m'accompagner. Il cherche sans doute une excuse pour s'échapper. Je vois bien que, même si nous avons nettoyé les pièces et effacé toutes les traces de lutte, il reste mal à l'aise. Nous traversons sans un bruit la clairière envahie par les mauvaises herbes et pénétrons dans l'épais fourré d'arbres. Le ciel est taché de rose et de mauve, les ombres font comme des traits de pinceau épais sur le sol. L'air est encore doux, en revanche, et de minuscules feuilles vertes couronnent de nombreux arbres. J'aime voir la nature ainsi : étique et nue, avant de revêtir ses habits de printemps. Mais vivante aussi, en expansion, pleine de désir, d'une soif pour ce soleil qui l'abreuve un peu plus chaque jour. Bientôt la nature explosera, débordant d'énergie.

Julian m'aide à enfouir les pièges pour les dissimuler. J'aime cette sensation : la terre meuble et humide, les doigts de Julian. Une fois que nous avons installé les trois pièges et repéré leur emplacement au moyen d'une ficelle enroulée autour des arbres qui en marquent le périmètre, Julian confesse :

— Je ne suis pas prêt à retourner là-bas. Pas tout de suite.

— D'accord, dis-je en me levant et en essuyant mes mains sur mon jean.

Moi non plus, je n'ai pas envie de rebrousser chemin. Ça ne tient pas seulement à la maison. Il y a aussi Alex. Et le groupe. Les tensions et dissensions, les rancœurs et affrontements. C'est si différent de ce que j'ai découvert à mon arrivée dans la Nature, à l'ancienne colonie : là-bas, tout le monde formait une grande famille.

À son tour, Julian se met debout, puis se passe une main dans les cheveux. De but en blanc, il demande :

— Tu te souviens de notre rencontre ?

— Quand les Vengeurs...

Il m'interrompt aussitôt :

— Non, non. Avant, à la réunion de l'APASD.

J'acquiesce. Ça me fait toujours bizarre d'imaginer que le garçon que j'ai vu ce jour-là – icône de la cause anti-*delirium*, incarnation de la conformité – a le moindre lien avec celui qui se trouve à mes côtés, au visage coloré par la vie au grand air, au front qui disparaît sous des boucles emmêlées évoquant des filaments de caramel entortillés. Voici ce qui m'émerveille en permanence : les gens changent de peau chaque jour. Ils ne gardent pas la même deux jours de suite. Il faut les réinventer, et il faut qu'ils se réinventent, eux aussi.

— Tu avais oublié ton gant. Tu es revenue et tu m'as surpris en train de regarder des photos...

— Je me rappelle. Des images de surveillance, c'est bien ça ? Tu m'as expliqué que vous cherchiez des bastions de la résistance.

— C'était un mensonge. Je... j'aimais voir tous ces paysages, ces grands espaces. Je n'aurais jamais imaginé... Même quand je rêvais de la Nature et des endroits qui n'avaient pas de limites, je ne pensais pas que ce serait ainsi.

Je lui prends la main et la serre, fort.

— Je savais que tu mentais.

Ses yeux sont d'un bleu limpide aujourd'hui, une couleur estivale. Parfois, ils se couvrent, comme l'océan à l'aube, parfois, ils sont aussi pâles que le ciel au point du jour. J'en apprends toutes les nuances. Il suit le contour de ma mâchoire du bout du doigt.

— Lena...

Il me considère avec une intensité telle que l'angoisse m'étreint.

— Qu'est-ce qui ne va pas ? dis-je en m'efforçant de garder un ton léger.

— Rien.

Il m'attrape l'autre main.

— Tout va bien au contraire, ajoute-t-il. Je... je voulais juste te dire quelque chose.

« Ne fais pas ça. » Ce sont les mots que j'aimerais lui répondre, mais ils se dissolvent en bulles de rire, provoquées par cette légère hystérie qui m'étreignait juste avant un contrôle. Il s'est étalé un peu de terre sur la pommette, et je ne peux retenir un gloussement.

— Qu'est-ce qu'il y a ? demande-t-il, excédé.

Maintenant que j'ai ouvert les vannes, impossible d'arrêter.

— De la terre, rétorqué-je en lui frottant la joue. Tu t'en es mis partout !

— Lena.

Il a prononcé mon prénom avec une telle autorité que je finis par recouvrer mon sérieux.

— J'essaie de te dire quelque chose, d'accord ?

Nous nous dévisageons un instant. Les arbres semblent retenir leur souffle. Je vois mon reflet dans les yeux de

Julian – une ombre, une forme pure sans substance. Je me demande quelle image il a de moi. Il prend une profonde inspiration avant de débiter :

— Je t'aime.

Au même moment, je bredouille :

— Ne le dis pas.

Un nouveau silence s'abat sur nous. Julian ne cache pas sa surprise.

— Quoi ? finit-il par demander.

J'aimerais pouvoir retirer ce que j'ai dit. J'aimerais pouvoir lui dire : « Je t'aime, aussi. » Mais les mots sont emprisonnés dans ma poitrine.

— Julian, je tiens énormément à toi, j'espère que tu le sais.

Je tente de le toucher, et il recule d'un bond.

— Arrête, cingle-t-il avant de se détourner.

Le malaise s'étire entre nous. Le ciel s'obscurcit de minute en minute. L'air semble se brouiller, tel un dessin au fusain qui commencerait à baver par endroits.

— C'est à cause de lui, non ? lâche-t-il au bout d'un moment, soutenant à nouveau mon regard. Alex.

Je crois qu'il n'a jamais prononcé son prénom avant.

— Non, me défends-je trop énergiquement. Ça n'est pas à cause de lui. Il n'y a plus rien entre nous.

Il secoue la tête ; je vois bien qu'il n'est pas convaincu.

— Je t'en prie, insisté-je.

Cette fois, il me laisse passer une main sur sa joue. Je me hisse sur la pointe des pieds pour l'embrasser. Il ne s'écarte pas, mais il ne me rend pas mon baiser.

— J'ai juste besoin d'un peu de temps, terminé-je.

Il finit par céder. Je lui attrape les bras et les referme autour de ma taille. Il m'embrasse le nez, le front, puis descend, sans décoller ses lèvres de ma peau, jusqu'à mon oreille.

— Je ne savais pas que ce serait comme ça, murmure-t-il.

Puis :

— J'ai peur.

Je sens son cœur battre à travers les différentes épaisseurs de vêtements. J'ignore à quoi il fait référence, exactement – la Nature, notre évasion, notre vie ensemble, l'amour ; je le presse contre moi de toutes mes forces et appuie ma tête contre son torse.

— Je sais, soufflé-je. J'ai peur aussi.

La voix de Raven nous parvient soudain, au loin :

— Le dîner est servi ! Si vous voulez manger, c'est tout de suite !

Une volée d'oiseaux, surpris par le bruit, s'égaillent. Ils piaillent dans le ciel. Le vent se lève et la nature reprend vie : mouvement, bruissement, craquement, un babil incohérent et continu.

— Viens, dis-je en entraînant Julian vers la maison des morts.

Hana

Explosions. Le ciel se brise soudain. Une première détonation, puis une seconde ; ensuite une salve de douze coups retentissants, accompagnés de fumée, de lumière et d'une déflagration colorée dans le ciel bleu pâle juste avant la tombée de la nuit.

Tout le monde applaudit le bouquet final du feu d'artifice, qui fleurit au-dessus de la terrasse. Mes oreilles tintent et l'odeur de la fumée me brûle les narines, mais ça ne m'empêche pas de taper dans mes mains.

Fred vient officiellement d'accéder au poste de maire de Portland.

— Hana !

Il s'approche justement de moi, un sourire aux lèvres, entouré de flashes qui crépitent. Au début du feu d'artifice, alors que tout le monde se précipitait sur la terrasse du golf de Harbor, nous avons été séparés. Il serre mes mains dans les siennes.

— Félicitations, lui dis-je.

Les photographes continuent à le mitrailler – *clic clac, clic clac, clic clac* – comme une autre salve, miniature, de tirs d'artifice. Chaque fois que je cligne des yeux, je vois des explosions de couleur derrière mes paupières.

— Je suis tellement heureuse pour toi, Fred.

— Pour nous, tu veux dire, me corrige-t-il.

Ses cheveux, qu'il prend le soin de peigner et d'enduire de gel, sont redevenus indisciplinés, si bien qu'une mèche s'est échappée et lui tombe dans l'œil droit. Je me sens heureuse. C'est ma vie, ma place : ici, à côté de Fred Hargrove.

— Tes cheveux, lui murmuré-je.

Par réflexe, il porte une main à son crâne et remet la mèche rebelle en place.

— Merci.

Juste à cet instant, une femme qui, je crois, travaille pour le quotidien *Portland Daily* se fraie un chemin jusqu'à nous.

— Monsieur le maire, dit-elle (un frisson me parcourt en l'entendant l'appeler ainsi), j'ai essayé de vous approcher toute la soirée. Auriez-vous une minute ?...

Sans attendre sa réponse, elle l'entraîne à l'écart. Il se retourne et articule en silence : « Désolé. » Je lui adresse un petit geste de la main pour lui signifier que je comprends. À présent que le spectacle est terminé, les gens rentrent dans la salle de bal, où la suite de la réception va se dérouler. L'heure est aux rires et aux conversations. La soirée est une réussite, un moment de fête et d'espoir. Dans son discours d'investiture, Fred a promis de restaurer l'ordre et la stabilité dans notre ville, ainsi que de chasser les Sympathisants et les résistants installés parmi nous – il les a comparés à des termites érodant peu à peu les fondements de notre société et de nos valeurs.

« Il faut en finir », a-t-il conclu, sous les acclamations de l'assemblée.

Voici à quoi ressemble le futur : des couples heureux, des lumières vives et de la bonne musique, de beaux tissus drapés avec soin et des discussions agréables. Willow Marks et Grace, les maisons délabrées de Deering

Highlands, la culpabilité qui m'a poussée à monter sur mon vélo hier... Tout cela m'apparaît comme un cauchemar. Je repense au regard, si triste, de Willow : « Ils t'ont eue, toi aussi. »

« Ils ne m'ont pas eue, ils m'ont sauvée. » C'est ce que j'aurais dû lui répondre.

Les dernières volutes de fumée se sont dissipées. Les ténèbres violettes engloutissent peu à peu les collines vertes du parcours de golf. Accoudée à la balustrade, je me nourris un instant de ce bel agencement : l'herbe taillée court et le paysage soigneusement dessiné, la nuit qui succède au jour et à laquelle succédera à nouveau le jour, un futur tout tracé, une vie sans souffrance.

Alors que la foule se clairsème, je croise le regard d'un garçon, posté à l'autre extrémité de la terrasse. Il me sourit. Il me semble l'avoir déjà vu, mais je ne le remets pas aussitôt. Dès qu'il se dirige vers moi, en revanche, le déclic se produit. Steve Hilt. J'ai peine à le croire.

— Hana Tate, dit-il. Je ne peux pas encore t'appeler Hargrove, si ?

— Steven.

L'été dernier, je me servais de son diminutif, Steve. Aujourd'hui, ça me paraît déplacé. Il a changé, ce qui explique sans doute pourquoi je ne l'ai pas immédiatement reconnu. Tandis qu'il incline la tête en direction d'une serveuse et dépose son verre vide sur un plateau, je constate qu'il a subi l'opération. Il n'y a pas que ça : il a grossi, une bedaine apparaît sous sa chemise et son visage s'est épaissi. Il a la même coupe que mon père, ses cheveux dessinent une ligne bien droite au ras du front.

J'ai du mal à me souvenir de la dernière fois où nous nous sommes vus. Ça devait être la nuit du raid à Deering Highlands. J'étais allée à cette soirée surtout dans l'espoir de le croiser. Je me revois dans le sous-sol sombre, le sol vibrant au rythme de la musique, les murs enduits de sueur et d'humidité, l'odeur de l'alcool, de crème solaire et de corps comprimés dans un espace exigu. Il s'était pressé contre moi – il était mince à l'époque, grand et bronzé –, et je l'avais laissé glisser ses mains autour de ma taille, sous mon tee-shirt. Il s'était penché vers moi et avait collé sa bouche contre la mienne, écarté mes lèvres avec sa langue.

Je croyais l'aimer. Je croyais qu'il m'aimait.

Puis il y avait eu le premier cri.

Les coups de feu.

Les chiens.

— Tu as l'air en forme, observe Steven.

Même sa voix a changé. Je ne peux m'empêcher, une nouvelle fois, de penser à mon père. L'aisance adulte, la tonalité grave qui semble monter du ventre.

— Toi aussi, dis-je.

C'est un mensonge. Il incline la tête et me décoche un regard qui dit à la fois « merci » et « je sais ». Malgré moi, je recule de quelques centimètres. Je n'arrive pas à croire que je l'ai embrassé l'été dernier. Je n'arrive pas à croire que, pour ce garçon, j'ai pris le risque d'être contaminée. Mais il était différent à l'époque.

— Alors, quand aura lieu l'heureux événement ? Samedi prochain, c'est bien ça ?

Les mains enfoncées dans les poches, il bascule d'avant en arrière sur ses talons.

— Le vendredi d'après, dis-je avant de m'éclaircir la voix. Et toi ? On t'a attribué une compagne aussi, non ?

La question ne m'avait pas effleurée, l'été dernier.

— Bien sûr. Celia Briggs. Tu la connais ? Elle est à l'université de Portland pour le moment. On ne sera mariés qu'à la fin de ses études.

Je la connais, bien sûr. Elle était à la New Friends Academy, une école rivale de Sainte-Anne. Elle avait un nez crochu et un rire de gorge, qui donnait toujours l'impression qu'elle souffrait d'une vilaine infection. Steven s'empresse d'ajouter – à croire qu'il peut lire dans mes pensées :

— Elle n'est pas très jolie, mais ça va. Et son père dirige l'Agence de Régulation, on sera donc tranquilles. C'est grâce à lui qu'on a décroché une invitation à ce pince-fesses.

Dans un éclat de rire, il poursuit :

— Très réussi, d'ailleurs, je dois bien le reconnaître.

Il n'y a presque plus que nous deux sur la terrasse, pourtant, je me sens soudain agoraphobe.

— Excuse-moi, dis-je en me forçant à le regarder, je devrais rejoindre les autres. J'ai été très heureuse de te voir.

— Le plaisir était pour moi, réplique-t-il avec un clin d'œil. Amuse-toi bien.

Je suis incapable de répondre autrement que par un signe de tête. Au moment où je franchis les portes-fenêtres, une irrégularité du seuil accroche l'ourlet de ma robe. Je ne m'arrête pas et donne un petit coup sec sur le tissu, qui se déchire. Je joue des coudes pour fendre la foule d'invités : les membres les plus riches et les plus importants de la société de Portland, tous pomponnés, parfumés et bien habillés. En traversant la pièce, je recueille des bribes de conversation, un flux et reflux sonore.

— Vous savez que le maire est lié à l'APASD.

— Ce n'est pas officiel.

— Pas encore.

Ma rencontre avec Steven Hilt m'a déstabilisée pour des raisons que je ne m'explique pas. Quelqu'un me fourre une coupe de champagne dans la main et je la vide, sans réfléchir. Les bulles pétillent dans ma gorge et je dois retenir un éternuement. Il y a longtemps que je n'ai pas bu.

Les gens valsent devant les musiciens : les bras fixes, ils se déplacent avec grâce et précision. La succession de motifs qu'ils forment est hypnotique. Deux femmes, grandes, au regard perçant de rapace, me dévisagent à mon passage.

— Très jolie fille. Elle a l'air en bonne santé.

— Je ne sais pas. J'ai entendu dire que ses notes avaient été truquées. Je crois que Hargrove aurait pu espérer mieux...

Entraînée par le tourbillon de danseurs, je perds le fil de leur échange. D'autres conversations l'engloutissent.

— Combien d'enfants leur a-t-on assignés ?

— Aucune idée... À mon avis, elle peut mettre bas toute une portée.

Une honte cuisante remonte de ma poitrine à mes joues : je suis l'objet de ces discussions. Je promène un regard circulaire à la recherche de mes parents ou de Mme Hargrove, mais ne repère personne. Fred n'est nulle part en vue, lui non plus, et je connais un moment de panique au milieu de cette pièce pleine d'inconnus.

Je réalise soudain que je n'ai plus d'amis. Je suppose que je me lierai avec ceux de Fred – des gens de notre classe et de notre rang, des gens qui partagent les mêmes intérêts que nous. Des gens comme ceux ici présents. Je prends une profonde inspiration pour tenter de retrouver mon calme. Ce n'est pas ce que je devrais éprouver. Je devrais me sentir forte, confiante et insouciante.

— Apparemment, elle a eu certains problèmes l'année précédant son opération. Elle a commencé à montrer des symptômes...

— Comme beaucoup d'entre eux, non ? C'est pourquoi il est si important que le nouveau maire suive la ligne de l'APASD. Ils peuvent salir une couche dès le berceau, ils devraient aussi pouvoir être guéris, non ? Voilà ce que j'en dis.

— Je t'en prie, Mark, change un peu de disque...

Je finis par repérer Fred à l'autre bout de la pièce, entouré par une petite assemblée et deux photographes. Je tente de me frayer un chemin à travers la foule pour le rejoindre, mais elle semble se densifier à mesure que la soirée avance. Un coude s'enfonce dans mon flanc et je bouscule une femme qui tient un grand verre de vin rouge.

— Excusez-moi, murmuré-je en m'éloignant.

Quelques gloussements nerveux s'élèvent, cependant, je suis trop concentrée sur mon objectif pour m'inquiéter de ce qui les a provoqués. Ma mère fait soudain irruption devant moi. Elle m'agrippe par le coude.

— Qu'est-il arrivé à ta robe ? souffle-t-elle.

En baissant les yeux, je découvre l'énorme tache rouge sur ma poitrine. Je ressens aussitôt une envie irrépressible, et inappropriée, d'éclater de rire : on dirait qu'on m'a tiré dessus. Dieu merci, je réussis à me retenir.

— Une femme m'a renversé son verre dessus, dis-je tout en me dégageant de son étreinte. J'allais justement aux toilettes.

Dès que ces mots ont franchi mes lèvres, un immense soulagement m'envahit : c'est l'occasion rêvée pour avoir un moment de répit.

— Dépêche-toi, alors, Fred va bientôt porter un toast.

Elle secoue la tête comme si c'était ma faute.

— Promis.

Dans le couloir, il fait beaucoup plus frais, et le bruit de mes pas est absorbé par l'épaisse moquette. Je file vers les toilettes pour femmes, tête baissée afin d'éviter de croiser le regard des inévitables invités qui s'y sont déversés. Un homme parle fort et avec ostentation dans un téléphone portable : tout le monde ici a de l'argent et ne s'en cache pas. Ça sent le pot-pourri et, plus légèrement, la fumée de cigare.

Quand j'atteins les toilettes, je marque une pause, la main sur la poignée. Des murmures me parviennent à travers le battant, ainsi qu'un éclat de rire. Puis une femme décrète, d'une voix parfaitement audible :

— Elle fera une bonne épouse pour lui. Ça tombe bien, après ce qui est arrivé avec Cassie.

— Qui ?

— Cassie O'Donnell, la première compagne qui lui avait été attribuée, tu as oublié ?

Cassie O'Donnell. La femme précédente de Fred. Je ne sais presque rien d'elle. Je retiens donc mon souffle, priant pour que la conversation se prolonge.

— Bien sûr que non, je n'ai pas oublié. Ça remonte à quoi ? Deux ans, maintenant ?

— Trois.

Une nouvelle interlocutrice :

— Ma sœur était à l'école primaire avec elle, vous savez. Elle se faisait appeler par son second prénom à l'époque. Melanea. Ridicule, non ? Ma sœur prétend que c'était une parfaite petite peste. Je crois qu'elle a fini par le payer.

— Les moulins du bon Dieu tournent lentement...

— ... mais sûrement !

Des bruits de pas se rapprochent alors de l'autre côté de la porte. Je recule ; trop tard cependant. Le battant s'ouvre en grand sur une femme, sans doute mon aînée de quelques années, avec un ventre gros comme un saladier rempli de punch. Surprise, elle s'efface pour me laisser passer.

— Vous vouliez entrer ? demande-t-elle d'un ton plaisant, qui ne trahit ni gêne ni embarras (elle doit pourtant bien se douter que j'ai surpris leur échange).

Son regard tombe alors sur ma robe tachée. Derrière elle, deux femmes postées devant le miroir m'observent avec la même expression de curiosité mêlée d'amusement.

— Non, bredouillé-je avant de tourner les talons et de m'éloigner dans le couloir.

J'imagine d'ici le sourire suffisant que les trois femmes doivent échanger à cet instant. À la première intersection, je m'engage sans réfléchir dans un autre couloir, encore plus paisible et froid que le précédent. Je n'aurais pas dû prendre du champagne, il m'est monté à la tête. Je m'appuie contre un mur.

Cassie O'Donnell, la première compagne de Fred, n'a pas beaucoup occupé mes pensées. Je sais seulement qu'ils ont été mariés plus de sept ans. Il a dû se produire une chose terrible : les gens ne divorcent plus aujourd'hui. C'est devenu inutile. Et quasi illégal. Peut-être ne pouvait-elle pas avoir d'enfants… Une déficience génétique suffit à motiver un divorce. Les paroles récentes de Fred me reviennent : « J'avais peur d'être tombé sur un élément déficient. » Il fait si frais dans le couloir que je frissonne.

Une pancarte signale la présence d'autres toilettes au bas d'une volée de marches recouvertes de moquette. Là, le silence est parfait, à l'exception du léger bourdonnement électrique. Je garde une main sur la large rambarde pour m'aider à descendre avec mes talons.

Au pied de l'escalier, je m'arrête. Le parquet est presque entièrement englouti par l'obscurité. Je ne suis venue que deux fois au golf de Harbor, avec Fred et sa mère. Mes parents n'ont jamais été membres du country-club, même si mon père envisage de prendre une carte maintenant. D'après Fred, la moitié des affaires du pays se concluent dans ce genre d'endroits : ce n'est pas un hasard si le Consortium a fait du golf le sport national il y a près de trente ans. La partie de golf parfaite se caractérise par une maîtrise totale : ordre, forme et efficacité. Je tiens tous ces enseignements de Fred.

Je dépasse plusieurs vastes salles de banquet, toutes plongées dans le noir et qui doivent servir à accueillir des réceptions privées, avant de reconnaître l'immense restaurant du club, où Fred et moi avons déjeuné ensemble, un jour. Je finis par trouver les toilettes des femmes : une bonbonnière rose et parfumée.

Je relève mes cheveux en chignon à la va-vite et me tamponne le visage avec des serviettes en papier. Comme je ne peux rien pour la tache, je dénoue la large ceinture en tissu et en drape mes épaules. Pour qu'elle ne glisse pas, je la noue entre mes seins. Ce n'est pas une grande réussite, mais au moins je suis à peu près présentable.

Maintenant que je me suis repérée dans le bâtiment, je sais que je peux emprunter un raccourci pour rejoindre la salle de bal, en tournant à gauche vers les ascenseurs. Au moment où je m'engage dans le couloir, je perçois un murmure diffus de voix entrecoupé du grésillement d'une télévision.

À travers une porte entrouverte, j'aperçois l'office de la cuisine. Quatre serveurs – cravate dénouée, chemise ouverte, tablier roulé en boule sur le comptoir – sont réunis autour d'un petit poste. L'un d'eux a les pieds posés sur un plan de travail en inox.

— Mets plus fort, réclame l'une des filles de cuisine.

Ce dernier se penche en avant pour monter le volume. Lorsqu'il se cale à nouveau dans son fauteuil, j'entrevois l'image sur l'écran : une masse verte ondulante entremêlée de panaches de fumée noire. Un petit frisson électrique me parcourt et, malgré moi, me cloue sur place.

La Nature. Forcément.

Le présentateur annonce :

« Afin d'exterminer les derniers viviers du mal, les Régulateurs et l'armée se sont déployés dans la Nature... »

Plan sur des soldats en tenue de camouflage secoués par les cahots de la route, qui sourient à la caméra et agitent la main.

« Alors que le Consortium se réunit pour débattre de l'avenir de ces zones de non-droit, le président s'est adressé de façon inopinée à la presse, et il a pris l'engagement de débusquer les derniers Invalides pour les faire punir ou soigner. »

Plan sur le président Sobel, avachi sur le pupitre – c'est une manie chez lui –, comme s'il était tenté de le renverser sur l'assemblée de cameramen. « Il nous faudra du temps et beaucoup d'hommes. Il nous faudra du courage et de la patience. Mais nous remporterons cette guerre... »

Plan sur la mosaïque de vert et de gris, de fumée et de végétation, complétée de petites langues de feu fourchues. Puis une deuxième image : une rivière étroite sinuant entre les pins et les saules. Et une troisième : des arbres brûlés, dévoilant une terre rouge.

« Vous voyez à présent des images aériennes des différents endroits, à travers le pays, où nos troupes ont été déployées pour débusquer les derniers bastions de la maladie... »

Pour la première fois, je réalise que Lena est, selon toute probabilité, morte. Je suis idiote de ne pas y avoir pensé avant. Je regarde la fumée qui monte des arbres et m'imagine qu'elle charrie avec elle des petits bouts de Lena : ongles, cheveux, cils, tous réduits en cendres.

— Éteignez, dis-je sans m'en rendre compte.

Les quatre serveurs se retournent comme un seul homme. Aussitôt, ils se mettent debout, resserrent leur cravate et rentrent leur chemise dans leur pantalon noir à taille haute.

— Peut-on faire quelque chose pour vous, mademoiselle ? s'enquiert avec déférence l'un d'eux, un homme d'un certain âge.

Un autre coupe la télévision. Le silence qui suit me prend au dépourvu.

— Non, je...

Je secoue la tête.

— Je cherche juste à regagner la salle de bal.

Le serveur le plus âgé cligne des yeux sans se départir de son impassibilité. Il sort de l'office pour m'indiquer la direction des ascenseurs, à moins de trois mètres de là.

— Il vous suffit de monter d'un étage, mademoiselle. La salle se trouve à l'extrémité du couloir.

Il doit penser que je suis une idiote finie, pourtant il ne quitte pas son sourire aimable.

— Voulez-vous que je vous accompagne ?

— Non, refusé-je avec trop d'énergie. Non, je vais y arriver toute seule.

Je m'enfuis presque en courant. Je sens le regard du serveur sur moi. Par chance, je n'ai pas à attendre l'ascenseur longtemps et je pousse un soupir lorsque les portes se referment derrière moi. J'appuie mon front contre la paroi métallique et froide, puis respire.

Qu'est-ce qui ne tourne pas rond chez moi ?

Dès que les portes de l'ascenseur coulissent, le brouhaha enfle, accompagné d'un tonnerre d'applaudisse-
ments. Je pénètre dans l'éclat aveuglant de la salle de
bal au moment où mille voix répètent en écho :

— À votre future femme !

J'aperçois Fred sur scène, qui lève une coupe où pétille
un liquide doré. Je vois mille visages flous et réjouis
se tourner vers moi comme autant de lunes enflées. Et
encore du champagne, une mer d'or à franchir. Je soulève ma main. Je l'agite. Je souris.

De nouvelles acclamations.

Dans la voiture, de retour de la soirée, Fred n'est pas
bavard. Comme il a insisté pour être seul avec moi, sa
mère et mes parents sont partis devant, avec un autre
chauffeur. J'en avais conclu qu'il voulait me parler, pourtant jusqu'à présent il n'a pas décroché un mot. Il a les
bras croisés et le menton posé sur le torse. Je pourrais
presque croire qu'il dort si je ne reconnaissais pas la pos-
ture héritée de son père. Il est en pleine réflexion.

— J'ai l'impression que ça a été un succès, dis-je quand
je ne supporte plus le silence.

— Hmm, hmm.

Il se frotte les yeux.

— Tu es fatigué ?

— Non, ça va.

Il relève le menton puis, brusquement, se penche
en avant et cogne à la vitre qui nous sépare du chauffeur.

— Garez-vous une minute, Tom, vous voulez bien ?

Tom s'arrête aussitôt sur le bas-côté et coupe le moteur.
Dans la nuit, je n'arrive pas à voir où nous sommes. De
part et d'autre de la voiture se dressent des murs d'arbres

sombres. Une fois les phares éteints, le noir est presque complet. La seule lueur provient d'un lampadaire à une quinzaine de mètres devant nous.

— Qu'est-ce que...

Je n'ai pas le temps d'aller au bout de ma phrase ; Fred, qui s'est tourné vers moi, m'interrompt :

— Tu te rappelles la fois où je t'ai expliqué les règles du golf ?

Je suis si décontenancée, autant par son ton pressant que par la teneur de sa question, que je ne réussis qu'à hocher la tête.

— Je t'ai parlé, poursuit-il, de l'importance du caddy. Toujours en retrait. Un allié invisible, une arme secrète. Sans un bon caddy, même le meilleur des golfeurs peut être battu.

— Oui.

Je me sens soudain à l'étroit dans l'habitacle, j'étouffe. L'haleine de Fred a l'odeur aigre de l'alcool. Je cherche à tâtons la commande pour baisser ma vitre, mais bien sûr elle ne répond pas : le moteur ne tourne plus, les fenêtres sont bloquées. Fred se passe une main tremblante dans les cheveux.

— Ce que j'essaie de dire, Hana, c'est que tu es mon caddy. Tu le comprends, hein ? J'attends de toi... non, j'ai besoin que tu sois derrière moi à cent pour cent.

— C'est le cas.

Je me racle la gorge et répète :

— C'est le cas.

— Tu es sûre ?

Il s'approche de quelques centimètres pour poser une main sur ma cuisse.

— Tu me soutiendras toujours, quoi qu'il arrive ? insiste-t-il.

— Oui.

126

Un doute m'étreint alors, et derrière lui la peur. Je n'ai jamais vu Fred aussi grave. Ses doigts sont si profondément fichés dans ma peau que j'aurai sans doute une trace.

— C'est à ça que sert une compagne, ajouté-je.

Il me fixe une seconde supplémentaire, avant de me lâcher enfin.

— Bien, conclut-il.

Il tapote la vitre devant lui, et Tom, qui comprend immédiatement le signal, redémarre la voiture. Fred s'abandonne contre le dossier de la banquette comme si de rien n'était.

— Je suis heureux que nous nous comprenions. Cassie a toujours eu du mal. Elle ne savait pas écouter. Le problème venait en grande partie de là.

— Cassie ? demandé-je, alors que mon cœur tambourine contre mes côtes.

— Cassandra. Ma première compagne, répond Fred avec un sourire crispé.

— Je ne suis pas certaine de saisir...

Pendant un instant, il conserve le silence. Puis, tout à coup, il lâche :

— Sais-tu quel était le problème de mon père ?

Je devine qu'il n'attend aucune réponse, pourtant, je secoue la tête.

— Il faisait confiance aux gens. Il était convaincu qu'il suffisait de leur montrer le droit chemin, celui de la santé et de l'ordre, celui d'une vie sans malheur, pour qu'ils opèrent le bon choix. Pour qu'ils obéissent. Il était si naïf...

Fred se tourne à nouveau vers moi. L'obscurité lui mange la moitié du visage.

— Il n'avait pas compris. Les gens sont bornés et imbéciles. Irrationnels. Destructeurs. C'est d'ailleurs tout l'intérêt du remède, non ? Empêcher les gens de détruire leur propre vie. Leur ôter la capacité de le faire. Tu comprends ?

— Oui.

Je pense à Lena et à ces images de la Nature en feu. Je me demande à quoi ressemblerait sa vie si elle ne s'était pas enfuie. Elle dormirait à poings fermés dans un lit confortable. Elle se lèverait demain matin pour voir le soleil monter au-dessus de la baie. Le regard perdu par la vitre, Fred reprend, d'une voix d'acier :

— Nous avons fait preuve de laxisme. Nous avons laissé trop de liberté à nos citoyens, nous leur avons fourni trop d'occasions de se rebeller. Ça doit cesser. Je ne permettrai pas que ça se reproduise ; je ne regarderai pas ma ville, mon pays être mis à feu et à sang. La fuite en avant se termine aujourd'hui.

Nous avons beau être séparés par une trentaine de centimètres, lui et moi, j'ai aussi peur de lui que lorsqu'il m'a agrippé la cuisse. Je ne l'ai jamais vu ainsi, aussi dur et distant.

— Que comptes-tu faire ?

— Il nous faut un système, me répond-il. Nous récompenserons les gens qui suivent les règles. Nous appliquerons le même principe, en quelque sorte, que pour le dressage d'un chien.

Dans un flash me reviennent les paroles de la femme à la réception : « À mon avis, elle peut mettre bas toute une portée. »

— Et nous punirons ceux qui ne se plieront pas au règlement. Je ne parle pas de châtiment physique, bien sûr. Nous sommes dans un pays civilisé. J'ai l'intention de placer Douglas Finch à la tête du nouveau ministère de l'Énergie.

— Ministère de l'Énergie ?

Je n'en ai jamais entendu parler.

Nous atteignons un feu de signalisation – l'un des rares qui fonctionnent en centre-ville. Fred le désigne d'un geste vague.

— L'électricité n'est pas gratuite. Elle doit se mériter. La lumière, le chauffage... Les gens devront les mériter.

Durant quelques instants, je ne trouve rien à répondre. Les coupures de courant et les black-out ont toujours été obligatoires à certaines heures de la nuit ; de même, dans les quartiers les plus pauvres, surtout aujourd'hui, beaucoup de familles préfèrent se passer de lave-vaisselle et de lave-linge. Leur entretien coûte trop cher.

Tout le monde accède librement à l'électricité, pourtant.

— Comment ? finis-je par demander.

Fred prend ma question au pied de la lettre.

— C'est très simple, en fait. Le réseau est déjà entièrement informatisé. Il suffit d'analyser les données dont nous disposons et de presser quelques touches. Un clic et la connexion est établie. Un autre et elle est coupée. Finch sera chargé de cette mission. Et nous pourrons procéder à une réévaluation tous les six mois. Nous devons rester justes, bien sûr. Je l'ai dit, c'est un pays civilisé.

— Il y aura des émeutes.

Fred hausse les épaules.

— Je m'attends à une résistance initiale. C'est pourquoi ton soutien est crucial, Hana. Une fois que nous aurons rallié les bonnes personnes à notre cause, celles qui ont du pouvoir, tous les autres suivront. Ils n'auront pas le choix.

Fred se penche vers moi pour me prendre la main et la serrer.

— Ils apprendront que se soulever et résister ne servira qu'à envenimer la situation. Nous devons mettre en œuvre une politique de tolérance zéro.

Mon cerveau tourne à toute allure. Sans électricité. Ni lumière, ni réfrigérateur, ni four. Ni chaudière.

— Comment feront-ils pour se chauffer ? bredouillé-je.

Il éclate du même petit rire attendri qu'il aurait face à un chiot venant d'apprendre un nouveau tour.

— L'été sera bientôt là, explique-t-il. Je ne pense pas que le chauffage sera un problème.

— Mais qu'arrivera-t-il quand les températures descendront ? insisté-je. Que feront-ils alors ?

Dans le Maine, les hivers s'étendent souvent de septembre à mai. L'an dernier, nous avons eu deux mètres de neige. Je pense à Grace, si maigrelette, avec ses coudes qui évoquent des boutons de porte, et ses omoplates, des ailes repliées.

— Ils apprendront que la liberté ne tient pas chaud.

Le sourire dans sa voix est perceptible. Il cogne alors à la vitre du chauffeur.

— Et si on écoutait un peu de musique ? Je suis d'humeur ! Quelque chose d'entraînant... Qu'est-ce que tu en dis, Hana ?

Lena

Nous sommes perdus.

Nous cherchons une ancienne autoroute qui devrait nous conduire à Waterbury. Pike est convaincu que nous avons poussé trop au nord, Raven, trop au sud.

Nous avançons à l'aveuglette, malgré l'aide de la boussole et de vieilles cartes succinctes, qui sont passées de main en main, que des Invalides ont complétées peu à peu et qui mentionnent quelques repères ici et là : cours d'eau, routes ou anciennes villes détruites, bombardées durant le blitz ; les frontières des villes officielles pour que nous puissions les éviter ; les ravins et endroits impraticables. La direction, comme le temps, est une donnée générale, sans bornes. Un processus sans fin, où il s'agit constamment d'interpréter, de réinterpréter, de revenir en arrière et de remettre en question.

Nous nous arrêtons ; Pike et Raven débattent. J'ai les épaules endolories. Je pose mon sac à dos et m'assieds dessus, puis sors la gourde que je porte à la ceinture pour avaler une gorgée d'eau. Julian se tient à côté de Raven, en retrait, le visage rouge, les cheveux assombris par la sueur et la veste nouée autour de la taille. Il maigrit à vue d'œil. Il cherche à apercevoir la carte que Pike a dépliée.

Alex est assis, comme moi, légèrement à l'écart du groupe. Coral l'imite, plaçant son sac si près du sien que leurs genoux se touchent. Ils ne se connaissent que depuis quelques jours et ils sont presque inséparables, déjà. Malgré toute la volonté du monde, je ne réussis pas à détacher mes yeux de lui. Je ne comprends pas de quoi il peut bien parler avec Coral. Ils discutent constamment, en marchant et au moment d'établir le campement. Ils discutent pendant les repas, dans leur coin. En revanche, il adresse à peine la parole aux autres et n'a pas échangé un seul mot avec moi depuis notre confrontation avec l'ours.

Elle a dû lui poser une question : je le vois secouer la tête. Puis ils lèvent, un instant, le regard vers moi. Je me détourne aussitôt, le feu aux joues. Ils parlaient de moi, je le sens. Qu'a-t-elle bien pu lui demander ?

« Tu connais cette fille ? Elle te fixe. »

« Tu trouves Lena jolie ? »

Je serre les poings jusqu'à ce que mes ongles se plantent dans la chair de mes paumes, inspire profondément et chasse cette pensée. Peu m'importe l'opinion qu'Alex a de moi.

— Je te le répète, s'emporte Pike, on aurait dû bifurquer vers l'est au niveau de l'ancienne église. C'est indiqué sur la carte.

— Cette marque ne signale pas une église, riposte Raven avant de lui reprendre la carte des mains, mais l'arbre que nous avons doublé tout à l'heure, celui fendu par la foudre. Et c'est donc pour ça qu'on aurait dû continuer vers le nord.

— Je t'assure qu'il s'agit d'une croix...

— Pourquoi n'enverrait-on pas des éclaireurs ? les interrompt Julian.

Réduits au silence par la surprise, ils se tournent vers lui. Raven se renfrogne et Pike dévisage Julian avec une animosité non dissimulée. Mon ventre se serre et je lui adresse une prière silencieuse : « Ne t'en mêle pas, Julian, ne dis rien que tu pourrais regretter. » Il poursuit pourtant, sans se démonter :

— Nous nous déplaçons moins vite en groupe, et nous sommes en train de perdre du temps et de l'énergie si nous allons dans la mauvaise direction.

J'ai l'impression de voir resurgir l'ancien Julian, celui des conférences et des affiches, le jeune leader de l'APASD, plein d'aplomb.

— Je propose que deux personnes partent vers le nord…

— Pourquoi le nord ? le coupe Pike avec agressivité.

Julian ne bronche pas.

— Ou vers le sud, peu importe. Les éclaireurs chercheront l'autoroute pendant une demi-journée. S'ils ne la trouvent pas, ils changeront de direction. Au moins, nous aurons une meilleure connaissance du terrain. Nous pourrons orienter le groupe.

— « Nous » ? s'étonne Raven.

— Je voudrais me porter volontaire, lui répond Julian.

— C'est trop dangereux, intervins-je en me relevant. Il y a des Vengeurs, et peut-être des Régulateurs. Nous devons rester groupés, au risque de représenter une cible trop facile, sinon.

— Elle a raison, approuve Raven. Ce n'est pas raisonnable.

— J'ai déjà croisé la route de Vengeurs, argue Julian.

— Et failli y laisser ta peau, répliqué-je du tac au tac.

Il sourit.

— Mais je m'en suis sorti.

— Je l'accompagnerai, lâche Tack avant de cracher une boulette de tabac par terre et de s'essuyer la bouche du revers de la main.

Je le foudroie du regard ; il m'ignore. Il n'a jamais caché qu'il était contre le sauvetage de Julian et que sa présence au sein de notre groupe représentait un danger.

— Tu sais te servir d'une arme ? ajoute-t-il.

— Non, réponds-je à sa place.

Je suis l'objet de tous les regards à présent, et je m'en fiche. Je ne sais pas ce que Julian cherche à prouver, mais ça ne me dit rien qui vaille.

— Je me débrouille, ment-il.

— Très bien, approuve Tack avec un hochement de tête.

Il sort une petite quantité de tabac de la blague qu'il porte autour du cou et la coince entre sa lèvre et sa gencive.

— Laisse-moi me débarrasser d'une partie de mon paquetage. Départ dans une demi-heure.

— Écoutez-moi, tout le monde, lance Raven à la cantonnade, avant de lever les bras en signe de capitulation. On va camper ici.

Les uns après les autres, les membres du groupe déposent leur chargement et les vivres qu'ils transportent, tel un immense animal en pleine mue. J'empoigne Julian par le bras et l'entraîne à l'écart.

— Qu'est-ce qui t'a pris ?

Je dois déployer des efforts surhumains pour contrôler ma voix. Alex nous observe, l'air amusé. Si seulement je pouvais lui jeter un objet à la tête ! Je pousse Julian de quelques centimètres pour qu'il s'interpose entre nous deux.

— Comment ça ? demande-t-il en fourrant les mains dans ses poches.

— Ne fais pas l'idiot. Tu n'aurais pas dû te porter volontaire. Ce n'est pas un jeu, Julian. Nous sommes en guerre.

— Je n'ai jamais pensé que c'était un jeu.

Son calme me met hors de moi. Il poursuit :

— Je sais mieux que personne ce dont l'autre camp est capable, tu l'as oublié ?

Je baisse les yeux et me mordille la lèvre. Il n'a pas tort. Si quelqu'un en connaît un rayon sur les tactiques des zombies, c'est Julian Fineman.

— Tu ne maîtrises pas assez bien la Nature, insisté-je. Et Tack ne te protégera pas. En cas d'attaque... S'il vous arrive quoi que ce soit et qu'il ait le choix entre te sauver toi ou le groupe, il te laissera. Il ne fera courir aucun risque au groupe.

— Lena...

Il pose les mains sur mes épaules et attend que je soutienne son regard avant de continuer :

— Il ne va rien m'arriver, d'accord ?

— Tu n'en sais rien.

J'ai conscience d'avoir une réaction excessive, mais c'est plus fort que moi. Sans que je puisse me l'expliquer, j'ai envie de pleurer. Je repense au timbre calme de Julian lorsqu'il m'a dit « je t'aime », le soulèvement régulier de sa cage thoracique contre mon dos lorsque nous dormons.

« Je t'aime, Julian. » Les mots ne viennent pas, pourtant.

— Les autres ne me font pas confiance, reprend-il.

J'ouvre la bouche pour protester, et il m'en empêche.

— Ne prétends pas le contraire, Lena. Tu sais que c'est la vérité.

Je ne le contredis pas, mais j'explose :

— Alors quoi ? Tu as besoin de te prouver quelque chose ?

Il se frotte les yeux avec un soupir.

— J'ai décidé de venir ici, Lena. J'ai choisi de t'accompagner. Aujourd'hui, je dois mériter ma place au sein du groupe. Je n'ai rien à me prouver à moi-même. Tu l'as dit toi-même, nous sommes en guerre. Je n'ai aucune envie de rester sur la touche.

Il dépose un baiser sur mon front. Il continue à hésiter une fraction de seconde avant de m'embrasser, comme s'il devait encore se débarrasser de cette ancienne terreur du contact et de la contamination.

— Pourquoi es-tu aussi bouleversée ? ajoute-t-il. Il ne se passera rien.

« J'ai peur, voudrais-je lui dire. J'ai un mauvais pressentiment. Je t'aime et je crains qu'il ne t'arrive quelque chose. » Une fois de plus, les mots restent emprisonnés, enfouis sous les peurs et les vies passées, tels des fossiles comprimés par plusieurs couches d'humus.

— Nous serons de retour dans quelques heures, me dit-il en me prenant le menton. Tu verras.

Ils ne sont pas rentrés pour dîner, pourtant, ni plus tard, à l'heure où nous jetons de la terre sur le feu pour l'éteindre. Le laisser allumé nous ferait courir un trop grand risque, et même si nous aurons froid, même si Julian et Tack auront plus de mal à retrouver leur chemin en son absence, Raven y met un point d'honneur.

Je me propose pour monter la garde ; de toute façon, je suis si angoissée que je ne trouverai pas le sommeil. Raven me donne un manteau supplémentaire, tiré de notre stock de vêtements. La nuit est encore agrémentée d'une brise glaciale.

À quelques centaines de mètres du campement, au sommet d'une légère pente, s'élève un mur délabré en ciment portant encore les vestiges de vieux graffitis : il m'abritera des bourrasques. Je me blottis, adossée contre lui, et me réchauffe les mains avec le mug d'eau chaude que Raven a fait bouillir pour moi plus tôt. J'ai perdu mes gants – ou on me les a volés – quelque part entre New York et ici, et j'ai dû apprendre à m'en passer.

La lune se lève et nimbe les silhouettes endormies, les dômes des tentes et les abris de fortune d'un voile scintillant. Au loin, un réservoir à eau intact domine les arbres tel un insecte métallique, perché sur de longs membres graciles. Dans le ciel parfaitement dégagé, des milliers d'étoiles semblent flotter. Une chouette hulule, et l'écho funèbre de son cri se répercute dans les bois. Même à cette faible distance, le camp paraît paisible, drapé dans cette brume blanche et entouré des carcasses déchiquetées d'anciennes maisons privées de toit. Un toboggan en plastique, rattaché à un portique de jeux retourné, dépasse de terre.

Au bout de deux heures de veille, je bâille si fort que j'en ai mal à la mâchoire et que j'ai l'impression que mon corps entier a été rempli de sable mouillé. J'appuie ma tête contre le mur tout en luttant pour garder les yeux ouverts. Les étoiles commencent à se brouiller... pour former un rayon de lumière, de soleil, dont émerge Hana, des feuilles dans les cheveux : « Elle était bien bonne, cette blague, non ? Je n'avais pas l'intention de me faire opérer, tu sais... » Ses yeux sont rivés aux miens et, au moment où elle s'avance vers moi, je constate qu'elle s'apprête à poser le pied dans un piège. Je tente de la prévenir, mais...

Crac. Je me réveille en sursaut, le cœur battant la chamade, et me tapis à quatre pattes. Le calme est retombé, pourtant je sais que je n'ai pas été victime d'une hallucination : une branche a bien craqué. Sous le pied de quelqu'un.

« Pourvu que ce soit Julian, prié-je. Pourvu que ce soit Tack. »

Je scrute le campement et aperçois une ombre qui se faufile entre les tentes. Je me crispe aussitôt et récupère le fusil à mes pieds. J'ai du mal à le manier avec mes doigts engourdis et gonflés par le froid, il me paraît plus lourd que tout à l'heure.

La silhouette pénètre soudain dans une zone de lumière, et je libère ma respiration. Ce n'est que Coral. Sa peau paraît d'un blanc éclatant au clair de lune, et elle porte un sweat-shirt trop grand que je reconnais – il appartient à Alex. Mon ventre se serre. J'épaule le fusil et dirige le canon vers elle, avant de souffler tout bas :

— Pan !

Je m'empresse de baisser l'arme, honteuse. Ma première famille n'avait pas entièrement tort. L'amour est une aliénation. Un poison. Et si Alex ne m'aime plus, je ne peux pas supporter l'idée qu'il en aime une autre.

Coral disparaît dans les bois, sans doute pour aller faire pipi. Comme j'ai des crampes dans les jambes, je me relève. Je suis trop fatiguée pour continuer à monter la garde. Je vais descendre réveiller Raven, qui a proposé de me remplacer.

Crac. Un nouveau bruit, plus proche celui-là et sur le flanc est du camp. Coral a pris la direction du nord. Aussitôt, je suis sur mes gardes. Soudain, je l'aperçois : il progresse centimètre par centimètre, arme au poing, émergeant d'un épais bosquet de sapins. Je devine sur-le-champ qu'il ne s'agit pas d'un Vengeur. La position qu'il adopte est trop parfaite, son arme trop rutilante, ses vêtements trop bien coupés. Mon cœur s'arrête. Un Régulateur. Forcément. Ce qui confirme ce que nous craignions : la Nature n'est plus sûre. En dépit de tous les signes que nous avons reçus, une part de moi continuait à espérer que ce n'était pas vrai.

L'espace d'une seconde, le silence s'abat sur moi, puis il est suivi d'un vacarme fracassant : le sang me monte à la tête, tambourinant dans mes oreilles, et la nuit semble s'animer des hurlements effrayants, étranges et sauvages, de bêtes qui rôdent. J'ai les paumes moites quand j'épaule à nouveau le fusil. La gorge sèche. Je suis des yeux le Régulateur, qui poursuit sa progression vers le camp. Je place mon doigt sur la détente. Je n'ai jamais tiré à cette distance. Je n'ai jamais visé un être humain. Je ne suis même pas certaine d'en être capable.

« Merde, merde, merde ! Si seulement Tack était là ! Merde... »

Que ferait Raven ?

Il atteint la limite du camp. Il baisse son arme, et je retire mon doigt de la détente. Peut-être est-il venu en éclaireur. Peut-être est-il attendu au rapport. Ça nous laissera le temps de partir, de remballer, de nous préparer. Nous pourrions nous en sortir...

Coral resurgit des bois. Pendant un instant, elle reste clouée sur place, aussi immobile et livide que sur une photo surexposée. Pendant un instant, il ne bouge pas non plus. Puis elle étouffe un cri et il pointe son arme sur elle. Sans que je réfléchisse, mon doigt retrouve la détente et la presse. La balle atteint le Régulateur au genou ; il hurle et tombe à terre.

Alors, le chaos se déchaîne. Le choc de la détonation me projette en arrière et je chancelle. Une pierre acérée s'enfonce dans mon dos, et la douleur irradie de ma cage thoracique à mon épaule. De nouveaux coups de feu retentissent – un, deux –, suivis de cris. Je cours vers le camp. En moins d'une minute, il s'est déployé et transformé en essaim vibrant d'activités et de voix. Le

Régulateur est allongé face contre terre, les bras et les jambes étendus. Une flaque de sang dessine une ombre autour de lui. Dani se tient juste à côté, son pistolet à la main. C'est elle qui a dû le tuer.

Coral, qui a les bras serrés autour de la taille, affiche un air choqué et légèrement coupable, comme si elle avait été responsable de la venue du Régulateur. Elle n'est pas blessée, ce qui est un soulagement. Par chance, mon instinct était là pour la sauver. Je me revois l'aligner dans mon viseur et éprouve de nouveau la brûlure de la honte. Je ne voulais pas devenir cette personne : la haine a creusé un trou dans ma poitrine, un gouffre où les choses se perdent si facilement. Cette haine contre laquelle les zombies m'avaient mise en garde, aussi.

Pike, Hunter et Lu parlent en même temps. Tous les autres se réunissent en demi-cercle autour d'eux, pâles de frayeur, les yeux creusés tels des revenants. Seul Alex n'est pas présent. Accroupi, il prépare son sac à gestes vifs et méthodiques. Raven prend la parole d'une voix basse mais pressante, qui réduit tout le groupe au silence :

— Très bien. Regardons la situation en face. Nous avons un Régulateur mort sur les bras.

Un gémissement échappe à quelqu'un.

— Qu'est-ce qu'on fait ? demande Gordo, les traits déformés par la panique. On doit y aller.

— Aller où ? rétorque Raven. On ne sait pas où ils sont postés, de quelle direction ils arrivent. On prendrait le risque de foncer tête baissée dans un piège.

— Chut !

Dani nous intime brusquement de nous taire. Rien ne vient troubler la nuit à part la plainte lancinante du vent dans les arbres et l'appel d'une chouette. Puis il nous parvient : l'écho distant de voix, en provenance du sud.

— Je suis d'avis de rester et de me battre, suggère Pike. C'est notre territoire.

— On ne se bat que si on y est contraints, rétorque Raven en se tournant vers lui. On ne connaît pas le nombre de Régulateurs, on ne sait pas de quelles armes ils disposent. Ils sont mieux nourris et plus forts que nous.

— J'en ai ma claque de fuir, riposte Pike.

— On ne fuit pas, répond-elle calmement avant de poursuivre, à l'intention du groupe : On va se séparer. Éparpillez-vous autour du camp. Cachez-vous. Certains d'entre nous peuvent descendre vers le lit de l'ancienne rivière. Je surveillerai le camp depuis la hauteur. Rochers, buissons, tout ce qui peut servir de cachette. Grimpez dans les arbres, si vous en êtes capables. En un mot, planquez-vous !

Elle nous regarde chacun à tour de rôle. Pike se dérobe.

— Emportez vos pistolets, vos couteaux, tout ce qui peut servir d'arme. Mais souvenez-vous, on ne se bat que si on y est contraints. Ne faites rien tant que je n'aurai pas donné le signal, d'accord ? Personne ne bouge. Personne ne respire, ne tousse, n'éternue ni ne pète. C'est bien clair ?

Pike crache dans un silence assourdissant.

— Très bien, conclut Raven, allons-y.

Nous nous dispersons sans un bruit. Tous s'agitent autour de moi au point de devenir des ombres floues, des ombres qui se fondent dans le noir. Je me fraie un chemin jusqu'à Raven, qui s'est agenouillée à côté du Régulateur mort et le fouille à la recherche d'armes, d'argent, de tout ce qui pourrait nous être utile.

— Raven...

Son prénom se coince dans ma gorge.

— Tu crois... reprends-je.

— Ils reviendront entiers, répond-elle sans relever la tête.

Elle a compris que je parlais de Julian et de Tack.

— Ouste, maintenant ! ajoute-t-elle.

Je traverse le campement au pas de course et trouve mon sac à dos enfoui sous plusieurs autres près du feu. Je fais glisser la bretelle sur mon épaule droite, à côté de la bandoulière du fusil. Elle me cisaille la peau. J'en récupère deux autres, que je passe sur mon épaule gauche.

Raven me double en courant.

— Il faut y aller, Lena, dit-elle avant de s'évanouir dans la nuit.

Au moment où je me redresse, je remarque que quelqu'un a vidé sur le sol la trousse de secours. S'il arrive quoi que ce soit, si nous devons prendre la fuite sans retour possible, nous en aurons besoin. Je repose un des sacs et m'agenouille.

Les Régulateurs approchent, je parviens à différencier les voix à présent, à discerner les mots. Je réalise soudain que le campement est entièrement désert. Je suis la dernière. D'une main tremblante, je fais coulisser la fermeture Éclair du sac à dos. Je me débats avec un sweat-shirt, que j'abandonne pour le remplacer par des pansements et des antibiotiques.

Une main s'abat sur mon épaule.

— Qu'est-ce que tu fabriques ?

Alex. Il me soulève par le bras, me forçant à me redresser. Je réussis à refermer le sac.

— Vite, souffle-t-il.

Je tente de dégager mon bras, mais il le serre trop fort. Il me traîne presque jusque dans les bois, à l'écart du campement. La scène me renvoie à ce terrible raid, à Portland, à cette fameuse nuit où il m'a guidée à travers un dédale de pièces. À ce moment où nous nous sommes blottis l'un contre l'autre dans une remise qui empestait l'urine et où il a bandé ma jambe blessée – je me souviens du contact étrange, sur ma peau, de ses mains douces et fortes à la fois.

Il m'a embrassée cette nuit-là… Je chasse ce souvenir.

Nous dévalons une pente abrupte et nous enfonçons dans une couche de terre et de feuilles humides en décomposition, avant de nous arrêter sur une protubérance au-dessus d'une cavité naturelle, dans la butte. Alex me fait accroupir et me pousse presque dans la petite grotte sombre.

— Attention ! murmure Pike, qui s'est déjà réfugié là, masse noire qu'on ne distingue qu'à l'éclat que jettent ses dents.

Il change de position pour nous faire de la place. Alex se glisse à côté de moi, les genoux pressés contre le torse.

Les tentes ne sont pas à plus de quinze mètres de nous, au-dessus. Je récite une prière silencieuse : « Pourvu que les Régulateurs s'imaginent que nous avons pris la fuite et ne perdent pas de temps à nous chercher. » L'attente me met à l'agonie. Les voix en provenance de la forêt ont diminué. Ils doivent se déplacer avec davantage de prudence, se faire plus discrets, maintenant qu'ils approchent. Peut-être même ont-ils déjà atteint le campement et naviguent-ils entre les tentes, en ombres mortelles et silencieuses.

L'espace est trop exigu, l'obscurité insupportable. Une idée se présente soudain à mon esprit : nous sommes entassés dans un cercueil, tous les trois. Alex bouge à côté de moi. Le revers de sa main m'effleure le bras. Ma gorge se dessèche. Sa respiration est plus précipitée que d'habitude. Je me raidis de la tête aux pieds, jusqu'à ce qu'il retire sa main. Il devait s'agir d'un accident.

Une nouvelle plage de silence torturante.

— C'est idiot, marmonne Pike.

— Chut ! souffle sèchement Alex.

— Rester terrés là comme des rats pris au piège...

— Je te jure, Pike...

— Taisez-vous, tous les deux ! intervins-je.

Plus un son ne franchit nos lèvres. Au bout de quelques secondes, quelqu'un hurle. Alex se tend comme un arc ; Pike laisse glisser la bandoulière de son fusil, me décochant un coup de coude dans le flanc au passage. Je me mords la langue pour retenir un cri.

— Ils sont partis.

Leurs voix descendent jusqu'à nous. Ils sont donc au camp. À présent qu'ils ont trouvé les tentes vides, ils ne voient plus la nécessité de passer inaperçus. Je me demande quel était leur plan initial... Nous encercler et nous trucider pendant notre sommeil ? Combien peuvent-ils bien être ?

— Bon sang, tu avais raison pour les coups de feu. C'est Don.

— Mort ?

— Ouais.

Un bruissement retentit soudain : quelqu'un doit donner des coups de pied dans la toile des tentes.

— Regardez comment ils vivent ! Entassés les uns sur les autres... Traînant dans la boue... De vraies bêtes.

— Attention. La zone est contaminée.

Jusqu'à maintenant, j'ai entendu six personnes.

— Il y a une odeur, non ? Je peux les sentir. Merde !

— Respire par la bouche !

— Ces salauds... grommelle Pike.

— Chut ! chuchoté-je par réflexe, même si, en moi, la colère bout aussi sous la peur.

Je les hais. Je hais chacun d'entre eux, qui se croient supérieurs à nous.

— Dans quelle direction sont-ils partis, à ton avis ?

— Aucune idée, ils ne peuvent pas être loin, de toute façon.

Je discerne une nouvelle voix. Sept en tout, voire huit. Difficile à dire. Et nous sommes vingt-quatre. Malgré tout, Raven l'a fait remarquer, impossible de savoir de quelles armes ils disposent et s'ils ont des renforts à proximité.

— Bouclons le périmètre dans ce cas. Chris ?

— Je suis prêt.

Je commence à avoir des crampes dans les cuisses. Je bascule mon poids en arrière pour soulager mes jambes et percute Alex. Il ne s'écarte pas. De nouveau, sa main effleure mon bras, et j'ignore si c'est un geste accidentel ou une façon de me rassurer. L'espace d'une seconde – en dépit de tout le reste –, un frisson électrique me parcourt ; Pike, les Régulateurs et le froid disparaissent, il n'y a plus que l'épaule d'Alex contre la mienne, ses côtes qui viennent toucher les miennes à chaque inspiration, et la chaleur rugueuse de ses doigts.

Ça sent l'essence.

Ça sent le feu.

Je reprends aussitôt mes esprits. L'essence. Le feu. Un incendie. Ils détruisent nos affaires. À présent, des crépitements sonores retentissent, assourdissant les voix des Régulateurs. Des rubans de fumée dévalent la pente, tombent devant l'entrée de notre grotte, s'enroulant tels des serpents immatériels.

— Les salauds, répète Pike d'une voix étranglée.

Il s'élance à l'extérieur et je l'agrippe pour le retenir.

— Non ! Raven a dit d'attendre son signal !

— Je n'ai aucun ordre à recevoir d'elle.

Il se dégage et se jette à plat ventre, tel un sniper.

— Non, Pike !

Il ne m'entend pas, ou il fait la sourde oreille. Il commence à gravir la pente en rampant.

— Alex...

La vague de panique qui enfle en moi menace de me submerger. La fumée, la fureur, le rugissement du feu qui se propage... Tout m'empêche de réfléchir.

— Merde ! lâche Alex en m'écartant pour rejoindre Pike.

On ne voit plus que ses chaussures.

— Arrête de faire l'idiot, Pike...

Pan ! Pan !

Deux détonations. Le bruit semble amplifié comme dans une chambre d'écho.

Puis : *Pan pan pan pan !* Des coups de feu fusent de toutes parts, doublés de cris. Une pluie de terre s'abat sur ma tête. Mes oreilles tintent, et mon crâne est envahi de fumée. Je dois me concentrer...

Alex s'est déjà extrait de la cavité et je le suis, tout en me débattant avec la bandoulière de mon fusil. À la dernière minute, je décide de laisser les sacs ; ils ne feraient que me ralentir.

Nous sommes cernés par les explosions, les flammes rugissent telles les fournaises de l'enfer. La fumée envahit les bois. Des langues jaunes et rouges remontent le long des arbres noirs – figés, la nuque raide, comme des témoins glacés par l'horreur. À moitié caché par un arbre, Pike tire, agenouillé. L'incendie baigne son visage d'une lumière orange, et un cri déforme sa bouche. Je vois Raven émerger de l'écran de fumée. Des coups de feu déchirent l'air : ils sont si nombreux que je me revois à la fête foraine, avec Hana, le jour de la fête nationale, admirant le feu d'artifice, le staccato enragé des tirs et les éclairs de couleur aveuglants. L'odeur âcre de la fumée.

— Lena !

Je n'ai pas le temps de voir qui a crié mon prénom. Une balle me frôle et va se ficher dans l'arbre juste derrière moi, projetant des éclats de bois tout autour. Je sors de ma torpeur, me jette en avant et m'aplatis contre l'énorme tronc d'un érable. Plusieurs mètres devant moi, Alex, aussi, s'est réfugié derrière un arbre. Toutes les trois ou quatre secondes, il sort la tête, tire quelques balles, puis s'abrite.

J'ai des larmes plein les yeux. Je me dévisse prudemment le cou pour tenter d'identifier ceux qui en sont venus aux mains, ombres chinoises sur l'incendie. De loin, on dirait presque des danseurs, des couples qui se balancent, tournent et plongent. Impossible de savoir qui est qui. Je cligne des paupières, tousse, me frotte les yeux. Pike a disparu...

Là ! J'entrevois rapidement le visage de Dani au moment où elle se tourne vers le feu. Un Régulateur l'a prise à revers, et l'a immobilisée en refermant un bras autour de son cou. Elle a les yeux exorbités, la figure violacée. Je vise, puis baisse mon fusil. Je ne réussirai jamais à atteindre son assaillant : ils ne cessent de bouger, tous les deux. Dani rue et renâcle, tel un taureau cherchant à faire tomber son cavalier.

Un nouveau concert de détonations. Le Régulateur libère le cou de Dani pour se prendre le coude en hurlant de douleur. Il se tourne alors vers la lumière et je vois du sang bouillonner entre ses doigts. J'ignore qui a tiré, j'ignore si la balle était destinée à Dani ou au Régulateur, mais ce moment de répit offre à celle-ci l'occasion qu'elle attendait. D'un geste maladroit, elle tire un poignard de sa ceinture, haletante. Bien que visiblement éprouvée, elle montre la persévérance entêtée d'un animal acculé. Elle balance son bras vers une des veines jugulaires du Régulateur ; le métal jette un éclair dans son poing. Après qu'elle l'a frappé, il est agité d'un soubresaut, d'une immense convulsion. La surprise se lit sur ses traits. Il fait quelques pas vacillants, puis tombe à genoux, et enfin face contre terre. Dani se laisse glisser à côté de lui, place la pointe d'une chaussure sous son corps pour le soulever légèrement et extraire le poignard du cou.

Quelque part, derrière le mur de fumée, une femme hurle. Avec le canon de mon fusil, je balaie désespérément le campement en flammes, mais tout n'est que confusion. Je dois m'approcher. Je ne peux aider personne d'ici. Je m'élance à découvert, pliée en deux, pour rejoindre les flammes et le chaos, doublant Alex, qui suit la scène à l'abri d'un sycomore.

— Lena ! s'époumone-t-il.

Je dois me concentrer. L'air est brûlant et épais. Le feu bondit des branches pour former un dais mortel au-dessus de nos têtes ; les flammes se tressent et s'enroulent autour des troncs, leur donnant une couleur crayeuse. Le ciel est obscurci par la fumée. Voilà tout ce qu'il reste de notre campement, des provisions que nous avons récoltées avec tant d'application – les vêtements que nous avons réunis, lavés dans la rivière, portés jusqu'à ce qu'ils tombent en lambeaux ; les tentes que nous avons reprisées de nos doigts endoloris au point qu'elles étaient sillonnées de petites croix... Un brasier avide et dévorant.

À cinq mètres de moi, un homme aussi massif qu'un bloc de pierre a plaqué Coral à terre. Je fonce vers elle quand quelqu'un m'attaque par-derrière. Pendant la chute, je projette, de toutes mes forces, la crosse de mon fusil en arrière. Laissant échapper un juron, mon agresseur recule de quelques centimètres, me donnant l'occasion de rouler sur le dos. Je me sers de mon arme comme d'une batte de base-ball, que je balance vers sa mâchoire. Un craquement écœurant retentit lorsqu'elles entrent en contact, et il s'affale sur le côté.

Tack avait raison sur un point : les Régulateurs ne sont pas préparés à ce type de combat. Ils sont habitués à lancer leurs attaques depuis les airs, depuis le cockpit d'un bombardier, à l'abri.

Je me relève avec difficulté, et cours vers Coral, toujours à terre. Je ne sais pas ce que le Régulateur a fait de son pistolet : il a les mains serrées sur son cou. Je lève mon fusil très haut au-dessus de ma tête. Les yeux de Coral rencontrent les miens. Au moment où je vais abattre la crosse sur le crâne de l'homme, il fait volte-face. Je réussis à lui toucher l'épaule, mais la violence du choc me déséquilibre. Je chancelle et il me donne un grand coup dans les mollets, m'envoyant valser. Au moment de m'étaler sur le sol, je me mords la lèvre. Je sens le goût du sang. Je veux me retourner sur le dos, cependant un poids s'écrase soudain sur moi, chassant brusquement tout l'air de mes poumons. On m'arrache mon fusil. Je ne peux plus respirer. Mon visage est écrasé dans la terre. Quelque chose – un genou ? un coude ? – se plante dans ma nuque. Des éclairs de lumière se succèdent derrière mes paupières.

Soudain… *Bang !* Puis un grognement, et le poids s'allège. Je me tortille, ouvrant la bouche en grand pour avaler des goulées d'air, décochant des coups de pied pour repousser le Régulateur, toujours à califourchon sur moi, bien qu'avachi sur le côté, le front barré d'un petit filet de sang, à l'endroit où il a été touché. Alex se dresse au-dessus de moi, les doigts crispés sur son fusil.

Il m'attrape par le coude et me hisse sur mes pieds, avant de ramasser mon arme et de me la rendre. Derrière lui, l'incendie continue à gagner du terrain. Les Régulateurs se sont dispersés. Je ne vois plus rien à part une immense muraille de flammes et plusieurs formes recroquevillées, à terre. Mon cœur se soulève. Je ne sais pas qui est tombé, si ce sont les nôtres. À côté de nous, Gordo soulève Coral et la prend sur son dos. Elle gémit, ses yeux papillotent, mais elle reste inconsciente.

— Allez ! hurle Alex.

Le vacarme produit par les flammes est tonitruant : une pétarade mêlée de bruits de succion évoquant un monstre féroce. Alex nous conduit à l'écart, nous frayant un chemin à travers bois avec la crosse de son fusil. Je comprends que nous prenons la direction d'un petit cours d'eau, repéré la veille. Gordo halète derrière moi, et je ne suis pas encore très assurée sur mes jambes. Je garde les yeux rivés sur le dos d'Alex et ne pense à rien d'autre qu'à avancer, un pied devant l'autre, à m'éloigner au maximum du feu.

— Ici... iii !

Alors que nous approchons de l'eau, l'appel de Rachel se réverbère dans la forêt. Sur notre droite, le faisceau d'une lampe torche déchire l'obscurité. À coups d'épaule, nous franchissons un enchevêtrement de végétaux morts pour resurgir sur une petite étendue de terrain caillouteuse, traversée par une rivière peu profonde. L'interruption de l'abondante frondaison permet au clair de lune de passer. Il zèbre d'argent la surface de l'eau, faisant luire les galets pâles sur les rives.

Les membres de notre groupe sont blottis les uns contre les autres, accroupis, à une trentaine de mètres de l'autre côté de la rivière. Le soulagement m'envahit.

Nous sommes sains et saufs ; nous avons survécu. Raven saura comment retrouver Julian et Tack.

— Ici... iii ! répète-t-elle en orientant la lampe torche dans notre direction.

— On t'a vue, grogne Gordo.

Il me bouscule pour passer devant, sa respiration n'étant plus qu'un râle rauque, et franchit la rivière. Avant que nous le suivions, Alex pivote vers moi. Je suis surprise de découvrir son visage déformé par la colère.

— Qu'est-ce qui t'a pris ?

Je reste coite, les yeux arrondis par l'étonnement, et il poursuit :

— Tu aurais pu mourir, Lena. Sans moi, tu serais morte !

Je tremble d'épuisement, je suis désorientée.

— C'est ta façon de réclamer un merci ?

— Je ne plaisante pas, rétorque-t-il en secouant la tête. Tu aurais dû rester où tu étais. Tu n'avais pas à te jeter dans la mêlée pour jouer les héroïnes.

Une étincelle de colère s'allume dans ma poitrine ; je m'empresse de l'alimenter.

— Excuse-moi, mais si je ne m'étais pas jetée dans la mêlée, comme tu dis, ta nouvelle... ta nouvelle copine serait morte à l'heure qu'il est.

J'ai rarement eu l'occasion d'utiliser ce mot dans ma vie, et il me faut une seconde pour m'en souvenir.

— Tu n'es pas responsable d'elle, décrète Alex d'un ton égal.

Au lieu de m'apaiser, sa réponse me met hors de moi. Malgré tout ce qui s'est produit ce soir, c'est ce petit détail imbécile qui me donne envie de pleurer : il n'a pas nié qu'elle était sa copine. Ravalant le goût amer qui a envahi ma bouche, je réplique :

— Et tu n'es pas responsable de moi, tu l'as oublié ? Tu ne contrôles pas ma vie.

J'ai retrouvé le fil de la colère, et je le remonte, l'empoignant à deux mains.

— Qu'est-ce que ça peut te faire de toute façon ? ajouté-je. Tu me hais.

Il me dévisage.

— Tu ne comprends vraiment pas, hein ?

Sa voix est dure. Je croise les bras et les serre fort contre ma poitrine, afin de faire rentrer la douleur, de l'enfouir sous la colère.

— Comprendre *quoi* ? demandé-je.

— Oublie, répond-il en se passant une main dans les cheveux. Oublie tout ce que j'ai dit.

— Lena !

Je me retourne. Tack et Julian viennent de sortir des bois, de l'autre côté de la rivière, et Julian court vers moi, sans se soucier d'être mouillé. Il passe devant Alex sans le voir et me soulève dans ses bras. Je laisse échapper un sanglot étouffé contre son tee-shirt.

— Tu es en vie, murmure-t-il.

Il me presse si fort que j'ai du mal à respirer. Mais ça m'est égal. Je ne veux pas qu'il me lâche. Jamais.

— J'étais tellement inquiet pour toi, poursuit-il.

Maintenant que j'ai épuisé toute ma colère, l'envie de pleurer, plus forte que le reste, m'étreint la gorge. Je ne sais pas si Julian distingue ce que je dis ; son tee-shirt étouffe ma voix. Il me serre de toutes ses forces avant de me reposer à terre. Il écarte les cheveux de mon visage.

— Quand je ne vous ai pas vus revenir, Tack et toi... J'ai cru que, peut-être, il était arrivé quelque chose...

— On a décidé de camper pour la nuit, explique-t-il d'un air coupable, comme si son absence avait, d'une façon ou d'une autre, provoqué cette attaque. La lampe torche de Tack nous a lâchés et on ne voyait plus rien après le coucher du soleil. On ne devait pas être à plus d'un kilomètre et demi d'ici.

Il secoue la tête, puis reprend :

— Dès qu'on a entendu les coups de feu, on a rappliqué.

Posant le front contre le mien, il conclut, plus bas :

— J'ai eu tellement peur...

— Je vais bien, dis-je sans lui lâcher la taille.

Il est si stable, si solide.

— On a été attaqués par des Régulateurs, expliqué-je, sept ou huit, je crois, peut-être plus. Mais on les a fait fuir.

Julian trouve ma main et entrelace nos doigts.

— J'aurais dû rester avec toi.

Sa voix se brise légèrement. Je porte sa main à mes lèvres. Ce simple geste, ce simple fait de pouvoir l'embrasser ainsi, en toute liberté, m'apparaît soudain comme un miracle. Ils ont voulu nous dompter, nous forcer à renouer avec nos existences passées. Et nous sommes toujours là. Plus nombreux jour après jour.

— Viens, chuchoté-je, allons nous assurer que les autres vont bien.

Alex a dû les rejoindre, déjà. Au moment de traverser la rivière, Julian se baisse et glisse une main sous mes genoux, me faisant basculer en arrière, dans ses bras. Je noue les doigts autour de son cou et pose ma tête sur son torse : son cœur bat à un rythme régulier, rassurant. Il franchit l'eau à grandes enjambées et me dépose de l'autre côté.

— C'est sympa de faire une apparition, lance Raven lorsque nous rejoignons le cercle.

Sa remarque s'adresse à Tack. Le soulagement dans sa voix est perceptible toutefois. Ils ont beau se disputer sans arrêt, impossible de les imaginer l'un sans l'autre. Ils évoquent deux plantes ayant poussé ensemble – ils s'asphyxient et se soutiennent tout à la fois.

— Et maintenant ? demande Lu, forme aux contours indistincts dans le noir.

La plupart des visages de l'assemblée consistent en des ovales sombres, aux traits particuliers fragmentés par les petites taches de clair de lune. Ici, on aperçoit un nez, là, une bouche, là, le canon d'un fusil.

— On va à Waterbury, comme prévu, affirme Raven avec fermeté.

— Avec quoi ? rétorque Dani. On n'a plus rien. Ni nourriture ni couverture. Rien.

— Ça aurait pu être pire. On s'en est tirés, non ? Et on ne doit plus être très loin.

— En effet, confirme Tack. Avec Julian, on a trouvé l'autoroute. À une demi-journée de marche d'ici. Nous sommes trop au nord, Pike avait raison.

— Dans ce cas, on doit pouvoir te pardonner, Pike, de nous avoir presque tous fait tuer, observe Raven.

Pour la première fois de sa vie, celui-ci n'a rien à rétorquer. Elle pousse un soupir retentissant.

— Très bien, je le reconnais. J'avais tort. C'est ce que tu voulais entendre ?

Toujours pas de réponse.

— Pike ? hasarde Dani, soudain inquiète.

— Merde, marmonne Tack. Merde !

Un nouveau silence. Je frissonne. Julian me passe un bras autour des épaules et je me laisse aller contre lui.

— On pourrait allumer un petit feu, suggère Raven. S'il s'est perdu, ça l'aidera à nous retrouver.

Un geste symbolique. Elle sait – nous savons tous, au fond de nous – qu'il est mort.

Hana

Pardonne-moi, Seigneur, car j'ai péché. Délivre-moi de mes passions, car l'impur se vautrera dans la fange avec les chiens, et seul le pur accédera aux cieux.

Les gens ne sont pas censés changer. C'est là toute la beauté de ce système, de cette association rationnelle de deux êtres, aux intérêts convergents et aux différences réduites au minimum. Voilà ce que nous promet le remède.

Mais c'est un mensonge.

Fred n'est pas Fred, en tout cas pas celui que je croyais qu'il était. Et je ne suis pas non plus la Hana qu'il attend, celle qu'on m'avait promise après mon opération. Cette prise de conscience s'accompagne d'une déception viscérale... et d'une sensation, aussi, de soulagement.

Le lendemain suivant la cérémonie d'investiture de Fred, je me lève, fraîche et dispose. Plus attentive, aussi. J'ai une conscience suraiguë de l'éclat des lumières, du *bip-bip* de la cafetière au rez-de-chaussée et du *boum-boum-boum* des vêtements dans le sèche-linge. L'électricité. L'électricité est partout autour de nous : nous vivons à son rythme.

M. Roth est, encore une fois, venu regarder les informations à la maison. S'il se tient bien, le ministère de l'Énergie lui octroiera peut-être plus de courant, et je n'aurai plus à le voir chaque matin. Je pourrais en parler à Fred... Cette seule idée provoque une envie de rire.

— Bonjour, Hana, lance-t-il, les yeux collés à la télé.

— Bonjour, monsieur Roth, réponds-je gaiement, avant de m'engouffrer dans le cellier.

J'examine les rayonnages bien remplis, passe le doigt sur les boîtes de céréales et de riz, les pots identiques de beurre de cacahuètes, ceux de confiture. Je devrai être prudente, bien sûr, les subtiliser un par un.

Je prends, sans hésiter, la direction de Wynnewood Road, où j'ai vu Grace jouer avec sa poupée. Comme lors de ma précédente visite, j'abandonne mon vélo pour finir le trajet à pied, à l'abri des arbres. Je guette les voix. La dernière chose que je souhaite, c'est d'être à nouveau surprise par Willow Marks.

Mon sac à dos s'enfonce douloureusement dans mes épaules et, sous les bretelles, la sueur rend ma peau glissante. Mon chargement est lourd. J'entends du liquide clapoter à chacun de mes mouvements, et je croise les doigts pour que le couvercle du vieux pot à lait soit bien vissé – je l'ai rempli, dans le garage, avec autant d'essence que possible mais pas trop, pour ne pas éveiller des soupçons.

Aujourd'hui encore, un léger parfum de feu de bois vient me chatouiller les narines. Je me demande combien d'habitations sont occupées, et combien de familles ont été contraintes de venir s'installer ici, de mener cette lutte quotidienne pour leur survie. J'ignore comment elles traversent les hivers. Pas étonnant que Jenny, Willow et Grace soient si pâles et exsangues – c'est un miracle qu'elles soient toujours en vie. Je repense à ce qu'a dit Fred : « Ils apprendront que la liberté ne tient pas chaud. » Ainsi, la désobéissance les tuera à petit feu.

Si je réussis à trouver la maison des Tiddle, je pourrai leur laisser l'essence et la nourriture volées dans le cellier. Ce n'est pas grand-chose, mais c'est un début. Dès que je m'engage dans Wynnewood – à deux rues, seulement, de Brooks Street –, j'aperçois Grace. Cette fois, elle est accroupie sur le trottoir devant une bâtisse grise délabrée et jette des pierres dans l'herbe, comme pour faire des ricochets. Après avoir pris une profonde inspiration, je sors du couvert des arbres.

— Je t'en prie, ne t'enfuie pas, lui dis-je tout doucement, la voyant prête à détaler.

Je fais un pas hésitant dans sa direction, et elle bondit sur ses pieds. Je m'immobilise aussitôt. Sans détacher mes yeux des siens, je transvase le poids de mon sac à dos sur une seule épaule.

— Tu ne te souviens peut-être pas de moi, dis-je. J'étais une amie de Lena.

Je trébuche un peu sur son prénom et je dois m'éclaircir la voix.

— Je ne te veux aucun mal, tu sais ?

Mon sac à dos produit un bruit métallique quand je le pose sur le bitume, attirant brièvement son regard. J'y vois un signe encourageant et m'accroupis à mon tour, sans la quitter des yeux. Lentement, je fais coulisser la fermeture à glissière. À présent, son regard circule rapidement du sac à moi. Ses épaules se détendent.

— Je t'ai apporté deux, trois choses, dis-je en plongeant une main, sans mouvement brusque, dans mon sac, pour lui montrer mon butin : un sachet de flocons d'avoine, une boîte de porridge et deux de macaronis au fromage, des conserves de soupe, de légumes, de thon et un paquet de biscuits.

Je les dispose sur le trottoir, un par un. Grace se précipite dans leur direction avant de se raviser.

Enfin, je sors le vieux pot à lait rempli d'essence.

— C'est pour toi, aussi, expliqué-je. Pour ta famille.

Un mouvement derrière une fenêtre à l'étage attire mon attention, et aussitôt tous mes sens se mettent en alerte. Il ne s'agit en réalité que d'une serviette sale, qui fait office de rideau et qui bat au vent.

Soudain, elle se jette sur le pot et me l'arrache des mains.

— Sois prudente, c'est de l'essence. C'est très dangereux. J'ai pensé que vous pourriez vous en servir pour faire brûler des choses, conclus-je lamentablement.

Grace n'ouvre pas la bouche. Elle cherche à rassembler tout ce que j'ai apporté entre ses bras graciles. Lorsque je veux lui apporter mon aide, elle empoigne le paquet de biscuits et le serre contre sa poitrine.

— Tout doux... Je cherche juste à te donner un coup de main.

Elle renifle, mais me laisse l'aider à réunir les conserves de légumes et de soupe. Quelques centimètres seulement nous séparent, si peu que je peux sentir son haleine, rendue aigre par la faim. Il y a de la crasse sous ses ongles, des traces d'herbe sur ses genoux. Je n'ai jamais été aussi près d'elle, et je me surprends à chercher, sur son visage, une ressemblance avec sa cousine. Si le nez de Grace est plus pointu, comme celui de Jenny, elle a les grands yeux bruns de Lena et ses cheveux foncés. Une sensation me vrille le ventre : une pression dans mon estomac, souvenir d'un temps révolu, qui aurait dû disparaître avec mon opération.

Personne ne doit savoir. Je ne dois éveiller aucun soupçon.

— J'ai d'autres provisions, m'empressé-je de dire à Grace en la voyant se lever, les bras chargés d'un monceau de vivres en équilibre précaire. Je reviendrai. Je ne peux les apporter que progressivement.

Elle reste plantée là, à me dévisager avec les yeux de Lena.

— Si tu n'es pas là, je laisserai la nourriture dans un endroit où elle sera en sûreté. Un endroit où elle ne risquera pas d'être... abîmée.

Je me suis retenue, au dernier moment, de dire : « volée ».

— Tu connais une bonne cachette ?

Elle pivote soudain sur les talons et s'élance vers la maison grise, à travers un carré d'herbes hautes et folles. Je ne suis pas certaine qu'elle souhaite que je la suive, mais je le fais. La peinture de la façade s'écaille, l'un des volets du premier, qui pend de travers sur ses gonds, est légèrement agité par le vent.

À l'arrière, Grace m'attend près d'une grande trappe en bois, affleurant sur le sol : elle doit conduire à une cave. Elle entasse avec soin la nourriture dans l'herbe, avant d'agripper la poignée rouillée du battant et le soulever. Ce dernier s'ouvre sur une volée de marches en bois, dévalant vers une minuscule pièce envahie par la poussière et vide à l'exception de plusieurs étagères de planches voilées. Dessus, une lampe torche, deux bouteilles d'eau et des piles.

— C'est parfait.

Un sourire fugace effleure les lèvres de Grace.

Je l'aide à descendre la nourriture dans la cave et à l'entreposer sur les étagères. Je place l'essence contre un mur. Elle garde le paquet de biscuits serré contre sa poitrine, refusant de le lâcher. La pièce empeste autant que l'haleine de Grace, une odeur aigre et terreuse.

Je suis heureuse de retrouver le soleil. Cette matinée a déposé un poids dans ma poitrine qui refuse de s'en aller.

— Je reviendrai, promets-je à Grace.

J'ai presque tourné au coin de la maison quand elle ouvre la bouche :

— Je me souviens de toi, dit-elle d'une voix à peine plus forte qu'un murmure.

Je fais volte-face, surprise, mais elle file déjà vers les arbres et s'évanouit sans que j'aie le temps de répondre.

Lena

L'aube se dédouble : à la lueur trouble qui drape l'horizon répond celle qui coiffe la cime des arbres, où l'incendie continue de faire rage. Les nuages et les volutes de fumée noire sont presque indifférenciés.

Dans l'obscurité et la panique, nous ne nous sommes pas rendu compte que deux membres du groupe manquaient à l'appel : Pike et Henley. Dani veut rebrousser chemin pour retrouver leurs corps, mais le feu nous l'interdit. Nous ne pouvons même pas aller sauver les conserves et autres provisions qui auront résisté aux flammes.

À la place, dès que le ciel s'éclaircit, nous prenons la route. Nous cheminons en silence, en file indienne, les yeux rivés sur le sol. Nous devons atteindre le campement de Waterbury le plus tôt possible, éviter les détours, les pauses, les fouilles des décombres d'anciennes villes, délestées de toutes leurs richesses depuis longtemps. L'atmosphère est chargée d'angoisse.

Nous pouvons nous estimer heureux sur un point : c'est Julian et Tack qui avaient la carte de Raven, qui n'a ainsi pas été détruite avec le reste de nos affaires. Tous deux ouvrent d'ailleurs la marche, s'arrêtant de temps à autre pour étudier leurs annotations. En dépit de tout ce qui est arrivé, je sens un élan de fierté chaque fois que Tack consulte Julian. Et un autre plaisir d'un genre différent aussi : la satisfaction de savoir qu'Alex n'aura pas manqué de le remarquer, lui aussi. Alex qui, bien sûr, ferme le cortège avec Coral.

C'est une journée chaude – si chaude que j'ai retiré ma veste et roulé les manches de mon sweat-shirt jusqu'aux coudes –, le soleil éclabousse généreusement le sol. Difficile de croire que quelques heures plus tôt, seulement, nous avons été victimes d'une attaque, sinon que les voix de Pike et Henley manquent au brouhaha général.

Julian est devant moi. Alex derrière. Je force donc l'allure, malgré l'épuisement, le goût de la fumée qui ne quitte pas ma langue et la brûlure dans mes poumons.

Waterbury, Lu nous l'a expliqué, est le début d'une nouvelle ère. Une gigantesque colonie s'est établie en dehors de l'enceinte de la ville, et nombre des citoyens valides ont fui. Des zones entières de Waterbury ont été évacuées, d'autres ont été barricadées en prévision d'attaques d'Invalides. Lu a entendu dire que la colonie constituait presque une ville à part entière : tout le monde met la main à la pâte, tous réparent les abris, chassent, puisent de l'eau... Jusqu'à présent, elle n'a pas été l'objet de représailles, en partie parce qu'il ne reste personne pour les organiser. Les bureaux de l'hôtel de ville ont été détruits, le maire et ses adjoints chassés.

Là-bas, nous construirons des refuges avec des branches et des briques de récupération. Enfin, nous aurons un endroit à nous. À Waterbury, tout ira bien.

Les arbres s'espacent peu à peu et nous longeons de vieux bancs couverts de graffitis, ainsi que d'anciens passages souterrains mouchetés de moisissure ; un toit, intact, posé au milieu d'un pré, comme si le reste de la maison avait tout simplement été avalé par la terre ;

des bouts de route qui ne mènent nulle part et semblent raconter une histoire incohérente. C'est le langage du monde d'avant, un monde de chaos, de bonheur et de désespoir… Un monde avant que le blitz ne transforme le réseau routier en quadrillage, les villes en prisons et les cœurs en poussière.

Nous savons que nous approchons.

En fin de journée, au moment où le soleil commence à se coucher, l'angoisse revient au galop. Aucun de nous ne veut passer une nouvelle nuit en pleine Nature, exposé à tous les dangers, même si nous avons réussi à semer les Régulateurs pour le moment. Un cri nous parvient de la tête de la file. Julian a laissé Tack seul, devant, pour marcher à côté de moi, même si nous ne parlons presque pas.

— Qu'est-ce qui se passe ? lui demandé-je.

L'épuisement m'engourdit. Je ne vois rien au-delà de ceux qui me précèdent. La colonne se disperse peu à peu dans ce qui devait être, autrefois, un parking. La majeure partie du bitume a disparu. Deux lampadaires, privés d'ampoule, sont fichés dans le sol. Tack et Raven se sont arrêtés à côté de l'un d'eux. Julian se dresse sur la pointe des pieds et se dévisse le cou.

— Je crois… je crois que nous sommes arrivés.

Je n'attends pas qu'il ait fini sa phrase pour bousculer les autres afin de voir par moi-même. À la lisière de l'ancien parking, le sol dévale subitement en pente raide. Plusieurs sentiers en lacet conduisent à une portion de terrain nue et sans arbres. La colonie ne ressemble en rien à l'image que je m'en étais faite. Je voyais de vraies maisons, ou du moins des structures en dur, nichées entre les arbres ; or je suis face à un vaste champ grouillant, un patchwork de couvertures et de déchets, et des gens par centaines, le tout presque adossé aux murs de la ville, tachés de rouge dans la lumière du jour déclinant. Quelques feux de camp, rares, ponctuent cet immense océan sombre, clignotant telles les lumières d'une ville distante. Le ciel, électrique à l'horizon, étend par ailleurs son dais noir, comme si un couvercle avait été vissé bien serré sur une énorme décharge.

Dans un éclair de mémoire, je revois les êtres difformes que Julian et moi avons croisés lorsque nous cherchions à échapper aux Vengeurs, dans les souterrains sordides et enfumés. Je n'ai jamais vu autant d'Invalides réunis. Je n'ai jamais vu autant de personnes, tout simplement.

Même à cette distance, leur odeur nous parvient. J'ai l'impression qu'un trou s'est creusé dans ma poitrine.

— Qu'est-ce que c'est que cet endroit ? grommelle Julian.

Je voudrais le rassurer, lui dire que tout ira bien, mais je suis trop accablée par la déception.

— C'est ça ?

Dani est la première à formuler ce que nous devons tous éprouver.

— C'est ça dont on rêvait ? La nouvelle ère ?

— Ici, nous aurons des alliés, au moins, observe Hunter.

Même lui a du mal à faire semblant. Il se frictionne le crâne, ébouriffant ses cheveux. Son visage est livide ; toute la journée, il a craché, soufflé par expirations humides et rauques.

— Et nous n'avions pas d'autre option, de toute façon, ajoute-t-il.

— Nous aurions pu aller au Canada, comme le suggérait Gordo.

— Nous n'y serions jamais arrivés sans provisions, rétorque Hunter.

— Nous les aurions encore si nous avions pris la direction du nord dès le départ, le rembarre Dani.

— Eh bien, on ne l'a pas fait, riposte Alex. On est ici, et je ne sais pas ce qu'il en est pour vous, mais moi, je meurs de soif.

Il bouscule les autres pour rejoindre un sentier – il doit aborder la pente de profil et ses pieds, qui dérapent légèrement, font dévaler quelques gravillons vers le campement. Il s'arrête quand il a atteint le début du chemin et redresse la tête vers nous.

— Alors ? Vous venez ou pas ?

Il promène son regard sur l'ensemble du groupe. Lorsqu'il pose les yeux sur moi, une petite décharge électrique me parcourt et je baisse aussitôt les miens. L'espace d'un quart de seconde, j'ai presque cru reconnaître mon Alex.

Raven et Tack lui emboîtent le pas. Il a raison : nous n'avons plus le choix. Nous ne tiendrons pas quelques jours de plus dans la Nature, pas sans pièges, sans provisions ni récipients pour faire bouillir l'eau. Les autres doivent le savoir, car ils imitent Raven et Tack, approchant prudemment du sentier. Après avoir marmonné dans sa barbe, Dani finit par suivre le mouvement.

— Viens, dis-je en voulant prendre Julian par la main.

Il se dérobe. Il est hypnotisé par la gigantesque plaine enfumée en contrebas, la mosaïque terne de couvertures et tentes de fortune. Je crains qu'il ne refuse d'y aller, pourtant il se jette en avant, comme pour franchir une barrière invisible, et me précède sur le chemin. Juste avant de m'élancer, je remarque que Lu n'est pas encore descendue. Elle apparaît maigre et rapetissée par les énormes sapins derrière elle. Ses cheveux lui tombent presque jusqu'à la taille maintenant. Elle ne fixe pas la colonie mais le mur, au-delà : la pierre souillée qui marque le début d'un autre monde. Celui des zombies.

— Tu viens, Lu ?

— Quoi ?

Elle me considère avec le même étonnement que si je venais de la réveiller.

— Oui, oui, j'arrive, s'empresse-t-elle d'ajouter.

Elle jette un dernier coup d'œil au mur avant de se remettre en route. Elle a un air soucieux.

La ville de Waterbury semble, du moins à cette distance, morte : les cheminées des usines ne crachent aucune fumée ; pas une lumière dans les tours enrobées de verre. Une coquille vide, presque comme les ruines que nous avons longées dans la Nature. Sauf que cette fois, elles sont de l'autre côté. Et je ne peux m'empêcher de me demander ce qui, là-dedans, terrifie autant Lu.

Arrivée au pied de la pente raide, l'odeur, poisseuse, est presque insupportable : la puanteur de milliers de corps crasseux, de bouches sales et affamées, d'urine, de braises froides et de tabac. Julian tousse, puis marmonne :

— La vache...

Je plaque ma manche sur ma bouche. La périphérie de la colonie est marquée par de grands bidons métalliques et de vieilles poubelles tachées de rouille, qui font office de braseros. Les gens se massent autour des charbons ardents pour cuisiner ou se réchauffer les mains. Ils nous considèrent avec méfiance et je comprends aussitôt que nous ne sommes pas les bienvenus.

Même Raven paraît hésistante. Où s'installer ? À qui parler ? La colonie répond-elle à une organisation précise ? Alors que l'horizon finit d'engloutir le soleil, la foule humaine se transforme en une masse d'ombres aux visages éclairés par des lueurs vacillantes, grotesques et difformes. Des abris ont été construits à la hâte à partir de morceaux de tôle ondulée et de bouts de métal ; certains se sont fait des tentes avec des draps sales. D'autres, enfin, sont allongés par terre, pressés les uns contre les autres pour se réchauffer.

— Alors ? demande Dani d'une voix sonore, comme un défi. Et maintenant ?

Raven s'apprête à lui répondre quand un garçon est projeté contre elle, manquant de la faire tomber à la renverse. Tout en l'aidant à retrouver son équilibre, Tack aboie :

— Hé !

Le garçon qui a été catapulté contre Raven, maigre et pourvu d'une mâchoire protubérante de bouledogue, ne lui accorde pas même un regard. Déjà, il fonce vers une tente rouge miteuse, où une petite troupe s'est assemblée. Un homme plus vieux, qui porte un long manteau d'hiver à grands pans sur son torse nu, l'attend, poings serrés, les traits crispés par la colère.

— Sale porc ! crache-t-il. Je vais te buter !

— Tu es malade ? rétorque Bouledogue d'une voix étonnamment stridente. Qu'est-ce qui te prend, bon...

— Tu m'as volé ma boîte de conserve, avoue ! Tu me l'as volée !

Le vieil homme a de la salive écumante aux commissures des lèvres, les yeux écarquillés par la rage. Il décrit un tour complet sur lui-même, prenant la foule à témoin en haussant le ton :

— J'avais une boîte de thon, intacte. Dans mes affaires. Il l'a volée.

— Je n'y ai jamais touché. Tu es devenu fou...

Bouledogue tourne les talons et l'homme au manteau en guenilles pousse un rugissement.

— Menteur !

Il bondit et paraît se suspendre dans les airs, les pans de son manteau se déployant telles les immenses ailes d'une chauve-souris. Puis il atterrit sur le dos du garçon, le plaquant au sol. D'un seul élan, le foule se déchaîne, hurlant, s'approchant, les encourageant. Le garçon fait basculer son assaillant, l'immobilise et le frappe, jusqu'à ce que celui-ci se libère et écrase le visage de Bouledogue dans la poussière. Celui-ci vocifère, mais ses mots sont inintelligibles. À force de se débattre, il réussit à le désarçonner et l'envoie valdinguer contre un brasero. L'homme pousse un hurlement. Le feu étant allumé depuis un moment, le métal doit être brûlant.

Quelqu'un me bouscule par-derrière et je manque de m'étaler de tout mon long par terre. Julian réussit à me retenir *in extremis*. Le public bouillonne à présent : les voix et les corps ne font plus qu'un, tel un monstre à plusieurs têtes et plusieurs bras. Ce n'est pas la liberté. Ce n'est pas le nouveau monde dont nous rêvions. C'est un cauchemar.

Je fends la foule pour suivre Julian, qui ne me lâche pas la main. J'ai l'impression d'affronter une marée puissante, un déferlement de courants contraires. La perspective d'avoir perdu les autres me terrorise. Heureusement, j'aperçois Tack, Raven, Coral et Alex, en retrait, fouillant la cohue du regard à la recherche des autres membres du groupe. Dani, Bram, Hunter et Lu jouent des coudes pour nous rejoindre.

Blottis tous ensemble, nous attendons les autres. Je guette Gordo, sa barbe qui lui descend jusqu'au torse, mais je ne vois qu'une brume de fumée huileuse dont émergent, ici ou là, des visages flous. Coral se met à tousser. Les autres n'arrivent pas et nous devons nous rendre à l'évidence : nous avons été séparés. Sans conviction, Raven décrète qu'ils nous retrouveront plus tard. Nous devons nous mettre en quête d'un endroit sûr où établir notre camp et d'un groupe qui accepterait de partager nourriture et eau avec nous.

Après avoir interrogé quatre personnes différentes, une fille de douze ou treize ans, qui porte des vêtements si sales qu'ils ont fini par ressembler à un uniforme gris terne, nous oriente vers celle qui pourra nous aider, une certaine Pippa. La gamine nous indique la partie du campement la plus vivement éclairée. Tandis que nous prenons cette direction, je sens son regard sur nous. Je me retourne : elle s'est mis une couverture autour de la tête et des ombres glissent sur son visage, pourtant ses yeux sont deux énormes globes lumineux. Je pense à Grace et une douleur aiguë me transperce la poitrine.

Il semble que la colonie est divisée en zones, chacune sous la coupe d'une personne ou d'un groupe. Tout en cheminant vers l'alignement de feux de camp qui marquent, apparemment, le début du territoire de Pippa, nous entendons éclater des dizaines de disputes au sujet des frontières et de la propriété.

Soudain, un cri de surprise échappe à Raven :

— Twiggy !

Elle s'élance aussitôt pour se jeter dans les bras d'une femme – c'est bien la première fois que je la vois embrasser quelqu'un d'autre que Tack de son propre gré – et, lorsque leur étreinte prend fin, elles se lancent toutes deux dans une conversation joyeuse.

— Tack, s'écrie Raven, tu te souviens de Twiggy ? Tu étais avec nous il y a... quoi ? Trois étés ?

— Quatre, rectifie la femme dans un éclat de rire.

Elle a sans doute la trentaine et son surnom doit être ironique[1] : dotée d'une carrure d'homme avec de larges épaules, elle n'a pas de hanches. Ses cheveux sont coupés ras. Son rire est masculin, lui aussi, un rire profond, un rire de gorge. Elle m'est immédiatement sympathique.

— J'ai un nouveau diminutif, tu sais, dit-elle avec un clin d'œil. Ici, les gens m'appellent Pippa.

La parcelle sur laquelle elle règne est plus grande et mieux organisée que toutes celles que nous avons traversées jusqu'à présent. Elle comporte même un véritable abri : Pippa a construit, ou s'est approprié, un grand appentis en bois, fermé sur trois côtés. À l'intérieur, plusieurs bancs en bois brut, une demi-douzaine de lanternes à piles, des couvertures en tas et deux réfrigérateurs – un grand, familial, et un petit –, fermés par des cadenas. Pippa nous explique qu'elle y entrepose la nourriture et les médicaments qu'elle a réussi à réunir. Elle a également recruté plusieurs personnes pour alimenter en permanence les feux, faire bouillir l'eau et repousser toute tentative de vol.

— Vous n'imaginez pas les horreurs dont j'ai été témoin ici. La semaine dernière, un type a été tué pour une foutue cigarette. C'est de la folie… dit-elle en secouant la tête. Pas étonnant que les zombies ne prennent pas la peine de nous bombarder. Ils gâcheraient leurs munitions ! À ce rythme, on va s'entretuer tranquillement.

Elle nous invite à nous asseoir par terre.

— Installez-vous là, je vais aller chercher à manger. Il n'y a pas grand-chose. J'attendais une livraison… La résistance nous file un coup de main, il a dû y avoir un incident.

---

1. *Twiggy* signifie « brindille » en anglais.

— Des patrouilles, explique Alex. Des Régulateurs au sud. On est tombés sur quelques-uns d'entre eux.

Pippa ne semble guère surprise ; elle doit être au courant de la présence des forces de l'ordre dans la Nature.

— Pas étonnant que vous ayez tous des tronches de déterrés, dit-elle (et c'est un euphémisme). Allez, la cuisine ne va pas tarder à ouvrir. Reposez-vous un peu.

Julian ne pipe mot. Je le sens tendu ; il ne cesse de promener son regard autour de lui, comme s'il s'attendait à ce que quelqu'un surgisse des ténèbres pour l'assaillir. À présent que nous sommes passés de l'autre côté des feux de camp, que nous sommes encerclés par la chaleur et la lumière, le reste de la colonie n'est plus qu'une immense ombre floue, remuante et grouillante, qui retentit de cris bestiaux.

J'ose à peine imaginer ce qu'il peut penser de cet endroit. De nous. C'est le monde contre lequel on l'a mis en garde : un monde malade, synonyme de chaos et de crasse, d'égoïsme et de déroute. J'éprouve une colère injustifiée envers lui. Sa présence, son angoisse me rappellent qu'il y a une différence entre les siens et les miens.

Tack et Raven ont investi un des bancs ; Dani, Hunter et Bram se serrent sur un autre. Julian et moi nous asseyons en tailleur par terre. Alex reste debout. Coral s'installe à ses pieds, et je m'efforce d'oublier qu'elle est adossée contre ses tibias, que l'arrière de son crâne lui touche les genoux.

Pippa s'empare d'une clé accrochée autour de son cou pour ouvrir le grand réfrigérateur. À l'intérieur sont alignées des dizaines et des dizaines de conserves, ainsi que des sachets de riz. La clayette du bas est chargée de pansements, crèmes antibactériennes et flacons d'analgésiques. Tout en s'affairant, Pippa nous parle de la colonie et des émeutes de Waterbury, dont sa création procède.

— Ça a commencé dans la rue, explique-t-elle en versant du riz dans une immense casserole cabossée. Il y avait surtout des enfants. Invalides. La colère de certains avait été allumée par des Sympathisants. Nous avions aussi des membres de la résistance infiltrés, pour entretenir la flamme de la révolte.

Ses gestes sont précis, elle ne gaspille aucune énergie. Des gens émergent de la nuit pour venir l'aider. Bientôt, elle a disposé plusieurs casseroles sur l'un des feux délimitant le pourtour de son territoire. Une fumée délicieuse, car mêlée du parfum de nourriture, flotte jusqu'à nous.

Instantanément, un changement se produit, comme si l'obscurité qui nous enveloppe changeait de qualité : un cercle de personnes s'est formé, un mur d'yeux sombres et affamés. Deux des hommes de Pippa montent la garde près des casseroles, couteau au poing. Je réprime un frisson ; j'aurais aimé que Julian passe un bras sur mes épaules.

Nous piochons le riz et les haricots à même la marmite, avec nos doigts. Pippa ne s'est pas posée un seul instant depuis tout à l'heure. Elle marche la tête en avant, à croire qu'elle s'attend constamment à rencontrer un obstacle et se tient prête à le renverser. Et elle parle sans arrêt, aussi.

— La résistance m'a envoyée ici, répond-elle à Raven, qui lui a demandé comment elle avait atterri à Waterbury. Les nombreuses émeutes en ville semblaient créer les conditions idéales d'une opposition à grande échelle. Il y a plus ou moins deux mille personnes dans le camp. Ça fait de la main-d'œuvre.

— Comment ça se passe ? s'enquiert Raven.

Pippa s'agenouille près de feu de camp et crache.

— À ton avis ? Je suis ici depuis un mois et j'ai peut-être trouvé cent personnes concernées par notre cause et disposées à se battre. Les autres sont trop craintifs, trop épuisés ou trop découragés. Quand ils ne s'en fichent pas tout bonnement.

— Que comptes-tu faire, alors ?

Pippa écarte les bras d'un geste d'impuissance.

— Que veux-tu que je fasse ? Je ne peux pas les forcer à s'investir, je ne peux pas dicter leur conduite aux gens. On n'est plus chez les zombies, ici...

Ma grimace doit trahir mon sentiment, parce qu'elle pose sur moi un regard désapprobateur.

— Quoi ?

Je cherche auprès de Raven un indice sur la ligne de conduite à adopter, mais son visage reste de marbre. Me retournant vers Pippa, je hasarde :

— Il doit bien y avoir une solution...

— Ah oui ?

Son ton se fait tranchant.

— Et laquelle ? Je n'ai pas d'argent pour les soudoyer. Nous ne sommes pas assez forts pour les menacer. Impossible de les convaincre s'ils ne m'écoutent pas. Bienvenue dans le monde libre ! Nous laissons aux gens le pouvoir de décider. Y compris de se tromper. C'est beau, non ?

Elle se relève brusquement et s'éloigne du feu. Lorsqu'elle reprend la parole, c'est d'une voix posée :

— Je ne sais pas ce qui va se passer. J'attends des instructions d'en haut. Il vaudrait peut-être mieux partir de cet endroit, le livrer à la pourriture. Au moins sommes-nous en sécurité pour le moment.

— Qu'en est-il d'une éventuelle riposte ? demande Tack. Tu ne crains pas une attaque de la ville ?

Pippa secoue la tête.

— La ville a été, pour l'essentiel, évacuée après les émeutes.

Un petit sourire se dessine sur ses lèvres, quand elle ajoute :

— La peur de la contamination... Le *deliria* se répandant dans les rues, nous transformant en bêtes.

Puis le sourire s'efface, et elle conclut :

— Je vais vous dire quelque chose. Après ce que j'ai vu ici, il m'arrive de penser... Ils ont peut-être raison.

Elle soulève la pile de couvertures et la tend à Raven.

— Tiens, rends-toi utile. Vous devrez les partager. Les couvertures sont encore plus difficiles à garder que la nourriture, ici. Allongez-vous où vous trouverez de la place. Je vous déconseille de vous éloigner. Il y a des cinglés dans le coin. J'ai tout vu : handicapés suite à une opération bâclée, toqués, criminels, la totale... Faites de doux rêves, les enfants !

Ce n'est que lorsque Pippa nous invite à nous coucher que je réalise à quel point je suis exténuée. Je n'ai pas fermé l'œil depuis plus de trente-six heures, et jusqu'à présent j'ai puisé mes forces dans la peur. Mon corps me paraît soudain peser une tonne. Julian doit m'aider à me relever. Je le suis comme une somnambule, à l'aveuglette, à peine consciente de mon environnement. Nous nous éloignons de l'abri.

Il s'arrête près d'un feu qu'on a laissé s'éteindre. Nous nous trouvons au pied de la colline, à un endroit où la pente, plus raide que celle par laquelle nous sommes descendus, n'est sillonnée par aucun sentier.

Peu m'importent la dureté du sol, le mordant de l'air et les cris continus autour de nous, qui peuplent la nuit de menaces. Tandis que Julian s'allonge derrière moi et nous entortille dans la couverture, je suis déjà ailleurs :

de retour dans l'ancien refuge, à l'infirmerie, et Grace est là, qui répète mon prénom en boucle. Un bruissement d'ailes noires couvre sa voix pourtant, et lorsque je lève les yeux, je constate qu'à la place du toit, détruit par les bombes des Régulateurs, il n'y a plus qu'un ciel étoilé. Et des chauves-souris, par dizaines de milliers, qui cachent la lune.

Hana

Je me réveille alors que l'aube peint à peine l'horizon de ses couleurs. Une chouette hulule pas très loin de ma fenêtre, et ma chambre est envahie de silhouettes mouvantes.

Dans quinze jours, je serai mariée.

Je rejoins Fred pour inaugurer la nouvelle muraille, à la frontière, une structure de béton armé haute de plus de quatre mètres. À terme, elle remplacera l'ensemble de la clôture électrifiée qui a toujours protégé Portland.

La première phase de construction, terminée tout juste deux jours après la prise de fonctions de Fred, concerne la portion qui va du vieux port jusqu'aux Cryptes, en passant par le pont, Tukey's Bridge. La deuxième phase, qui ne sera pas achevée avant un an, prolongera le mur jusqu'à Fore River ; l'année suivante, la dernière section, qui reliera les deux précédentes, achèvera l'édification. Ainsi, la modernisation et le renforcement de la frontière seront finis juste à temps pour la réélection de Fred.

Lors de la cérémonie d'inauguration, Fred s'approche avec une paire de ciseaux géante, souriant aux journalistes et aux photographes agglutinés au pied de l'enceinte. C'est une belle matinée ensoleillée, une journée pleine de promesses et d'espoir. D'un geste théâtral, il approche les ciseaux de l'épais ruban rouge tendu sur le béton. À la dernière seconde, il se ravise, se retourne et me fait signe d'approcher.

— Je veux que ma future femme prenne part à cette journée historique ! s'écrie-t-il.

Un rugissement d'approbation s'élève alors que je m'approche, feignant la surprise en rougissant. Tout cela a été répété, bien sûr. Il joue son rôle. Et je veille à bien jouer le mien, aussi.

Les ciseaux, conçus pour l'occasion, sont émoussés, et j'ai du mal à trancher le ruban. Au bout de quelques secondes d'essai infructueux, mes paumes deviennent moites. Je sens l'impatience de Fred derrière son sourire, le poids du regard des membres de son conseil, parqués juste à côté des journalistes.

Clic. Enfin, je réussis à venir à bout du ruban, dont les deux pans tombent à terre dans un mouvement aérien ; c'est le signal que tous attendaient pour se réjouir au pied de l'immense muraille lisse. Les rayons du soleil se réfléchissent sur les barbelés qui la coiffent, telles des dents de métal.

Ensuite, nous gagnons le sous-sol d'une église locale pour une petite réception. Les gens grignotent des brownies et des canapés au fromage sur des serviettes en papier, installés sur des chaises pliantes, un gobelet en plastique posé en équilibre sur leurs genoux. Cela aussi – la simplicité, le côté informel, le choix de ce sous-sol aux murs blancs immaculés et au léger parfum de térébenthine – a été soigneusement planifié.

Fred, copieusement félicité, répond aux questions sur sa politique et les changements qu'il envisage. Ma mère rayonne, je ne l'ai jamais vue aussi heureuse, et, lorsque nos regards se croisent, elle me fait un clin d'œil. Je m'avise que c'est ce dont elle a toujours rêvé pour moi. Pour nous.

Je dérive à travers la foule, un sourire aux lèvres, échangeant quelques paroles polies quand on me sollicite. Derrière les rires et le brouhaha des conversations, un sifflement de serpent me harcèle, un nom qui me suit partout.

Plus jolie que Cassie...

Pas aussi mince que Cassie...

Cassie, Cassie, Cassie...

Fred est d'une humeur excellente au moment où nous reprenons le chemin de la maison. Il desserre sa cravate et déboutonne sa chemise, roule ses manches jusqu'aux coudes et baisse les vitres : la brise qui s'engouffre dans l'habitacle l'ébouriffe.

Déjà, il ressemble davantage à son père. Il a le visage rouge – il faisait chaud dans l'église – et, l'espace d'une seconde, je ne peux m'empêcher d'imaginer de quoi sera faite notre vie une fois que nous serons mariés, de me demander s'il sera pressé d'avoir des enfants. Je ferme les paupières et me représente la baie, ses vagues qui emportent l'image de Fred allongé sur moi.

— Ils ont tout gobé, s'enthousiasme-t-il. Je leur ai balancé quelques infos, l'air de rien, sur Finch et le ministère de l'Énergie, et ils en auraient chié dans leur froc.

Soudain, je ne peux plus retenir la question qui me brûle les lèvres :

— Qu'est-il arrivé à Cassandra ?

Son sourire s'évanouit.

— Tu as écouté ce que je viens de dire, Hana ?

— Oui. Ils ont tout gobé. Ils en auraient chié dans leur froc.

Il tressaille légèrement lorsque je prononce le mot « chier », alors que je me contente de répéter ses propres paroles.

— Mais ça m'a rappelé... Il y a un moment que je veux te poser cette question, reprends-je. Tu ne m'as jamais raconté ce qui lui était arrivé.

Le sourire est bel et bien enterré maintenant. Il se tourne vers la fenêtre. Le soleil, haut dans le ciel, raie son visage d'ombre et de lumière.

— Qu'est-ce qui te fait penser qu'il lui est arrivé quelque chose ?

Je m'efforce de conserver un ton neutre.

— Je voulais juste dire... Ça m'intéresserait de savoir pourquoi vous avez divorcé.

Il pivote brusquement vers moi, les yeux plissés, comme pour débusquer le mensonge sur mes traits. Je garde un visage impassible, et il se détend un peu.

— Différences inconciliables, dit-il en retrouvant son sourire. Ils ont dû se tromper lors de son Évaluation. Elle ne me correspondait pas du tout.

Nous nous observons en souriant ; nous faisons notre devoir et gardons nos secrets pour nous.

— Tu veux savoir une des choses que je préfère chez toi ? demande-t-il avant de me prendre le bras.

— Laquelle ?

Il m'attire brusquement vers lui. Je laisse échapper un cri de surprise. Il me pince l'intérieur du coude, à l'endroit où la peau est plus fine, et une douleur vive me remonte jusqu'à l'épaule. Des larmes me piquent les yeux, et je prends une profonde inspiration pour les ravaler.

— Tu ne poses pas de questions, dit-il avant de me repousser violemment. Cassie avait tendance à être trop curieuse.

Puis il se cale sur la banquette, et le reste du trajet se déroule en silence.

Autrefois, la fin de l'après-midi était mon moment préféré de la journée. Le mien et celui de Lena. Est-ce encore le cas ?

Je n'en sais rien. Mes sentiments, mes goûts d'avant me sont inaccessibles ; pas totalement disparus, comme ce devrait être le cas, mais semblables à des ombres, qui se consument chaque fois que j'essaie de les saisir.

Je ne pose pas de questions.

Je suis le mouvement.

Le trajet jusqu'à Deering Highlands me paraît déjà plus facile. Par chance, je ne croise jamais personne. Je dépose la nourriture et le pétrole dans la cave que Grace m'a montrée. Puis je me rends à Preble Street : l'oncle de Lena tenait une petite épicerie à l'angle de cette rue. Ainsi que je le soupçonnais, elle est définitivement fermée. Des grilles ont été posées sur les vitrines ; derrière le treillis métallique, j'aperçois des graffitis sur le verre, aujourd'hui indéchiffrables, délavés par la pluie et les intempéries. L'auvent, bleu roi, est déchiré et à moitié démonté. Une fine tige métallique articulée, évoquant la patte d'une araignée, est sortie de sa gouttière de tissu et oscille tel un pendule au vent. Une petite pancarte, fixée à l'une des grilles, annonce : « Prochainement ici ! Chez Bee, salon de coiffure et barbier ».

La ville l'a probablement contraint de mettre la clé sous la porte, à moins que les clients n'aient cessé de venir, redoutant d'être jugés coupables de complicité. La mère de Lena, son oncle William, et maintenant elle, Lena... Trop de mauvais sang. Trop de maladie.

Pas étonnant qu'ils se terrent à Deering Highlands. Pas étonnant que Willow aussi. Je me demande s'ils y sont allés de leur plein gré ou si on les y a forcés, à coups de menaces, ou de pots-de-vin, pour qu'ils n'entachent pas la réputation de leur quartier.

J'ignore ce qui me pousse à contourner le magasin, à m'engager dans l'impasse étroite pour rejoindre la petite porte bleue qui ouvrait sur la réserve. J'y passais du temps avec Lena, quand elle s'occupait du réapprovisionnement des rayons après les cours. Le soleil tape fort sur les toits pentus des bâtiments environnants, sans atteindre la ruelle, sombre et fraîche. Des mouches s'agitent autour d'une benne, bourdonnant et percutant le métal. Je descends de vélo et l'appuie contre l'un des murs en béton crème. Les bruits de la rue – les gens qui s'apostrophent en criant, le fracas occasionnel d'un bus – me paraissent déjà lointains.

Je m'approche de la porte bleue, constellée de fientes de pigeons. L'espace d'un instant, le temps semble se replier sur lui-même, et j'imagine Lena m'ouvrant la porte en grand, comme elle le faisait toujours. Je m'assiérai sur un carton de lait en poudre pour bébé ou de haricots verts en boîte ; nous partagerons un paquet de chips et un soda piqués dans le stock, nous parlerons de...

De quoi ? Oui, de quoi parlions-nous à l'époque ?

Des cours, sans doute. Des autres filles de la classe, des entraînements sportifs et des concerts dans le parc, mais aussi de qui était invité à tel ou tel anniversaire, et des projets que nous avions ensemble.

Jamais de garçons. Lena ne voulait pas ; elle était trop prudente pour ça. Jusqu'à ce que, un jour, elle oublie la prudence. Ce jour-là, je me le rappelle à la perfection. J'étais encore sous le choc des raids de la veille : le sang et la violence, la cacophonie de cris. Plus tôt, le matin, j'avais vomi mon petit déjeuner.

Je me souviens de l'expression de Lena lorsqu'il a frappé à la porte : ses yeux écarquillés par la terreur, sa raideur subite. Et du regard qu'Alex a posé sur elle quand elle a fini par le laisser entrer dans la réserve. Je me souviens aussi dans le moindre détail de ce qu'il portait et des épis que formaient ses cheveux. Il avait des baskets aux lacets coloriés en bleu. Celui de la chaussure droite était défait, il ne l'avait pas remarqué. Il ne remarquait rien à part Lena.

Je me souviens de la sensation cuisante qui m'a transpercée. La jalousie.

Je pose la main sur la poignée et aspire une grande goulée d'air avant de la faire tourner. Fermé, bien sûr. Je ne sais pas à quoi je m'attendais, ni pourquoi je suis aussi déçue. Évidemment que ça n'est pas resté ouvert. Derrière, la poussière doit recouvrir les étagères.

C'est un bon résumé du passé : il glisse l'air de rien, puis s'accumule en fines strates. Si on n'y prête garde, on se retrouve enterré dessous. Le Protocole y remédie en partie : un grand ménage qui réduit à néant le passé et toute la souffrance qui l'accompagne, au pire une vague trace sur une vitre brillante.

Mais le remède n'a pas le même effet sur tout le monde ; et il ne marche pas aussi bien pour chacun de nous. Je suis résolue à aider la famille de Lena. On les a privés de l'épicerie et de leur domicile, et j'ai ma part de responsabilité là-dedans. C'est moi qui l'ai encouragée à se rendre à sa première fête illégale, moi qui ai toujours semé le doute dans son esprit, en l'interrogeant sur la Nature et en évoquant la possibilité de quitter Portland.

Et c'est aussi moi qui l'ai aidée à s'enfuir. J'ai prévenu Alex qu'elle avait été arrêtée et que la date de son opération avait été avancée. Sans mon intervention, Lena aurait été guérie. Elle pourrait suivre ses cours à l'université de Portland, ou se promener dans les rues près du vieux port avec son compagnon. L'épicerie serait encore ouverte, et la maison dans Cumberland, toujours habitée.

Ma culpabilité est encore plus profonde, cependant. Elle aussi ressemble à la poussière : elle s'accumule, par couches.

Sans moi, Lena et Alex n'auraient jamais été arrêtés. Je les ai dénoncés. J'étais jalouse.

Pardonne-moi, Seigneur, car j'ai péché.

Lena

L'agitation et le bruit me réveillent. Julian n'est plus là.

Le soleil est haut dans le ciel sans nuages, et il n'y a pas de vent. Je repousse les couvertures et m'assieds, clignant des paupières pour m'habituer à la luminosité. J'ai l'impression d'avoir la langue recouverte de poussière.

Raven est juste à côté, agenouillée près d'un des feux de camp, qu'elle alimente avec des brindilles, une à une. Elle lève les yeux vers moi.

— Bienvenue parmi les vivants, Lena. Bien dormi ?

— Quelle heure est-il ?

— Midi passé.

Elle se redresse avant d'ajouter :

— On s'apprêtait à descendre à la rivière.

— Je vous accompagne.

L'eau, c'est exactement ce qu'il me faut. Pour me laver et boire. J'ai l'impression que mon corps entier est enrobé de crasse.

— Viens, alors.

Assise à la limite de son territoire, Pippa discute avec une femme que je ne connais pas.

— Une résistante, m'explique Raven en surprenant mon regard.

185

Mon cœur fait un drôle de bégaiement dans ma poitrine. Ma mère appartient à la résistance. Il est possible que cette femme la connaisse.

— Elle est arrivée avec une semaine de retard, poursuit Raven. Elle venait de New Haven avec des vivres, et elle a été retardée par des patrouilles.

Ma gorge se serre : je n'ose pas demander des nouvelles à l'inconnue. J'ai trop peur d'être, encore une fois, déçue.

— Tu crois que Pippa quittera Waterbury ?

Raven hausse les épaules.

— L'avenir nous le dira.

— Où va-t-on aller ? lui demandé-je.

Elle me décoche un petit sourire avant de me toucher le coude.

— Hé, Lena, cesse de t'en faire, d'accord ? C'est mon boulot.

J'éprouve un élan d'affection pour elle. Les choses ont changé depuis que j'ai découvert que Tack et elle s'étaient servis de nous, Julian et moi, pour la résistance. Néanmoins, sans elle, je serais perdue. Nous le serions tous.

Nous trouvons Tack, Hunter, Bram et Julian les bras chargés de seaux de fortune et de récipients de toutes tailles. Apparemment, ils attendent Raven. J'ignore où sont Coral et Alex. Aucun signe de Lu, non plus.

— Comment va la Belle au bois dormant ? s'écrie Hunter, qui a visiblement passé une bonne nuit.

Il a cent fois meilleure mine que la veille, et il ne tousse plus.

— En route, mauvaise troupe ! lance Raven.

Nous quittons la sécurité relative du territoire de Pippa et affrontons la bousculade à travers le dédale d'abris et de tentes rafistolées. Je me force à ne pas respirer trop profondément. Les odeurs corporelles se doublent de celles, encore plus pestilentielles, des latrines. Mouches et moucherons envahissent l'atmosphère. Je suis impatiente de patauger dans l'eau, de me débarrasser de ces effluves et de la saleté. Au loin, j'entrevois le fil noir de la rivière, qui serpente le long de la limite sud de la colonie. Nous ne sommes plus très loin. La densité de population au mètre carré finit par décroître. Des rubans de macadam, craquelés et fragmentés, parcourent le paysage. De vastes carrés en béton subsistent des fondations d'anciennes maisons.

Au moment d'approcher de la rivière, nous voyons qu'une foule s'est amassée sur ses rives. Les gens hurlent et se malmènent pour atteindre l'eau.

— C'est quoi, encore, le problème ? grommelle Tack.

Julian hisse les seaux sur son épaule en se renfrognant, mais il garde le silence.

— Il n'y a pas de problème, rétorque Raven, ils sont tous impatients de prendre un bon bain.

Sa voix trahit pourtant son inquiétude.

Nous nous frayons un chemin à travers la masse épaisse de corps. La puanteur est insoutenable. Un haut-le-cœur me soulève la poitrine, cependant je suis si comprimée contre les autres que je ne peux pas porter une main à ma bouche. Ce n'est pas la première fois que je me réjouis de mesurer à peine un mètre soixante ; ça me permet de me faufiler entre les gens. Je suis ainsi la première à émerger sur les rives abruptes et rocailleuses, alors que la marée humaine continue à enfler derrière moi, se battant pour atteindre la rivière.

Quelque chose ne va pas. Le niveau de l'eau est extrêmement bas – pas plus qu'un filet large d'une trentaine de centimètres et à peine aussi profond, boueux. Tout le long de ce ruisseau marron serpentant jusqu'à la ville se presse une mosaïque mouvante d'individus désireux de faire le plein d'eau. À cette distance, ils évoquent des insectes.

— Qu'est-ce qui se passe ? tempête Raven, qui a réussi à me rejoindre et découvre ce spectacle, sonnée.

— La rivière est asséchée.

Face à l'eau troublée par la boue, je commence à paniquer. J'ai rarement eu une telle soif.

— Impossible ! rétorque Raven. Pippa m'a assuré qu'elle coulait normalement hier.

— On ferait mieux d'en puiser le maximum, suggère Tack.

Hunter, Bram et lui ont enfin réussi à s'échapper de la foule. Julian les suit de près, le visage rouge de sueur, les cheveux collés sur le front. Mon cœur se serre en le voyant. Je n'aurais jamais dû lui proposer de m'accompagner ici ; je n'aurais jamais dû lui proposer de passer dans la Nature.

De plus en plus de gens descendent vers la rivière et se battent pour le peu d'eau restant. Nous n'avons pas d'autre choix que nous jeter dans la mêlée. Au moment où j'entre dans l'eau, quelqu'un me bouscule et je tombe violemment sur les pierres. Une douleur fulgurante irradie dans ma colonne vertébrale, et je dois m'y reprendre à trois fois pour réussir à me relever – trop de gens me bousculent. Julian doit jouer des coudes pour me rejoindre et me donner un coup de main.

Au final, nous repartons avec une faible quantité d'eau, et nous en perdons même une partie au retour – un homme s'effondre sur Hunter, qui renverse un des seaux. Celle dont nous disposons est pleine d'une vase fine et sera encore réduite une fois que nous l'aurons fait bouillir pour la filtrer. J'en pleurerais si je pouvais me permettre de gaspiller des larmes.

Pippa et la résistante se tiennent au centre d'une petite assemblée. Alex et Coral sont de retour. Je ne peux m'empêcher de chercher à deviner où ils étaient, ensemble. C'est idiot, quand il y a tant d'autres sujets d'inquiétude ; pourtant, mon esprit revient constamment buter sur celui-ci.

« *Amor deliria nervosa* : Il affecte l'esprit de sorte que le sujet est incapable de penser correctement ou de prendre des décisions rationnelles concernant son propre bien-être. Symptôme numéro douze. »

— La rivière... commence Raven, aussitôt interrompue par Pippa.

— On est au courant.

Son visage est dur. À la lumière du jour, je constate qu'elle est plus vieille que je ne le croyais. Je lui avais donné une petite trentaine, mais elle est très ridée et ses cheveux grisonnent aux tempes. À moins que le vieillissement précoce ne soit une conséquence de la vie dans la Nature et de cette guerre permanente.

— Elle ne coule plus, poursuit-elle.

— Comment ça ? s'étonne Hunter. Une rivière ne cesse pas de couler en une nuit.

— Si, il suffit de la barrer, rétorque Alex.

Un silence flotte pendant une seconde. Julian est le premier à le rompre :

— Quoi ? Je ne comprends pas.

Il cherche, lui aussi, à dissimuler la panique qui le gagne. Je l'entends dans sa voix. Alex le fixe du regard.

— La barrer, répète-t-il. La bloquer avec un barrage, l'obstruer...

— Mais qui a fait ça ? l'interrompt Julian.

Il refuse de regarder Alex, et c'est pourtant lui qui répond.

— Ça tombe sous le sens, non ?

Il pivote légèrement pour faire face à Julian. Une tension brûlante électrise l'atmosphère.

— Les gens de l'autre côté, reprend-il avant de marquer une pause. Les tiens.

Julian n'est pas encore habitué à perdre son calme. Il ouvre la bouche, la referme, puis réplique très calmement :

— Tu peux répéter ?

— Julian…

Je pose une main sur son bras, et Pippa intervient :

— Waterbury avait été en grande partie évacué à mon arrivée. On a cru que c'était à cause de la résistance. On a voulu y voir un signe positif.

Elle laisse échapper un éclat de rire sec comme un aboiement.

— Il est évident qu'ils avaient d'autres projets, ajoute-t-elle. Ils ont coupé l'alimentation en eau de la ville.

— On n'a qu'à partir, observe Dani. Il y a d'autres rivières, la Nature en regorge. On en trouvera une autre.

Un mutisme général accueille sa suggestion. Son regard circule de Pippa à Raven. La première passe une main dans ses cheveux ras.

— Bien sûr, c'est une option.

C'est la femme de la résistance qui a pris la parole. Elle a un drôle d'accent, chantant et cadencé, aussi fondant que du beurre.

— On peut partir avec ceux qu'on réussira à réunir et mobiliser, précise-t-elle. On peut aussi se disperser et retourner, par petits groupes, dans la Nature. Mais des patrouilles doivent nous attendre. Elles sont sans doute en train de se préparer. Ce sera plus facile pour elles de nous vaincre si nous sommes divisés. Le risque que nous ripostions sera moindre, et ce sera mieux pour le public – les massacres à grande échelle sont durs à cacher.

— Comment en savez-vous autant ?

Je me retourne : Lu vient de rejoindre le groupe. Sa respiration est légèrement précipitée et son visage luit, comme si elle venait de courir. Je me demande où elle était passée... Ses cheveux, lâchés ainsi qu'elle a pris l'habitude de les porter, sont plaqués sur son front et sa nuque.

— Je vous présente Summer, annonce Pippa d'un ton posé. Elle appartient à la résistance. Et c'est grâce à elle que vous mangerez ce soir.

Le sous-entendu est limpide : « Surveillez votre langage. »

— Mais on doit partir !

Hunter a presque rugi. Je dois réprimer une envie de lui serrer la main : il ne perd presque jamais son calme.

— Quel autre choix avons-nous ? insiste-t-il.

Summer ne bronche pas, puis rétorque :

— On pourrait se battre. Nous sommes tous à l'affût d'une cause commune, d'une occasion de donner un sens à tout ce bazar.

D'un large geste, elle englobe l'étendue des abris, qui évoquent les éclats d'un gigantesque obus, scintillants jusqu'à perte de vue.

— C'est bien cette raison qui nous a poussés dans la Nature, non ? reprend-elle. Tous autant que nous sommes, nous en avions assez de nous voir dicter notre conduite.

— Mais comment pourrions-nous nous battre ? demandé-je d'un ton hésitant.

Devant cette femme aux inflexions si douces et musicales, au regard si perçant, j'éprouve une timidité comme ça ne m'était pas arrivé depuis longtemps. J'insiste pourtant :

— Nous sommes faibles. Désorganisés, pour reprendre les mots de Pippa. Sans eau...

— Je ne suggère pas de les attaquer de front, m'interrompt-elle. Nous ne savons même pas ce qui nous attend en face : combien de personnes il reste en ville, si des patrouilles écument la Nature... Je propose de reprendre la rivière.

— S'ils ont érigé un barrage...

Elle me coupe à nouveau :

— Un barrage, ça se détruit.

Un silence s'étire une fois de plus. Raven et Tack échangent un regard. Et nous attendons, surtout par habitude, que l'un d'eux prenne la parole.

— Quel est ton plan ? s'enquiert Tack.

Il suffit de cette seule question pour que je comprenne que c'est en train d'arriver. Que ça va arriver.

Je ferme les yeux. Une image surgit dans ma mémoire : je descends de la camionnette avec Julian après avoir fui New York, convaincue, à cet instant, que nous avons réchappé au pire, que nous sommes au seuil d'une nouvelle vie.

Or, depuis, la vie n'a cessé de se montrer dure pour nous, de plus en plus même.

Je me demande si ce calvaire s'achèvera un jour. Je sens la main de Julian sur mon épaule : une pression rassurante. Je rouvre les paupières.

Pippa s'accroupit pour tracer dans la poussière, avec son pouce, une forme qui évoque une immense goutte couchée.

— Disons que c'est Waterbury. Nous nous trouvons ici.

Elle dessine une croix au sud-est de la partie la plus large.

— Et nous savons, poursuit-elle, que lorsque les combats ont commencé, les Valides se sont réfugiés à l'ouest de la ville. Je parierais donc que le barrage est quelque part dans ce coin...

Elle ajoute une deuxième croix, d'un geste moins assuré, à l'est – à l'endroit où la goutte se referme.

— Pourquoi ? l'interroge Raven.

Ses traits s'animent à nouveau, plus alertes. L'espace d'un instant, j'ai l'impression de voir une petite fille. Elle vit pour ça : la bagarre, la lutte pour la survie. Elle y prend même du plaisir. Pippa hausse les épaules.

— Ça me semble le plus logique. Cette partie de la ville était essentiellement occupée par un parc, ils ont dû l'inonder et dévier le cours de l'eau. Ils auront évidemment placé des défenses tout autour, mais, s'ils avaient assez d'armes à feu pour nous déloger, ils l'auraient déjà fait. Ils n'ont eu qu'une semaine, ou deux, pour réunir des forces.

Elle relève les yeux vers nous pour s'assurer que nous suivons sa démonstration. Puis elle trace une flèche qui contourne la goutte avant de remonter.

— Ils s'attendront sans doute à ce que nous allions vers le nord, en direction de la source. Ou que nous nous dispersions.

Elle esquisse des traits partant dans plusieurs directions à partir de la croix symbolisant notre position. À présent, son dessin fait penser à un visage tordu et barbu.

— Je propose, au contraire, de lancer une attaque et d'envoyer une petite troupe en ville pour faire sauter le barrage.

D'un seul mouvement, elle trace un trait qui coupe la goutte en deux.

— J'en suis, déclare Raven.

Tack crache ; sa participation au projet va sans dire. Les bras croisés, Summer examine le schéma de Pippa.

— Il nous faut trois groupes, conclut-elle en détachant bien chaque syllabe. Deux pour créer une diversion, détourner l'attention, ici et ici...

Elle se penche et ajoute deux croix à la périphérie de la ville, avant de terminer :

— Et un troisième, plus petit, pour entrer, faire le boulot et ressortir.

— J'en suis, s'écrie Lu. Tant que je peux être dans le groupe d'action. Le reste, très peu pour moi.

Sa réaction me surprend. Dans l'ancienne colonie, Lu n'a jamais manifesté le moindre intérêt pour la résistance. Elle n'a même pas de fausse cicatrice protocolaire. Son objectif était de garder au maximum ses distances avec les combats ; elle était prête à prétendre que l'autre côté, celui des Valides, n'existait pas. Quelque chose a dû changer au cours des mois où nous avons été loin.

— Lu peut nous accompagner, intervient Raven avec un sourire. C'est un porte-bonheur sur pattes. C'est bien ce qui t'a valu ton surnom, non, Lucky ?

Lu ne pipe mot.

— Je veux faire partie du groupe d'action, moi aussi, lance soudain Julian.

— Julian... chuchoté-je.

Il m'ignore.

— J'irai où vous me direz d'aller, intervient Alex.

Julian lui jette un regard, et j'ai l'impression de pouvoir soudain palper la rancœur entre eux, violente et tranchante.

— Moi aussi, dit Coral.

— Vous pouvez compter sur nous.

Hunter parle pour Bram et lui.

— Je veux être celle qui craque l'allumette, décrète Dani.

D'autres expriment leur opinion à présent, se portant volontaires pour différentes tâches. Raven s'adresse alors à moi :

— Et toi, Lena ?

Je sens les yeux d'Alex sur moi. J'ai la bouche si sèche, le soleil est si aveuglant. Je me détourne, me retrouvant face aux centaines et centaines d'individus expulsés de chez eux, de leur existence, contraints de vivre ici dans la poussière et la saleté, tout simplement parce qu'ils voulaient avoir le droit de sentir, de penser, de choisir. Ils ne pouvaient pas savoir qu'il s'agissait d'un autre mensonge : on n'a jamais le choix, pas vraiment. On est toujours poussé vers une voie ou une autre. Et il ne reste qu'à avancer, encore et encore, jusqu'à se retrouver sur une route qu'on n'a pas du tout rêvée.

Mais peut-être que le bonheur n'est pas dans le choix. Peut-être qu'il est dans la fiction, dans les histoires qu'on se raconte, dans cette capacité à se convaincre que la route sur laquelle on atterrit est celle que l'on voulait emprunter depuis le début.

Coral s'agite, pose la main sur le bras d'Alex.

— Je suis Julian, finis-je par dire.

Voilà, après tout, ce que j'ai choisi.

Hana

Avant de rentrer, je prends le temps d'arpenter les rues sinueuses du quartier du vieux port, pour tenter de chasser le souvenir de Lena de mon esprit, et la culpabilité qui y est attachée. Pour tenter d'oublier la voix de Fred : « Cassie avait tendance à être trop curieuse. »

Je grimpe sur le trottoir et pédale le plus vite possible, comme pour évacuer ces images par mes pieds. Dans deux petites semaines, je ne jouirai même plus de cette liberté-là : je serai trop connue, trop exposée, trop suivie. De la sueur perle sur mon crâne. Une vieille femme sort d'un magasin et j'ai à peine le temps de l'éviter en faisant une embardée pour retrouver la chaussée.

— Imbécile !

— Désolée ! lui crié-je par-dessus mon épaule.

Mes excuses se perdent dans le vent... Soudain surgit de nulle part un chien, énorme masse de fourrure noire qui bondit sur moi en aboyant. Je donne un grand coup de guidon à droite et perds l'équilibre. En tombant, je heurte violemment le sol avec mon coude et dérape sur plusieurs mètres alors que la douleur enflamme mon flanc droit. Mon vélo bascule avec fracas, juste à côté de moi, produisant un crissement métallique sur le bitume ; quelqu'un crie, et le chien continue à japper. L'un de mes pieds est coincé dans les rayons de ma roue avant. L'animal me tourne autour, la langue pendante.

— Ça va ? s'enquiert un homme, qui traverse la rue à toute allure. Vilain chien ! ajoute-t-il en décochant une tape sur la tête de l'animal.

Celui-ci s'éloigne la queue basse, en gémissant. Je m'assieds et libère progressivement mon pied de la roue. Mon bras et mon mollet droits sont égratignés, mais – et c'est un miracle – je n'ai rien de cassé.

— Oui, oui, ça va, rassuré-je l'homme.

Je me relève doucement, puis fais de petits moulinets avec les chevilles et les poignets afin de vérifier que je n'ai pas mal. Rien.

— Tu devrais être plus prudente, observe-t-il d'un air agacé. Tu aurais pu te faire tuer.

Sur ce, il s'éloigne à grandes enjambées et siffle son chien, qui le rejoint en trottinant, tête baissée. Je ramasse mon vélo et le fais rouler jusqu'au trottoir. La chaîne a déraillé et une des poignées du guidon est légèrement déformée, pourtant, à ces exceptions près, il a l'air en bon état. Au moment où je me penche pour remettre la chaîne, je me rends compte que j'ai atterri devant le Centre pour l'Organisation, l'Éducation, l'Unité et la Recherche. Je dois tourner autour depuis une heure.

Le CŒUR tient les registres publics de Portland : les statuts des entreprises, mais aussi les noms, dates de naissance et adresses de ses citoyens ; copies de leurs actes de naissance et de mariage, ainsi que dossiers médicaux et dentaires ; traces d'éventuelles infractions, bulletins scolaires, diplômes, sans oublier les résultats des Évaluations.

« Une société limpide est une société en bonne santé ; la transparence est nécessaire à la confiance. » C'est ce que *Le Livre des Trois S* nous apprend. Ma mère le reformulait différemment : seuls ceux qui ont quelque chose à cacher se réfugient derrière l'argument de « la vie privée ».

Sans vraiment en prendre la décision, j'attache mon vélo à un réverbère et monte les marches du bâtiment au petit trot. Je m'y engouffre par la porte à tambour et pénètre dans un immense hall sobre, avec du linoléum gris et des plafonniers qui bourdonnent. Une femme est assise derrière un comptoir en contreplaqué, devant un vieil ordinateur. Dans son dos, une lourde chaîne barre l'accès à une pièce ouverte ; l'immense pancarte qui y pend indique : « Accès réservé au personnel autorisé ».

Elle m'accorde à peine un coup d'œil quand je m'approche. Un badge en plastique décline son identité : « Tanya Bourne, agent de sécurité ».

— Puis-je vous aider ? demande-t-elle d'une voix monocorde.

Je devine qu'elle ne me reconnaît pas.

— J'espère, réponds-je d'un ton enjoué en posant les deux mains sur le comptoir et en la forçant à croiser mon regard.

Lena répétait toujours que j'avais de vrais talents d'embobineuse.

— Alors voilà, la date de mon mariage approche, et j'ai complètement oublié d'inviter Cassie. Les jours passent et je dois absolument retrouver sa trace…

Avec un soupir, la femme change de position dans son fauteuil.

— Et Cassie doit être présente, insisté-je, c'est obligé. Peu importe qu'on ne se soit pas parlé depuis… Enfin, elle m'avait conviée à son mariage, elle, ce ne serait vraiment pas chic, si ?

Je pousse un petit gloussement.

— Mademoiselle ? me presse-t-elle avec lassitude.

Après avoir encore gloussé, je reprends :

— Oh, pardon ! Je suis affreusement bavarde, c'est une mauvaise habitude. Je suis sans doute nerveuse, vous comprenez, à cause du mariage et de toute...

Inspirant profondément, j'ajoute :

— Vous pouvez m'aider, alors ?

Elle cligne des paupières ; ses yeux ont la couleur de l'eau sale d'un bain.

— Quoi ?

— Pouvez-vous m'aider à trouver Cassie ? insisté-je en serrant les poings et en priant pour qu'elle ne le remarque pas.

« Dites oui, s'il vous plaît... »

— Cassandra O'Donnell, précisé-je.

Je guette sa réaction, mais ce nom ne semble réveiller aucun souvenir. Avec un soupir grandiloquent, elle s'extrait de son fauteuil pour aller récupérer une liasse de feuilles. Elle me les apporte en se dandinant et les pose avec fracas sur le comptoir. C'est aussi épais qu'un dossier d'admission à l'hôpital – il doit y avoir au moins vingt pages.

— Toute requête concernant des informations personnelles doit être envoyée au CŒUR, à l'intention du département du recensement, et sera traitée dans les quatre-vingt-dix jours...

— Quatre-vingt-dix jours ! l'interromps-je. Mon mariage est dans quinze jours !

Sa bouche s'étire en un pli sévère. Tout son visage a la teinte de l'eau troublée. Peut-être qu'à force de travailler ici, l'éclairage glauque a fini par déteindre sur elle. D'un ton ferme, elle reprend :

— Toute requête doit être accompagnée d'une déclaration sur l'honneur...

— Écoutez, dis-je en ouvrant les mains à plat sur le comptoir, doigts bien écartés, et en faisant circuler ma frustration des paumes à la surface en contreplaqué. Si vous voulez la vérité, Cassandra est une vraie sorcière, d'accord ? Je ne peux pas dire que je l'apprécie vraiment.

Tanya se tient soudain plus droite : j'ai éveillé sa curiosité. Le mensonge me vient naturellement.

— Elle répétait sans arrêt que j'allais rater mon Évaluation. Et quand elle a décroché un 8, elle nous a bassinés avec pendant des jours et des jours. Et vous savez quoi ? J'ai obtenu un meilleur résultat qu'elle, un meilleur compagnon et je compte bien avoir aussi une fête de mariage plus réussie que la sienne.

Je me penche légèrement vers elle et baisse ma voix en un murmure :

— Je veux qu'elle soit là. Je veux qu'elle le voie de ses yeux.

Tanya m'étudie pendant une minute. Puis, lentement, un sourire se peint sur ses lèvres.

— Je connaissais une femme comme ça, dit-elle. On aurait cru qu'elle régnait sur le paradis.

Elle se tourne vers l'ordinateur avant d'ajouter :

— Comment avez-vous dit qu'elle s'appelle ?

— Cassandra. Cassandra O'Donnell.

Tanya fait cliqueter bruyamment ses ongles sur le clavier ; puis elle secoue la tête en se renfrognant.

— Désolée, je n'ai personne de ce nom.

J'ai l'impression que mon estomac fait un tour sur lui-même.

— Vous êtes sûre ? Enfin, vous avez bien vérifié l'orthographe ?

Elle oriente l'écran vers moi.

— On a plus de quatre cents O'Donnell. Pas de Cassandra.

— Et Cassie ?

Je m'efforce de refouler un mauvais pressentiment, un pressentiment que je ne peux pas nommer. Impossible. Même décédée, elle apparaîtrait dans le système. Le CŒUR garde une trace de tous les citoyens, vivants comme morts, depuis soixante ans.

Elle remet l'écran en place et de nouveaux *clic clic clic* retentissent.

— Non, reprend-elle en secouant la tête. Désolée. Vous êtes sûre du nom ? Peut-être que votre mémoire vous joue des tours...

— Peut-être.

Je tente un sourire, mais ma bouche refuse d'obéir. Ça n'a aucun sens. Comment une personne pourrait-elle disparaître complètement ? Une pensée traverse soudain mon esprit : peut-être a-t-elle été invalidée. C'est la seule explication qui se tiendrait. Son opération n'aurait pas marché, elle aurait attrapé le *deliria*, elle se serait enfuie dans la Nature... Ça collerait. Ça expliquerait pourquoi Fred aurait divorcé d'elle.

— ... ça s'arrange toujours.

Je cligne des yeux. Tanya était en train de parler. Elle m'observe, dans l'attente de ma réponse.

— Je suis désolée, vous disiez ?

— À votre place, je ne m'en ferais pas trop. Ces choses finissent toujours par s'arranger. Il y a une justice dans ce monde.

Elle s'esclaffe avant de compléter :

— Les rouages du Seigneur ne peuvent pas tourner si toutes les pièces ne sont pas à leur place. Vous voyez ce que je veux dire ? Vous, vous avez trouvé la vôtre, elle en a une, elle aussi.

— Merci.

Tandis que je traverse le hall pour rejoindre la porte à tambour, je l'entends rire dans mon dos. Son rire me suit dans la rue, et son écho sonne encore à mes oreilles alors que je suis déjà à plusieurs pâtés de maisons.

Lena

Ce soir-là, le soleil ne se couche pas tant qu'il explose. L'horizon se colore d'une teinte brique et le reste du ciel est strié de volutes rouge vif. Il n'y a plus qu'un mince filet d'eau au fond du lit de la rivière. Des disputes éclatent. Pippa nous intime l'ordre de ne pas quitter son territoire et poste des gardes tout autour. Summer est déjà repartie. Si Pippa connaît sa destination, elle ne tient pas à partager cette information avec nous.

Pippa parvient à la conclusion que moins nous impliquerons de personnes, moins nous risquerons le fiasco. Les meilleurs combattants – Tack, Raven, Dani et Hunter – se chargeront de la mission principale : atteindre le barrage, ou plutôt le trouver, et, le détruire. Lu insiste pour les accompagner, comme Julian, et, bien qu'aucun des deux n'ait d'expérience du combat, Raven cède. Je pourrais la tuer.

— Il nous faut des volontaires pour monter la garde, ajoute-t-elle. Des guetteurs. Ne vous inquiétez pas, je les ramènerai sains et saufs.

Alex, Pippa, Coral et un membre de l'équipe de Pippa surnommé Beast – à cause, je suppose, de sa tignasse noire et de sa barbe en broussaille qui lui donnent un air bestial –, constitueront une des deux équipes de diversion. Sans que je comprenne très bien par quel enchaînement de circonstances, je me retrouve à la tête de la seconde. Bram me servira de renfort.

— Je voulais rester avec Julian, dis-je à Tack.

Je n'ai pas osé me plaindre devant Pippa.

— Ah ouais ? Et moi, je voulais des œufs et du bacon pour mon petit déjeuner, me rembarre-t-il en gardant les yeux rivés sur la cigarette qu'il est en train de rouler.

— Après tout ce que j'ai fait pour vous, insisté-je, vous continuez à me traiter comme une gamine.

— Seulement quand tu te conduis comme une gamine, rétorque-t-il d'un ton sec.

Je me souviens d'une dispute avec Alex, dans une autre vie, juste après avoir découvert que ma mère avait été emprisonnée dans les Cryptes depuis toujours. Je n'y ai pas repensé depuis une éternité. C'était juste avant qu'il me dise, pour la première fois, qu'il m'aimait. C'était juste avant que je lui réponde que moi aussi. Ma tête se met soudain à tourner et je dois m'enfoncer les ongles dans les paumes pour que la douleur me ramène à la situation présente. Je ne m'explique pas tous ces changements, je ne m'explique pas comment les différentes strates de notre vie peuvent ainsi s'accumuler. C'est insoutenable. Nous allons tous finir par éclater, à un moment ou à un autre.

— Écoute, Lena, reprend Tack en redressant la tête cette fois. On te confie ce rôle parce qu'on a confiance en toi. Tu es une meneuse, on a besoin de toi.

Je suis si désarçonnée par la sincérité de son ton que je me retrouve à court de mots. Avant, je n'avais rien d'une meneuse. C'était Hana le moteur ; moi, je suivais.

— Ça s'arrêtera quand ? finis-je par demander.

— Je ne sais pas.

C'est la première fois qu'il avoue son impuissance devant moi. Il tente de coller sa feuille de papier à rouler, mais ses mains tremblent. Il doit s'interrompre et recommencer.

— Peut-être que ça ne s'arrêtera jamais.

De guerre lasse, il jette sa cigarette par terre. Nous restons plantés l'un en face de l'autre, jusqu'à ce que je rompe le silence :

— Bram et moi avons besoin d'une troisième personne. Comme ça, s'il se passe quelque chose et que l'un de nous tombe, l'autre aura du renfort.

Tack relève à nouveau les yeux vers moi. Je me souviens alors qu'il est jeune, lui aussi – vingt-quatre ans, c'est Raven qui me l'a dit. À cet instant précis, il fait exactement son âge. Il a l'expression reconnaissante d'un gosse à qui on aurait proposé de l'aider à faire ses devoirs.

Puis ça passe et son visage se referme. Il sort son paquet de tabac, du papier à rouler, et reprend l'opération depuis le début.

— Vous pouvez emmener Coral, déclare-t-il.

La partie de la mission que j'appréhende le plus est la traversée du campement. Pippa nous remet une des lanternes électriques, dont Bram se charge. Dans sa lueur tressautante, la foule autour de nous apparaît fragmentée : éclat d'un sourire ici ; une femme, seins nus, donnant la tétée à un bébé, et nous adressant un regard plein de ressentiment. La marée humaine s'écarte à peine pour nous laisser passer avant de se reformer derrière nous. Leur faim est tangible, tout comme leur soif : déjà des gémissements retentissent, des « de l'eau, de l'eau » murmurés. Un peu partout s'élèvent aussi des bruits, cris étouffés dans le noir, son mat de poings rencontrant la chair.

Nous atteignons la rive, où règne un calme surnaturel. Il n'y a plus personne pour se battre ; il n'y a plus d'eau pour se battre – rien qu'un maigre filet épais comme le doigt et noir de vase. Un kilomètre et demi nous sépare des murs de la ville, puis un peu plus de six, le long de ceux-ci en direction du nord-ouest, vers l'une des zones les mieux protégées. Un incident à cet endroit des fortifications ne manquera pas de retenir l'attention et d'attirer l'essentiel des forces de sécurité, qui délaisseront ainsi la partie où Raven, Tack et les autres comptent s'introduire.

Plus tôt dans la soirée, Pippa a ouvert le second réfrigérateur, plus petit, dévoilant des clayettes chargées d'armes envoyées par la résistance. Tack, Raven, Lu, Hunter et Julian se sont vu confier, chacun, une arme. Nous avons dû nous contenter d'une demi-bouteille d'essence et d'une mèche constituée d'un vieux tissu : une aumônière, pour reprendre les mots de Pippa. Par consensus tacite, j'ai été choisie pour la porter. Plus nous progressons, plus elle me semble peser lourd dans mon sac à dos, heurtant douloureusement ma colonne vertébrale à chaque pas. Je ne peux m'empêcher d'imaginer une explosion subite, qui me pulvérisera en milliers de morceaux.

Nous atteignons la portion du campement adossée à la muraille sud de la ville, une vague de gens et de tentes qui vient lécher la pierre. La zone urbaine de l'autre côté a été désertée. D'énormes projecteurs tendent le cou au-dessus de la colonie d'Invalides. Une seule ampoule fonctionne encore : une vive lumière blanche qui dessine le contour des objets avec précision, laissant les détails et le relief dans le noir, tel un phare rayonnant sur une mer de ténèbres.

Nous longeons le mur et finissons par abandonner le campement. La terre sous nos semelles est sèche ; le tapis d'aiguilles de pin craque à chacun de nos pas. À l'exception de ces crissements, le brouhaha ambiant diminue jusqu'à ce que le silence soit total. L'angoisse me ronge le ventre. Je ne m'inquiète pas tant pour notre mission – si tout se passe bien, nous n'aurons même pas à faire de brèche dans l'enceinte –, que pour Julian qui est complètement dépassé par la situation. Il n'a pas pris la mesure de ce qu'il fait, de là où il met les pieds.

— C'est de la folie, s'écrie soudain Coral, d'une voix haut perchée.

Elle a dû essayer de contenir sa panique depuis un moment.

— Ça ne marchera jamais, ajoute-t-elle. C'est du suicide.

— Personne ne t'a forcée à venir, répliqué-je sèchement. Tu n'avais qu'à ne pas te porter volontaire.

Elle ne semble pas m'entendre.

— Nous aurions dû rassembler nos affaires et partir.

— Et laisser les autres se débrouiller tous seuls ?

Coral ne répond rien. Je ne suis visiblement pas la seule à être contrariée par cette collaboration forcée – et c'est sans doute pire pour elle, vu que je suis à la tête de l'équipe.

Nous nous faufilons entre les arbres, suivant les mouvements erratiques de la lanterne de Bram, qui danse devant nous telle une luciole. De temps à autre, nous croisons une portion de bitume, rattachée à la muraille. Autrefois, des routes reliaient cette ville à d'autres. Aujourd'hui, elles s'enfoncent dans la terre, s'enroulent comme des rivières grises autour des troncs de jeunes arbres. Des panneaux routiers – étranglés par du lierre brun – indiquent la direction de villes et de restaurants depuis longtemps disparus.

Je consulte la petite montre en plastique que Beast m'a prêtée : 23 h 30. Nous sommes partis depuis une heure et demie. Il nous reste une demi-heure avant d'enflammer la mèche et de balancer l'aumônière par-dessus le mur. Simultanément, une seconde explosion aura lieu du côté est, juste au sud de l'endroit où Raven, Tack, Julian et les autres traverseront. Avec un peu de chance, ces diversions rempliront leur fonction et détourneront l'attention du barrage.

À cette distance du campement, la frontière est mieux entretenue. Le haut mur de béton est intact, propre. Les projecteurs, en état de marche, sont plus nombreux : des yeux énormes, écarquillés et éblouissants, postés tous les cinq ou dix mètres. Derrière, je discerne les silhouettes noires d'immeubles d'habitation, de tours en verre et de flèches d'églises. Nous devons nous rapprocher du centre-ville, une zone qui, contrairement à certains quartiers résidentiels périphériques, n'a pas été entièrement évacuée.

L'adrénaline commence à couler dans mes veines, mettant tous mes sens en alerte. Je prends subitement conscience que la nuit n'est pas aussi tranquille que je le croyais. Des bêtes s'affairent tout autour de nous, avec ce bruissement caractéristique des petits corps fourrageant dans les feuilles. Puis des voix, distantes, se mêlent aux bruits de la forêt.

— Bram, soufflé-je, éteins la lanterne.

Il s'exécute et nous nous arrêtons. Les grillons chantent, battant la mesure, égrenant les secondes. Je parviens à isoler le rythme saccadé de la respiration de Coral. Elle a peur. Encore des voix, et des bribes de rires. Nous nous blottissons dans la forêt, dissimulés par l'épaisse haie d'obscurité entre deux projecteurs. Une fois que mes yeux se sont accoutumés à la pénombre, j'aperçois une petite lueur, luciole orangée, juste au-dessus de la muraille. Elle s'intensifie puis décroît, avant de s'intensifier à nouveau. Une cigarette. Un garde.

Un autre rire fait voler le silence en éclats, plus retentissant cette fois, et un homme s'écrie :

— Tu te fous de moi !

Des gardes, au pluriel.

Conclusion : des postes de surveillance jalonnent la frontière. Ce qui est à la fois une bonne et une mauvaise nouvelle. D'un côté, il y aura plus de monde pour sonner l'alarme et plus de forces attirées à l'écart de l'attaque principale. D'un autre, approcher du mur sera plus dangereux.

Je fais signe à Bram de pousser plus loin. Sans la lanterne, nous avançons lentement. Je regarde la montre : vingt minutes. Soudain, je l'aperçois : une structure métallique qui s'élève au-dessus de la muraille telle une cage à oiseaux disproportionnée. Un mirador. New York, dont l'enceinte ressemblait à celle-ci, en avait aussi. Dans la cage se trouve un levier permettant de déclencher des alarmes dans toute la ville, d'orienter les Régulateurs et la police vers l'endroit de l'attaque. Le mirador est situé, Dieu soit loué, dans l'une des zones obscures entre deux projecteurs. On peut parier que des gardes surveillent cette portion, même si nous ne les voyons pas. Le sommet du mur n'est qu'une masse d'ombres, qui pourrait receler plusieurs Régulateurs.

Tout bas, je demande à Bram et à Coral de s'arrêter. Nous sommes encore à une bonne trentaine de mètres de l'enceinte, à l'abri des pins et des chênes immenses.

— Nous provoquerons l'explosion le plus près possible du mirador, expliqué-je en chuchotant. Si l'alarme ne se déclenche pas toute seule, les gardes l'activeront. Bram, j'ai besoin que tu neutralises un des projecteurs un peu plus loin. Pas trop non plus. S'il y a des gardes dans la tour, je veux qu'ils soient attirés par cet incident. Je vais devoir m'approcher pour lancer ce truc.

Je pose mon sac à dos.

— Et moi ? s'enquiert Coral. Je fais quoi ?

— Tu attends ici. Tu ouvres l'œil. Tu me couvres si un problème survient.

— C'est débile, proteste-t-elle du bout des lèvres.

Je vérifie à nouveau l'heure. Quinze minutes. Presque l'heure d'y aller. J'extrais la bouteille de mon sac. Elle me paraît plus grande que précédemment, et plus lourde. Je ne mets pas aussitôt la main sur les allumettes que Tack m'a données, et une panique momentanée s'empare de moi à l'idée que je pourrais les avoir perdues dans le noir… jusqu'à ce que je m'en souvienne : je les ai mises dans ma poche pour ne pas les laisser tomber, justement.

« Enflamme la mèche, jette la bouteille, m'a dit Pippa. Il n'y a rien d'autre à faire. » Je prends une profonde inspiration et souffle sans un bruit. Je ne tiens pas à trahir ma nervosité devant Coral.

— OK, Bram.

— Maintenant ?

Sa voix est douce et calme.

— Va te mettre en position, et attends mon signal. Je sifflerai.

Il abandonne sa position accroupie et se déploie, avant de s'éloigner à pas feutrés ; la nuit l'absorbe rapidement. Coral et moi patientons en silence. Lorsque nos coudes entrent, par accident, en contact, elle fait un bond en arrière. Je m'éloigne un peu sans détacher mes yeux de l'enceinte, cherchant à savoir si les ombres que j'aperçois appartiennent à des hommes ou si l'obscurité me joue des tours. Je regarde ma montre. Encore. Tout à coup, les minutes semblent se précipiter. 23 h 50. 23 h 53. 23 h 55.

C'est l'heure.

Ma gorge est en feu. J'ai tellement de mal à déglutir que je dois m'humecter les lèvres à deux reprises avant de réussir à siffler. Durant plusieurs secondes de pure torture, rien ne se produit. Ça ne sert plus à rien de prétendre que je n'ai pas peur. Dans ma poitrine, mon cœur a laissé la place à un marteau-piqueur, et j'ai l'impression qu'on a aplati mes poumons. Puis je l'aperçois. Il file vers la muraille et traverse le faisceau lumineux, qui l'éclaire un instant, le figeant comme le flash d'un appareil photo ; les ténèbres se referment à nouveau sur lui et, une seconde plus tard, un bruit fracassant de verre brisé retentit, et le projecteur s'éteint.

Aussitôt, je bondis sur mes pieds et cours vers l'enceinte. Des cris me parviennent, sans que pourtant je puisse isoler des mots, trop concentrée sur mon objectif. Maintenant que le projecteur ne fonctionne plus, les silhouettes du mirador se détachent mieux sur la nuit étoilée, en ombres chinoises, éclairées par la lune et les lumières éparses de la ville. À cinq mètres de la muraille, je me plaque contre le tronc d'un jeune chêne et coince l'aumônière entre mes cuisses avant de me débattre avec la pochette d'allumettes. La première que je craque ne donne qu'une étincelle.

— Allez, allez, grommelé-je.

Mes mains tremblent. Les deux essais suivants ne sont pas plus fructueux.

Une salve cadencée de détonations déchire le silence. Les coups paraissent tirés au hasard, et je récite une prière rapide pour que Bram ait déjà rejoint le couvert des arbres, qu'il soit bien en sûreté et puisse veiller sur le bon déroulement de la suite.

La quatrième allumette est la bonne. Je récupère la bouteille entre mes cuisses, approche la flamme du chif-

fon et le regarde s'embraser dans un éclat blanc et brûlant. Puis je m'écarte des arbres, inspire profondément
et jette ma bombe.

La bouteille tournoie vers l'enceinte, cercle étour-
dissant de feu. Je me prépare à l'explosion qui n'arrive
pas. Le chiffon, toujours enflammé, s'échappe du gou-
lot de la bouteille et dérive vers le sol. Hypnotisée, un
instant, je suis la trajectoire du projectile, tel un oiseau
flamboyant qui donne de la bande avant d'aller s'écraser
dans les fourrés au pied de la muraille. La bouteille se
brise lamentablement contre le béton.

— C'est quoi, encore, ce bordel ?

— On dirait du feu.

— Sans doute ta foutue cigarette.

— Arrête de critiquer et va me chercher un extinc-
teur.

Les gardes ne déclenchent pas l'alarme : sans doute
habitués aux actes de vandalisme des Invalides, ils ne se
laissent impressionner ni par la destruction d'un projecteur, ni par un minuscule feu. Ça n'aura peut-être aucune
incidence – la diversion créée par Alex, Pippa et Beast est
plus importante, plus proche de l'endroit où l'action aura
véritablement lieu –, pourtant je ne peux me défaire de
la crainte que leur plan ait échoué, lui aussi. Ce qui signi-
fierait une ville pleine de gardes aux aguets et prêts à
en découdre. Ce qui reviendrait à envoyer Raven, Tack,
Julian et les autres à l'abattoir.

Sans le décider vraiment, je me redresse à nouveau et
cours jusqu'à un chêne, près du mur, et qui semble de
taille à supporter mon poids. Je n'ai qu'une certitude :
je dois escalader l'enceinte et déclencher l'alarme moi-
même. Prenant appui sur un nœud du tronc, je me hisse
pour atteindre la première branche. Je suis plus faible
que l'automne dernier, où sans la moindre difficulté je

grimpais tous les jours, avec agilité, pour vérifier les nids. Je retombe sur le sol dans un bruit sourd.

— Qu'est-ce que tu fabriques ?

Faisant volte-face, je découvre Coral, sortie du couvert des arbres.

— Je te retourne la question !

Je réitère ma tentative pour attraper la branche du chêne, choisissant un autre point d'appui. Pas le temps, pas le temps, pas le temps...

— Tu m'as demandé de couvrir tes arrières, répond-elle.

Je suis surprise qu'elle ait pris sa mission autant à cœur et m'ait suivie.

— Parle moins fort, lui soufflé-je sèchement. Je dois franchir cette muraille.

— Pour quoi faire ?

Au troisième essai, je réussis à effleurer les branches au-dessus de ma tête du bout des doigts, avant que mes jambes ne cèdent, me contraignant à sauter à terre. La quatrième fois se solde par un échec encore plus lamentable que les trois précédents. La situation m'échappe complètement, je n'ai plus les idées claires...

— Lena, quel est ton plan ? insiste Coral.

Je me tourne vers elle.

— Fais-moi la courte échelle, murmuré-je.

— Quoi ?

— Allez !

La panique transparaît de plus en plus dans ma voix. Si Raven et les autres n'ont pas encore franchi l'enceinte, ils s'apprêtent à le faire d'une seconde à l'autre. Ils comptent sur moi !

Coral a dû remarquer le changement dans mon ton : finies, les questions. Elle entrecroise ses doigts et s'accroupit pour que je puisse poser le pied au creux de ses mains jointes. Puis elle me soulève avec un grognement d'effort et l'impulsion qu'elle me donne me permet de m'agripper aux branches qui rayonnent autour du tronc telles les baleines d'un parapluie sans toile. Une d'elles touche presque le mur. À plat ventre sur l'écorce, je progresse centimètre par centimètre, pareille à une chenille.

La branche commence à ployer sous mon poids. Une trentaine de centimètres plus loin, elle oscille dangereusement. Je ne peux pas avancer davantage. Plus elle se courbe, plus je descends, m'éloignant du sommet de l'enceinte ; encore un peu et je n'aurai aucune chance de réussir. Après avoir pris une profonde inspiration, je m'accroupis, les doigts bien serrés sur la branche, qui remue légèrement sous moi. Pas le temps de m'inquiéter ou d'hésiter. Je m'élance vers la muraille et la branche accompagne mon mouvement, agissant comme un tremplin une fois libérée de mon poids.

L'espace d'une seconde, je me retrouve suspendue dans les airs, presque en apesanteur. Puis le rebord en béton s'enfonce douloureusement dans mon ventre, me coupant le souffle. *In extremis*, je réussis à m'y accrocher des deux bras et à me hisser pour basculer de l'autre côté, retombant sur le chemin de ronde. Dissimulée dans l'ombre, je régule ma respiration.

Je ne peux pas me reposer trop longtemps. Une éruption sonore se produit soudain : hommes qui s'apostrophent, bruit de cavalcade venant dans ma direction. Ils seront là d'un instant à l'autre et j'aurai laissé passer l'occasion. Je me redresse et me précipite vers le mirador.

— Hé ! Hé, là ! Arrêtez !

Des formes se détachent de l'obscurité : un, deux, trois gardes, le clair de lune qui se reflète sur le métal. Des fusils.

La première balle rebondit sur l'un des piliers métalliques de la tour. Je m'engouffre à l'intérieur de la structure ouverte tandis que d'autres coups de feu déchirent l'air. J'ai perdu la vision périphérique et tous les sons me paraissent distants. Des images défilent dans mon esprit, comme autant de photos de tournage prises sur différents plateaux : détonations ; pétards ; cris ; des enfants sur une plage.

Soudain, mon champ de vision se réduit à un petit levier, éclairé par une ampoule encastrée dans une cage métallique : ALARME – DÉCLENCHER EN CAS D'URGENCE. Le temps semble ralentir. J'ai l'impression que mon bras appartient à quelqu'un d'autre, et l'indolence avec laquelle il flotte jusqu'au levier me met au supplice. Ma main se referme sur le levier et le froid me surprend. Lentement, lentement, lentement, la main serre et le bras tire.

Une nouvelle balle fait tinter le métal tout autour de moi : belle vibration cristalline. Puis, tout à coup, un hurlement suraigu et plaintif perce la nuit, et le temps reprend son cours normal. Le vacarme est si violent que je le sens jusque dans mes dents. Un énorme phare au sommet du mirador s'allume et se met à tourner, balayant la ville d'un faisceau rouge.

Des bras tentent de m'agripper à travers la structure métallique : ils évoquent les membres d'une araignée, démesurés et poilus. L'un des gardes m'attrape le poignet. Je le saisis par le col de son uniforme et l'attire brusquement en avant, provoquant un choc entre son front et l'une des poutres en métal. Il me libère avant de se redresser, titubant et lâchant un juron.

— Saleté !

Je m'échappe du mirador. Je n'ai que deux pas à faire pour rejoindre l'enceinte, la franchir et tout ira bien, je serai libre. Bram et Coral m'attendront à l'abri des arbres... Nous sèmerons les gardes dans le noir... J'en suis capable...

Coral apparaît soudain au sommet de la muraille. L'étonnement me cloue sur place. Ce n'est pas ce que nous avions prévu. Avant d'avoir le temps de lui demander ce qui lui a pris, un bras se referme autour de ma taille et m'attire en arrière. Une odeur de cuir me chatouille les narines et je sens un souffle brûlant dans ma nuque. Je plante mon coude dans le ventre de mon assaillant, mais il ne me libère pas.

— Arrête de gigoter ! crache-t-il.

La scène m'apparaît comme une succession d'images juxtaposées : quelqu'un crie, une main se referme sur ma gorge. Coral, devant moi, ravissante apparition pâle, les cheveux flottant au vent, la main levée... Elle tient une pierre. Elle décrit un moulinet avec son bras, délicat arc pâle, et je pense : « Elle va me tuer... » Puis le garde gémit et le bras autour de ma taille desserre son étreinte, ainsi que la main sur mon cou, tandis que l'homme s'effondre à terre.

Les gardes surgissent de partout à présent. L'alarme continue à hurler et, par intermittence, la scène se retrouve baignée de rouge : deux ennemis sur notre gauche, deux autres sur notre droite. Trois enfin, épaule contre épaule, le long de la muraille, nous bloquant toute retraite.

Rouge : le faisceau nous balaie à nouveau, éclairant un escalier en métal derrière nous, qui s'enfonce dans le dédale serré de rues.

— Par ici, haleté-je.

J'entraîne Coral vers les marches. Cette manœuvre inattendue déstabilise un instant les gardes. Lorsqu'ils atteignent le sommet de l'escalier, nous sommes déjà,

Coral et moi, dans la rue. D'une seconde à l'autre, d'autres hommes viendront s'ajouter au nombre de nos ennemis, attirés par l'alarme. Toutefois, si nous parvenons à trouver un recoin sombre... un endroit où nous terrer en attendant... Seuls quelques réverbères fonctionnent encore, les rues sont plongées dans l'obscurité. Des détonations retentissent, mais il est évident que nos assaillants tirent au hasard.

Nous tournons à droite, puis à gauche, et encore à droite. Des bruits de pas se précipitent dans notre direction. D'autres gardes. J'hésite à rebrousser chemin ; Coral m'attire alors vers un triangle d'ombre épaisse : une embrasure de porte, à demi cachée derrière une avancée soutenue par des piliers, empestant l'urine de chat et la fumée de cigarette. Nous nous accroupissons dans le noir. Une minute plus tard, des silhouettes indistinctes passent devant nous, accompagnées du bourdonnement de talkies-walkies et de respirations lourdes.

— L'alarme ne s'est pas arrêtée. Le poste 24 annonce une effraction.

— Nous attendons les renforts pour entamer les recherches.

Dès qu'ils se sont éloignés, je me tourne vers Coral.

— Qu'est-ce qui t'a pris ? Pourquoi m'as-tu suivie ?

— J'étais censée surveiller tes arrières, c'est toi qui me l'as dit. J'ai flippé en entendant l'alarme, j'ai cru que tu avais des ennuis.

— Et Bram ?

Elle secoue la tête.

— Je n'en sais rien.

— Tu n'aurais jamais dû courir ce risque, rétorqué-je d'un ton sec avant d'ajouter : Merci.

Je veux me relever, mais elle me retient.

— Attends, chuchote-t-elle en posant un doigt sur ses lèvres.

J'entends alors des bruits de pas, provenant de la direction opposée. Deux silhouettes nous dépassent à toute allure. L'une d'elles, appartenant à un homme, observe :

— Je ne sais pas comment tu as pu vivre dans cette crasse aussi longtemps... Je te le dis, ça aurait été au-dessus de mes forces.

— Ça n'a pas été facile.

La seconde voix est celle d'une femme. Elle me semble presque familière. Dès qu'ils disparaissent, Coral me donne un coup dans l'épaule. Nous devons quitter la zone au plus vite : elle grouillera bientôt de gardes. Et ils risquent d'allumer les lampadaires pour faciliter les recherches.

Nous devons nous diriger vers le sud ; nous pourrons repasser de l'autre côté et rejoindre le campement. Nous nous déplaçons rapidement, à pas de loup, longeant les bâtiments afin de pouvoir, au besoin, nous réfugier dans une impasse ou dans l'embrasure d'une porte. Je suis suffoquée par la même peur que le jour où nous nous sommes, Julian et moi, enfuis dans les tunnels, sous terre.

Les réverbères s'allument tous en même temps, comme sur un claquement de doigts. Un océan de ténèbres qui se serait retiré, dévoilant un paysage désolé et irrégulier de rues désertes. Par réflexe, Coral et moi nous plaquons contre une porte plongée dans la pénombre.

— Merde... marmonne-t-elle.

— C'était ce que je craignais, chuchoté-je. On va devoir s'en tenir aux ruelles. Fuir la lumière.

Elle opine du chef.

Nous nous transformons en rats, détalant d'ombre en ombre, nous terrant dans des espaces exigus : dans les coins, les recoins, derrière les bennes. À deux reprises, nous entendons des gardes approcher, ce qui nous contraint à nous cacher jusqu'à ce que le martèlement cadencé des bottines sur le bitume se soit évanoui.

La ville change. Bientôt, les bâtiments sont de plus en plus distants les uns des autres. Le hurlement de l'alarme, qui continue à retentir, finit par s'estomper et n'être plus qu'un bruit lointain. Nous nous enfonçons avec soulagement dans une zone où les lampadaires ne sont pas allumés. La lune, haute dans le ciel, est énorme. Les appartements de chaque côté de la rue évoquent l'air triste et abandonné d'enfants séparés de leurs parents. Je me demande à quelle distance nous nous trouvons de la rivière, si Raven et les autres ont réussi à faire sauter le barrage, si nous aurions dû entendre une explosion… Je pense à Julian avec un mélange d'angoisse et de regret. J'ai été dure avec lui ; il fait de son mieux.

— Lena…

Coral s'est arrêtée pour attirer mon attention sur quelque chose. Nous longeons un parc qui accueille en son centre un amphithéâtre inondé. Un instant désorientée, je crois voir une nappe de pétrole, miroitant entre les gradins de pierre – la lune se reflète sur une surface noire et lisse. Puis je comprends : de l'eau.

L'amphithéâtre est inondé à mi-hauteur. Quelques feuilles éparses dérivent à la surface, troublant le reflet de la lune, des étoiles et des arbres. C'est d'une beauté étrange. Malgré moi, je fais un pas en avant, sur l'herbe, qui crisse sous ma semelle. De la boue forme des bulles autour de mes chaussures.

Pippa avait raison. Le barrage a contraint la rivière à sortir de son lit et à inonder certains quartiers de la ville. Nous devons donc nous trouver dans le coin qui a été évacué après les manifestations.

— Rejoignons l'enceinte, suggéré-je. Nous ne devrions avoir aucun mal à la franchir.

Nous longeons le parc. Le silence qui nous enveloppe est profond et rassurant. Je commence à me sentir mieux. Nous avons réussi. Nous avons rempli notre part de la mission... et avec un peu de chance, le reste du plan s'est bien déroulé, aussi.

À l'un des angles du parc se dresse une petite rotonde, entourée par une frange d'arbres touffus. Sans la lueur de la petite lanterne ancienne au coin, je n'aurais jamais repéré la fille assise sur l'un des bancs de pierre. Elle est penchée en avant, la tête entre les genoux, mais je reconnais ses longs cheveux et ses baskets violettes couvertes de boue. Lu. Coral l'aperçoit au même moment que moi.

— Ce n'est pas...

Je me suis déjà élancée.

— Lu ! m'écrié-je.

Elle relève les yeux, surprise. Elle ne me reconnaît sans doute pas sur-le-champ, car elle affiche une expression pâle et terrifiée. Je m'agenouille devant elle et pose les mains sur ses épaules.

— Tu vas bien ? lui demandé-je, essoufflée. Où sont les autres ? Il est arrivé quelque chose ?

— Je...

Elle laisse la fin de sa phrase en suspens et secoue la tête.

— Tu es blessée ?

Tout en gardant les mains sur ses épaules, je me redresse. Je ne vois pas de sang, mais sens un léger tremblement sous mes paumes. Elle ouvre la bouche puis la referme. Ses yeux, écarquillés, sont vides.

— Lu... Parle-moi...

Je déplace mes mains vers ses joues et lui secoue doucement le visage, pour la sortir de sa torpeur. Ce faisant, j'effleure du bout des doigts la cicatrice derrière son oreille gauche. Mon cœur s'arrête. Lu pousse un petit cri en tentant de se dégager, ce qui ne m'empêche pas de resserrer les mains sur sa nuque. À présent, elle se débat pour m'échapper.

— Lâche-moi ! crache-t-elle.

Je ne dis rien. Je ne peux pas parler. Toute mon énergie est dans mes doigts. Lu a beau être forte, l'effet de surprise joue en ma faveur : je réussis à la hisser sur ses pieds et à la plaquer contre une colonne de pierre. Du coude, je la force à tourner la tête vers la droite. La voix de Coral me parvient dans un brouillard, comme atténuée :

— Bon sang, qu'est-ce qui te prend, Lena ?

J'écarte les cheveux de Lu pour exposer son cou, blanc et gracile. Je vois son pouls battre avec frénésie... juste sous la cicatrice triangulaire derrière son oreille. Une marque procédurale. Une vraie. Lu a été guérie.

Le film des dernières semaines défile à toute allure devant mes yeux : le calme de Lu et son changement de caractère ; ses cheveux, qu'elle a laissés pousser et qu'elle ramenait soigneusement sur ses épaules, chaque matin.

— Quand ? demandé-je d'une voix cassée.

J'ai toujours l'avant-bras pressé contre sa gorge. Un sentiment noir et ancien remonte en moi. *Traîtresse*.

— Lâche-moi, halète-t-elle.

Son œil gauche roule dans son orbite pour se poser sur moi.

— Quand ? répété-je, en lui comprimant le cou.

Elle crie, puis cède :

— D'accord, d'accord...

Je relâche un peu la pression, mais la garde plaquée contre la pierre.

— Décembre... croasse-t-elle. À Baltimore.

Un vertige s'empare de moi. Bien sûr. C'est Lu que j'ai entendue tout à l'heure. Les paroles du Régulateur me reviennent, chargées d'une nouvelle signification terrifiante : « Je ne sais pas comment tu as pu vivre dans cette crasse aussi longtemps... » Et les siennes : « Ça n'a pas été facile. »

— Pourquoi ?

Les syllabes m'étranglent. Elle ne répond pas immédiatement, et je presse à nouveau mon bras contre son cou.

— Pourquoi ?

Elle se met alors à débiter très vite, d'un timbre rauque :

— Ils avaient raison, Lena. Je l'ai compris. Pense à tous ces gens dans les colonies, dans la Nature... qui vivent comme des bêtes. Ce n'est pas ça, le bonheur.

— C'est la liberté.

— Vraiment ?

Ses yeux sont exorbités, ses iris ont été engloutis par ses pupilles noires.

— Tu te sens libre, Lena ? insiste-t-elle. C'est la vie dont tu rêvais ?

Je ne peux pas répondre. La colère, boue épaisse et sombre, monte dans ma poitrine et ma gorge. Lu baisse sa voix en un murmure soyeux, tel le bruissement d'un serpent glissant dans l'herbe.

— Il n'est pas trop tard pour toi, Lena. Peu importe ce que tu as fait de l'autre côté. On effacera tout ; on prendra un nouveau départ. C'est tout l'intérêt. On peut te permettre de tourner la page, d'oublier tout... le passé, la douleur, la lutte. Tu peux recommencer à zéro.

Pendant une seconde, nous nous regardons en chiens de faïence. La respiration de Lu est lourde.

— Tout ? demandé-je.

Elle tente de hocher la tête et grimace en rencontrant mon coude.

— L'angoisse, le malheur. Tout ça s'en va.

Je soulage la pression sur son cou et elle avale une immense goulée d'air. Je m'approche alors tout près pour lui susurrer à l'oreille des mots que Hana m'a dits il y a fort longtemps, dans une autre vie.

— Tu sais qu'on ne peut pas être vraiment heureux si on n'est pas aussi malheureux parfois, hein ?

Ses traits se durcissent. Je lui ai laissé assez d'espace pour bouger et, quand elle cherche à me planter son poing dans la figure, je l'arrête et lui tords le bras dans le dos, la contraignant à se plier en deux. Je tire sur son bras jusqu'à ce qu'elle soit à terre, puis la force à s'aplatir sur le ventre et lui enfonce un genou entre les omoplates.

— Lena ! s'écrie Coral.

Je l'ignore. Un seul mot résonne dans mon corps : *traîtresse, traîtresse, traîtresse.*

— Qu'est-il arrivé aux autres ?

Mes mots sont aigus et étranglés, pris dans la toile de ma rage.

— Il est trop tard, Lena.

Lu a le visage écrasé contre terre, mais elle parvient néanmoins à tordre sa bouche en un sourire cruel et sournois. Elle a de la chance que je n'aie pas de couteau sur moi. Je le lui aurais planté dans le cou. Je revois Raven, radieuse, décrétant : « Lu peut nous accompagner. C'est un porte-bonheur sur pattes. » Je revois Tack rompant en deux son pain pour lui en donner la plus grande part lorsqu'elle se plaignait de la faim. J'ai l'impression que mon cœur tombe en poussière, je voudrais hurler et pleurer en même temps. « On te faisait confiance. »

— Lena, insiste Coral. Je crois que…

— Tais-toi ! aboyé-je, sans quitter Lu des yeux. Dis-moi ce qui leur est arrivé ou je te tue !

Elle se débat sous mon poids, son horrible rictus rivé aux lèvres.

— Trop tard, répète-t-elle. Ils seront ici avant la tombée de la nuit, demain.

— De quoi parles-tu ?

Son rire fait un bruit de crécelle dans sa gorge.

— Tu ne pensais pas vraiment que ça allait durer, si ? Tu ne pensais pas qu'on allait vous laisser jouer dans votre petit camp, dans votre crasse…

Je remonte son bras de quelques centimètres vers ses omoplates. Après avoir poussé un cri, elle se remet à parler avec précipitation :

— Dix mille soldats, Lena. Dix mille soldats contre un millier d'Invalides affamés, assoiffés, malades et désorganisés. Ils vont vous écraser. Vous rayer de la carte. *Pouf !*

Je vais vomir. Ma tête, de plus en plus lourde, est comme remplie d'eau. Confusément, j'entends Coral me parler. Ses paroles mettent quelques instants à se frayer un chemin à travers la mélasse de mon cerveau, qui résonne d'échos aquatiques.

— Lena… Je crois que quelqu'un approche.

Elle a à peine formulé cette mise en garde qu'un Régulateur, sans doute celui qui accompagnait Lu plus tôt, tourne le coin en disant :

— Désolé d'avoir été aussi long. La remise est fermée à clé…

Il s'interrompt en nous apercevant, Coral et moi, Lu à terre. Coral se jette sur lui en hurlant, mais son mouvement, maladroit, la déséquilibre. Il la repousse et j'entends un craquement lorsque sa tête heurte l'une des colonnes de la rotonde. Le Régulateur se précipite vers elle, armé de sa lampe torche. Elle réussit à éviter le choc de justesse et la lumière de la lampe, qui a percuté violemment la pierre, vacille avant de s'éteindre.

Le Régulateur, qui a mis toutes ses forces dans l'attaque, chancelle à son tour. Coral profite de cette occasion pour s'écarter du pilier. Elle est visiblement toujours sous le choc, ses jambes flageolent. Elle pivote d'un pas incertain vers lui, une main pressée sur l'arrière de son crâne. Reprenant ses esprits, le Régulateur pose une main sur sa ceinture. Un pistolet.

Je saute sur mes pieds – je n'ai d'autre choix que de libérer Lu. Je plonge vers le Régulateur et l'attrape par la taille. Mon poids et l'effet de surprise nous font basculer à terre, tous deux, puis rouler l'un sur l'autre, dans une mêlée de bras et de jambes. Le goût de son uniforme et de la sueur s'insinue dans ma bouche et je sens le poids de son arme contre ma cuisse. Derrière moi, j'entends un cri et le son sec d'un corps heurtant le sol. Je prie pour que ce soit Lu et pas Coral.

Le Régulateur se libère alors et se remet debout, me repoussant brusquement. Il halète, le visage rouge. Plus grand que moi, et plus fort... Mais plus lent aussi, et en moins bonne forme. À tâtons, il cherche son pistolet. Je suis debout avant qu'il ait réussi à le dégainer. Je l'agrippe par le poignet et il pousse un rugissement de frustration.

Pan !

Un coup part. La détonation, inattendue, résonne dans tout mon corps, je la sens même vibrer dans ma mâchoire. D'un bond, je recule. Dans un vagissement de douleur, le Régulateur s'effondre ; une tache noire se répand sur sa jambe droite et il roule sur le dos en serrant sa cuisse. Son visage, déformé par une grimace, est couvert de sueur. Le pistolet est encore dans son étui – le coup est parti tout seul. Je m'approche pour le désarmer ; il ne résiste pas. Il continue de gémir et de frémir, répétant :

— Et merde... et merde...

— Qu'est-ce que tu as fait ?

Je me retourne aussitôt. Le souffle court, Lu, qui s'est relevée, m'observe. Derrière, je vois Coral à terre, sur le flanc, la tête en appui sur un bras et les jambes repliées contre la poitrine. Mon cœur manque un battement. « Pourvu qu'elle ne soit pas morte, par pitié ! » Je vois ses paupières papilloter et l'une de ses mains frémir. Elle geint. Vivante, donc.

Lu fait un pas vers moi. Je pointe le pistolet sur elle. Elle se fige.

— Hé, du calme, dit-elle d'un ton chaud et amical. Pas de bêtise, d'accord ? Ne bouge pas.

— Je ne t'ai pas demandé ton avis.

Je suis impressionnée de voir combien ma main est ferme, émerveillée de constater que tout ceci – ce poignet, ces doigts, ce pistolet – m'appartient. Elle réussit à sourire.

— Tu te souviens de l'ancienne colonie ? reprend-elle de ce ton berçant. Tu te souviens quand Blue et moi avons découvert tous ces buissons de myrtilles ?

— Je t'interdis de m'interroger sur mes souvenirs, répliqué-je avec hargne. Et de me parler de Blue.

J'arme le pistolet. Elle frémit ; son sourire s'évanouit. Ce serait si facile... Presser la détente et la relâcher. *Boum !*

— Lena...

Je ne la laisse pas terminer. Je couvre la distance qui nous sépare et pose une main sur sa nuque pour l'attirer contre moi, avant de coller le canon du pistolet sous son menton. Elle se met à rouler des yeux, tel un cheval effrayé ; je la sens ruer contre moi, trembler.

— Ne bouge pas, lui dis-je d'une voix que je ne reconnais pas.

Elle se ramollit aussitôt, à l'exception de ses yeux, qui continuent à circuler, paniqués, de mon visage au ciel.

Presser et relâcher. Un simple geste. Un réflexe.

Son haleine aigre me brûle les narines. Je m'écarte brusquement. Elle recule, en inspirant aussi frénétiquement que si je venais de l'étrangler.

— Vas-y, lui dis-je. Prends-le...

Je désigne le Régulateur, qui continue à pousser des petits cris en serrant sa cuisse.

— Prends-le et partez.

D'une langue frissonnante, elle s'humecte les lèvres, tandis que son regard tombe sur l'homme à terre.

— Vite, avant que je change d'avis, ajouté-je.

Elle n'hésite pas davantage ; elle s'accroupit et glisse un bras sous l'aisselle du Régulateur pour l'aider à se relever. La tache sur son pantalon, noire, s'étend de la rotule à mi-cuisse. Je me surprends à souhaiter, cruellement, qu'il se vide de son sang avant qu'ils ne trouvent de l'aide.

— Allons-y, lui chuchote Lu sans me quitter des yeux.

Je les vois s'éloigner dans la rue. Il ponctue chacun de ses pas d'un cri de douleur. Dès que la nuit les a avalés, je libère mon souffle. Je me retourne et constate que Coral, assise, se frotte la tête.

— Je vais bien, me dit-elle lorsque je me précipite pour l'aider.

Elle se redresse sur des jambes mal assurées. Elle cligne plusieurs fois des yeux comme pour dissiper un voile.

— Tu es sûre de pouvoir marcher ?

Elle hoche la tête, et je reprends :

— Viens, on doit trouver le moyen de sortir d'ici.

Lu et le Régulateur nous dénonceront à la première occasion. Si nous ne nous dépêchons pas, nous risquons bien d'être cernées d'une minute à l'autre. Un profond élan de haine me secoue, quand je pense que Tack a partagé son repas avec Lu il y a quelques jours à peine, quand je pense qu'elle a accepté son sacrifice.

Par chance, nous atteignons l'enceinte sans croiser de gardes, et repérons rapidement un escalier rouillé menant au chemin de ronde, également désert : nous devons nous trouver à l'extrémité sud de la ville, dans l'immédiat, juste à côté de la colonie. Les forces doivent être concentrées dans les zones les plus peuplées de Waterbury.

Coral gravit les marches sur des jambes tremblantes et je monte derrière elle pour m'assurer qu'elle ne tombera pas ; pourtant, elle refuse mon aide et me repousse lorsque je pose une main sur son dos. En quelques heures, l'estime que je lui porte a été multipliée par dix. Au moment où nous atteignons le sommet de l'escalier, l'alarme au loin finit par s'arrêter, et le silence subit revêt un caractère étrangement plus inquiétant, tel un cri muet.

Redescendre de l'autre côté se révèle plus acrobatique. Près de cinq mètres séparent le haut de la muraille d'une pente raide de gravillons et de pierres. Je passe la première, me suspendant à un des projecteurs éteints ; je lâche ma prise et me laisse tomber. J'atterris sur les genoux et glisse sur plusieurs mètres. Les gravillons transpercent mon jean. Coral me suit, le visage blême de concentration, et atterrit avec un petit cri de douleur.

Je ne sais à quoi je m'attendais. J'avais craint, je crois, que les tanks aient déjà débarqué, que nous retrouvions le campement ravagé par les flammes et le chaos, or celui-ci s'étend à nos pieds comme toujours, vaste champ irrégulier, ponctué de tentes et d'abris. Au-delà, derrière la vallée, se dressent d'immenses falaises, coiffées d'une masse noire d'arbres ébouriffés.

— Combien de temps nous reste-t-il, à ton avis ? demande Coral.

Je devine sans peine de quoi elle parle : l'arrivée des troupes.

— Pas assez.

Nous rejoignons sans bruit les abords de la colonie – nous avons plus vite fait de la contourner que de naviguer à travers le labyrinthe qu'elle forme. La rivière est encore à sec : le plan a visiblement échoué. Raven et les autres n'ont pas réussi à détruire le barrage... ce qui n'a plus aucune importance, maintenant, de toute façon.

Tous ces gens... déshydratés, épuisés, faibles. Ils seront plus faciles à contenir. Et, bien sûr, à tuer.

Lorsque nous atteignons la parcelle de Pippa, ma gorge est si sèche que je ne peux presque plus déglutir. Pendant un instant, alors que Julian court à ma rencontre, je ne reconnais pas son visage, composition de formes étranges et d'ombres. Derrière lui, Alex se détourne du feu. Il croise mon regard et fait un pas vers moi, bouche ouverte, mains tendues. La scène se fige et je comprends qu'il m'a pardonné : je tends alors les mains vers lui...

— Lena !

Julian me soulève dans ses bras et je reviens à la réalité, pressant la joue contre son torse. Le geste d'Alex devait être destiné à Coral ; il lui parle tout bas et, quand je m'arrache à l'étreinte de Julian, je vois qu'il l'entraîne vers l'un des feux de camp. J'ai été si convaincue, l'espace de cette seconde, que c'était pour moi qu'il écartait les bras...

— Que s'est-il passé ? me demande Julian, en me prenant le visage et en se penchant pour plonger ses yeux dans les miens. Bram nous a dit...

— Où est Raven ? l'interromps-je.

— Ici.

Elle surgit de la nuit et, soudain, je me retrouve encerclée : Bram, Hunter, Tack et Pippa, qui parlent tous en même temps, me noyant sous les questions. Julian laisse une main sur mon dos. Hunter me propose à boire, me tendant un bidon en plastique presque vide. Je l'accepte avec reconnaissance.

— Coral va bien ?

— Tu saignes, Lena.

— Bon Dieu, qu'est-il arrivé ?

— On n'a pas le temps.

L'eau m'a fait du bien, pourtant les mots me déchirent la gorge. Je poursuis :

— On doit partir. On doit rassembler le maximum de personnes et on doit...

— Du calme, du calme ! me coupe Pippa en brandissant les deux mains.

Le feu lui éclaire la moitié du visage. L'autre est mangée par l'obscurité. Je pense à Lu et la nausée monte : une demi-personne, une traîtresse au visage double.

— Reprends depuis le début, m'encourage Raven.

— On a dû se battre, expliqué-je. On a dû entrer dans l'enceinte.

— On a eu peur que vous ayez été prises, observe Tack.

Je le sens inquiet, les nerfs à fleur de peau. Comme tout le monde. Un courant négatif électrise l'ensemble du groupe.

— Après l'embuscade… ajoute-t-il.

— L'embuscade ? m'exclamé-je. Comment ça, l'embuscade ?

— On n'a jamais atteint le barrage, me répond Raven. Alex et Beast ont réussi à faire sauter leur bombe. Nous étions à deux mètres du mur quand un groupe de Régulateurs a fondu sur nous. On aurait dit qu'ils nous attendaient. On aurait été fichus sans Julian, qui a repéré le mouvement et donné l'alerte.

Alex nous a rejoints. Coral s'approche en claudiquant, la bouche réduite à une fine ligne noire. Je crois qu'elle a rarement été aussi belle. Mon cœur se serre, une fois, violemment, dans ma poitrine. Je comprends pourquoi elle plaît à Alex. Et peut-être même pourquoi il l'aime.

— On a battu en retraite jusqu'au campement, intervient Pippa, sortant de l'appentis devant lequel nous nous tenons. Puis Bram est arrivé. On était en train de débattre pour savoir si on devait se lancer à votre recherche ou si…

— Où est Dani ?

Je remarque, pour la première fois, qu'elle n'est pas parmi nous.

— Morte, répond Raven en évitant de croiser mon regard. Et Lu a été prise. On n'a pas pu les sauver. Je suis désolée, Lena, ajoute-t-elle d'un ton radouci avant de relever les yeux vers moi.

Un nouveau haut-le-cœur monte de mon estomac. Je serre les bras sur mon ventre comme pour le faire redescendre.

— Lu n'a pas été prise, expliqué-je d'une voix semblable à un jappement. Et ils vous attendaient, oui. Les Régulateurs. C'était un piège.

Raven et Tack se consultent du regard. Alex finit par prendre la parole :

— Qu'est-ce que tu racontes ?

C'est la première fois qu'il s'adresse directement à moi depuis la nuit où les Régulateurs ont détruit notre camp.

— Lu n'est pas ce que nous imaginions. Pas *celle* que nous imaginions. Elle a été guérie.

Un nouveau silence, tranchant et blessé. Raven finit par exploser :

— Comment le sais-tu ?

— J'ai vu la marque.

Je me sens soudain épuisée.

— Et elle me l'a dit, complété-je.

— Impossible, dit Hunter. J'étais avec elle... Nous sommes allés dans le Maryland ensemble...

— C'est tout à fait possible, rectifie Raven. Elle m'a raconté qu'elle avait quitté le groupe pendant un temps, navigué de colonie en colonie.

— Elle n'a été absente que quelques semaines.

Hunter se tourne vers Bram pour obtenir confirmation. Ce dernier hoche la tête.

— Ça suffit, observe Julian tout bas.

Alex le fusille du regard, mais il a raison. Ça suffit.

— Continue, Lena, reprend Raven, tendue.

— Ils envoient des troupes, dis-je.

Une fois que les mots ont franchi mes lèvres, j'ai l'impression d'avoir reçu un coup de poing dans le ventre.

— Combien ? finit par s'enquérir Pippa.

— Dix mille.

J'arrive à peine à articuler la réponse. Tous étouffent un cri de surprise. Pippa ne détache pas son regard perçant de moi.

— Quand ?

— Dans moins de vingt-quatre heures.

— Si elle a dit la vérité, remarque Bram.

Pippa se passe une main sur ses cheveux ras.

— Je n'y crois pas, souffle-t-elle avant de s'empresser de préciser : Je craignais qu'une chose pareille arrive.

— Je vais la tuer, dit Hunter avec calme.

— Et maintenant ?

La question de Raven s'adresse à Pippa. Celle-ci ne répond pas aussitôt, les yeux rivés sur le feu. Puis elle se secoue.

— Rien, affirme-t-elle d'une voix claire.

Elle jette un regard circulaire sur le groupe : de Tack et Raven à Hunter et Bram, de Beast, Alex et Coral à Julian. Ses yeux finissent par rencontrer les miens et j'ai un mouvement de recul involontaire. C'est comme si une porte s'était refermée en elle. Pour une fois, elle reste parfaitement immobile.

— Raven, Tack et toi conduirez le groupe à un abri juste à côté de Hartford. Summer m'a expliqué comment l'atteindre. Des contacts de la résistance s'y rendront dans les jours prochains. Vous devrez les attendre.

— Et toi ? lui demande Beast.

Pippa sort du cercle pour retourner dans l'appentis et gagner le vieux réfrigérateur.

— Je ferai ce que je peux ici.

Tout le monde se met à parler en même temps.

— Je reste avec toi, décrète Beast.

— C'est du suicide, Pippa ! s'emporte Tack.

— Vous n'avez aucune chance face à dix mille hommes, argue Raven. Vous serez…

Pippa lève la main pour l'interrompre.

— Je n'ai pas l'intention de me battre. Je ferai mon possible pour que l'information circule dans la colonie. Pour tenter de l'évacuer.

D'une voix stridente, Coral objecte :

— Vous n'aurez pas le temps ! Les troupes sont déjà en route... Pas le temps de déplacer tout le monde, pas le temps de faire circuler l'information...

— J'ai dit que je ferais mon possible.

Le ton de Pippa devient tranchant. Elle retire la clé autour de son cou pour ouvrir le cadenas qui ferme le réfrigérateur et sortir de celui-ci nourriture et matériel médical.

— On ne partira pas sans toi, s'entête Beast. On reste pour t'aider à rassembler les gens.

— Vous ferez ce que je vous dis de faire, réplique Pippa sans se retourner vers lui.

Elle s'agenouille pour extraire les couvertures entassées sous le banc.

— Vous irez jusqu'à l'abri et vous attendrez la résistance.

— Non, persiste-t-il. Pas moi.

Leurs regards se croisent et ils se livrent à un dialogue muet, avant que, enfin, elle hoche la tête.

— Très bien. En revanche, vous autres, vous partez.

— Mais... commence Raven.

Droite comme un I, Pippa riposte :

— Pas de discussion.

Maintenant, je comprends où Raven a appris à être aussi dure, à devenir une meneuse.

— Coral a raison, poursuit Pippa. Le temps nous est compté. Je veux que vous ayez levé le camp d'ici vingt minutes.

Elle promène son regard sur l'ensemble du groupe avant d'ajouter :

— Raven, emporte ce qui te semble nécessaire. Il y a une journée de marche jusqu'à l'abri, plus, si vous devez faire un détour pour éviter des troupes. Tack, suis-moi, je vais te dessiner une carte.

Nous nous dispersons aussitôt. Effet de la fatigue, ou de la peur, j'ai l'impression d'être dans un rêve : Tack et Pippa, dans un coin, penchés sur une table et gesticulant ; Raven préparant des baluchons de nourriture avec des couvertures et de la corde ; Hunter m'encourageant à boire davantage d'eau… Puis, soudain, Pippa qui nous presse de partir. Allez, allez, allez !

La lune illumine les sentiers sinueux à flanc de colline, poussiéreux et fauves, comme imprégnés de sang séché. Je jette un dernier coup d'œil au campement, à la mer de silhouettes grouillantes – des gens, tous ces gens qui ignorent encore que des armes, des bombes et des soldats approchent. Raven doit le sentir, elle aussi : la terreur ambiante, la proximité de la mort. Cette panique qu'éprouve un animal pris au piège. Elle se retourne et crie :

— Je t'en prie, Pippa…

Sa voix se répercute sur la pente désolée. Postée au pied du sentier, Pippa nous suit du regard – Beast se dresse derrière elle. Elle tient une lanterne qui éclaire son visage par en dessous, le transformant en pierre sculptée, succession de plans d'ombre et de lumière.

— Partez, dit-elle. Ne vous inquiétez pas, je vous retrouverai à l'abri.

Raven l'observe quelques secondes supplémentaires avant de pivoter sur ses talons. Pippa lance alors :

— Mais si je ne suis pas là dans trois jours, n'attendez pas.

Sa voix ne se départit jamais de son calme. Et je comprends, soudain, l'expression que j'ai lue dans ses yeux, tout à l'heure. C'était plus que du calme : de la résignation. L'expression d'une personne qui se sait condamnée.

Nous laissons Pippa derrière nous, à la lisière des entrailles grouillantes de la colonie, alors que le soleil commence à électriser le ciel et que, de toutes parts, le danger fond sur nous.

Hana

Le samedi matin, je me rends à Deering Highlands. C'est presque devenu une routine ; les rues sont désertes, silencieuses, baignées d'une brume matinale. Je me réjouis d'éviter Grace, et je me réjouis aussi que les étagères de la cave se remplissent à vue d'œil.

De retour à la maison, je prends une douche brûlante jusqu'à faire rougir ma peau. Je me frictionne avec soin, me frottant même les ongles, comme si l'odeur de Deering Highlands et des gens qui y vivent avait pu s'accrocher à moi. On n'est jamais trop prudent. Si Cassie a été invalidée parce qu'elle avait attrapé le *deliria* ou parce que Fred la soupçonnait d'avoir été contaminée, je n'ose imaginer ce qu'il nous ferait, à moi et à ma famille, s'il apprenait que le remède n'a pas marché parfaitement.

Je dois découvrir, pour de bon, ce qui est arrivé à Cassandra.

Fred a prévu de passer la journée à golfer avec les dizaines de personnes qui ont financé sa campagne et qui le soutiennent, parmi lesquelles mon père. Ma mère doit retrouver Mme Hargrove au country-club pour déjeuner. Je dis au revoir à mes parents, un sourire jusqu'aux oreilles, puis tue le temps pendant une demi-heure en arpentant le salon, trop nerveuse pour regarder la télé ou m'asseoir.

Lorsque j'ai suffisamment attendu, je rassemble la liste d'invités ainsi que les plans de table pour le mariage, et les fourre dans un dossier. Je n'ai pas besoin de faire de cachotteries, j'appelle donc Rick, le frère de Tony, et patiente sur le perron le temps qu'il sorte la voiture.

— Résidence Hargrove, annoncé-je gaiement en m'installant sur la banquette arrière.

Je m'efforce de ne pas trop gigoter. Je ne veux pas que Rick perçoive ma nervosité. Qu'il pose des questions. Il ne m'accorde pas la moindre attention, pourtant, les yeux rivés sur la route. Son crâne chauve, enfoncé dans le col de sa chemise, m'évoque un œuf rose et enflé.

Chez les Hargrove, aucune des trois voitures n'est garée sur le chemin circulaire, devant l'entrée. Jusqu'ici, tout va bien.

— Attendez-moi, dis-je à Rick. Je n'en ai pas pour longtemps.

Une employée de la maison m'ouvre la porte. À peine plus âgée que moi, elle affiche un air de suspicion détachée, comme un chien qui aurait reçu trop de coups sur la tête.

— Oh ! dit-elle en me reconnaissant, avant d'hésiter à me laisser entrer.

Je prends aussitôt le contrôle de la situation.

— Je suis venue aussi vite que possible ! Ma mère a oublié le dossier chez nous... Incroyable, non ? Mme Hargrove doit donner son accord pour le plan de table, bien sûr.

— Oh ! répète la fille en se renfrognant. Madame n'est pas ici. Elle est au country-club...

Je pousse un gémissement, feignant la surprise avec ostentation.

— Quand ma mère m'a parlé de ce déjeuner, j'ai pensé que...

— Elles sont au country-club, répète-t-elle, nerveuse.

Elle se raccroche à cette information comme à une bouée.

— Quelle imbécile je fais... Et bien sûr, je n'ai pas le temps de filer au golf, maintenant. Et si je déposais ce dossier à l'intention de Mme Hargrove ?

— Vous pouvez me le confier, si vous voulez, je le lui donnerai.

— Non, non, inutile, m'empressé-je de dire avant de m'humecter les lèvres. Si vous me permettez d'entrer une petite minute, je lui laisserai un mot. Il faudra peut-être intervertir les tables 6 et 8 et je ne sais pas très bien où placer M. et Mme Kimble...

— Bien sûr, dit-elle en s'effaçant et en écartant la porte pour que je puisse passer.

J'ai beau être venue plusieurs fois, la maison me paraît différente en l'absence des maîtres des lieux. La plupart des pièces sont plongées dans l'obscurité, et le silence est si parfait que j'entends le craquement des pas au premier, le bruissement du tissu dans les pièces plus lointaines. Mes bras se couvrent de chair de poule. Il fait frais dans l'entrée, mais c'est surtout l'atmosphère générale qui me glace : on dirait que la demeure retient son souffle dans l'attente d'une catastrophe.

À présent que j'ai réussi à entrer, je ne sais pas trop par où commencer. Fred a dû conserver des documents relatifs à son mariage avec Cassie, et sans doute à son divorce. Je n'ai jamais mis les pieds dans son bureau, cependant il me l'a montré lors de ma première visite, et il y a de fortes chances pour que les papiers importants soient conservés là. Je dois d'abord me débarrasser de la fille.

— Merci beaucoup, lui dis-je en lui adressant mon sourire le plus étincelant alors qu'elle m'introduit dans le salon. Je vais m'installer ici pour écrire mon petit mot. Vous pourrez dire à Mme Hargrove que j'ai déposé les plans sur la table basse ?

J'espérais qu'elle prendrait cette remarque pour une invitation à quitter la pièce, cependant elle se contente de hocher la tête et de rester plantée là, à me regarder d'un air idiot.

J'improvise maintenant, j'invente au fur et à mesure :

— Pourriez-vous me rendre un service ? Puisque je suis ici, autant en profiter pour récupérer le nuancier que nous avons prêté à Mme Hargrove... Ça vous embêterait de monter le chercher ? La fleuriste me l'a réclamé. Et Mme Hargrove m'a dit qu'elle l'avait oublié dans sa chambre, sur son bureau, je suppose...

— Un nuancier ?

— Un gros livre d'échantillons de couleurs.

Comme elle ne bouge toujours pas, j'ajoute :

— Je vous attends ici.

Enfin, elle me laisse seule. Ce n'est qu'une fois que j'ai entendu le bruit de ses pas au-dessus de ma tête que je m'aventure dans le couloir. Par chance, la porte du bureau de Fred n'est pas verrouillée. Je me faufile à l'intérieur et referme sans un bruit. J'ai la bouche sèche et le cœur qui bat la chamade. Je dois me répéter que je n'ai rien fait de mal. Du moins pas encore. D'une certaine façon, je suis ici chez moi. Ou je le serai bientôt.

À tâtons, je cherche l'interrupteur. C'est un risque – n'importe qui pourrait voir la lumière sous la porte –, cependant fureter dans le noir et renverser des meubles ou des objets au passage attirera du monde aussi sûrement.

La pièce est en grande partie occupée par un énorme bureau et un fauteuil en cuir à dossier droit. Je reconnais l'un des trophées de golf de Fred et le presse-papiers en argent massif, trônant sur les étagères d'une bibliothèque par ailleurs vide. Dans un coin, un énorme classeur en métal ; à côté, sur le mur, un immense tableau représentant un homme, sans doute un chasseur, qui pose au milieu de carcasses animales. Je me détourne rapidement.

Je fonds sur le classeur, qui n'est pas fermé à clé, lui non plus. Je parcours des liasses de documents financiers – relevés bancaires et déclarations de revenus, reçus et bordereaux de dépôt –, remontant à près de dix ans. Un tiroir rassemble toutes les informations sur les employés, notamment une photocopie de leur carte d'identité. La fille qui m'a ouvert s'appelle Eleanor Latterly et elle a précisément le même âge que moi.

Enfin, fourré au fond du tiroir du bas, je le trouve : un dossier mince, sans étiquette, qui contient l'acte de naissance et de mariage de Cassie. Aucune trace d'un divorce, mais une lettre, pliée en deux, et dactylographiée sur un papier épais. Je prends connaissance de la première ligne avec avidité.

Ce courrier concerne l'état physique et mental de Cassandra Melanea Hargrove, née O'Donnell, confiée à mes bons soins…

Des pas approchent rapidement du bureau. Je range aussitôt le dossier à sa place, referme le tiroir du pied et fourre la lettre dans ma poche arrière, remerciant Dieu de m'avoir donné l'idée d'enfiler un jean ce matin. Je récupère un stylo sur la table de travail. Quand Eleanor ouvre la porte à la volée, je le brandis triomphalement sans lui laisser le temps de parler.

— Trouvé ! m'exclamé-je. Je n'avais pas pensé à emporter de stylo... J'ai vraiment une cervelle de moineau aujourd'hui !

Elle ne me croit pas, je le vois bien. Mais elle ne peut pas non plus m'accuser sans preuve.

— Il n'y avait pas de nuancier, articule-t-elle lentement. Aucun livre, nulle part.

— Bizarre...

Un goutte de sueur roule entre mes seins. Eleanor jette un regard circulaire sur la pièce, comme pour chercher une trace de mes méfaits.

— J'ai l'impression que nous nous sommes toutes emmêlé les pinceaux, aujourd'hui. Pardon.

Je griffonne un message rapide à l'intention de Mme Hargrove : « Pour validation ! » – alors que je me fiche de son avis, bien sûr. Eleanor ne me quitte pas d'une semelle pendant toute l'opération, de crainte, sans doute, que je subtilise quelque chose. Trop tard. Je dois l'écarter de mon passage pour sortir.

Ma visite n'aura duré que dix minutes au total. Rick n'a pas coupé le moteur. Je remonte à l'arrière et lui indique :

— À la maison.

Alors que nous nous éloignons, il me semble apercevoir Eleanor, derrière une fenêtre. Ce serait plus raisonnable d'attendre d'être rentrée pour lire la lettre, mais je ne peux me retenir de la déplier. J'examine d'abord l'en-tête :

Sean Perlin
Docteur en médecine
Directeur du service de chirurgie
Laboratoires de Portland

Le texte est court.

À qui de droit,

Ce courrier concerne l'état physique et mental de Cassandra Melanea Hargorve, née O'Donnell, confiée à mes bons soins pour une période de neuf jours.

De mon point de vue, Mme Hargrove est victime de graves hallucinations provoquées par une instabilité mentale bien ancrée ; elle est obsédée par le mythe de Barbe-Bleue *et le lie à ses angoisses de persécution ; sa névrose, profondément enracinée, n'a aucune chance selon moi de s'améliorer.*

Je qualifierais sa condition de dégénérative ; elle a pu être provoquée par un déséquilibre chimique consécutif au Protocole, même s'il m'est impossible de l'affirmer.

Je relis la lettre plusieurs fois. J'avais donc raison : quelque chose clochait chez elle. Elle a perdu la boule. Le Protocole l'a peut-être détraquée, comme Willow Marks. Il est étrange que personne ne s'en soit rendu compte avant son mariage avec Fred. Enfin, je suppose que ces choses se révèlent parfois peu à peu…

Le nœud dans mon ventre refuse néanmoins de se desserrer. Entre les lignes de prose policée du médecin, je devine un autre message, un message de peur. Je me souviens de l'histoire de *Barbe-Bleue* : celle d'un homme, un beau prince, qui gardait une pièce fermée dans son magnifique château. Il explique à sa jeune épouse qu'elle peut accéder à toutes les pièces sauf celle-là. Un jour, vaincue par sa curiosité, elle ouvre la porte et découvre des femmes assassinées, suspendues par les pieds. Quand il apprend qu'elle lui a désobéi, il l'ajoute à son effroyable collection sanglante. Ce conte me terrorisait lorsque j'étais petite, surtout cette image de femmes accrochées par grappes, les bras pâles et le regard vide, éventrées.

Je replie avec soin la lettre et la range dans ma poche. Je suis idiote. Cassie était malade, ainsi que je le suspectais, et Fred avait toutes les raisons du monde de demander le divorce. Ce n'est pas parce qu'elle a été effacée du système qu'un sort terrible lui a été réservé. Il s'agit peut-être d'une erreur administrative.

Tout le long du trajet du retour, cependant, je ne peux m'empêcher de revoir le sourire inquiétant de Fred, son expression au moment de me dire : « Cassie avait tendance à être trop curieuse. » Et je ne peux retenir la pensée qui surgit, à mon corps défendant, dans mon esprit : « Et si Cassie avait raison d'avoir peur ? »

Lena

Pendant la première moitié du trajet, les troupes restent hors de vue, et j'en viens à me demander si Lu n'a pas menti. Une bouffée d'espoir me gonfle la poitrine : la colonie ne sera peut-être pas attaquée finalement, et Pippa s'en sortira. Bien sûr, il reste le problème du barrage, mais elle trouvera une solution. Elle est comme Raven : façonnée pour survivre.

Dans l'après-midi, cependant, des cris distants nous parviennent. D'un geste de la main, Tack nous fait taire. Nous nous figeons tous, avant de nous disperser dans les bois, à son signal. Julian s'est habitué à la Nature et il a appris la nécessité de disparaître en un clin d'œil. Il lui suffit d'une seconde pour se fondre dans un bosquet d'arbres. Les autres se volatilisent aussi vite.

Je plonge derrière un ancien mur de béton, qui semble avoir atterri là par hasard. Je me demande à quel genre de structure il appartenait, autrefois ; et soudain me revient en mémoire l'histoire que Julian m'a racontée quand nous étions prisonniers, ensemble : celle d'une fille appelée Dorothy, dont la maison est emportée par une tornade dans le ciel et qui se retrouve dans un pays magique.

À mesure que les cris deviennent plus forts, que le cliquetis d'armes et de rangers enfle jusqu'à devenir un martèlement retentissant, je me surprends à rêver : nous nous envolerions nous aussi, nous tous – les Invalides, les exclus de la société officielle –, enlevés par un souffle d'air, pour atterrir ailleurs. Sauf que ce n'est pas un conte de fées, mais avril dans la Nature, avec une boue noire dont l'humidité pénètre mes baskets et des nuées de moucherons qui planent au-dessus de ma tête. Il faut retenir son souffle et attendre.

Les troupes sont à une centaine de mètres de nous, légèrement en contrebas, de l'autre côté d'un ruisseau peu profond. De notre poste surélevé, nous avons une vue imprenable sur la longue file de soldats, les taches de couleur qui se faufilent entre les arbres. Les motifs changeants des feuilles absorbent à la perfection la masse mouvante et floue d'hommes et de femmes, en tenue de camouflage, armés de mitraillettes et de grenades de gaz lacrymogène. Le défilé paraît sans fin.

À la longue, le flot se tarit et, d'un accord tacite, nous nous réunissons pour reprendre le chemin. Le silence est électrique et inconfortable. Je m'efforce de ne pas penser à tous ceux que nous avons laissés derrière nous, dans une cuvette. Piégés. Une vieille expression se rappelle à mon souvenir – « c'est comme rater une vache dans un couloir » – et je suis prise d'une irrépressible et très malvenue envie de rire. Voilà ce qu'ils sont, tous ces Invalides : des vaches aux yeux paniqués et au ventre boueux, condamnées.

Nous rejoignons l'abri en à peine plus de douze heures. Le soleil, qui a décrit une révolution complète, plonge à présent derrière les arbres, se diffusant en filaments aqueux, jaunes et orange. Ça me rappelle les œufs pochés que ma mère me préparait quand j'étais malade, toute petite – le jaune se répandait dans l'assiette, d'un or vif et éblouissant—, et la nostalgie me serre douloureusement le cœur. Je ne sais même pas si c'est ma mère qui me manque ou simplement la vie que je menais alors : une vie rythmée par l'école, les heures de jeux avec mes copines et les lois qui garantissaient ma sûreté ; une vie de frontières et de limites ; une vie réglée par l'heure du bain et le couvre-feu. Une vie simple.

L'entrée de l'abri est signalée par un petit cabanon en bois, pas plus grand que des latrines, fermé par une porte fixée à la hâte. Le tout a dû être assemblé à partir de matériaux de récupération après le blitz. La porte grince sur ses gonds rouillés lorsque Tack la pousse, et nous apercevons seulement quelques marches qui disparaissent dans un trou noir.

— Attendez.

Raven s'agenouille pour fouiller dans l'un des baluchons qu'elle a préparés et en sort une lampe torche.

— J'y vais d'abord, reprend-elle.

L'atmosphère est chargée d'une odeur de moisi et d'autre chose – un parfum aigre que je ne réussis pas à identifier. Nous suivons Raven dans l'escalier raide. Elle dirige le faisceau de sa lampe sur une salle étonnamment vaste et propre : des étagères, quelques tables bancales, un poêle à pétrole. Derrière le poêle, un passage conduit à d'autres pièces. Une petite flamme me réchauffe la poitrine : cet endroit me rappelle l'abri près de Rochester.

— On devrait trouver des lanternes par ici, observe Raven en avançant de quelques pas.

Le rayon de sa lampe zigzague sur le sol en béton, immaculé, et j'aperçois une paire de billes noires, un éclair de fourrure grise. Des souris.

Raven découvre plusieurs lanternes électriques poussiéreuses dans un coin. Il faut en allumer trois pour venir à bout de toutes les ombres de la pièce. En temps normal, Raven insisterait pour économiser le matériel, mais je crois qu'elle a le sentiment, comme nous tous, que ce soir nous avons besoin d'un maximum de lumière. Autrement, des images du campement viendront nous hanter, des doigts d'ombre les introduiront de force dans nos têtes : tous ces gens piégés et impuissants. Nous devons nous concentrer sur cette pièce souterraine et lumineuse, que l'obscurité a fuie.

— Tu sens ? demande Tack à Bram.

Il récupère une des lanternes et s'éloigne dans la pièce suivante.

— Bingo ! s'écrie-t-il.

Raven est déjà occupée à déballer nos provisions. Coral a trouvé de grands bidons métalliques remplis d'eau sur l'une des étagères d'en bas et s'est accroupie pour se désaltérer. Le reste d'entre nous a emboîté le pas à Tack.

— Qu'est-ce que c'est ? s'enquiert Hunter.

Tack brandit sa lanterne pour révéler un mur tapissé d'un treillis en bois.

— Une ancienne cave à vins, explique-t-il. Il me semblait bien identifier une odeur d'alcool.

Deux bouteilles de vin et une de whisky subsistent. Aussitôt, Tack ouvre cette dernière et en prend une grande lampée avant de la passer à Julian, qui l'accepte presque sans hésiter. Je m'apprête à protester – je mettrais ma main à couper qu'il n'a jamais bu jusqu'à présent –, mais, avant que j'aie le temps d'ouvrir la bouche, il en a avalé une longue gorgée sans haut-le-cœur, ce qui tient du miracle.

Tack se fend d'un de ses rares sourires et décoche une tape amicale sur l'épaule de Julian.

— Tout va bien, mon gars, dit-il.

Julian s'essuie la bouche du revers de la main.

— Ça n'était pas mauvais, observe-t-il d'une voix légèrement étranglée, qui provoque l'hilarité de Tack et Hunter.

Sans un mot, Alex prend la bouteille des mains de Julian et boit d'un trait. Toute la fatigue des jours passés s'abat sur moi d'un seul coup. Derrière Tack, en face des casiers à bouteilles, sont alignés plusieurs lits de camp étroits et je rejoins presque en chancelant le plus proche.

— Je pense... commencé-je à dire en m'allongeant et en ramenant les genoux contre la poitrine.

Il n'y a ni couverture ni oreiller, mais déjà une sensation merveilleuse m'engloutit : un nuage, une plume. Non, je suis la plume. Je dérive. « Je vais dormir un peu », voilà ce que je voudrais ajouter, pourtant les mots n'ont pas encore franchi mes lèvres que, déjà, je sombre dans le sommeil.

Je me réveille en sursaut dans le noir complet. Prise de panique, je me crois retournée dans la cellule souterraine avec Julian. Je m'assieds, le cœur cognant contre ma cage thoracique, et ce n'est que lorsque j'entends Coral chuchoter juste à côté de moi que je me rappelle où je suis. La pièce empeste et il y a un seau à côté du lit de camp qu'elle occupe. Elle a dû vomir.

Un rai de lumière passe par la porte ouverte et des rires étouffés me parviennent de la pièce voisine. Quelqu'un m'a recouverte d'une couverture pendant que je dormais. Je la repousse au pied du lit et me lève. Je n'ai pas la moindre idée de l'heure qu'il est.

Dans la pièce principale, Hunter et Bram rigolent ensemble, penchés l'un vers l'autre. Ils ont la peau luisante et le regard légèrement vitreux de ceux qui ont bu. La bouteille de whisky posée entre eux deux et presque vide voisine avec une assiette contenant les restes de ce qui a dû constituer leur dîner : haricots, riz, noix.

Ils se taisent dès qu'ils m'aperçoivent, et je comprends que leur conversation n'est pas de celles qu'on partage.

— Quelle heure est-il ? demandé-je en me dirigeant vers les bidons d'eau.

Je me baisse et en porte un à ma bouche sans prendre la peine d'utiliser un verre. Mes genoux, mes bras et mon dos sont endoloris, mon corps tout entier, encore alourdi par l'épuisement.

— Sans doute minuit, répond Hunter.

Je n'ai donc dormi que quelques heures.

— Où sont les autres ?

Hunter et Bram échangent un regard. Le second tente de retenir un sourire quand il dit, un sourcil arqué :

— Raven et Tack sont partis relever des pièges.

C'est une vieille blague, un code mis au point à l'ancienne colonie. Raven et Tack ont réussi à garder leur relation secrète pendant près d'un an. Mais une nuit où Bram ne trouvait pas le sommeil, il a décidé de sortir faire un tour et les a surpris ensemble. Lorsqu'il les a interrogés, Tack a parlé, en bafouillant, de pièges à relever, alors qu'il était près de deux heures du matin, que tous les pièges avaient déjà été relevés et réinstallés plus tôt dans la journée.

— Où est Julian ? demandé-je. Et Alex ?

Une nouvelle hésitation. Cette fois, Hunter se débat pour retenir un éclat de rire. Il est complètement soûl – je le devine aux taches rouges qui constellent ses joues.

— Dehors, me répond Bram avant de laisser échapper un ricanement.

Aussitôt, Hunter éclate de rire.

— Dehors ? Tous les deux ?

Je me redresse ; l'irritation s'ajoute à ma confusion. Face à leur mutisme, j'insiste :

— Qu'est-ce qu'ils font ?

Bram s'efforce de se contrôler.

— Julian voulait apprendre à se battre...

Hunter termine sa phrase :

— Et Alex s'est porté volontaire pour lui donner un cours.

Une nouvelle crise de rire les secoue. Mon corps devient brûlant, puis glacial.

— C'est quoi, cette histoire ? éclaté-je.

La colère dans ma voix les force à retrouver leur sérieux.

— Pourquoi vous ne m'avez pas réveillée ?

La question s'adresse surtout à Hunter. Je ne m'attends pas à ce que Bram comprenne. Mais Hunter est mon ami, et il est trop sensible pour ne pas avoir remarqué la tension entre Alex et Julian. Affichant un air coupable, il se défend :

— Allez, Lena, ce n'est pas grave...

Trop furieuse pour répondre, je récupère une lampe torche sur les étagères et file vers l'escalier.

— Lena, ne t'énerve pas...

Je noie le reste des paroles de Hunter en martelant les marches de tout mon poids. Débile, débile, débile !

Dehors, des points lumineux scintillent dans le ciel dégagé. Je serre la lampe dans mon poing, cherchant à concentrer toute ma rage dans mes doigts. Je ne sais pas à quoi joue Alex, mais j'en ai ma claque.

Les bois sont silencieux – aucun signe de Tack, de Raven ou de quiconque. Immobile et à l'affût du moindre bruit, je remarque soudain combien l'air est doux ; nous devons être à la mi-avril. Bientôt, l'été sera là. Un flot de souvenirs me submerge soudain, porté par la brise et l'odeur de chèvrefeuille : nous arrosons, Hana et moi, nos cheveux de jus de citron pour les éclaircir, ou nous subtilisons des canettes de soda dans l'armoire réfrigérée de l'épicerie d'oncle William avant de descendre à Back Cove ; nous mangeons une soupe de clams sur la véranda puisqu'il fait trop chaud pour manger à l'intérieur ; je suis le tricycle de Gracie, vacillant sur mon vélo à force de freiner pour ne pas la doubler.

Ces souvenirs s'accompagnent, comme toujours, d'une vive souffrance. J'y suis habituée maintenant, et j'attends que le sentiment passe, ce qui se produit.

J'allume la lampe torche et la promène sur les bois. Dans son rayon jaune pâle, le réseau d'arbres et de fourrés paraît décoloré, irréel. J'éteins. Si Julian et Alex sont partis ensemble quelque part, j'ai peu d'espoir de les retrouver... Je suis sur le point de retourner à l'abri quand j'entends un cri. Une peur farouche me transperce. C'est la voix de Julian.

Je plonge dans l'enchevêtrement de végétation sur ma droite, en direction du bruit, m'aidant de la lampe pour écarter les plantes grimpantes emmêlées et les branches de sapins. Au bout d'une minute, j'émerge dans une immense clairière. Un instant déboussolée, je crois être arrivée sur la berge d'un vaste lac argenté. Puis je comprends qu'il s'agit d'un parking. Un tas de gravats, à une des extrémités, signale l'ancien emplacement d'un immeuble. Alex et Julian se trouvent à quelques mètres de moi, le souffle rauque, se mesurant du regard. Julian se tient le nez et du sang coule entre ses doigts.

— Julian ! m'écrié-je en m'élançant vers lui.

Il ne détache pas ses yeux d'Alex.

— Je vais bien, Lena.

Sa voix, étouffée, est méconnaissable. Lorsque je pose une main sur son torse, il l'écarte avec douceur. Il sent vaguement l'alcool. Je fais volte-face pour m'en prendre à Alex.

— Qu'est-ce que tu lui as fait ?

Il croise brièvement mon regard.

— C'était un accident, explique-t-il d'un ton neutre. J'ai visé trop haut.

— N'importe quoi ! craché-je avant de pivoter vers Julian et de lui demander, tout bas : Viens. On va rentrer nettoyer ça.

Il retire sa main de son nez, puis se sert de son tee-shirt pour essuyer le sang qui reste sur sa lèvre. Le tissu se retrouve zébré de traînées sombres, d'un noir presque luisant dans la nuit.

— Hors de question, riposte-t-il sans un regard pour moi. On en est au tout début, hein, Alex ?

— Julian... commencé-je à l'implorer.

Mais Alex me coupe :

— Lena a raison, dit-il avec un entrain forcé. Il est tard, on ne voit presque rien. On pourra continuer demain.

Julian s'exprime avec détachement, lui aussi, même si je sens poindre une agressivité et une amertume qui me sont inconnues :

— Il n'y a pas de moment plus idéal que le présent.

Un silence électrique et dangereux s'étire entre eux.

— S'il te plaît, Julian...

Je tends la main vers son poignet, et il me repousse. Je cherche à nouveau à capter l'attention d'Alex, pour briser cet affrontement muet. La tension ne cesse de croître, vague meurtrière et invisible qui enfle.

— Alex !

Il finit par me regarder et une expression de surprise traverse son visage – comme s'il n'avait pas réalisé ma présence, ou comme s'il venait juste de me voir. Elle est suivie par une expression de regret, et la tension retombe sur-le-champ. Je peux à nouveau respirer.

— Pas ce soir, conclut Alex d'un ton sans appel, au moment de se détourner.

Aussitôt, sans me laisser le temps de réagir ou de hurler, Julian se jette sur lui et le plaque sur l'asphalte. Ils se mettent alors à grogner et à rouler l'un sur l'autre. Je retrouve enfin ma voix et je crie leurs deux noms, je leur demande d'arrêter, je les supplie.

Julian est sur Alex. Il arme son bras ; j'entends le bruit du choc lorsque son poing entre en contact avec la pommette d'Alex. Celui-ci lui crache dessus et lui appuie sur la mâchoire pour le contraindre à rejeter la tête en arrière. Il réussit à se dégager. Il me semble vaguement entendre des hurlements, mais je suis incapable de me focaliser sur eux, je ne peux rien faire d'autre que m'époumoner jusqu'à en avoir la gorge en feu. Il y a des lumières aussi, tout autour de moi, j'ai l'impression que c'est moi qui reçois les coups, que ma vision se brise en explosions colorées. Alex parvient à reprendre l'avantage et plaque Julian sur le sol. Il lui décoche deux coups de poing, de toutes ses forces, et j'entends un horrible craquement. Le sang coule à flots sur le visage de Julian à présent.

— Alex, s'il te plaît !

Je sanglote. Je voudrais les séparer, seulement la peur m'a clouée sur place, enracinée dans le bitume. Alex ne m'entend pas, à moins qu'il ne choisisse de m'ignorer. Je ne l'ai jamais vu dans cet état : les traits déformés par la colère, qui prennent au clair de lune un éclat brut, sévère et terrifiant. Je suis arrivée au bout de mes hurlements, je ne suis plus capable que d'une chose : des convulsions de larmes, alors que la nausée monte dans ma gorge. La scène, irréelle, paraît se dérouler au ralenti.

Soudain, Tack et Raven jaillissent entre les arbres dans un éclair éblouissant de lumière – luisants de sueur, essoufflés ; Raven hurle et m'agrippe par les épaules, tandis que Tack empoigne Alex en braillant :

— Qu'est-ce que tu fous ?

Puis les événements reprennent leur vitesse normale. Julian tousse avant de s'allonger à terre. Je me libère de Raven et me précipite à son côté, me jetant à genoux. Je vois aussitôt qu'il a le nez cassé. Son visage est noir de sang, et ses yeux, deux fentes à peine écartées lorsqu'il essaie de s'asseoir.

— Hé... murmuré-je en lui plaçant une main sur le torse et en ravalant les spasmes qui me secouent. Hé, doucement.

Julian se détend à nouveau, je sens son cœur battre dans ma paume.

— Qu'est-ce qui est arrivé ? hurle Tack.

Alex se tient à quelques mètres de Julian. Toute sa rage s'est envolée, ne lui laissant plus qu'une expression de choc. Les bras ballants, il examine Julian d'un air intrigué, comme s'il ne comprenait pas comment il a atterri là.

Je me mets debout et m'approche de lui, sentant la colère me picoter les doigts. J'aimerais pouvoir les refermer sur son cou et l'étrangler.

— Qu'est-ce qui ne tourne pas rond chez toi ?

Ma voix est un grondement. Je dois forcer les mots à sortir, à franchir la boule de fureur dans ma gorge.

— Je... je suis désolé, murmure-t-il. Je n'avais pas l'intention... Je ne sais pas ce qui s'est passé. Je suis désolé, Lena.

S'il continue à me regarder comme ça, de cet air implorant, qui réclame ma compréhension, je finirais par lui pardonner, je me connais.

— Lena.

Il fait un pas vers moi, et je recule. Nous restons plantés là un instant ; je sens la pression de ses yeux sur moi, et celle, aussi, de sa culpabilité. Mais je refuse de le regarder. J'en suis incapable.

— Désolé, répète-t-il, trop bas pour que Raven et Tack puissent l'entendre. Désolé pour tout.

Puis il tourne les talons et disparaît dans les bois.

Hana

Au cœur des vagues du sommeil, le rêve prend forme : le visage de Lena.

Le visage de Lena qui flotte parmi des ombres. Non. Pas des ombres. Elle émerge d'un linceul épais de cendre. Elle a la bouche ouverte et les yeux fermés. Elle hurle.

Hana. Elle m'appelle. Tel du sable, la cendre coule dans sa bouche ouverte, et je sais que bientôt elle sera de nouveau ensevelie, contrainte au silence et au noir. Et je sais, aussi, que je n'ai aucune chance de l'atteindre, aucun espoir de la sauver.

Hana, crie-t-elle.

Pardonne-moi, dis-je, clouée sur place.

Hana, aide-moi.

Pardonne-moi, Lena.

— Hana !

Ma mère se tient dans l'embrasure de la porte. Je me redresse, surprise et terrifiée ; l'écho de la voix de Lena résonne encore dans mon crâne. J'ai rêvé. Je ne suis pas censée rêver.

— Qu'est-ce qui ne va pas ?

Sa silhouette se détache en ombre chinoise sur la faible lueur projetée par l'applique dans le couloir, juste à côté de ma salle de bains.

— Tu es malade ? insiste-t-elle.

— Tout va bien.

Je me passe une main sur le front, il est trempé : je sue à grosses gouttes.

— Tu es sûre ? demande-t-elle en hésitant à entrer dans ma chambre et en y renonçant à la dernière seconde. Tu as crié.

— Sûre et certaine.

Elle semble attendre davantage, j'ajoute donc :

— Le stress, sans doute, à cause du mariage.

— Tu n'as aucune raison d'être nerveuse, rétorque-t-elle d'un ton agacé. Nous avons tout organisé, il se déroulera à merveille.

Je devine qu'elle ne parle pas seulement de la cérémonie en elle-même, mais du mariage en général : il a été combiné et réglé pour fonctionner, conçu pour viser à l'efficacité et à la perfection. Elle soupire.

— Essaie de dormir un peu, dit-elle. Nous accompagnons les Hargrove à la chapelle des laboratoires, demain à 9 h 30. Puis il y a le dernier essayage de ta robe à 11 heures. Et, surtout, l'interview pour le magazine de déco, *House and Home*.

— Bonne nuit, maman.

Elle s'en va sans fermer la porte. L'intimité n'a plus la même valeur qu'avant pour nous : un autre bénéfice inattendu, ou effet secondaire, du remède. Il y a moins de secrets. Pour la plupart des gens, du moins.

Je vais m'asperger le visage d'eau dans la salle de bains. Le ventilateur a beau fonctionner, j'ai l'impression d'étouffer. Dans le miroir, je croise fugitivement le reflet de Lena, qui me fixe. Un souvenir, une vision d'un passé enterré. Un battement de cils.

Elle s'évanouit.

Lena

Quand nous retournons, Raven, Tack, Julian et moi, à l'abri, Alex n'est pas encore rentré. Julian, qui se sentait de nouveau d'aplomb, voulait marcher seul, mais Tack a insisté pour le soutenir pendant le trajet. Ses jambes manquaient d'assurance et il saignait encore. Dès notre arrivée, Bram et Hunter se mettent à jacasser et à nous interroger d'une voix surexcitée jusqu'à ce que je leur jette mon regard le plus mauvais. Coral apparaît dans l'encadrement de la porte, les yeux bouffis de sommeil, un bras posé sur son ventre.

Alex n'est pas rentré après que nous avons fini de soigner Julian – « cassé », conclut-il d'un ton fataliste quand Raven lui a effleuré l'arête du nez et qu'il a tressailli –, et il n'est pas rentré après que, enfin, nous nous sommes allongés, tous, sur nos lits de camp, emmitouflés dans des couvertures minces. Même Julian, qui respire bruyamment par la bouche, réussit à trouver le sommeil.

Lorsque nous nous réveillons, Alex est revenu et reparti. Ses affaires ont disparu, ainsi qu'un bidon d'eau et un couteau. Il n'a rien laissé à part un petit mot, que je trouve soigneusement plié et glissé sous l'une de mes baskets.

L'histoire de Salomon
est la seule explication
que je puisse donner.

Puis, en plus petit :

Pardonne-moi.

Hana

Treize jours jusqu'au mariage. Les cadeaux commencent à arriver au compte-gouttes : bols à soupe et couverts à salade, vases en cristal, monceaux de linge de maison, serviettes de toilette monogrammées et objets dont j'ignorais le nom jusqu'à présent – ramequins, zesteurs, pilons. La langue de la femme mariée et adulte. Une langue qui m'est totalement étrangère.

Douze jours. J'écris des cartes de remerciement devant la télévision. Mon père laisse au moins un des postes allumés en permanence, maintenant. Je ne peux m'empêcher de me demander si ce n'est pas une façon de montrer que nous avons les moyens de gaspiller de l'électricité.

Pour ce qui me semble la dixième fois de la journée, Fred apparaît sur l'écran. Sa figure est orange de fond de teint. Le son est coupé, mais je sais ce qu'il dit. Les journaux télévisés rediffusent inlassablement son annonce au sujet du ministère de l'Énergie et de l'électricité, et ses projets concernant la Nuit Noire.

Le soir de notre mariage, un tiers des familles de Portland – il suffit qu'un de leurs membres soit soupçonné d'appartenir à la résistance ou de sympathiser avec elle – seront condamnées à l'obscurité. « Les lumières éclairent ceux qui obéissent ; les autres vivront dans les ténèbres tous les jours de leur vie » (*Le Livre des Trois S*, psaume 17). Fred s'est servi de cette citation dans son discours.

Merci pour les napperons à la bordure de dentelle. J'aurais choisi exactement le même modèle... Merci pour le sucrier en cristal. Il ira très bien sur la table de la salle à manger...

La sonnerie de la porte d'entrée retentit. Ma mère va ouvrir et des murmures étouffés me parviennent. Une minute plus tard, elle entre dans le petit salon, rouge et agitée.

— Fred, annonce-t-elle, alors qu'il la talonne.

— Merci, Evelyn, lui dit-il d'un ton pincé, façon à peine masquée de l'inviter à nous laisser.

Elle ferme la porte en partant.

— Bonjour !

Je me redresse aussitôt, regrettant de ne pas avoir mis autre chose qu'un vieux tee-shirt et un short miteux. Fred porte un jean noir et une chemise blanche, dont il a roulé les manches jusqu'aux coudes. Je sens qu'il me détaille de la tête aux pieds, notant mes cheveux en bataille, l'accroc au bas de mon short, l'absence de maquillage.

— Je ne t'attendais pas, Fred.

Il ne répond pas. À présent, deux Fred m'observent, celui à l'écran et le vrai. Le premier sourit d'un air détendu. Le second, droit comme un *I*, me considère avec fureur.

— Est-ce que... est-ce que quelque chose ne va pas ? demandé-je après que le silence s'est prolongé de plusieurs secondes.

Je vais éteindre le poste, en partie pour ne pas avoir à soutenir le regard de Fred, et en partie parce que le jeu est déséquilibré à deux contre un. Je reviens vers lui et retiens mon souffle. Fred s'est approché, sans un bruit, et il se trouve maintenant à quelques centimètres de moi, le visage blanc de fureur. Je ne l'ai jamais vu dans un état pareil.

— Qu'est-ce...

Je n'ai pas le temps de finir, il m'interrompt déjà :

— C'est quoi, ce bordel ?

Il sort de la poche de sa veste une enveloppe kraft pliée en deux et la jette sur la table basse en verre. Plusieurs photos s'en échappent. Elles me représentent, figée par l'objectif. *Clic clac.* Je marche, tête baissée, le long d'une maison délabrée – celle des Tiddle à Deering Highlands –, un sac à dos vide passé sur une épaule. *Clic clac.* Vue de derrière, je franchis un mur de végétation et écarte une branche basse. *Clic clac.* Je me retourne, prise sur le vif, fouillant les bois du regard à la recherche de l'origine du bruit qui vient d'attirer mon attention.

— Tu peux m'expliquer, dit-il froidement, ce que tu faisais à Deering Highlands samedi ?

Un éclair de colère me parcourt, et de peur aussi. *Il sait.*

— Tu m'as fait suivre ?

— Ne te crois pas plus importante que tu ne l'es, Hana, me rembarre-t-il du même ton détaché. Ben Bradley est mon ami. Il travaille pour le *Portland Daily*. Il faisait un reportage et il t'a vue prendre la direction de Deering Highlands. Bien entendu, ça a piqué sa curiosité.

Ses yeux se sont assombris, ils ont la couleur du bitume mouillé.

— Qu'est-ce que tu faisais là-bas ? ajoute-t-il.

— Rien, réponds-je du tac au tac. Je me promenais.

— Tu te promenais.

Il a presque craché les mots.

— Te rends-tu compte, Hana, qu'il s'agit d'un quartier condamné ? As-tu la moindre idée du type de personnes qui vivent là-bas ? Des criminels. Des gens contaminés.

Des Sympathisants et des rebelles. Ils s'agglutinent dans ces baraques à l'abandon comme des cafards.

— Je ne faisais rien de mal, insisté-je.

Si seulement il pouvait reculer. Je suis soudain prise de la peur panique qu'il puisse sentir mon angoisse, mes mensonges, tel un chien.

— Tu étais là-bas, dit-il en insistant sur les deux dernières paroles, c'est déjà bien assez grave.

Alors que nous sommes presque nez à nez, il fait un pas supplémentaire dans ma direction. Par réflexe, je recule et percute le meuble télé.

— Je viens de déclarer publiquement que nous ne tolérerons plus de désobéissance civile. Tu imagines le mauvais effet pour mon image si on apprenait que ma compagne se rend en douce à Deering Highlands ?

Il s'approche encore. Acculée, n'ayant plus aucun endroit où aller, je m'efforce de rester parfaitement immobile. Il plisse les yeux.

— Mais c'était peut-être ton objectif. Tu cherches à me ridiculiser. À me mettre des bâtons dans les roues. À me faire passer pour un idiot.

Le coin du meuble télé s'enfonce dans ma cuisse.

— Je suis désolée d'avoir à te l'apprendre, Fred, ma conduite n'est pas entièrement dictée par toi. En vérité, la plupart du temps, je fais les choses pour moi, figure-toi.

— Adorable, ironise-t-il.

Pendant une seconde, nous nous regardons en chiens de faïence. Une réflexion complètement idiote se présente à mon esprit : quand nous avons été appariés, Fred et moi, cette froideur, cette cruauté insensible, apparaissait-elle dans la liste de ses qualités ? Il cède quelques centimètres de terrain et je m'autorise à libérer mon souffle.

— Les choses tourneront très mal pour toi si tu y retournes, Hana.

Je me force à rencontrer son regard.

— C'est une mise en garde ou une menace ?

— Une promesse.

Avec un petit sourire en coin, il ajoute :

— Si tu n'es pas dans mon camp, tu es dans le camp ennemi. Et la tolérance n'est pas mon fort. Cassie te le dirait, mais j'ai peur qu'elle n'ait pas beaucoup l'occasion de parler, ces temps-ci.

Il éclate d'un rire qui ressemble à un jappement.

— Comment... comment ça ?

Si seulement ma voix ne tremblait pas autant... Ses yeux se réduisent à deux fentes. Je retiens mon souffle. Un instant, je crois qu'il va m'avouer ce qu'il lui a fait, me dire où elle se trouve. Pourtant, il se contente de répondre :

— Je ne te laisserai pas ruiner ce que j'ai bâti à la sueur de mon front. Tu vas m'obéir.

— Je suis ta compagne. Pas ton chien.

À la vitesse de l'éclair, il couvre la distance qui nous sépare et sa main se referme sur mon cou, me privant de tout oxygène. Une panique de plomb m'écrase la poitrine. La salive monte dans ma gorge. Je ne peux plus respirer. Les yeux de Fred, au regard dur et impénétrable, se mettent à danser devant les miens.

— Tu as raison, Hana.

Il n'a pas perdu une once de calme, et il continue à resserrer les doigts autour de mon cou. Ma vision, réduite, ne se focalise plus que sur un seul point : ses yeux. Le temps d'un battement de paupières, tout s'assombrit, puis je retrouve le regard fixe et les intonations berçantes.

— Tu n'es pas mon chien. Mais ça ne t'empêchera pas d'apprendre à t'asseoir quand je te le dirai. Ça ne t'empêchera pas d'apprendre à me répondre au doigt et à l'œil.

— Bonjour ? Il y a quelqu'un ?

La voix résonne dans l'entrée. Aussitôt, Fred me libère. J'aspire une goulée d'air et me mets à tousser. Mes yeux me piquent. Dans ma poitrine, mes poumons hoquettent, avides d'oxygène.

— Bonjour ?

La porte s'ouvre à la volée et Debbie Sayer, la coiffeuse de ma mère, déboule dans la pièce.

— Oh ! dit-elle en se pétrifiant et en piquant un fard lorsqu'elle nous découvre, Fred et moi. Monsieur le maire, dit-elle. Je ne voulais pas vous déranger…

— Vous ne nous dérangez pas, rétorque-t-il. Je m'en allais, justement.

— Nous avions rendez-vous, je crois, se justifie-t-elle d'un ton hésitant en se tournant vers moi.

Je me frotte les yeux, mes paupières sont moites.

— Pour discuter de votre coiffure pour le mariage… précise-t-elle. Je ne me suis pas trompée d'heure, si ?

Le mariage : cette idée me paraît absurde à présent, une mauvaise blague. Voilà la voie qu'on m'a tracée, une vie au côté de ce monstre, capable de sourire et, la seconde d'après, de m'étrangler. Sentant monter de nouvelles larmes, je presse le talon de mes mains sur mes paupières pour les refouler.

— Non. Vous ne vous êtes pas trompée.

J'ai la gorge râpeuse.

— Tout va bien ? me demande-t-elle.

— Hana souffre d'allergies, répond Fred sans me laisser le temps de le faire. Je lui ai dit une centaine de fois d'aller voir le médecin…

Il me prend la main et la presse au point de l'écraser – mais assez discrètement pour que Debbie ne remarque rien.

— Elle est très entêtée, ajoute-t-il.

Dès qu'il me lâche la main, je la ramène dans mon dos, où je fléchis mes doigts endoloris, toujours en lutte contre une violente envie de pleurer.

— On se voit demain, me dit Fred avec un sourire. Tu n'as pas oublié le cocktail, si ?

— Je n'ai pas oublié.

Je me refuse à le regarder.

— Bien.

Il quitte la pièce et je l'entends siffloter dans le couloir. Dès qu'il s'est éloigné, Debbie se met à jacasser :

— Vous avez vraiment beaucoup de chance ! Quand on voit Henry – c'est mon compagnon –, on croirait qu'il s'est pris une porte.

Elle s'esclaffe, puis poursuit :

— Remarquez, il est parfait pour moi. Nous sommes de grands fans de votre mari, enfin, futur mari, devrait-on dire. De grands fans.

Elle dépose un sèche-cheveux, deux brosses et un sachet d'épingles sur les cartes de remerciement et les clichés, qui n'ont pas attiré son attention.

— Vous savez, Henry a été présenté à votre mari très récemment, à un gala de bienfaisance. Où ai-je mis ma laque ?

Je ferme les yeux. Ce n'est peut-être qu'un mauvais rêve – Debbie, le mariage, Fred. Je vais peut-être me réveiller, et ce sera encore l'été dernier, ou le précédent, ou celui d'il y a cinq ans, avant que tout ceci ne devienne réel.

— Je savais qu'il serait un maire exceptionnel. Je n'avais rien contre son père, et je suis convaincue qu'il a fait de son mieux, mais, si vous voulez mon avis, il manquait un peu de poigne. Il parlait même de démanteler les Cryptes...

Elle secoue la tête et conclut :

— Moi, je dis : qu'on les enterre là-bas et qu'on les laisse moisir.

Je sors de ma rêverie.

— Quoi ?

Elle s'attaque à ma chevelure avec une brosse.

— Ne vous méprenez pas sur mes propos... J'appréciais Hargrove père. Je considère juste qu'il avait une opinion erronée de certaines personnes.

— Non, non, dis-je la gorge nouée. De quoi avez-vous parlé après ?

Elle me relève le menton vers la lumière pour m'étudier.

— Eh bien, je pense qu'ils devraient pourrir dans les Cryptes... Les criminels, s'entend, et les malades.

Elle enroule une mèche autour de son doigt, puis la libère pour voir comment elle retombe ensuite.

Idiote. J'ai été une vraie idiote.

— Évidemment, il y a les circonstances de sa mort...

Debbie est retournée au sujet du père de Fred ; il est mort le 12 janvier, lors des Incidents, après l'explosion d'une bombe dans les Cryptes. Toute la façade orientale a été soufflée d'un coup : les prisonniers se sont soudain retrouvés dans des cellules à ciel ouvert. L'insurrection a été générale. Le père de Fred, qui avait accompagné la police sur place, a trouvé la mort en tentant de rétablir l'ordre.

Mes idées s'empilent à toute allure, comme des flocons de neige épaisse, formant un mur blanc que je ne peux ni franchir ni contourner. Barbe-Bleue avait une pièce secrète, fermée à clé, où il entassait ses femmes... Des portes closes, des femmes croupissant en cellule... Possible, c'est possible. Ça colle. Ça expliquerait la lettre et son absence des fichiers du CŒUR. Son profil a pu être invalidé. C'est le cas pour certains prisonniers. Leur identité, leur passé, leur vie entière... effacés. *Pouf !* Une pression sur la touche d'un ordinateur, une porte blindée qui se referme... et ils n'ont, pour ainsi dire, jamais existé.

Debbie continue à bavasser :

— Bon débarras, si vous voulez mon avis ! Ils devraient nous être reconnaissants de ne pas les fusiller sur le coup. Vous êtes au courant pour Waterbury ?

Elle éclate d'un rire trop retentissant pour la pièce silencieuse. De petites explosions de douleur se succèdent dans mon crâne. Le samedi matin, en à peine une heure, un gigantesque camp de résistants, aux portes de Waterbury, a été rayé de la carte. Seuls une poignée de soldats ont été blessés.

Debbie recouvre son sérieux :

— Vous savez, je crois que l'éclairage est mieux en haut, dans la chambre de votre mère. Vous ne pensez pas ?

Je me surprends à acquiescer et, sans m'en rendre compte, lui emboîte le pas. Je monte l'escalier devant elle et la conduis jusqu'à la chambre maternelle en flottant, comme dans un rêve. Ou comme une morte.

Lena

Une atmosphère maussade règne au sein du groupe depuis le départ d'Alex. Si sa présence créait des tensions, il n'en était pas moins l'un d'entre nous, et je crois que tous – à l'exception de Julian –, nous ressentons le vide laissé par son absence.

J'ai du mal à sortir de l'hébétement dans lequel son absence m'a plongée. En dépit de tout, j'éprouvais du réconfort à son contact ; ça me faisait du bien de le voir, de le savoir en sûreté. Maintenant qu'il est seul dans la Nature, que risque-t-il de lui arriver ? Je n'ai plus aucun droit de considérer cette perte comme personnelle, pourtant le chagrin est bel et bien là, cette incrédulité qui me ronge.

Coral s'emmure dans le silence, pâle, les yeux écarquillés. Elle ne verse pas de larmes. Mais elle n'avale pas grand-chose.

Tack et Hunter envisagent de partir à la recherche d'Alex, et Raven leur fait sans mal toucher du doigt la folie de cette entreprise. À l'évidence, il a plusieurs heures d'avance, et une personne isolée, se déplaçant à pied, est plus difficile à repérer qu'un groupe. Ils gaspilleraient leur temps et leur énergie.

« On ne peut rien, a-t-elle conclu en évitant soigneusement de me regarder. À part accepter sa décision. »

Et c'est donc ce que nous faisons. Bien vite, les nombreuses lanternes ne suffisent plus à chasser les ombres qui se dressent souvent entre nous, celles d'êtres chers, de vies perdues dans la Nature, dans cette lutte, dans ce monde coupé en deux. Je ne peux m'empêcher de penser au campement, à Pippa et à la colonne de soldats que nous avons vue défiler dans la forêt. Pippa nous avait annoncé l'arrivée de résistants dans les trois jours, mais le troisième s'écoule lentement sans que personne se manifeste.

La réclusion nous pèse de plus en plus. Nous ne sommes pas exactement inquiets, non. Nous avons assez de nourriture et, maintenant que Tack et Hunter ont découvert un ruisseau à proximité, assez d'eau. Le printemps est là : les animaux ressortent et nos pièges se révèlent efficaces. En revanche, nous sommes isolés du monde – aucune nouvelle de ce qui est arrivé à Waterbury, sans parler du reste du pays. Dans ces conditions, combien il est facile de s'imaginer que nous sommes les derniers rescapés de la civilisation, alors qu'une nouvelle matinée déferle telle une vague caressante sur les vieux chênes imposants.

Je ne supporte plus d'être enfermée sous terre. Chaque jour, après le repas que nous avons réussi à préparer, je choisis une direction au hasard et je marche, cherchant à chasser Alex et les mots qu'il a écrits de mon esprit, et constatant souvent que je ne peux penser à rien d'autre. Aujourd'hui, je vais vers l'est.

C'est l'un de mes moments préférés de la journée : cet entre-deux où la lumière paraît liquide, où elle évoque un sirop épais coulant lentement. Malgré tout, impossible de me défaire de la tristesse qui me noue la poitrine. Impossible de me défaire de l'idée que le reste de nos existences pourrait ressembler à ça : fuir, se cacher et perdre tout ce que nous aimons ; s'enterrer sous terre et chercher, en permanence, à boire et à manger. Le courant ne s'inversera pas cette fois. Nous ne rentrerons jamais, triomphants, dans les villes, criant notre victoire dans les rues. Nous devrons nous contenter de vivoter dans la Nature jusqu'à ce que nous n'arrivions plus à survivre.

L'histoire de Salomon... Étrange qu'Alex ait choisi cette histoire parmi toutes celles contenues dans *Le Livre des Trois S*, quand j'ai justement été obsédée par elle après avoir découvert qu'il était vivant. L'a-t-il deviné, d'une façon ou d'une autre ? A-t-il pu deviner que je me sentais comme ce pauvre bébé coupé en deux ? Tentait-il de me dire qu'il éprouvait la même chose ?

Non. Il a été très clair sur ce point : notre passé ensemble, ce que nous avions partagé, était mort. Il a même ajouté qu'il ne m'avait jamais aimée.

Je pousse plus avant dans les bois, me laissant porter par mes pas sans réfléchir. Les questions qui fourmillent dans mon crâne s'apparentent à une lame de fond, me ramenant constamment aux mêmes lieux. L'histoire de Salomon. Le jugement d'un roi. Un bébé coupé en deux et une tache de sang indélébile...

Je finis soudain par me rendre compte que j'ai perdu toute notion du temps et que je ne sais pas à quelle distance de l'abri je me trouve. Je n'ai prêté aucune attention au paysage que j'ai traversé – erreur de novice. Papy, l'un des plus anciens de la colonie de Rochester, nous parlait de lutins censés peupler la Nature, qui déplaçaient les arbres, les rochers et les rivières pour semer la confusion dans l'esprit des humains. Aucun de nous ne croyait vraiment à ces bêtises, toutefois, le message qu'il voulait faire passer était clair : la Nature est un souk, un dédale changeant, capable de perdre n'importe qui.

Je décide de retourner à l'abri, suivant les traces de mes pas dans la boue, les branches cassées sur mon passage. Je chasse toutes les images d'Alex de ma tête. Il est trop facile de s'égarer dans la forêt. Si l'on n'y prête garde, elle peut vous engloutir à tout jamais.

Un éclair de lumière entre les arbres : un rayon se réfléchissant sur le ruisseau. J'y ai puisé de l'eau hier, je devrais retrouver mon chemin à partir de là. Mais je vais d'abord en profiter pour me laver rapidement. Je suis en nage.

Après un dernier buisson, j'arrive sur une large rive d'herbe décolorée par le soleil et de pierres plates.

Je me fige. Il y a déjà quelqu'un : une femme accroupie, à une dizaine de mètres de moi, sur la rive opposée, les mains plongées dans l'eau. Elle a la tête baissée et je ne vois qu'une longue chevelure grise emmêlée et striée de blanc. J'écarte rapidement l'idée qu'elle pourrait appartenir à un groupe de Régulateurs ou de soldats : même à cette distance, je peux voir qu'elle ne porte pas d'uniforme. Le sac à dos posé à côté d'elle est vieux, rapiécé, et la transpiration a dessiné des auréoles jaunes sur son débardeur.

Un homme, caché à ma vue, lui crie quelque chose d'inintelligible pour moi ; elle lui répond sans relever la tête :

— Juste une minute.

Mon corps se tend et s'immobilise à la fois. Je connais cette voix.

Elle sort un morceau de tissu de l'eau, et elle se met debout. Ma respiration se suspend. Elle étire le vêtement mouillé entre ses deux mains avant de l'entortiller puis de le secouer d'un geste vif, projetant une gerbe de gouttelettes sur la rive.

Je me revois soudain à cinq ans, dans la buanderie de notre maison de Portland, à écouter le gargouillis guttural de l'eau savonneuse s'écoulant lentement de l'évier ; à la regarder essorer avec la même adresse nos tee-shirts et culottes ; à observer la progression des pointillés d'humidité sur les murs carrelés ; à la regarder, encore, suspendre avec des pinces à linge nos vêtements aux lignes entrecroisées à quelques centimètres du plafond, puis se retourner vers moi, en souriant et fredonnant... Savon à la lavande. Javel. Les tee-shirts qui gouttent sur le sol. C'est ici et maintenant. J'y suis. Elle aussi.

Elle remarque ma présence et se pétrifie. Pendant une ou deux secondes, elle ne dit rien, et j'ai tout le loisir de constater combien elle est différente de celle dont je garde le souvenir. Elle est beaucoup plus anguleuse, son visage semble taillé à la serpe. Pourtant, en dessous, j'entrevois un second visage, comme une image légèrement déformée par la surface de l'eau : les lèvres étirées par un sourire, les pommettes pleines et hautes, les yeux pétillants.

— Lena, finit-elle par dire.

Je prends une inspiration, j'ouvre la bouche :

— Maman.

L'espace d'une minute interminable, nous restons plantées là, à nous dévisager, tandis que le passé et le présent continuent de se mêler puis de se dissocier : ma mère aujourd'hui, ma mère hier. Elle s'apprête à parler quand deux hommes surgissent des bois. Dès qu'ils m'aperçoivent, ils interrompent leur conversation et épaulent leurs fusils.

— Stop ! leur intime-t-elle d'un ton sec, une main levée. Elle est avec nous.

J'ai retenu mon souffle. Je ne le libère qu'une fois qu'ils baissent leurs armes. Ma mère continue à me détailler en silence, avec émerveillement et... quoi d'autre ? de la peur ?

— Qui es-tu ? s'enquiert l'un des hommes.

Avec sa chevelure roux vif mêlée de blanc, il ressemble à un énorme chat de gouttière.

— Avec qui es-tu ? ajoute-t-il.

— Je m'appelle Lena.

Par miracle, ma voix ne tremble pas. Ma mère tressaille : elle m'appelait toujours Magdalena et détestait ce diminutif. Je me demande si ça continue à la déranger après toutes ces années.

— Je suis avec quelques autres personnes, on vient de Waterbury, précisé-je.

J'attends que ma mère intervienne pour expliquer que nous nous connaissons, elle et moi, que je suis sa fille, mais elle n'en fait rien. Elle échange un regard avec ses deux compagnons.

— Pippa est avec vous ?

Je secoue la tête.

— Elle est restée. Elle nous a indiqué le chemin pour venir jusqu'ici, à l'abri. Elle nous a dit que la résistance viendrait.

L'autre homme, un échalas brun, éclate de rire et pose son fusil.

— Tu l'as en face de toi, s'esclaffe-t-il. Je suis Cap. Voici Max, poursuit-il en tendant le pouce vers l'homme chat de gouttière, et voici Bee.

Il incline la tête vers ma mère. Bee. Ma mère s'appelle Annabel. Cette femme, Bee. Ma mère s'agitait en permanence. Ma mère avait des mains douces qui sentaient le savon et un sourire qui évoquait le premier rayon de soleil sur une pelouse tondue. J'ignore tout de cette femme.

— Tu retournes à l'abri ? me demande Cap.

— Oui, réussis-je à articuler.

— On va te suivre, décrète-t-il avec une courbette qui, vu le décor, semble plus que moqueuse.

Je sens le regard de ma mère sur moi, pourtant, elle se dérobe dès que j'essaie de le capter.

Nous rejoignons l'abri dans un silence presque total, même si Max et Cap échangent quelques mots brefs, pour l'essentiel codés. Ma mère – Annabel ? Bee ? – n'ouvre pas la bouche. À l'approche du refuge, je me surprends à ralentir le pas, prête à tout pour prolonger cette marche, tant j'espère qu'elle va enfin dire quelque chose, m'adresser un signe. Bien trop vite, pourtant, nous atteignons le cabanon et l'escalier qui conduit sous terre. Je m'efface pour laisser passer Max et Cap en premier, priant intérieurement pour que ma mère comprenne le message et s'attarde un instant. Elle emboîte pourtant le pas à Cap.

— Merci, dit-elle tout bas au moment de me précéder. *Merci.*

Je ne peux même pas être en colère. Je suis trop sonnée, trop abasourdie par son apparition soudaine : cette femme-mirage qui partage un même visage avec ma mère. Mon corps me paraît creux tout à coup, mes mains et mes pieds démesurés, comme si des baudruches les avaient remplacés, comme s'ils appartenaient à quelqu'un d'autre. Je regarde ces mains qui prennent appui sur le mur, ces pieds qui martèlent bruyamment les marches.

Arrivée en bas, je connais un moment de désorientation. En mon absence, tout le monde est revenu. Tack et Hunter parlent en même temps, bombardant les nouveaux venus de questions ; Julian se lève de sa chaise dès qu'il me voit ; Raven s'agite dans la pièce et distribue des ordres.

Et au milieu de toute cette confusion, ma mère, qui dépose son sac à dos et prend un siège, le tout avec une grâce inconsciente. Les autres sont pris dans le tourbillon d'activité, tels des moucherons attirés par une flamme, silhouettes aux contours flous sur la lumière. Même la pièce me semble différente à présent qu'elle s'y trouve. Il doit s'agir d'un rêve. C'est forcé. Un rêve où ma mère ne serait pas vraiment elle, mais une autre.

— Hé, Lena...

Julian me prend le menton et se penche vers moi pour m'embrasser. Ses yeux sont encore gonflés et cerclés de violet. Par réflexe, je lui rends son baiser.

— Ça va ?

Il s'écarte et je baisse les yeux.

— Ça va. ... Je t'expliquerai plus tard.

Avec la bulle d'air coincée dans ma poitrine, j'ai du mal à respirer ou à parler. Il ne sait pas. Personne ne sait, à part Raven et peut-être Tack. Ils ont déjà travaillé avec Bee. À présent, ma mère ne m'accorde plus le moindre regard. Elle accepte le verre d'eau que lui offre Raven et se met à boire. Il suffit de ça, de ce tout petit geste, pour que la colère se déploie en moi.

— J'ai tué un chevreuil aujourd'hui, dit Julian. Tack l'a repéré dans la clairière, je ne pensais pas avoir la moindre chance...

— Tant mieux pour toi, l'interromps-je. Tu sais presser une détente.

Ma remarque a blessé Julian. Cela fait plusieurs jours maintenant que je suis horrible avec lui. C'est tout le problème : sans remède ni vernis social, on n'a plus aucune règle à suivre. L'amour ne se manifeste que par coups de tonnerre.

— Il s'agit de nourriture, Lena, reprend-il tout bas. Ce n'est pas toi qui me répétais sans arrêt que ce n'était pas un jeu ? Je m'investis…

Après une pause, il ajoute :

— … pour rester.

Il a insisté sur ce dernier mot, et je devine qu'il pense à Alex. Je ne peux m'empêcher d'y penser aussi. Je dois sortir d'ici, retrouver mon équilibre, fuir l'amosphère étouffante de cette pièce.

— Lena, aide-moi à préparer à manger, tu veux ? m'apostrophe Raven.

C'est sa philosophie : il faut s'occuper en permanence. Suivre le mouvement. Se lever. Ouvrir une boîte. Puiser de l'eau. Faire quelque chose. Je la suis jusqu'à l'évier comme une somnambule.

— Des nouvelles de Waterbury ? s'enquiert Tack.

Un silence tombe sur l'assemblée. Ma mère le rompt :

— Effacé.

Raven, alors qu'elle tranche de la viande séchée, se coupe le doigt et le porte à sa bouche avec un cri étouffé.

— Comment ça, « effacé » ? s'enquiert Tack d'un ton dur.

— Détruit. Rayé de la carte.

Cette fois, c'est Cap qui a pris la parole.

— Oh, mon Dieu, souffle Hunter en se laissant lourdement tomber sur une chaise.

Julian reste aussi raide qu'un piquet, les mains serrées ; le visage de Tack est devenu de marbre. Ma mère, ou plutôt la femme qui était ma mère, les mains croisées dans son giron, n'esquisse aucun mouvement, n'affiche aucune expression. Seule Raven continue à s'agiter : elle a enveloppé son doigt blessé dans un torchon et s'attaque de nouveau à la viande séchée, qu'elle s'échine à découper avec son couteau.

— Et maintenant ? s'enquiert Julian d'une petite voix.

Ma mère redresse la tête. Un vieux souvenir me serre le ventre. Ses yeux, d'un bleu perçant, sont tels que je me les rappelle, un ciel où se perdre. Comme ceux de Julian.

— Nous devons partir, dit-elle. Apporter notre soutien à ceux qui en ont besoin. La résistance continue à se renforcer, à recruter des gens...

— Et Pippa ? explose Hunter. Pippa nous a demandé de l'attendre, elle a...

— Hunter, intervient Tack. Tu as entendu ce que Cap a dit.

Plus bas, il ajoute :

— Le campement a été détruit.

Un silence pesant s'étire. Ma mère crispe la mâchoire – un nouveau tic – et se détourne, de sorte que j'aperçois le nombre vert délavé, tatoué dans sa nuque, juste en dessous du vilain amas de cicatrices, traces de ses nombreuses opérations ratées. Je pense aux années qu'elle a passées dans sa minuscule cellule aveugle dans les Cryptes, grattant les murs avec le pendentif que mon père lui avait offert, gravant inlassablement le mot *amour* dans la pierre. Et aujourd'hui, moins d'un an après sa libération, elle a rejoint la résistance. Mieux que ça : elle est au cœur de celle-ci. Je ne connais rien de cette femme. Je ne sais pas comment elle est devenue celle qu'elle est, ni quand sa mâchoire a commencé à se crisper, ses cheveux à grisonner, son regard à se voiler et à se dérober face à sa propre fille.

— On va où, alors ? lance Raven.

Max et Cap se consultent sans un mot, puis le premier prend la parole :

— Il y a du mouvement au nord. À Portland.

— Portland ?

J'ai répété le mot tout haut, sans le vouloir. Ma mère lève les yeux vers moi, et il me semble y lire de la peur, avant qu'elle ne les détourne.

— C'est de là que tu viens, n'est-ce pas ? me demande Raven.

M'adossant à l'évier, je ferme les paupières une seconde et revois ma mère sur la plage : elle court devant moi, hilare, dans une gerbe de sable noir, une longue robe verte lui battant les mollets. Je rouvre les paupières et réussis à hocher la tête.

— Je ne peux pas y retourner.

Mes paroles sont empreintes d'une virulence qui me surprend moi-même, et tous les regards se braquent sur moi.

— Si on va quelque part, on y va tous ensemble, rétorque Raven.

— Il y a un énorme réseau souterrain à Portland, explique Max. Il se développe depuis les Incidents. Ça n'était que le début. Ce qui se prépare... va être énorme, conclut-il, les yeux brillants.

— Je ne peux pas, répété-je. Je n'irai pas.

Les souvenirs reviennent m'assaillir : Hana qui court à côté de moi à Back Cove, nos baskets crissant dans la boue ; les feux d'artifice au-dessus de la baie le 4 Juillet, déployant des tentacules de lumière sur l'eau ; Alex et moi, allongés sur une couverture dans le jardin du 37 Brooks Street, riant aux éclats ; Grace frissonnant dans notre chambre chez tante Carol et enroulant ses petits bras autour de ma taille, son odeur de chewing-gum au raisin. Des strates et des strates de réminiscences, une vie que j'ai tenté d'enfouir et de tuer – un passé mort, comme Raven me l'a toujours répété –, qui resurgit soudain et menace de me faire perdre pied.

Cette plongée dans ma mémoire s'accompagne d'un autre sentiment que je me suis tant efforcée d'enterrer. La culpabilité. Je les ai abandonnées : Hana et Grace. Alex, aussi. Je les ai laissés et j'ai fui sans un regard en arrière.

— Cette décision ne t'appartient pas, décrète Tack.

— Ne fais pas le bébé, Lena.

En temps normal, quand Raven et Tack font front commun contre moi, je bats en retraite. Pas aujourd'hui. Je repousse la culpabilité en m'armant de colère. Je suis au centre de l'attention, mais c'est le regard de ma mère qui me brûle – sa curiosité interloquée, comme si elle me découvrait dans la vitrine d'un musée, ancien instrument d'une civilisation oubliée dont elle tente de deviner l'usage.

— Je n'irai pas, dis-je en abattant l'ouvre-boîte, avec fracas, sur le plan de travail.

— Qu'est-ce qui te prend ? me souffle Raven.

Il règne un tel calme dans la pièce que tout le monde a dû l'entendre. J'ai la gorge si serrée, je peux à peine déglutir. Je réalise alors que je suis au bord des larmes.

— Demande-lui, réussis-je à articuler en tendant le menton en direction de la femme qui se fait appeler Bee.

Un nouveau silence s'étire. Tous les yeux sont rivés sur ma mère maintenant. Au moins a-t-elle l'air coupable... Elle a conscience de son imposture : elle veut prendre la tête d'une révolution pour l'amour et n'est même pas capable de reconnaître sa propre fille.

À cet instant, Bram dévale l'escalier en sifflotant. Il tient un grand poignard dont la lame est ensanglantée – il a dû débiter le chevreuil. Son tee-shirt est maculé de sang, lui aussi. Il se fige en nous voyant tous réunis dans une atmosphère tendue.

— Qu'est-ce qui se passe ? Qu'est-ce que j'ai raté ?

Puis, avisant Cap, Max et ma mère, il ajoute :

— Vous êtes qui ?

À la vue de tout ce sang, mon estomac se soulève. Nous sommes des tueurs, tous : nous tuons nos vies passées, nos moi passés, les choses importantes. Nous les enterrons sous des slogans et de faux prétextes. Avant de fondre en larmes, je m'arrache à l'évier et bouscule Bram si brutalement qu'il pousse un cri de surprise. Je monte les marches à toute allure et déboule dehors, au plein air, dans la tiédeur de cet après-midi ponctué des sons rauques de la forêt qui s'offre au printemps.

Même à l'extérieur je me sens à l'étroit. Je n'ai nulle part où aller. Aucun moyen de fuir cette sensation accablante de perte, l'épuisement infini du temps qui me coupe des gens et de tout ce que j'aimais. Hana, Grace, Alex, ma mère, les matins de Portland, ses embruns marins et les cris distants de ses mouettes – tous réduits en brisures de mémoire qui se sont logées dans une strate trop profonde pour que je puisse les en déloger. Peut-être avaient-ils raison pour le remède, après tout. Je ne suis pas plus heureuse que lorsque j'assimilais l'amour à une maladie. De bien des façons, je le suis même moins...

Je n'ai mis que quelques centaines de mètres entre l'abri et moi, pourtant déjà je cesse de réprimer les sanglots qui montent. Les premiers qui m'échappent sont des convulsions et s'accompagnent d'un goût de bile. Je m'y abandonne complètement. Je m'effondre sur un tapis de végétation et de mousse, place ma tête entre mes genoux et pleure jusqu'à ne plus pouvoir respirer, jusqu'à cracher sur les feuilles entre mes jambes. Je verse des larmes sur tous ceux que j'ai quittés et sur tous ceux qui m'ont quittée – Alex, ma mère, le temps qui a découpé nos univers et nous a séparés.

Des bruis de pas s'approchent dans mon dos. Je n'ai pas besoin de me retourner pour savoir que c'est Raven.

— Va-t'en !

Ma langue est pâteuse. Je m'essuie les joues et le nez du revers de la main.

C'est ma mère qui me répond :

— Tu es en colère contre moi.

Mes larmes se tarissent aussitôt. Mon corps se pétrifie, frigorifié. Elle s'accroupit à côté de moi et, même si je mets un point d'honneur à ne pas la regarder, je sens l'odeur de sa sueur et j'entends sa respiration cadencée.

— Tu es en colère contre moi, répète-t-elle d'une voix légèrement fêlée. Tu as l'impression que je m'en fiche.

Ses inflexions sont les mêmes. Des années durant, je l'imaginais en train de prononcer, d'un ton chantonnant, les mots interdits : « Je t'aime. Souviens-toi. Ils ne peuvent pas nous enlever ça. » Les derniers mots qu'elle m'a dits avant de partir. Elle vient s'asseoir à côté de moi puis, après une hésitation, pose une main sur ma joue pour me forcer à tourner le visage vers elle. Ses doigts sont couverts de callosités.

Dans ses pupilles, j'aperçois mon reflet miniature et je suis transportée en arrière, à l'époque précédant son départ, avant que je ne croie qu'elle avait disparu à tout jamais, à l'époque où, chaque matin, ses yeux m'accueillaient et, chaque soir, me confiaient au sommeil.

— Tu es devenue encore plus belle que je l'avais imaginé, chuchote-t-elle.

Elle aussi, elle pleure. Le bloc de douleur dans ma poitrine se brise.

— Pourquoi ?

C'est le seul mot qui réussit à franchir mes lèvres. Sans en avoir l'intention, sans même y réfléchir, je la laisse m'attirer contre elle, je la laisse passer les bras autour de moi. Mes larmes coulent dans le creux de sa clavicule, tandis que je m'emplis de l'odeur toujours familière de sa peau. Il y a tant de questions que je dois lui poser : Que t'est-il arrivé dans les Cryptes ? Comment as-tu pu leur permettre de t'emmener ? Où es-tu allée ? Pourtant, je parviens seulement à bafouiller :

— Pourquoi n'es-tu pas venue me chercher ? Après toutes ces années, tout ce temps, pourquoi n'es-tu pas venue ?

Je suis réduite au silence ; mes sanglots se transforment en soubresauts.

— Chut... dit-elle en pressant ses lèvres contre mon front et en me caressant les cheveux comme quand j'étais petite. Je suis là, maintenant.

Je redeviens un bébé dans ses bras – fragile et en demande d'affection. Elle me frotte le dos pendant que je pleure. Peu à peu, l'obscurité me déserte, aspirée par les mouvements circulaires de sa main. Enfin, je peux à nouveau respirer. Mes yeux me brûlent et j'ai l'impression d'avoir du papier de verre dans la gorge. Je me libère de son étreinte, m'essuie les yeux avec le talon de ma main, sans me soucier de mon nez qui coule. Je suis soudain épuisée, trop épuisée pour avoir mal ou pour être en colère. Je veux dormir, plonger dans l'oubli d'un long sommeil.

— Je n'ai jamais cessé de penser à toi, me murmure-t-elle. Je pensais à vous, Rachel et toi, tous les jours.

— Rachel a été guérie.

L'épuisement est un poids qui écrase tous les autres sentiments.

— On lui a attribué un compagnon, continué-je, et elle est partie. Tu m'as laissée croire que tu étais morte ! Je le croirais toujours si…

« Si Alex n'avait pas été là », voilà ce que j'ajoute en mon for intérieur. Ma mère ne connaît pas l'histoire d'Alex, bien sûr. Elle ne connaît rien de ma vie. Elle se détourne. Persuadée qu'elle va se remettre à pleurer, je suis surprise de voir que ce n'est pas le cas.

— Dans ma cellule, penser à vous, mes deux magnifiques filles, était la seule chose qui m'a donné la force de tenir. La seule chose qui m'a empêchée de perdre la tête.

Je perçois une pointe de colère dans son ton et je me rappelle ma visite aux Cryptes avec Alex : les ténèbres étouffantes, résonnant de cris inhumains ; l'odeur de l'unité 6, les cellules semblables à des cages. Je m'entête pourtant :

— Ça a été dur pour moi aussi. Je n'avais personne. Et tu aurais pu venir me récupérer après ton évasion. Tu aurais pu me dire…

Ma voix se brise ; la gorge nouée, je reprends :

— Quand tu m'as trouvée à Salut… On était à quelques centimètres l'une de l'autre, tu aurais pu me montrer ton visage, dire quelque chose…

— Lena.

Elle approche à nouveau la main de ma joue mais, cette fois, je me raidis et elle la laisse retomber avec un soupir.

— As-tu lu *Le Livre des Lamentations* ? L'histoire de Marie Madeleine et de Joseph ? T'es-tu déjà demandé pourquoi je t'avais donné ce prénom ?

— Oui, je l'ai lu.

Au moins une douzaine de fois. Il s'agit de la section du *Livre des Trois S* que je connais le mieux. J'y cherchais un indice, un signe de sa part, un murmure d'outre-tombe.

Le Livre des Lamentations est une histoire d'amour. Non, c'est plus que ça : une histoire de sacrifice.

— Ta sécurité m'importait plus que tout. Tu peux le comprendre, non ? Ta sécurité et ton bonheur. Tout ce qui était en mon pouvoir... Même si ça signifiait que je devais rester loin de toi.

Elle bute sur certains mots, et je dois empêcher le chagrin de me balayer à nouveau. Ma mère a vieilli dans une petite pièce carrée avec à peine un soupçon d'espoir – des mots griffonnés sur les murs, jour après jour –, pour trouver le courage de continuer.

— Si je n'y avais pas cru, si je n'avais pas pu me raccrocher à cette idée... Plus d'une fois, j'ai envisagé de...

Elle ne va pas au bout de sa phrase, et c'est inutile. J'ai deviné ce qu'elle voulait dire : plus d'une fois, elle a voulu mourir.

Je me souviens que, autrefois, il m'arrivait de l'imaginer au bord d'une falaise, les pans de son manteau ondulant derrière elle. Je la voyais. Elle restait toujours suspendue dans les airs une seconde, planant tel un ange. Mais toujours, même dans mes rêves éveillés, la falaise disparaissait et elle tombait. Je me demande si, d'une certaine façon, elle cherchait à communiquer avec moi ces nuits-là, si elle m'envoyait un message.

Nous laissons le silence s'étirer entre nous. Je passe la manche de mon pull sur mon visage, puis je me lève. Elle m'imite. Je suis surprise, comme la fois où elle m'a sauvée à Salut, de constater que nous mesurons à peu près la même taille.

— Et maintenant ? dis-je. Tu vas repartir ?

— J'irai où la résistance a besoin de moi.

Je baisse la tête.

— Alors, tu repars, insisté-je, sentant un poids dans mon ventre, soudain.

Bien sûr, c'est ce que font les gens dans un monde chaotique, un monde de liberté et de choix : ils partent quand bon leur semble. Ils disparaissent, réapparaissent, puis redisparaissent. Et on se retrouve à ramasser les morceaux, tout seul. Un monde libre est aussi un monde de fractures, ainsi que *Le Livre des Trois S* le prédisait. Il y avait plus de vérités à Zombieland que je ne voulais le croire.

Le vent rabat les cheveux de ma mère sur son front. Elle les ramène en arrière et les coince derrière son oreille, d'un geste si familier...

— Je dois m'assurer que ce qui m'est arrivé... ce qu'on m'a forcée à abandonner... personne d'autre n'en sera victime.

Elle trouve mon regard, me force à soutenir le sien.

— Mais je n'ai aucune envie de repartir, s'empresse-t-elle d'ajouter. Je... j'aimerais réapprendre à te connaître, Magdalena.

Je croise les bras et hausse les épaules, cherchant à retrouver la carapace que je me suis construite à force de vivre dans la Nature.

— Je ne sais même pas par où commencer, dis-je.

Elle écarte les bras, façon d'avouer son impuissance.

— Moi non plus. Et pourtant, on peut y arriver, je crois. Je peux y arriver si tu me laisses faire.

Avec un petit sourire, elle poursuit :

— Tu appartiens à la résistance, toi aussi. Se battre pour ce qui est important, c'est notre objectif commun, non ?

Je rencontre son regard. Ses yeux sont du bleu limpide de l'étendue de ciel au-dessus des arbres, haut plafond de couleur. Je me souviens : les plages de Portland, les cerfs-volants, les salades de macaronis, les pique-niques l'été, les mains de ma mère, sa voix qui me berçait le soir au moment de m'endormir.

— Oui, réponds-je.

Nous prenons, côte à côte, le chemin de l'abri.

Hana

Les Cryptes ne sont pas conformes au souvenir que j'en avais.

Je n'y suis venue qu'une fois, lors d'une sortie scolaire en CE2. Étrangement, j'ai tout oublié de la visite, sinon que Jen Finnegan a vomi dans le bus du retour et que ça empestait le thon, même après que le chauffeur avait ouvert toutes les fenêtres.

Les Cryptes, situées à la frontière nord de la ville, sont adossées au fleuve Presumpscot et à la Nature. Ce qui explique comment un si grand nombre de prisonniers ont réussi à s'échapper pendant les Incidents. La déflagration a arraché des pans entiers de l'enceinte ; les détenus qui ont réussi à quitter leur cellule ont filé tout droit dans la Nature.

Après les Incidents, les Cryptes ont été reconstruites et une nouvelle aile, moderne, leur a été adjointe. Ce complexe a toujours été d'une laideur monstrueuse, mais aujourd'hui c'est pire que jamais : l'annexe en acier et en ciment longe maladroitement l'ancien bâtiment de pierre noire, aux centaines de minuscules fenêtres à barreaux. Il y a du soleil et, au-delà du haut toit, le ciel est d'un bleu vif. Toute la scène me paraît décalée : cet endroit ne devrait pas voir la lumière du soleil.

Pendant une minute, postée devant le portail, j'hésite à rebrousser chemin. Je suis venue avec le bus municipal, qui m'a amenée depuis le centre-ville, se vidant à mesure que nous approchions d'ici, son terminus. Pour finir, je me suis retrouvée seule à bord avec le chauffeur et une grande femme solidement charpentée, vêtue d'une blouse d'infirmière. Alors que le bus s'éloigne, projetant de la boue et crachant des gaz d'échappement, je suis prise de l'envie insensée de courir après lui.

Sauf que je dois savoir. Je n'ai pas le choix. J'emboîte donc le pas à l'infirmière, qui traîne les pieds vers la guérite du gardien, juste devant les grilles, et dégaine sa carte d'identité. Le regard de l'homme glisse sur moi, et je lui montre un bout de papier. Il prend connaissance de la photocopie.

— Eleanor ?

Je hoche la tête. Je n'ose pas parler. Sur la photocopie, impossible de distinguer les traits précis du visage ni d'apercevoir la teinte eau de vaisselle des cheveux. Cependant, s'il l'étudie attentivement, il verra que les détails ne collent pas avec moi : la taille, la couleur des yeux... Par chance, il ne s'attarde pas.

— Où est l'original ?

— Passé au lave-linge, rétorqué-je du tac au tac. J'ai dû demander une nouvelle carte au SVS.

Il reporte son attention sur le papier. J'espère qu'il ne peut pas entendre les battements précipités de mon cœur. Obtenir la photocopie n'a pas représenté de problème. Un coup de fil rapide à Mme Hargrove, ce matin, une invitation à venir prendre le thé, une discussion de vingt minutes, l'expression d'une envie pressante... et une incursion de deux minutes dans le bureau de Fred à la place. Je ne pouvais pas courir le risque d'être identifiée comme la future épouse de Fred. Si Cassie est bien ici, il est possible que certains des gardes connaissent également son ex-mari. Et s'il apprend que j'ai fourré mon nez dans les dossiers des Cryptes... Il m'a déjà fait comprendre que je ne devais pas poser de questions.

— Vous venez pour raison professionnelle ?

— Non... simple visite.

Il grogne et me remet le morceau de papier, avant de me faire signe de passer, alors que les grilles s'écartent dans un frémissement.

— Présentez-vous à l'accueil, grommelle-t-il.

L'infirmière me jette un coup d'œil curieux avant de filer dans la cour. Il ne doit pas y avoir beaucoup de visiteurs ici. C'est bien l'objectif d'ailleurs. Enterrer les éléments perturbateurs et les laisser moisir.

Après avoir franchi l'épaisse porte blindée et pénétré dans le hall d'accueil, je suis soudain prise de claustrophobie. Un portique de sécurité en occupe le centre, flanqué de plusieurs gardes baraqués. Le temps que j'atteigne le bâtiment, l'infirmière, qui a déjà déposé son sac à main sur le tapis, se tient bras et jambes écartés pour permettre à un agent de la passer au détecteur de métaux. Elle ne lui prête aucune attention, occupée à discuter avec la femme qui s'occupe de la réception, derrière une vitre blindée.

— Toujours la même chose, est-elle en train d'expliquer. Le bébé m'a empêchée de dormir toute la nuit. Je te le dis, si le 2426 me donne du fil à retordre aujourd'hui, je le colle en cellule d'isolement.

— Amen ! approuve la femme derrière le comptoir avant de poser les yeux sur moi. Papiers d'identité ?

Nous répétons le même petit manège : je glisse la photocopie par l'ouverture pratiquée dans la vitre et précise que l'original a été abîmé.

— Que puis-je faire pour vous ? me demande-t-elle.

Au cours des dernières vingt-quatre heures, j'ai peaufiné mon histoire dans les moindres détails, pourtant, les mots ont du mal à sortir :

— Je... je suis ici pour rendre visite à ma tante.

— Vous connaissez son unité ?

— Non, en fait... Je ne savais même pas qu'elle était ici. Enfin, je viens juste de le découvrir. J'ai toujours cru qu'elle était morte.

Mon petit discours ne provoque aucune réaction.

— Son nom ?

— Cassandra. Cassandra O'Donnell.

Je serre les poings et me focalise sur la douleur qui irradie dans mes paumes pendant qu'elle tape le nom sur le clavier de son ordinateur. Je ne sais même pas si j'espère que la recherche aboutira ou non. Elle secoue la tête. Elle a des yeux bleus larmoyants et une tignasse de cheveux blonds frisottés qui, avec l'éclairage, paraissent du même gris terne que les murs.

— Je n'ai rien ici. Vous connaissez sa date d'admission ?

À quand remonte la disparition de Cassie ? Je me souviens que, lors de la cérémonie d'investiture de Fred, j'ai entendu dire qu'il était resté seul trois ans. Je tente ma chance :

— Janvier ou février, il y a trois ans.

Avec un soupir, elle s'extirpe de son fauteuil.

— Les données n'ont été informatisées que l'an dernier.

Elle disparaît, puis revient avec un énorme registre relié en cuir, qu'elle pose avec fracas sur le comptoir. Après avoir feuilleté quelques pages, elle ouvre une trappe et le pousse vers moi.

— Janvier et février, dit-elle d'un ton sec. Tout est classé par dates... Si elle est ici, vous la trouverez.

Les pages du livre, démesurément grand, sont sillonnées de pattes de mouche : date d'admission des prisonniers, leur nom et le numéro qui leur a été attribué. La période de janvier à février occupe plusieurs feuilles, et je sens le regard impatient de la femme tandis que je fais glisser mon doigt sur la colonne de noms.

Un nœud me serre le ventre. Elle n'est pas ici. Bien sûr, il se peut que je me sois emmêlé les pinceaux avec les dates… à moins que je ne me sois, tout bonnement, trompée. Elle n'est peut-être jamais venue dans les Cryptes. Je me rappelle ce que Fred m'a dit avant d'éclater de rire : « Cassie te le dirait, mais j'ai peur qu'elle n'ait pas beaucoup l'occasion de parler, ces temps-ci. »

— Ça donne quelque chose ? s'enquiert la réceptionniste d'un ton désintéressé.

— Encore une petite seconde.

Une goutte de sueur roule le long de mon dos. Je passe à avril et poursuis ma recherche. Un nom retient soudain mon attention : *Melanea O.* Melanea. C'était le second prénom de Cassandra, je l'ai appris, par hasard, à la soirée d'inauguration, et j'en ai eu confirmation par la lettre dérobée dans le bureau de Fred.

— Ça y est !

Évidemment, Fred ne l'a pas enregistrée sous son vrai nom. Son objectif, après tout, était de la faire disparaître. Je repousse le registre de l'autre côté de la vitre blindée. Les yeux de la femme glissent de *Melanea O* à son numéro de détenue : 2225. Elle le tape sur son clavier en le répétant tout bas.

— L'unité B, dit-elle, dans la nouvelle aile.

Elle entre quelques renseignements complémentaires dans son ordinateur ; aussitôt, une imprimante derrière elle se réveille avec un ronronnement pour régurgiter un autocollant blanc indiquant, en lettres bien nettes :

« Visiteur – Unité B ». Elle me le remet avec un autre registre, plus fin celui-ci.

— Indiquez votre nom et la date dans la colonne « Visiteurs », puis le nom de la personne que vous venez voir. Collez l'autocollant sur votre poitrine : il doit être visible en permanence. On va vous escorter. Pendant que vous passez la sécurité, je vais appeler quelqu'un.

Elle a débité son laïus à toute allure, d'une voix neutre. Je sors un stylo de mon sac et inscris le nom d'Eleanor Latterly dans la case prévue à cet effet, tout en croisant les doigts pour que la femme ne demande pas à revoir la photocopie de ma carte d'identité. Pas étonnant que le registre des visites soit aussi mince, seuls trois visiteurs se sont présentés ici la semaine dernière.

Mes mains se sont mises à trembler. J'ai du mal à retirer ma veste lorsque les gardiens m'indiquent de la placer sur le tapis roulant. Mon sac et mes chaussures atterrissent dans des bacs en plastique, et je dois écarter les bras et les jambes, comme l'infirmière, pendant qu'un des hommes me tâte avec brutalité, avant de me passer un détecteur de métaux entre les cuisses et sur les seins.

— C'est bon, décrète-t-il en s'effaçant pour me laisser passer.

Juste derrière la sécurité se trouve une petite zone dédiée à l'attente, équipée de plusieurs fauteuils en plastique bon marché et d'une table également en plastique. Au-delà rayonnent différents couloirs. Des panneaux indiquent la direction des diverses unités et sections du complexe. Dans un coin, une télévision diffuse, sans le son, une émission politique. Je détourne aussitôt le regard, ne souhaitant pas voir Fred au cas où il apparaîtrait sur l'écran.

Une infirmière avec des touffes de cheveux noirs et un visage luisant descend un couloir à pas sonores. Elle porte des sabots en plastique bleu et une blouse à fleurs. Son badge m'apprend qu'elle s'appelle Jan.

— C'est toi qui vas à l'unité B ? halète-t-elle.

Je hoche la tête. Elle s'est aspergée, trop généreusement, d'un parfum à la vanille écœurant, qui pourtant ne parvient pas à couvrir entièrement les autres effluves : odeurs corporelles et Javel.

— Par ici.

Elle ouvre la marche jusqu'à une épaisse porte à double battant, qu'elle écarte d'un balancement de hanches. De l'autre côté, l'atmosphère change. Le couloir dans lequel nous venons de pénétrer est d'une blancheur étincelante. Nous sommes dans la nouvelle aile, après tout. Le sol, les murs et même le plafond sont tous constitués des mêmes panneaux immaculés. Même l'odeur a changé – ça sent le neuf et le propre. Le calme règne. Pourtant, à mesure que nous avançons me parviennent des sons épars – voix étouffées, *bip-bip* d'appareils électroniques, *ploc-ploc-ploc* des sabots d'une autre infirmière.

— Tu es déjà venue ? ahane Jan.

Je secoue la tête et elle me coule un regard de biais.

— C'est ce que je me disais, reprend-elle. On ne reçoit pas beaucoup de visites, ici. Je me demande souvent : à quoi bon ?

— Je viens juste d'apprendre que ma tante...

Elle m'interrompt :

— Tu vas devoir déposer ton sac à l'entrée de l'unité.

Sa respiration lourde ponctue chacune de ses phrases.

— Même une lime à ongles pourrait faire l'affaire, explique-t-elle en guise d'explication. Et il faut qu'on te passe des chaussons. On ne peut pas te laisser entrer avec tes lacets. L'an dernier, un de nos gars s'est pendu à un tuyau dès qu'il a réussi à mettre la main sur une paire de lacets. Il était raide mort quand on l'a trouvé. Tu viens voir qui ?

Elle a parlé si vite que j'ai du mal à suivre le fil. Une image surgit devant mes yeux : un homme se balançant au plafond, un lacet serré autour de la gorge. Je le vois se tourner vers moi. Bizarrement, il a le visage de Fred, un visage énorme et rouge, aux yeux exorbités.

— Je viens voir Melanea.

Constatant, à l'expression de l'infirmière, que ce nom n'évoque rien pour elle, j'ajoute :

— Le numéro 2225.

Apparemment, les détenus ne sont connus que par leur numéro, et elle la remet aussitôt.

— Elle ne te posera aucun problème, souffle-t-elle d'un ton de conspiratrice, comme pour partager un grand secret. Elle est très discrète. Enfin, pas toujours. Je me rappelle les premiers mois, elle hurlait sans arrêt : « Je n'ai rien à faire ici ! Je ne suis pas folle ! »

La nurse pouffe.

— Ils disent tous ça, évidemment. Et dès qu'on leur prête une oreille attentive, ils se mettent à parler de petits bonshommes verts et d'araignées.

— Elle... elle est folle, alors ?

— Sinon, elle ne serait pas ici, si ?

À l'évidence, elle n'attend pas de réponse. Nous avons atteint une autre porte à double battant, cette fois-ci coiffée d'un panneau qui indique : « Unité B : Psychose, Névrose et Hystérie ».

— Allez, c'est le moment d'enfiler des chaussons, reprend-elle d'un ton guilleret.

Juste devant la porte se trouvent un banc et un petit casier en bois, à l'intérieur duquel sont entreposés plusieurs chaussons plastifiés. Le mobilier, visiblement vieux, détonne dans la blancheur ambiante, aveuglante.

— Laisse tes chaussures et ton sac ici. Ne t'inquiète pas, personne ne les prendra. Les criminels sont enfermés dans les anciennes unités.

Elle ponctue sa sortie d'un nouvel éclat de rire. Je m'assieds sur le banc et délasse mes baskets, en regrettant de n'avoir pas enfilé des bottines ou des ballerines, plutôt. Mes doigts sont gourds.

— Alors, elle hurlait ? insisté-je. À son arrivée, je veux dire.

L'infirmière lève les yeux au ciel.

— Elle était persuadée que son mari essayait de la liquider. Elle parlait de conspiration à tout bout de champ.

Un frisson glacé me parcourt de la tête aux pieds. La gorge nouée, je répète :

— « La liquider » ? Comment ça ?

— Ne t'inquiète pas, rétorque Jan en balayant l'air de la main. Elle n'a pas tardé à fermer son clapet. Comme la plupart, d'ailleurs. Elle prend ses cachets régulièrement et ne pose plus aucun problème.

En me tapotant l'épaule, elle ajoute :

— Prête ?

Je réussis seulement à hocher la tête, même si je me sens tout sauf « prête ». Mon corps n'a qu'une envie : tourner les talons et prendre la fuite. Je le contrains pourtant à se lever et à suivre Jan de l'autre côté des portes, dans un autre couloir, aussi immaculé que le précédent et ponctué, de part et d'autre, de portes blanches sans vitre. Chaque pas me semble plus pénible que le précédent. Le froid mordant du sol pénètre par la semelle des chaussons aussi fins que du papier et, dès que je pose un talon par terre, un frisson me remonte le long de la colonne vertébrale.

Trop vite, nous atteignons une porte indiquant 2225. Jan y donne deux coups secs, mais n'attend pas de réponse. Elle retire la carte qu'elle porte autour du cou et l'applique contre le scanner à la gauche de l'encadrement.

— On a installé ce nouveau système après les Incidents. Classe, non ?

La porte se déverrouille avec un *clic* et elle la pousse d'un geste ferme.

— On a de la visite ! lance-t-elle d'un ton guilleret en s'engouffrant dans la cellule.

Le dernier pas est le plus dur. Un instant, je crains même de ne pas en être capable. Je dois presque me jeter en avant pour franchir le seuil de la prison. J'en ai le souffle coupé.

Assise dans un coin, sur une chaise en plastique aux angles arrondis, elle a les yeux fixés sur une petite fenêtre fermée par d'épais barreaux. Elle ne se retourne pas à notre entrée, même si j'aperçois son profil, effleuré par la lumière extérieure qui filtre par l'étroite ouverture : le petit nez retroussé, l'adorable bouton de rose en guise de bouche, la frange de longs cils, l'oreille au dessin parfait et la cicatrice protocolaire, aux contours nets, juste en dessous. Ses cheveux, longs et blonds, lui tombent presque jusqu'à la taille. Je lui donne environ trente ans.

Elle est belle. Elle me ressemble.

J'ai un haut-le-cœur.

— Bonjour, s'écrie Jan à tue-tête, comme si c'était le seul moyen de se faire entendre de Cassie.

La pièce est minuscule pourtant, et l'on s'y sent à l'étroit, alors même qu'elle ne contient qu'un lit de camp, une chaise, un lavabo et une cuvette en guise de toilettes.

— Je t'ai amené de la visite. Bonne surprise, non ?

Cassandra ne desserre pas les lèvres. Elle ne nous accorde pas même un regard. Jan lève les yeux au ciel d'un air théâtral, puis articule en silence : « Désolée. » Tout fort, elle ajoute :

— Allons, allons, ne sois pas grossière. Retourne-toi et dis bonjour. Sois une bonne fille...

Cassie obtempère, mais ses yeux glissent sur moi pour se poser directement sur Jan.

— Je pourrais avoir un plateau, s'il vous plaît ? J'ai raté le petit déjeuner ce matin.

Les mains sur les hanches, l'infirmière rétorque, d'un ton de reproche exagéré – comme pour s'adresser à un enfant :

— Voilà qui n'était pas très malin de ta part, si ?

— Je n'avais pas faim, se contente de rétorquer Cassie.

Jan soupire avant de lui dire avec un clin d'œil :

— Tu as de la chance que je sois de bon poil. Vous pouvez rester seules une minute ?

La question s'adresse à moi.

— Je...

— Ne t'en fais pas, elle est inoffensive.

Haussant la voix, elle poursuit avec des inflexions excessivement enjouées :

— Je reviens tout de suite. Sois gentille avec ton invitée, ne l'embête pas.

Se tournant à nouveau vers moi, elle conclut :

— Au moindre problème, presse le bouton d'urgence à côté de la porte.

Avant que j'aie le temps de répondre, elle s'engouffre dans le couloir et referme derrière elle. J'entends le verrou coulisser. La peur me transperce, douleur aiguë et violente à peine assourdie par les effets du remède. Le silence s'étire tandis que j'essaie de me rappeler la raison de ma visite. La surprise d'avoir retrouvé cette femme mystérieuse me submerge, et plus aucune question ne se présente à mon esprit.

Ses yeux rencontrent les miens. Des yeux noisette, très clairs et éclairés par l'intelligence. Elle n'est pas folle.

— Qui êtes-vous ? Que faites-vous ici ?

À présent que Jan a quitté la pièce, son ton se fait accusateur.

— Je m'appelle Hana Tate.

Prenant une profonde inspiration, j'ajoute :

— J'épouse Fred Hargrove samedi prochain.

Je me force à rester immobile pendant qu'elle m'observe.

— Ses goûts n'ont pas changé, observe-t-elle d'un ton neutre, avant de reporter son attention vers la fenêtre.

— Je vous en prie...

Ma voix se fêle, je regrette de ne pas avoir d'eau.

— J'aimerais savoir ce qui est arrivé, insisté-je.

Elle garde les mains posées sur les genoux. Elle a dû perfectionner cet art au fil des ans, celui de rester assise sans bouger.

— J'ai perdu la tête, répond-elle sans la moindre émotion. On ne te l'a pas dit ? On peut se tutoyer, non ?

— Je ne crois pas que tu aies perdu la tête.

Et c'est la vérité, je n'en crois rien. À présent que je lui adresse la parole, j'ai la certitude qu'elle a toute sa raison.

— Je veux connaître la vérité, insisté-je.

Elle pivote vers moi.

— Pourquoi ? Quelle importance pour toi ?

Éviter de subir la même chose ; arrêter la machine. Voilà la vraie raison, la raison égoïste. Sauf que je ne peux pas la lui donner. Elle n'a aucune raison de m'aider ; nous ne sommes pas censés éprouver de compassion pour les autres. Avant que j'aie trouvé une réponse à lui fournir, elle éclate d'un rire sec, comme si elle ne s'était pas servie de ses cordes vocales depuis longtemps.

— Tu veux savoir ce que j'ai fait, non ? Tu veux être sûre de ne pas commettre la même erreur.

— Non, dis-je même si elle a raison, bien sûr. Ce n'est pas pour ça...

— Ne t'inquiète pas. Je comprends.

Un sourire fugace se dessine sur ses lèvres, elle baisse les yeux vers ses mains.

— J'ai été choisie pour être la compagne de Fred l'année de mes dix-huit ans. Je ne suis pas allée à l'université. Il était plus âgé, et ils avaient eu du mal à lui trouver une fille. Il faisait le difficile... et il pouvait se le permettre, à cause de son père. Tout le monde me répétait que j'avais de la chance.

Elle hausse les épaules, puis conclut :

— Nous avons été mariés cinq ans.

Elle est donc plus jeune que je ne le pensais.

— Que s'est-il passé ?

— Il s'est lassé de moi.

Elle a parlé sans la moindre hésitation. Levant momentanément les yeux vers moi, elle ajoute :

— Et je représentais un danger. J'en savais trop.

— Comment ça ?

Je suis prise d'une envie subite de m'asseoir sur le lit de camp : ma tête s'est mise à tourner et mes jambes me paraissent détachées du reste de mon corps. J'ai peur de bouger, pourtant. J'ai même peur de respirer. À tout instant, elle a la possibilité de me faire chasser. Elle ne me doit rien.

Elle ne répond pas directement à ma question :

— Sais-tu ce qu'il aimait faire, petit ? Il attirait les chats du voisinage dans son jardin, il leur donnait du lait et du thon pour gagner leur confiance, puis il les empoisonnait. Il adorait les regarder mourir.

J'ai l'impression que les murs de la cellule se referment sur moi, que j'étouffe dans cette atmosphère confinée. Elle me regarde à nouveau. Déconcertée par ses yeux calmes et tranquilles, je dois me forcer à ne pas détourner les miens.

— Il m'a empoisonnée, moi aussi. J'ai été malade pendant des mois et des mois. Il a fini par me le confesser. De la ricine dans mon café, en quantité infime, pour m'affaiblir et me clouer au lit, où j'étais à sa merci. Il me l'a dit pour que je sache ce dont il était capable.

Elle marque une pause, avant de conclure :

— Il a tué son propre père, tu sais.

Pour la première fois, je me demande si elle n'a pas vraiment perdu la tête. L'infirmière avait peut-être raison, sa place est sans doute ici. Cette pensée m'apporte un soulagement infini.

— Le père de Fred est mort pendant les Incidents. Il a été assassiné par les Invalides.

Elle me considère avec pitié.

— Je le sais.

Puis, comme si elle lisait dans mes pensées, elle complète :

— J'ai des yeux et des oreilles. Les infirmières parlent. Et, évidemment, j'étais dans l'ancienne aile quand les bombes ont explosé. Trois cents prisonniers se sont évadés. Une douzaine ont été tués. Je n'ai pas eu la chance de me retrouver dans l'un ou l'autre de ces cas.

— Mais quel rapport avec Fred ? demandé-je d'une voix devenue plaintive.

— Tout, rétorque-t-elle avec sécheresse. Fred souhaitait ces Incidents. Il souhaitait que les bombes explosent.

Il était de mèche avec les Invalides... il les a aidés à tout planifier.

Impossible ; je ne peux pas la croire. Je m'y refuse.

— Ça n'a aucun sens.

— Au contraire. Fred a dû mûrir son coup pendant des années. Il travaillait main dans la main avec l'APASD ; ils partageaient les mêmes vues sur la question. Fred voulait démontrer que son père avait tort au sujet des Invalides... et il voulait se débarrasser de lui. Ainsi, il aurait raison, et il deviendrait maire.

Un frisson me remonte le long du dos à la mention de l'association. En mars, lors d'un gigantesque meeting de l'APASD à New York, des Invalides ont lancé une attaque, faisant trente morts et des dizaines de blessés. Tout le monde a comparé cet attentat aux Incidents et, durant des semaines, la sécurité a été renforcée partout : contrôles d'identité, fouilles de véhicules et de domiciles, redoublement des patrouilles dans les rues.

Cependant, d'autres bruits ont couru aussi : certains racontaient que Thomas Fineman, le président de l'APASD, était au courant de l'attaque et l'avait même autorisée. Puis, deux semaines plus tard, il a été assassiné. Je ne sais plus ce que je dois croire. Un sentiment dont j'ai oublié le nom endolorit ma poitrine.

— J'aimais bien M. Hargrove, reprend Cassandra. Il avait de la peine pour moi ; il connaissait la nature véritable de son fils. Il me rendait souvent visite, lorsque je ne pouvais plus quitter la maison. Fred a trouvé plusieurs personnes pour témoigner de ma folie. Amis. Médecins. Ils m'ont envoyée ici à vie.

D'un geste circulaire, elle désigne la petite pièce blanche, son tombeau.

— M. Hargrove savait que je n'étais pas folle, lui. Il me racontait des histoires sur le monde extérieur. Il s'est occupé d'installer mes parents à Deering Highlands. Fred voulait les réduire au silence, eux aussi. Il a dû s'imaginer que je leur avais parlé... qu'ils étaient au courant, comme moi.

Elle secoue la tête.

— Mais ce n'était pas le cas. Ils ignoraient tout.

Ainsi, les parents de Cassie ont été contraints de s'exiler à Deering Highlands, à l'instar de la famille de Lena.

— Je suis désolée.

C'est tout ce que j'arrive à bredouiller, même si j'ai conscience que c'est minable. Cassie ne paraît pas m'entendre.

— Ce jour-là, quand les explosions ont éclaté... M. Hargrove me rendait justement visite. Il m'avait apporté du chocolat.

Elle se tourne vers la fenêtre. Je me demande ce qu'elle pense : elle est redevenue parfaitement immobile, un terne rayon de soleil souligne son profil.

— J'ai entendu dire qu'il était mort en cherchant à rétablir l'ordre. J'ai eu de la peine pour lui. Étrange, non ? Enfin, il semblerait que Fred ait réussi à se débarrasser de nous deux...

— Me revoici ! Mieux vaut tard que jamais, non ?

La voix de Jan me fait sursauter. Je me retourne d'un bond ; elle franchit le seuil de la cellule avec un plateau en plastique contenant un gobelet d'eau et un petit bol de porridge grumeleux. Je m'écarte du passage et elle laisse tomber son chargement sur le lit de camp. Je remarque que les couverts sont en plastique également. Pas de métal, bien sûr. Ni de couteau.

Je revois l'homme se balançant au bout de ses lacets, et je ferme les yeux pour convoquer des images de la baie à la place. Les vagues dispersent la vision d'horreur. Je rouvre les paupières.

— Alors, qu'en dis-tu ? demande Jan de son ton guilleret. Prête à manger ?

— Je vais attendre un peu, je crois, lui répond Cassie tout doucement, le regard toujours perdu par la fenêtre. Je n'ai plus faim.

Jan se tourne vers moi et lève les yeux au ciel, comme pour dire : « Les barjots ! »

Lena

Nous ne perdons pas de temps en préparatifs, à présent que la décision a été prise : nous irons à Portland tous ensemble, pour y rejoindre les forces de la résistance présentes sur place et seconder les agitateurs. Quelque chose d'énorme se prépare, mais Cap et Max refusent de lâcher la moindre information, et ma mère prétend qu'ils ne connaissent le plan que dans ses grandes lignes. À présent que le mur entre nous est tombé, je n'ai plus autant de réticences à l'idée de retourner à Portland. En vérité, une petite part de moi est même impatiente.

Ma mère et moi discutons autour du feu de camp lors des repas, bien après que tout le monde s'est couché, jusqu'à ce que Julian sorte la tête de la tente, déboussolé et ensommeillé, et me dise que je ferais vraiment mieux de dormir. Ou jusqu'à ce que Raven nous hurle de la fermer.

Nous discutons le matin, dès le réveil. Nous discutons en marchant.

Nous parlons de ma vie dans la Nature, et de la sienne. Elle m'explique qu'elle a rejoint la résistance dès son incarcération – il y avait une taupe, un résistant infiltré, un Valide qui conservait des sympathies pour la cause et travaillait dans l'unité 6, celle où ma mère était détenue.

Suite à l'évasion de ma mère, dont il a été tenu pour responsable, il a été lui-même emprisonné. Je me souviens de lui : je l'ai vu roulé en boule, en position de fœtus, dans un coin d'une minuscule cellule. Je ne le dis pas à ma mère, pourtant. Je ne lui ai pas raconté qu'Alex et moi avions réussi à nous introduire dans les Cryptes, parce que ça reviendrait à parler de lui et que je m'en sens incapable – ni avec elle ni avec personne.

— Pauvre Thomas, soupire ma mère en secouant la tête. Il s'est démené comme un diable pour être assigné à l'unité 6. C'était moi qu'il cherchait.

Me coulant un regard en biais, elle ajoute :

— Il connaissait Rachel, tu sais... il y a longtemps. Je crois qu'il n'a jamais accepté de devoir renoncer à elle. Sa colère est restée intacte, même après le Protocole.

Je presse les paupières pour protéger mes yeux du soleil. Des images enfouies depuis longtemps resurgissent alors : Rachel enfermée dans sa chambre et refusant de venir manger ; le visage pâle de Thomas, parsemé de taches de rousseur, derrière la fenêtre, me faisant signe de le laisser entrer ; le même Thomas, accroupi dans un coin le jour où ils ont traîné Rachel jusqu'aux laboratoires, la regardant hurler et se débattre, cracher telle une bête. Je devais avoir huit ans – c'était un an, seulement, après la mort de ma mère, ou plutôt après l'annonce de sa mort.

— Thomas Dale, bredouillé-je.

Pendant toutes ces années, j'ai gardé le nom dans un coin de ma mémoire. D'un air absent, ma mère passe la main dans une touffe d'herbe qui ondule. Au soleil, son âge et les rides de son visage sautent cruellement aux yeux.

— Je me le rappelais à peine. Et, bien sûr, il avait beaucoup changé lorsque je l'ai revu. Trois, quatre ans s'étaient écoulés. Je me souviens de l'avoir surpris à la maison un jour où j'étais rentrée de bonne heure du travail. Il était terrorisé... Il avait peur que je le dénonce.

Elle éclate d'un rire amer.

— C'était juste avant... qu'on m'emmène.

— Et il t'a aidée.

Je m'efforce de convoquer les traits de son visage avec le plus de précision possible, de faire ressortir les détails, mais je ne vois qu'un homme sale recroquevillé sur le sol d'une cellule sordide. Ma mère hoche la tête.

— Il ne parvenait pas à oublier ce qu'il avait perdu, il en gardait des traces. Ça arrive à certains, tu sais. J'ai toujours pensé que c'était le cas pour ton père.

— Papa était guéri, alors ?

J'ignore pourquoi je suis aussi déçue. Je n'ai même pas de souvenirs de lui ; il est mort d'un cancer quand j'avais un an.

— Oui, dit-elle alors qu'un muscle de sa mâchoire frémit. Il arrivait que je... J'avais parfois l'impression qu'il ressentait encore les choses, fugacement. C'était peut-être une vue de l'esprit. Peu importe... Je l'aimais de toute façon. Il a été très bon avec moi.

Par réflexe, elle porte la main à son cou, comme pour toucher le collier qu'elle avait l'habitude de porter – le pendentif militaire de mon grand-père, que mon père lui avait offert. Elle s'en est servie pour creuser un tunnel dans le mur de sa cellule et s'enfuir.

— Ton collier... observé-je. Tu ne t'es pas habituée à l'avoir perdu.

Elle se tourne vers moi, les yeux plissés. Réussissant à ébaucher un sourire, elle répond :

— Il y a des pertes dont on ne se remet jamais.

Je lui raconte ma vie, aussi, surtout ce qui m'est arrivé depuis que j'ai quitté Portland et que j'ai rencontré Raven,

Tack et la résistance. De temps à autre, nous convoquons des souvenirs d'autrefois de l'époque avant son départ, avant la guérison de ma sœur, avant mon installation chez tante Carol. Mais pas souvent. Ma mère l'a dit : il y a des pertes dont on ne se remet jamais.

Certains sujets demeurent tabous, néanmoins. Elle ne me demande pas ce qui m'a poussée à traverser la frontière, et je ne devance pas ses interrogations. Je conserve le petit mot d'Alex dans une bourse en cuir autour de mon cou, cadeau de ma mère – elle l'a achetée en début d'année à un vendeur ambulant –, vestige d'une vie passée, comme la photo d'un mort qu'on garde sur soi.

Ma mère sait, bien sûr, que j'ai découvert l'amour. Il m'arrive de surprendre son regard sur Julian et moi, quand nous sommes ensemble. Son expression – fierté, tristesse, envie et tendresse combinées – me rappelle qu'elle n'est pas juste ma mère, mais une femme qui s'est, toute sa vie, battue pour un sentiment qu'elle n'a pas vraiment connu. Mon père était Valide. On n'aime pas vraiment, pas complètement, lorsque cet amour n'est pas payé de retour. J'ai mal pour elle, un chagrin que je déteste et qui, d'une certaine façon, me fait honte.

Avec Julian, nous avons retrouvé notre rythme. C'est comme si les semaines passées et l'ombre planante d'Alex avaient glissé sur nous, sans nous laisser la moindre blessure. Nous ne sommes jamais rassasiés l'un de l'autre. Il est à nouveau une source d'émerveillement constante, pour moi : ses mains, sa voix grave et sa façon, douce, de parler, la gamme complète de son rire.

La nuit, dans le noir, nous nous rejoignons. Nous cherchons l'oubli dans le concert nocturne, dans les cris, hululements et gémissements des animaux. Et en dépit des dangers de la Nature et de la menace constante que représentent Régulateurs et Vengeurs, je me sens libre pour la première fois depuis ce qui me semble une éternité.

Un matin, en sortant de la tente, je découvre que, Raven ayant prolongé sa nuit, ce sont Julian et ma mère qui se sont occupés du feu. Ils me tournent tous les deux le dos et rient. De vagues volutes de fumée s'enroulent dans l'air printanier. Je reste parfaitement immobile, terrifiée à l'idée de briser quelque chose, à l'idée qu'au moindre pas l'image volera en éclats et qu'ils se disperseront en poussière. Julian se tourne alors vers moi et me découvre.

— Bonjour, ma belle, s'écrie-t-il.

Son visage est encore contusionné et enflé par endroits, mais ses yeux ont la couleur exacte du ciel au petit jour. Quand il me sourit, je crois que je n'ai jamais rien vu d'aussi beau que lui. Se munissant d'un seau, ma mère se redresse et annonce :

— J'allais prendre ma douche.

— Je t'accompagne, lui dis-je.

Tandis que je pénètre dans la rivière glacée, le vent couvre ma peau de chair de poule. Une nuée d'hirondelles dérive au-dessus de nos têtes ; l'eau a un léger goût de vase ; ma mère fredonne, en aval. Ce n'était pas le genre de bonheur que je m'étais représenté. Ce n'est pas ce que j'ai choisi. Mais c'est suffisant. C'est bien plus que suffisant.

À la frontière de Rhode Island, nous croisons un autre groupe d'environ vingt-cinq personnes, également en route pour Portland. Tous sauf deux appartiennent à la résistance – et les deux qui refusent de se battre n'osent pas rester seuls. Nous approchons de la côte, et les traces de nos anciennes existences sont partout. Nous tombons même sur une immense structure alvéolaire en béton que Tack identifie comme un ancien parking sur plusieurs niveaux. Quelque chose dans cet énorme insecte de pierre pourvu de cent yeux éveille en moi une angoisse. Le silence s'abat sur l'ensemble de la troupe alors que nous le longeons, dans son ombre. Les poils de ma nuque se dressent et, même si c'est idiot, je ne peux me défaire de l'impression qu'on nous observe.

Tack, qui a pris la tête de notre armée, lève une main et nous nous arrêtons tous brusquement. Il penche la tête, à l'affût de quelque chose. Je retiens mon souffle. Il n'y a pas un bruit, à l'exception du frémissement habituel des bêtes dans les bois et du soupir du vent.

Soudain, une fine pluie de gravillons s'abat sur nous, comme si quelqu'un l'avait, sans le vouloir, fait tomber d'un des étages supérieurs du parking. Le chaos se déchaîne aussitôt.

— Baissez-vous ! Baissez-vous ! hurle Max, alors que nous cherchons à dégainer nos armes en nous réfugiant dans les fourrés.

— Ouh-ouh !

Le cri nous pétrifie. Je me dévisse le cou vers le ciel, une main en visière pour me protéger du soleil. Une seconde, je suis convaincue d'être victime d'une hallucination. Pippa vient de surgir d'une alvéole obscure du parking pour s'approcher de son rebord baigné de soleil. Elle agite un mouchoir rouge en nous souriant.

— Pippa ! s'écrie Raven d'une voix étranglée.

Alors, seulement, j'arrive à le croire.

— Bonjour, toi-même ! rétorque Pippa.

Lentement, des ténèbres derrière elle, émergent peu à peu ses compagnons : êtres décharnés et en guenilles, par poignées, embusqués à tous les niveaux du parking. Dès que Pippa rejoint enfin la terre ferme, elle est assaillie par Tack, Raven et Max. Beast est vivant aussi ;

il pénètre dans la lumière du soleil juste derrière Pippa. Pendant un quart d'heure, nous sommes incapables de faire autre chose que hurler, rire, nous couper la parole les uns les autres – et bien sûr pas un seul mot audible ne se détache du brouhaha. Max finit par prendre le dessus dans cette cacophonie :

— Que s'est-il passé ? demande-t-il, essoufflé à force d'avoir ri. On croyait qu'aucun de vous ne s'en était tiré. On nous a parlé d'un massacre.

Pippa recouvre son sérieux sur-le-champ :

— Ça a été un massacre. On a perdu des centaines de personnes. Les tanks ont débarqué et encerclé le campement. Ils nous ont attaqués avec du gaz lacrymogène, des mitraillettes et des obus. Un vrai bain de sang. Les hurlements...

Elle s'interrompt avant de reprendre :

— C'était horrible.

— Comment vous en êtes-vous sortis ? la presse Raven.

Nous attendons tous sa réponse dans un silence religieux. À présent, nos rires d'il y a quelques secondes nous paraissent effroyables.

— Le temps était compté. On a tenté de prévenir le maximum de gens, mais vous savez quel chaos c'était. Presque impossible d'obtenir une oreille attentive.

Derrière elle, les Invalides s'avancent peu à peu en plein jour, les yeux écarquillés, muets et nerveux – on dirait qu'ils ont essuyé le passage d'une tornade et n'en reviennent pas de voir le monde encore debout. Je n'ose imaginer ce dont ils ont été témoins à Waterbury.

— Comment avez-vous contourné les tanks ? demande Bee.

J'ai toujours du mal à la considérer comme ma mère quand elle agit ainsi, en membre endurci de la résistance.

Pour l'heure, elle continue à avoir deux visages : elle est tantôt ma mère, tantôt une meneuse et une combattante.

— On n'a pas fui, répond Pippa. On n'en a pas eu l'occasion. Le coin grouillait de soldats. On s'est planqués.

Les traits brusquement crispés par la douleur, elle ouvre la bouche, puis la referme.

— Où vous êtes-vous cachés ? insiste Max.

Pippa et Beast échangent un regard indéchiffrable. Un instant, il me semble qu'elle va refuser de répondre. Il s'est passé quelque chose dont elle ne veut pas parler. Puis elle s'éclaircit la voix et s'adresse à Max :

— Dans le lit de la rivière, pour commencer, avant le début des tirs. Les corps n'ont pas tardé à tomber. Ils nous ont protégés ensuite.

— Oh, mon Dieu...

Hunter presse le poing contre son œil droit, on dirait qu'il va être malade. Julian se détourne.

— On n'avait pas le choix, ajoute Pippa d'un ton sec. Et ils étaient déjà morts. Au moins, leurs cadavres auront servi à quelque chose.

— On est heureux que tu t'en sois sortie, Pippa, la réconforte Raven en lui posant une main sur l'épaule.

Celle-ci pivote vers elle, le visage emprunt de reconnaissance.

— J'avais l'intention de vous prévenir, dit-elle, mais j'ai pensé que vous étiez déjà partis. Je ne voulais pas courir ce risque avec la présence de l'armée dans la région. C'était trop dangereux. J'ai donc pris la direction du nord, et on est tombés sur la ruche par hasard.

Elle lève le menton vers l'immense parking, qui ressemble encore plus à une ruche maintenant que des silhouettes, à demi mangées par l'obscurité, se profilent dans chacune de ses alvéoles, effleurées par la lumière avant de se rétracter dans le noir.

— On s'est dit que ce serait l'endroit idéal pour se planquer un moment et attendre que la situation se tasse.

— Combien êtes-vous ? s'enquiert Tack.

Des dizaines de personnes nous ont rejoints, se tenant légèrement en retrait de Pippa, telle une meute de chiens battus et affamés. Leur mutisme est déconcertant.

— Plus de trois cents, répond Pippa. Presque quatre cents.

Un nombre impressionnant et qui ne représente pourtant qu'une fraction de la population de la colonie de Waterbury. Une rage brûlante m'aveugle : nous voulions la liberté d'aimer et nous avons été transformés en guerriers, en sauvages. Julian s'approche pour me passer un bras autour des épaules, me permettant ainsi de prendre appui sur lui – a-t-il senti ma détresse ?

— On n'a vu aucun signe de l'armée, remarque Raven. À mon avis, ils sont montés de New York. Puisqu'ils avaient des tanks, ils ont dû emprunter une des routes le long de l'Hudson. Avec un peu de chance, ils ont repris la direction du sud.

— Après avoir accompli leur mission, commente Pippa avec amertume.

— Ils n'ont rien accompli du tout, rétorque ma mère d'un ton radouci. Le combat n'est pas terminé... Il ne fait que commencer.

— On se rend à Portland, explique Max. Nous avons des amis là-bas, beaucoup d'amis. On va leur rendre la monnaie de leur pièce, précise-t-il avec une virulence surprenante. Œil pour œil.

— Et le monde entier deviendra aveugle, conclut Coral à voix basse.

Tous les regards se braquent sur elle. Elle a à peine ouvert la bouche depuis le départ d'Alex, et j'ai veillé à l'éviter. Son chagrin est comme une présence physique, une énergie négative qui la consume et l'isole. Ce qui suscite en moi à la fois pitié et rancune. Elle me rappelle en permanence que je n'ai plus le droit de souffrir de l'absence d'Alex.

— Qu'as-tu dit ? l'attaque Max avec une agressivité à peine dissimulée.

— Rien, répond-elle en se détournant. C'est juste un truc que j'ai entendu il y a longtemps.

— On n'a pas le choix, insiste ma mère. Si on ne se bat pas, on sera détruits. Il ne s'agit pas de vengeance...

Elle décoche un regard à Max, qui se renfrogne.

— ... mais de survie, conclut-elle.

Pippa se passe une main sur le crâne.

— Mes troupes sont faibles. On a dû se contenter de manger des rats et ce qu'on trouvait dans les bois.

— Il y aura de la nourriture au nord, observe Max. Et du matériel. Je vous l'ai dit, la résistance a des amis à Portland.

— Je ne suis pas certaine qu'ils tiendront jusque-là, persiste Pippa en baissant la voix.

— Vous ne pouvez pas non plus rester ici, souligne Tack.

Pippa se mordille la lèvre et consulte Beast du regard.

— Il a raison, dit-il.

Une femme en retrait derrière Pippa, si maigre qu'on la dirait taillée dans un vieux morceau de bois, prend soudain la parole :

— On vous suivra.

Ses intonations sont étonnamment graves et fortes. Enfoncés dans son visage creux et ravagé, ses yeux luisent tels deux charbons ardents.

— On se battra, ajoute-t-elle.

Libérant son souffle lentement, Pippa acquiesce d'un signe de tête.

— Très bien dans ce cas. Direction Portland, alors.

À l'approche de notre destination, à mesure que la lumière et le paysage deviennent plus familiers – nature luxuriante et odeurs qui me rappellent mon enfance, associées aux souvenirs les plus anciens –, je commence à échafauder des plans.

Neuf jours après avoir quitté l'abri, à présent que notre effectif a été démultiplié, nous apercevons l'enceinte de Portland. Elle ne consiste plus en une clôture, mais en un immense mur de béton, un bloc de pierre anonyme que l'aube colore d'un rose irréel. La surprise me cloue sur place :

— Qu'est-ce qui se passe ?

Max, qui marche juste derrière moi, manque de me bousculer.

— Nouvelle construction, explique-t-il. Contrôles renforcés à la frontière, et partout ailleurs. Portland sert d'exemple au reste du pays.

Il secoue la tête en grommelant. Cette image, celle de ce mur récemment érigé, a précipité les battements de mon cœur. J'ai quitté Portland il y a moins d'un an et, déjà, la ville a changé. Je suis soudain saisie par la peur que tout soit différent de l'autre côté, aussi. Je ne reconnaîtrai peut-être aucune des rues. Je ne serai peut-être pas capable de rejoindre la maison de tante Carol. Et donc de retrouver Grace.

Je ne peux pas m'empêcher de m'inquiéter pour Hana, aussi. De me demander où elle sera lorsque nous lancerons l'assaut sur Portland : enfants bannis, fils prodigues, tels les anges du *Livre des Trois S*, chassés des cieux par un dieu furieux pour avoir abrité en leur sein la maladie. Je me répète toutefois que ma Hana, celle que je connaissais et aimais, n'existe plus.

— Ça ne me plaît pas, observé-je.

Max se retourne pour me regarder, un sourire en coin aux lèvres.

— Ne t'en fais pas, il ne restera pas longtemps debout, conclut-il avec un clin d'œil.

De nouvelles explosions, alors. Ça se tient : on doit bien trouver le moyen de faire entrer des centaines de personnes dans Portland.

Un sifflement aigu vient troubler le calme matinal. Beast. Pippa et lui sont partis en éclaireurs au point du jour, longeant la périphérie de la ville à la recherche d'autres Invalides, d'un campement ou d'un abri. Nous nous dirigeons vers l'origine du bruit. Nous marchons depuis minuit, mais, poussés par un regain d'énergie, nous avançons plus vite que nous ne l'avons fait de toute la nuit.

Les arbres nous rejettent à la lisière d'une immense clairière, soigneusement entretenue : une longue allée verte qui s'étend sur quatre cents mètres. Elle est occupée par une enfilade de caravanes perchées sur des parpaings et des blocs de béton, ainsi que par des camionnettes rouillées, des tentes ; des couvertures sont suspendues aux branches des arbres en guise de dais. Le campement vibrionne déjà et sent le feu de bois.

Beast et Pippa sont en pleine conversation avec un grand homme aux cheveux sable devant l'une des caravanes. Raven et ma mère guident le groupe dans la clairière. Je ne bouge pas d'un millimètre, clouée sur place. Réalisant que je n'ai pas suivi le mouvement, Julian rebrousse chemin.

— Qu'y a-t-il ?

Il a les yeux rouges : il en a fait plus que chacun d'entre nous ces derniers jours – se portant volontaire pour partir en reconnaissance, chercher à manger, monter la garde pendant que nous dormions.

— Je... je sais où nous sommes, réponds-je. Je suis déjà venue.

Je ne précise pas : « avec Alex ». Inutile : le regard de Julian se voile.

— Viens, dit-il.

Ses inflexions sont calmes, pourtant, il me prend la main. Si ses paumes sont devenues calleuses, leur contact reste doux. Mes yeux examinent, presque malgré moi, la colonne de caravanes, désireux de repérer celle qu'Alex s'était attribuée. Seulement, ça remonte à l'été dernier, il faisait nuit et j'étais terrorisée. Je ne me souviens d'aucun détail, sinon de la bâche en plastique qui servait de toit escamotable et que je ne pourrai pas distinguer à cette distance. Une étincelle d'espoir s'allume dans ma poitrine. Peut-être qu'Alex est ici. Peut-être qu'il est revenu en terrain connu.

L'homme aux cheveux sable est en train d'expliquer à Pippa :

— Vous êtes arrivés juste à temps.

Il est beaucoup plus vieux que je ne l'avais cru de loin – au moins la quarantaine –, mais son cou est intact. Il a donc passé l'essentiel de sa vie loin de Zombieland.

— La partie commencera demain, à midi, ajoute-t-il.

— Demain ? répète Pippa, avant d'échanger un regard avec Tack.

Julian me presse la main ; l'angoisse accélère son rythme cardiaque.

— Pourquoi aussi tôt ? reprend Pippa. Si nous avions davantage de temps pour nous préparer...

— Et nous restaurer, la coupe Raven. La moitié d'entre nous sont à demi morts de faim. Ils ne pourront pas mettre beaucoup d'énergie au combat.

— Ce n'est pas moi qui décide, rétorque l'homme aux cheveux sable en écartant les mains. Nous sommes en relation avec nos amis de l'autre côté. Demain est notre meilleure chance d'entrer. Une grande partie des forces de sécurité seront occupées par un événement public près des laboratoires. Elles seront démobilisées à la frontière pour le surveiller.

Pippa se frotte les yeux et soupire.

— Qui entrera en premier ? s'enquiert ma mère.

— Nous n'avons pas encore réglé les détails. Nous ne savions pas si la résistance avait été prévenue, si nous pouvions compter sur des renforts.

Ses manières ont changé dès qu'il s'est adressé à ma mère : son ton est plus officiel et plus respectueux. Je remarque que son regard a été attiré par le tatouage sur son cou, celui qui la signale comme une ancienne détenue des Cryptes. Il connaît visiblement sa signification, même s'il n'a jamais mis les pieds à Portland.

— Vous pouvez compter sur des renforts maintenant, dit-elle.

Il considère notre groupe. Les gens ne cessent d'émerger des bois pour se déverser dans la clairière et se blottir en un bloc dans la faible lumière matinale. Il sursaute légèrement, prenant seulement la mesure de notre effectif.

— Combien êtes-vous ? demande-t-il.

Raven lui sourit de toutes ses dents.

— Assez.

Hana

La maison des Hargrove étincelle de lumière. Lorsque notre voiture s'engage sur le chemin qui y conduit, j'ai l'impression d'approcher d'un énorme paquebot à quai. Chaque fenêtre est éclairée par une lampe ; les arbres ont été décorés de guirlandes lumineuses, tout comme le toit.

Bien sûr, cette débauche électrique n'a rien de festif. Elle représente un symbole de pouvoir. Un pouvoir que nous possédons, contrôlons et gaspillons, tandis que les autres se rabougriront dans le noir, sueront à grosses gouttes en été et grelotteront de froid en hiver.

— Tu ne trouves pas ça charmant, Hana ? me demande ma mère, alors que des employés en livrée surgissent dans la nuit pour ouvrir la portière.

En attendant que nous descendions, ils s'effacent, les mains croisées en signe de déférence. Sans doute une requête de Fred. Je repense à ses doigts crispés sur mon cou. « Ça ne t'empêchera pas d'apprendre à t'asseoir quand je te le dirai. » Et le ton fataliste de Cassandra, la résignation dans son regard éteint : « Petit, il empoisonnait les chats. Il adorait les regarder mourir. »

— Charmant, répété-je.

Elle se tourne vers moi au moment de sortir de la voiture et fronce les sourcils.

— Tu es très silencieuse ce soir.

— La fatigue, sans doute.

Les dix derniers jours ont filé si rapidement que je ne parviens pas à les distinguer dans mon souvenir : ils se fondent ensemble, succession confuse qui a la couleur grise des rêves.

Demain, j'épouse Fred Hargrove.

Toute la journée, j'ai eu l'impression de dormir debout, de voir mon corps bouger, sourire et parler, s'habiller et se parfumer, descendre les escaliers en flottant jusqu'à la voiture qui nous attendait. À présent, c'est en témoin extérieur que je le vois remonter les dalles menant à la porte d'entrée.

Hana marche. Hana pénètre dans le hall, éblouie par l'éclat du lustre projetant des morceaux d'arc-en-ciel sur les murs, des lampes encombrant les consoles et biblio-thèques, des bougies se consumant dans des chandeliers en argent massif. Hana entre dans le salon bondé, et une centaine de figures rougeaudes et enflées se tournent vers elle.

— La voilà !

— La mariée est là…

— Et Mme Tate.

Hana dit bonjour et hoche la tête, serre des mains et sourit.

— Hana ! Tu arrives à point nommé. J'étais justement en train de chanter tes louanges.

Fred me rejoint en quelques enjambées, la mine enga-geante ; ses mocassins s'enfoncent sans bruit dans l'épaisse moquette. Hana donne le bras à son quasi-mari.

— Tu es très belle, me murmure-t-il à l'oreille. J'espère que tu as pris notre conversation au sérieux.

En prononçant ces derniers mots, il me pince vio-lemment la peau juste au-dessus du coude. Il offre son autre bras à ma mère et nous avançons dans la pièce alors que l'assemblée s'écarte pour nous, dans un bruissement de soie et de lin. Fred mène la danse, s'arrêtant pour discuter avec les membres les plus importants de la municipalité et ses bienfaiteurs les plus généreux. Je prête une oreille attentive et rit au bon moment, même si j'ai l'impression d'évoluer dans un rêve.

— Idée brillante, monsieur le maire. Je disais justement à Ginny...

— Et pourquoi auraient-ils droit à la lumière ? Pourquoi leur devrions-nous quoi que ce soit ?

— ... bientôt mettre un terme au problème.

Mon père est déjà là ; il discute avec Patrick Riley, l'homme qui a pris la tête de l'APASD à la suite de Thomas Fineman, assassiné le mois dernier. Riley a dû monter de New York, où se trouvent les quartiers généraux de l'association.

Repensant aux paroles de Cassandra – l'APASD était de mèche avec les Invalides, Fred également, les deux attaques étaient prévues... –, j'ai l'impression de devenir folle. Je ne sais plus ce que je dois croire. Ils finiront peut-être par m'enfermer dans les Cryptes avec Cassandra et par me priver de mes lacets. Je dois ravaler une subite envie de rire.

— Excuse-moi, dis-je dès que les doigts de Fred desserrent leur prise sur mon coude et que j'entrevois une occasion de m'échapper. Je vais me chercher à boire.

Il me sourit, même si son regard est noir. L'avertissement est clair : je suis sous surveillance.

— Bien sûr, répond-il d'un ton léger.

Alors que je m'éloigne, la foule se presse autour de lui, le rendant invisible. Une table recouverte d'une nappe a été dressée devant les grandes portes-fenêtres qui donnent sur la pelouse, où pas un brin d'herbe ne dépasse, et sur les parterres de fleurs impeccables, où les plantations ont été organisées par tailles, variétés et couleurs. Je demande un verre d'eau et m'efforce de me faire la plus petite possible dans l'espoir de ne pas avoir à parler pendant au moins quelques minutes.

— La voici ! Hana ! Tu te souviens de moi ?

À l'autre bout du salon, Celia Briggs – qui flanque Steven Hilt et porte une robe aussi seyante que si elle était, accidentellement, tombée dans un énorme tas de mousseline bleue – s'agite comme une folle pour attirer mon attention. Je me détourne, faisant mine de ne pas l'avoir vue. Alors qu'elle fond sur moi en entraînant Steven par la manche, je m'engouffre dans le couloir pour me réfugier à l'arrière de la maison.

Je me demande si Celia est au courant pour l'été dernier, si elle sait que Steven et moi avons respiré par la bouche l'un de l'autre, que nous avons laissé nos langues parler à notre place. Steven lui a peut-être raconté. C'est peut-être devenu un sujet de rigolade, maintenant que nous sommes tous à l'abri de ces nuits effrayantes et mouvementées.

Je me dirige vers la véranda, entièrement fermée par des moustiquaires, mais elle est aussi bondée. Au moment où je dépasse la cuisine, j'entends Mme Hargrove demander, en haussant le ton :

— Emportez ce seau de glace, vous voulez bien ? Le barman n'en a presque plus.

Désireuse de l'éviter, je me réfugie dans le bureau de Fred et referme derrière moi. Si Mme Hargrove me voit, elle cherchera à me ramener dans le salon, où je serai à la merci de Celia Briggs, et de tous ces invités aux grandes dents. Adossée à la porte, je souffle lentement. Mes yeux se posent sur le seul tableau de la pièce : l'homme, le chasseur, et les carcasses dépecées. Cette fois, cependant, je ne détourne pas les yeux.

Un détail étrange attire mon attention sur le chasseur : il est trop bien habillé avec son costume à l'ancienne et ses chaussures cirées. Sans m'en rendre compte, je m'approche de deux pas, à la fois hypnotisée et terrorisée. Ce ne sont pas des bêtes, suspendues aux crocs de boucher, mais des femmes. Des cadavres accrochés au plafond et empilés sur le sol de marbre. À côté de la signature de l'artiste se trouve une petite note, tracée au pinceau : *Le Mythe de Barbe-Bleue ou les Dangers de la désobéissance.*

J'éprouve un besoin impossible à identifier, une envie de hurler ou de prendre mes jambes à mon cou. Au lieu de quoi, je m'affale dans le fauteuil en cuir et abandonne ma tête au creux de mes bras croisés sur le bureau tout en essayant de me souvenir comment pleurer. Rien ne vient à part une vague démangeaison dans ma gorge et un mal de tête.

Je ne sais pas depuis combien de temps je suis assise là, quand je réalise soudain qu'une sirène approche. Brusquement, des éclairs rouges et blancs jaillissent dans la pièce, en alternance, pénétrant par la fenêtre. La sirène continue à hurler... Je me rends alors compte qu'elle est juste à côté, vagissement strident dans la rue accompagné d'autres en écho, plus lointains. Il s'est passé quelque chose.

Au moment où je sors du bureau, plusieurs portes claquent en même temps. Le murmure des conversations et de la musique s'est arrêté, remplacé par des éclats de voix. Fred déboule dans le couloir et fonce dans ma direction, alors que je viens tout juste de refermer la porte de son bureau. Il s'arrête en m'apercevant.

— Où étais-tu ?

— Sur la véranda, réponds-je du tac au tac, alors que mon cœur bat la chamade. J'avais besoin de prendre l'air.

Au moment où il ouvre la bouche, ma mère nous rejoint dans le couloir, pâle.

— Hana, dit-elle, te voilà !

— Que s'est-il passé ? demandé-je.

Le salon recrache de plus en plus de monde : Régulateurs en uniforme, gardes du corps de Fred, deux policiers à la mine grave et Patrick Riley, qui se débat avec sa veste. Les portables sonnent et la maison résonne du grésillement des talkies-walkies.

— Il y a eu des troubles à la frontière, explique ma mère en jetant des regards nerveux à Fred.

— La résistance ?

Je comprends à l'expression de ma mère que j'ai deviné juste.

— Ils ont été tués, bien sûr, observe Fred d'un ton sonore, pour que tout le monde puisse entendre.

— Combien étaient-ils ?

Fred pivote vers moi tout en plongeant les bras dans les manches de son manteau, qu'un Régulateur grisâtre lui présente.

— Quelle importance ? rétorque-t-il. Nous nous en sommes occupés.

Ma mère me décoche un regard éloquent tout en secouant presque imperceptiblement la tête. Derrière eux, un policier murmure dans son talkie-walkie :

— 104, 104, nous sommes en route.

— Prêt ? demande Patrick Riley à Fred.

Alors qu'il acquiesce en hochant la tête, la sonnerie tonitruante de son portable retentit. Il le sort de sa poche et coupe aussitôt le son.

— Merde ! On ferait mieux de se dépêcher. Les téléphones du bureau doivent devenir fous.

Ma mère passe un bras autour de mes épaules et son geste me décontenance. Il est très rare que nous ayons ce genre de contact. Elle doit être plus inquiète qu'il n'y paraît.

— Viens, Hana, ton père nous attend.

— Où allons-nous ?

Elle m'entraîne vers la porte d'entrée.

— À la maison, répond-elle.

Dehors, les invités se massent déjà. Pendant que nous attendons notre voiture, parmi tous les autres convives, nous voyons jusqu'à sept ou huit personnes monter dans des véhicules, femmes en robes longues qui s'entassent sur la banquette arrière. Personne ne tient à marcher dans les rues où résonne l'écho lointain des sirènes.

Mon père monte devant, à côté de Tony, pour que nous puissions, en nous serrant, accueillir M. et Mme Brande, qui travaillent tous deux au ministère de l'Assainissement. En temps normal, Mme Brande est une vraie pipelette – ma mère a toujours soupçonné que le remède l'avait privée de toute inhibition verbale –, mais ce soir nous roulons en silence. Tony va plus vite que d'habitude.

Il se met à pleuvoir. Les réverbères projettent des halos brisés sur les vitres. À présent que je suis sur le qui-vive, aiguillonnée par la peur et l'angoisse, je n'arrive pas à croire que j'aie pu être aussi idiote. Je prends une décision radicale : plus de visite à Deering Highlands, c'est trop dangereux. La famille de Lena n'est pas mon problème. J'ai fait tout ce qui était en mon pouvoir. La culpabilité qui reste là, pourtant, me serre la gorge, je tente de la ravaler.

Nous passons sous un autre réverbère et les gouttes de pluie se transforment en longs doigts sur la vitre, avant que la voiture ne soit, de nouveau, engloutie par le noir. J'imagine des silhouettes dans la nuit, glissant à côté de la voiture, aux visages qui surgissent momentanément des ténèbres. Alors que nous approchons d'un autre réverbère, j'aperçois une forme encapuchonnée qui sort des bois le long de la route. Nos regards se croisent et je laisse échapper un petit cri.

Alex. C'est Alex.

— Qu'y a-t-il ? s'enquiert ma mère, crispée.

— Rien, je...

Le temps que je me retourne, il a disparu et je suis convaincue d'avoir rêvé. C'est forcé. Alex est mort : il a été abattu à la frontière et n'a jamais réussi à passer de l'autre côté, dans la Nature. Une nouvelle boule se forme dans ma gorge.

— J'ai cru voir quelque chose.

— Ne t'en fais pas, Hana, me dit ma mère. Nous sommes parfaitement en sécurité dans la voiture.

Elle se penche pourtant pour demander à Tony, d'un ton cinglant :

— Vous ne pouvez pas rouler plus vite ?

Une image du nouveau mur, éclairé par une lumière giratoire rouge qui le tache de sang, surgit dans mon esprit. « Et s'ils étaient plus nombreux ? Et s'ils en avaient après nous ? » J'imagine Lena dans les rues de Portland, se terrant parmi les ombres, un couteau à la main. Mes poumons cessent, un instant, de se remplir d'air.

Non, impossible. Elle ne sait pas que c'est moi qui les ai dénoncés, Alex et elle. Personne ne le sait. De toute façon, elle est sans doute morte. Et si ce n'est pas le cas, si par miracle elle a survécu à son évasion et s'est établie dans la Nature, elle n'aura jamais rejoint la résistance.

Elle n'était adepte ni de la violence ni de la vengeance. Lena, qui s'évanouissait presque quand elle se coupait le doigt, qui était incapable de mentir à un prof si elle était en retard. Elle n'avait pas le cran nécessaire.

Et ça ne peut pas avoir changé aujourd'hui, si ?

Lena

Les préparatifs se prolongent jusque tard dans la nuit. L'homme aux cheveux sable, Colin, s'enferme avec Beast, Pippa, Raven, Tack, Max, Cap, ma mère et une poignée de membres de son groupe dans une caravane. Il a posté un garde devant la porte : on n'entre que sur invitation. Je sais que quelque chose d'énorme se prépare – d'aussi énorme, sinon plus, que les Incidents qui ont détruit une partie des Cryptes et un commissariat. Aux indices que Max a laissés échapper, j'ai compris que cette nouvelle action ne se cantonnait pas à Portland. Comme pour les Incidents, Sympathisants et Invalides se réunissent dans plusieurs villes du pays, canalisant leur colère et leurs forces pour aider la résistance.

Raven et Max s'échappent de la réunion pour aller se soulager dans les bois, le visage empreint de gravité, et quand je supplie Raven de me permettre d'assister à la suite des pourparlers, elle me coupe avant que j'aie fini :

— Va te coucher, Lena. Tout est sous contrôle.

Il doit être près de minuit ; Julian dort depuis des heures. Je ne me sens pas capable de m'allonger, dans l'immédiat. J'ai des fourmis dans les bras et les jambes, mon corps réclame de bouger. Je marche en rond pour tenter de chasser cette sensation tout en fulminant – agacée par Julian, furieuse contre Raven, obnubilée par tout ce que j'aimerais lui dire. C'est moi qui ai sorti Julian de notre prison souterraine. Moi qui ai risqué ma vie pour m'introduire en douce à New York et le sauver. Moi qui suis entrée dans l'enceinte de Waterbury, moi qui ai découvert que Lu était une traîtresse. Et Raven me dit d'aller au lit comme si j'étais une gamine turbulente de cinq ans.

Je passe mes nerfs sur une tasse en fer-blanc à demi enfouie dans la cendre, au pourtour d'un feu de camp éteint. Je la regarde filer, à six mètres de là, et atterrir contre une caravane.

— Ça va pas, non ? crie un homme.

Je me fiche de l'avoir réveillé. Je me fiche d'empêcher tout le monde de dormir.

— Tu n'as pas sommeil ?

Je fais volte-face, surprise. Coral est assise un peu en retrait, les genoux pressés contre la poitrine, à côté des restes fumants d'un autre feu. Elle le tisonne de temps à autre, sans conviction.

— Ah, salut… Je ne t'avais pas vue.

Je marche sur des œufs – depuis le départ d'Alex, elle est mutique. Son regard rencontre le mien et elle m'adresse un pauvre sourire.

— Moi non plus, je n'arrive pas à dormir, dit-elle.

J'ai toujours la bougeotte, mais ça me fait bizarre de rester debout alors qu'elle est assise ; je m'installe donc sur une des souches noircies par la fumée qui encerclent le feu de camp.

— Tu es inquiète pour demain ? lui demandé-je.

— Pas vraiment.

Elle remue les braises et regarde une flamme reprendre vie avant de s'éteindre à nouveau.

— Les conséquences pour moi sont plutôt réduites, non ? ajoute-t-elle.

— Comment ça ?

Je l'observe attentivement pour la première fois depuis une semaine ; je l'ai, sans le vouloir, évitée. Quelque chose de tragique se dégage d'elle, une absence : sa peau laiteuse paraît exsangue, vidée de toute vie. Haussant les épaules, elle garde les yeux rivés sur les braises.

— Je veux dire que je n'ai plus personne.

J'avais l'intention d'évoquer Alex avec elle, de lui présenter des excuses, mais les mots ne sont jamais venus. À présent, ils restent coincés dans ma gorge.

— Écoute, Coral…

Je prends une profonde inspiration. « Dis-le, Lena. Allez, dis-le. »

— Je suis vraiment désolée qu'Alex soit parti. Je sais… je sais que ça a dû être dur pour toi.

Et voilà : je viens d'admettre tout haut que c'était pour elle que la perte a été la plus grande. Les mots ont à peine franchi mes lèvres que j'éprouve une étrange sensation de décompression, comme si d'énormes baudruches venaient de se dégonfler dans ma poitrine. Elle soutient mon regard, ce qu'elle n'a pas fait depuis que je me suis assise. Son expression est indéchiffrable.

— C'est bon, finit-elle par dire en baissant les yeux. Il était toujours amoureux de toi, de toute façon.

J'ai l'impression qu'elle vient de m'envoyer son poing dans le ventre. J'en ai le souffle coupé.

— Qu'est-ce… qu'est-ce que tu racontes ?

Un sourire grimaçant étire ses lèvres.

— Il l'était. Ça sautait aux yeux. Ce qui ne nous empêchait pas de nous apprécier, lui et moi.

Elle secoue la tête, puis reprend :

— Je ne parlais pas d'Alex, de toute façon, quand j'ai dit que je n'avais plus personne. Je pensais à Nan et au reste de la bande. La mienne.

Elle abandonne son bâton pour enlacer ses genoux.

— C'est bizarre que je ne m'en rende compte que maintenant, hein ?

Bien qu'abasourdie par sa révélation, je parviens à conserver le contrôle de moi-même. Je lui effleure le coude.

— Hé, Coral, tu nous as, nous. On est ta bande, maintenant.

— Merci.

Son regard croise à nouveau le mien et elle se force à sourire. La tête inclinée, elle m'observe d'un air concentré quelques secondes.

— Je comprends pourquoi il t'aimait.

— Coral, tu te trompes…

Je m'interromps en entendant des bruits de pas.

— Je croyais que vous vous étiez couchées il y a des heures, nous lance ma mère.

Coral se met debout et époussette l'arrière de son jean – un geste qui trahit sa nervosité, car nous sommes couvertes de terre et de boue séchée des cils aux ongles.

— J'y allais, justement, dit-elle. Bonne nuit, Lena. Et… merci.

Avant que j'aie le temps de répondre, elle tourne les talons et s'éloigne vers l'extrémité sud de la clairière, où la plupart des nôtres se sont réunis.

— Elle a l'air d'une chic fille, souligne ma mère en s'asseyant sur la souche que Coral a laissée vacante. Trop fragile pour la Nature.

— Elle y vit depuis presque toujours. Et c'est une vraie combattante, au contraire.

Malgré moi, ma voix trahit une certaine agressivité. Ma mère me dévisage.

— Quelque chose ne va pas ?

— Ce qui ne va pas, c'est que je n'aime pas être maintenue dans l'ignorance. Je veux savoir quel est le plan pour demain.

Mon cœur tambourine. Je me montre injuste avec ma mère, j'en suis bien consciente – ce n'est pas sa faute si je n'ai pas été conviée à la réunion –, mais je pourrais hurler de frustration. Les paroles de Coral ont libéré quelque chose en moi, qui vibre dans ma poitrine et transperce mes poumons. « Il était toujours amoureux de toi, de toute façon. » Non, c'est impossible, elle n'a rien compris. Il ne m'a jamais aimée ; il me l'a dit. Adoptant une expression grave, ma mère rétorque :

— Lena, tu dois me promettre de rester ici, au camp, demain. Tu dois me promettre de ne pas te battre.

À mon tour de la dévisager.

— Quoi ?

Elle ébouriffe ses cheveux, donnant l'impression de s'être, littéralement, coiffée avec un pétard.

— Personne ne sait très bien à quoi s'attendre de l'autre côté de l'enceinte. Nous n'avons que des estimations concernant les forces de sécurité, et nous ne sommes pas certains du nombre de personnes ralliées à notre cause qu'ont réussi à rassembler nos amis à Portland. J'ai réclamé un délai avec insistance, et ma demande a été retoquée.

Secouant la tête, elle conclut :

— C'est dangereux, Lena, je ne veux pas que tu y prennes part.

Le sentiment libéré dans ma poitrine – mélange de colère et de tristesse d'avoir perdu Alex, mais, surtout, de mener cette vie de bric et de broc, de confessions à demi-mot et de promesses non tenues – explose brusquement.

— Tu n'as toujours pas pigé, hein ?

Je tremble presque, quand j'ajoute :

— Je ne suis plus une gamine ! J'ai grandi. J'ai grandi sans toi. Et tu n'as pas à me dicter ma conduite !

Je m'attends à ce qu'elle me réponde sur le même mode, pourtant elle se contente de soupirer, le regard perdu en direction des braises orangées qui persistent sous la cendre, coucher de soleil enseveli. Puis, brusquement, elle réplique :

— Est-ce que tu te rappelles l'histoire de Salomon ?

Sa question me prend tellement au dépourvu que, pendant un instant, ne retrouvant pas l'usage de ma langue, je me contente de hocher la tête.

— Dis-moi, insiste-t-elle. Raconte-moi ce dont tu te souviens.

Le message d'Alex, toujours rangé dans la bourse autour de mon cou, se met soudain à me brûler la poitrine à travers le cuir.

— Deux mères qui se disputent pour un bébé, réponds-je avec prudence. Et qui décident de couper l'enfant en deux. Parce que le roi en a décidé ainsi.

Elle secoue la tête.

— Non. Ça, c'est la version révisée, celle relatée par *Le Livre des Trois S.* Dans le récit original, les mères ne coupent pas l'enfant.

Je ne fais plus un mouvement, craignant presque de respirer. J'ai l'impression de me tenir au bord d'un précipice, d'une prise de conscience imminente, et je ne suis pas certaine d'être prête.

— En réalité, poursuit-elle, si le roi Salomon propose de partager le bébé, c'est seulement pour tester les mères. L'une accepte et l'autre décide de renoncer à l'enfant. Elle ne veut pas qu'il arrive de mal au petit.

Elle lève les yeux vers moi. Même dans le noir, je peux discerner l'étincelle qui ne les a jamais quittés.

— Grâce à ce stratagème, le roi identifie la véritable mère. Celle qui est prête à sacrifier son bonheur pour préserver son enfant.

Je ferme les paupières et vois au travers les braises rougeoyer : une aube couleur de sang, de fumée et de feu, Alex derrière les cendres. Tout à coup, je sais. Je comprends la signification de son message.

— Je ne cherche pas à te contrôler, Lena, reprend-elle tout bas. Je veux juste te préserver. C'est toujours ce qui a motivé mes choix.

Je rouvre les yeux. L'image d'une nuée d'insectes noirs fondant sur Alex disparaît.

— Il est trop tard, dis-je d'une voix blanche, méconnaissable. Ce que j'ai vu... perdu, tu ne peux pas le comprendre.

Je n'ai jamais été aussi près de lui parler d'Alex. Par chance, elle ne cherche pas à me tirer les vers du nez, se contentant d'acquiescer.

— Je suis fatiguée, dis-je en me redressant.

Mon corps me paraît étranger, comme une marionnette dont les coutures commenceraient à craquer. Alex s'était sacrifié une première fois pour que je puisse vivre et être heureuse. Il s'est sacrifié une seconde fois... J'ai été si bête ! Et maintenant il est parti, je n'ai aucun moyen d'aller lui dire que je sais et que je comprends. Aucun moyen de lui dire que je l'aime encore, moi aussi.

— Je vais me coucher, dis-je en évitant son regard.

— Je crois que c'est une bonne idée, approuve-t-elle.

Je me suis déjà éloignée quand elle m'interpelle. À présent que le feu est entièrement éteint, l'obscurité lui mange tout le visage.

— Nous partons à l'aube.

Hana

Je n'arrive pas à dormir.

Demain, je ne serai plus moi-même. Je remonterai la moquette blanche de l'allée pour venir me poster sous le dais blanc et réciter des vœux de fidélité. Ensuite, une pluie de pétales blancs tombera sur moi, jetés par le prêtre, par les invités, par mes parents.

Je renaîtrai : vierge, immaculée et monotone, comme le monde après une tempête de neige.

Je veille toute la nuit et regarde l'aube se lever lentement à l'horizon, qui peint le monde en blanc.

Lena

Perdue au milieu d'une foule, je regarde deux enfants se disputer pour un bébé. Ils tirent dessus si violemment que le nourrisson bleuit ; je comprends qu'il est en danger. Je tente de me frayer un chemin dans la masse, mais il y a toujours plus de monde pour me barrer le passage et m'empêcher d'avancer. Soudain, ainsi que je le craignais, le bébé tombe : il heurte le pavé et se brise en mille morceaux, telle une poupée de porcelaine.

La foule disparaît aussitôt. Je suis seule sur une route et, devant moi, une fille aux longs cheveux emmêlés est penchée au-dessus de la poupée cassée, réunissant avec difficulté ses différentes parties, tout en fredonnant. C'est une belle journée tranquille. Chacun de mes pas résonne avec autant de force qu'une détonation, pourtant elle ne relève la tête qu'une fois que je suis juste devant elle. Grace.

Tu vois ? dit-elle en brandissant la poupée sous mon nez. *Je l'ai réparée.*

Je découvre alors que celle-ci a mon propre visage, parcouru d'un millier de minuscules fissures. Grace la berce dans ses bras en chantonnant :

Réveille-toi, réveille-toi...

— Réveille-toi.

J'ouvre les yeux ; ma mère se tient au-dessus de moi. Je m'assieds, les membres engourdis, et agite les doigts comme les orteils pour retrouver des sensations. L'atmosphère est embrumée et le ciel s'éclaire à peine. Le givre qui recouvre le sol a transpercé ma couverture pendant que je dormais, et le vent a un mordant matinal. Le campement est en effervescence : autour de moi, on se lève ou s'agite, silhouettes dans la pénombre. Des feux s'allument et, de temps à autre, l'éclat d'une conversation ou d'un ordre me parvient.

Ma mère me tend la main pour m'aider à me mettre debout. Étonnamment, elle paraît reposée et alerte. Je piétine sur place pour chasser la raideur de mes jambes.

— Le café va te réchauffer.

Je ne suis pas surprise de trouver Raven, Tack, Pippa et Beast déjà à pied d'œuvre. Avec Colin et une douzaine d'autres, ils se sont réunis autour de l'un des plus grands braseros. Leur souffle forme de petits nuages de vapeur tandis qu'ils discutent à voix basse. Une immense marmite de café est posée sur le feu : il est amer et épais, mais chaud. Il me suffit de quelques gorgées pour me sentir déjà mieux réveillée et plus en forme. Je ne parviens pas à avaler quoi que ce soit de solide, pourtant.

Raven hausse un sourcil en me voyant approcher. D'un geste, ma mère manifeste sa résignation, et Raven reporte son attention sur Colin.

— Très bien, dit-il. Comme convenu hier soir, on entrera dans la ville en trois groupes distincts. Le premier partira dans une heure, en éclaireur, pour établir le contact avec nos amis. Le deuxième, la force principale, ne quittera pas le camp avant l'explosion à midi. Le troisième suivra immédiatement et se rendra directement vers la cible...

— Salut, toi...

Julian vient d'arriver dans mon dos. Ses yeux sont encore bouffis de sommeil et ses cheveux désespérément emmêlés.

— Tu m'as manqué hier soir, ajoute-t-il.

Je n'ai pas trouvé la force, cette nuit, d'aller m'allonger à côté de lui. Je me suis donc installée dehors, sur une couverture, parmi une centaine d'autres femmes. J'ai longuement fixé les étoiles, me rappelant ma première visite dans la Nature avec Alex – il m'avait conduite à l'une de ces caravanes et rabattu la bâche qui servait de toit pour qu'on puisse voir le ciel. Il y a tant de choses que nous ne nous sommes pas dites ; c'est le danger, et la beauté, de la vie sans le remède. Il y a toujours des taillis, la route n'est jamais dégagée.

Julian fait un pas vers moi, et je recule.

— J'avais du mal à dormir, dis-je. Je ne voulais pas te réveiller.

Il fronce les sourcils. Je n'arrive pas à soutenir son regard. Au cours de la semaine passée, j'ai accepté le fait que mon amour pour Julian ne serait pas comparable à celui que j'éprouve pour Alex. À présent, cette idée me submerge, se dresse tel un mur entre nous. Je n'aimerai jamais Julian comme j'aime Alex.

— Qu'est-ce qui ne va pas ? me demande Julian, qui me considère avec méfiance.

— Rien… Rien.

— Quelque chose s'est…

Raven s'est retournée pour le fusiller du regard et il s'interrompt aussitôt.

— Hé, milord, aboie-t-elle, ce n'est pas le moment d'échanger des cancans, d'accord ? Ferme-la ou dégage !

Elle a pris l'habitude d'utiliser ce surnom quand elle est de mauvais poil. Julian ne proteste pas. Le ciel est zébré de longues traînées orange et rouges qui évoquent les filaments d'une gigantesque méduse flottant dans un océan d'un blanc laiteux. La brume monte du sol ; la terre se secoue de sa torpeur. Portland, aussi, doit se réveiller.

Colin nous expose son plan.

Hana

on dernier matin en tant que Hana Tate... Je sirote mon café sur le perron de la maison, seule. J'avais prévu de faire un dernier tour à vélo, mais c'est devenu impossible avec ce qui est arrivé la veille. Les rues doivent grouiller de policiers et de Régulateurs. Ils me réclameront mes papiers et me poseront des questions auxquelles je ne peux pas répondre. Je me suis donc installée sur la balancelle, trouvant du réconfort dans son couinement rythmé. L'air, d'une tranquillité matinale, est froid, gris et chargé de grains de sel. Je devine que la journée sera idéale, sans un nuage. De temps à autre, une mouette pousse un cri retentissant. À cette exception près, le silence est parfait. Ici, il n'y a ni alarmes ni sirènes. Aucune trace des troubles d'hier soir.

En centre-ville, ce sera différent. Il y aura des barricades et des postes de contrôle, la sécurité sera renforcée au pied du nouveau mur. Je me rappelle, soudain, ce que Fred m'a dit à ce sujet ; il sera comme la main de Dieu, nous protégeant de tout – les malades, les Invalides et les infidèles.

Mais peut-être n'est-on jamais vraiment à l'abri...

Je me demande s'il y aura de nouveaux raids à Deering Highlands, si les habitants seront à nouveau déplacés, avant d'évacuer rapidement la question. Je ne peux rien pour la famille de Lena, je le réalise à présent. J'aurais dû le savoir depuis le début. Ce qui leur arrive – faim ou froid – n'est pas de mon ressort. Nous sommes tous punis pour les existences que nous nous sommes choisies, d'une façon ou d'une autre. Je paierai, pour avoir trahi Lena et pour avoir aidé sa famille, chaque jour de ma vie.

Je ferme les yeux pour me représenter le vieux port : les rues au bitume irrégulier, la jetée, le soleil émergeant de l'eau et les vagues léchant le quai. Au revoir, au revoir, au revoir... Mentalement, je traverse le parc d'Eastern Promenade, au bord de l'eau, pour grimper sur Munjoy Hill ; je vois Portland étalé dans toute sa splendeur à mes pieds, scintillant dans la lumière de ce nouveau jour.

— Hana ?

Je rouvre les yeux. Ma mère m'a rejointe sur la véranda. Elle serre les pans de sa fine robe de chambre et plisse les paupières. Sans maquillage, sa peau paraît presque grise.

— Tu devrais aller prendre ta douche, observe-t-elle.

Je me lève et la suis dans la maison.

Lena

Nous avons rejoint le mur. Nous devons être quatre cents, massés au pied des arbres. La nuit dernière, un détachement a traversé l'enceinte pour préparer la brèche d'aujourd'hui. Plus tôt ce matin, un autre groupe – composé de fidèles de Colin, triés sur le volet – a franchi la clôture à l'ouest de Portland, juste à côté des Cryptes, où le mur de béton n'a pas encore été érigé et où la sécurité avait été sapée par des alliés de l'intérieur. Cette opération remonte à plusieurs heures maintenant, et il n'y a dorénavant plus rien à faire qu'à attendre le signal.

La troupe principale lancera l'assaut contre la muraille. L'essentiel des forces de sécurité sera occupé aux laboratoires, qui accueillent une cérémonie importante. Nous ne devrions être opposés qu'à un nombre restreint de gardes, même si Colin craint que l'attaque de la nuit ne se soit pas aussi bien déroulée que prévu. Il est possible que, de l'autre côté du mur, soient postés davantage de Régulateurs et d'hommes armés que nous le pensons.

Nous verrons bien.

De là où je me tiens, accroupie dans un fourré, j'aperçois de temps à autre Pippa, à une cinquantaine de mètres, lorsqu'elle bouge derrière le buisson de genièvre où elle a choisi de se cacher. Je me demande si elle est nerveuse. Elle joue un rôle crucial : elle est chargée d'une des bombes. La troupe principale – qui déclenchera le chaos à la frontière – a pour principal objectif de permettre aux quatre résistants pourvus de bombes de se glisser en douce dans la ville. La cible de Pippa est le 88 Essex Street, une adresse qui m'est inconnue – sans doute un bâtiment municipal, comme les trois autres.

Le soleil continue sa progression dans le ciel. 10 heures. 10 h 30. Midi.

Le signal retentira d'une minute à l'autre.

Patience.

Hana

La voiture est là, tu es prête ?
— Ma mère me pose une main sur l'épaule. Redoutant que ma voix ne me trahisse, je me contente de hocher la tête. La fille dans le miroir – ses anglaises blondes épinglées sur son crâne, ses cils noirs de mascara, sa peau parfaitement lisse, ses lèvres peintes – acquiesce de même.

— Je suis très fière de toi, me dit ma mère tout bas.

J'imagine qu'elle est gênée : des gens n'arrêtent pas d'aller et venir dans la pièce – photographes, maquilleurs et Debbie, la coiffeuse. Elle n'a jamais, de toute sa vie, avoué qu'elle était fière de moi.

— Tiens.

Elle m'aide à enfiler un peignoir en coton qui protégera ma robe durant le court trajet jusqu'aux laboratoires. Ma robe qui balaie le sol et qui est retenue à l'épaule par une broche en or représentant un aigle, l'animal auquel Fred est le plus souvent comparé.

Un groupe de journalistes s'est formé devant le portail et je me fige sur le seuil de la maison en découvrant que je suis le point de mire d'autant d'objectifs. Une rafale de *clic-clac* retentit. Le soleil flotte dans un ciel sans nuages, comme un énorme œil blanc esseulé. On doit approcher de midi. Dès que je suis à l'abri, dans la voiture, je me sens soulagée. Il y fait sombre, frais, et je sais que personne ne peut me voir derrière les vitre teintées.

— J'ai du mal à y croire, s'enthousiasme ma mère, qui joue avec ses bracelets (je l'ai rarement vue aussi excitée). Je croyais vraiment que ce jour ne viendrait jamais. C'est idiot, non ?

— Idiot, répété-je.

Lorsque nous quittons la résidence, je constate que les forces de l'ordre ont été doublées. La moitié des rues conduisant au centre-ville, barricadées, sont occupées par des patrouilles de Régulateurs, des policiers et même des hommes portant les insignes argentés de l'armée. Quand j'aperçois enfin les toits en pente blancs des laboratoires – nous serons mariés dans l'une des salles de conférences, suffisamment grande pour contenir un millier d'invités—, la foule est si dense que Tony doit rouler au pas. À croire que tout Portland est venu assister à mes noces. Les gens cognent sur le capot de la voiture pour me porter chance. Des mains s'abattent sur le toit et les vitres, me faisant sursauter. La police nous fraie un chemin dans la multitude, écartant les curieux et dégageant le passage pour la voiture au cri de : « Laissez-les passer, laissez-les passer ! »

Plusieurs barrières de police ont été érigées juste avant la grille des laboratoires. Des Régulateurs les déplacent pour que nous puissions pénétrer dans le petit parking pavé devant l'entrée principale. J'aperçois la voiture de la famille Hargrove ; Fred doit déjà être là. Mon estomac se soulève. Je ne suis pas venue ici depuis mon opération. À mon entrée, j'étais une fille misérable et accablée, pleine de culpabilité, de souffrance et de colère. À ma sortie, une autre, purifiée et plus stable. Ce jour-là, ils m'ont amputée de Lena, de Steve Hilt aussi, et de toutes ces nuits noires et moites, où je n'étais plus sûre de rien. Ce n'était que le début de la guérison, pourtant. Ceci, mon mariage avec Fred, est sa conclusion.

Les gardes ont refermé la grille derrière nous et remis les barrières en place. Malgré tout, au moment de descendre de voiture, j'ai l'impression de sentir la pression de la foule, qui brûle d'entrer, de me voir prêter serment, engager mon existence future sur la voie qui a été choisie pour moi. La cérémonie ne commencera pas avant un quart d'heure, pourtant, et la grille ne s'ouvrira qu'au dernier moment.

Derrière la porte à tambour, Fred m'attend, sans sourire, les bras croisés. Les reflets sur la vitre déforment son visage. À cette distance, on croirait que sa peau est couverte de trous.

— C'est l'heure, annonce ma mère.

— Je sais, dis-je en passant devant elle pour m'engouffrer dans le bâtiment.

Lena

C'est l'heure. Des coups de fusil – une douzaine au moins – retentissent au loin, et aussitôt nous nous mettons en branle comme un seul homme. Nous jaillissons des bois, par centaines, projetant boue et poussière alors que nos pieds martèlent le sol en rythme, tels les battements d'un gigantesque cœur. Deux échelles de corde descendent du sommet du mur, puis deux autres encore, puis trois... Jusqu'ici, tout va bien. Les premiers atteignent l'enceinte, sautent pour s'accrocher aux échelles et s'élever.

Au loin, une fanfare joue une marche nuptiale.

Hana

À l'extérieur des laboratoires, la vingtaine de gardes en tenue d'apparat tire une salve d'honneur, ouvrant ainsi la cérémonie. Par les immenses fenêtres ouvertes de la salle de conférences, nous entendons la fanfare, qui entame une marche nuptiale. La plupart des curieux n'ont pas pu entrer dans le bâtiment ; ils se tasseront dehors et se mettront sur la pointe des pieds pour tenter d'apercevoir quelque chose. Le prêtre porte un microphone qui amplifiera sa voix et lui permettra d'être entendu de tout le monde, de toucher la foule avec ses propos sur la perfection et l'honneur, le devoir et la sécurité.

Une estrade a été installée au centre de la pièce, face au podium depuis lequel le prêtre officiera. Deux aides, vêtus pour le symbole de blouses de laboratoire, m'escortent.

Lorsque Fred prend mes mains dans les siennes pour les poser sur *Le Livre des Trois S*, un petit soupir traverse la salle, une exhalaison de soulagement.

Voici à quoi nous sommes destinés : des promesses, des engagements, des serments solennels d'obéissance.

Lena

J e suis à la moitié de l'échelle quand les alarmes se déclenchent. Une seconde plus tard, de nouvelles détonations retentissent. Elles ne sont pas synchronisées cette fois ; un staccato précipité, assourdissant tant il est proche, suivi aussitôt d'une symphonie de cris, de coups de feu et de hurlements. Une femme à califourchon sur le mur bascule en arrière et s'écrase au sol dans un bruit mat écœurant, le sang s'écoulant ensuite par bouillons de sa poitrine.

Seul un dixième de notre effectif a réussi à franchir l'enceinte. L'air est soudain envahi par la fumée des armes. Les gens s'époumonent – « Vas-y », « Stop », « Avance », « Restez où vous êtes ou je tire ! ». Tétanisée, je me pétrifie sur l'échelle qui oscille ; mes mains glissent un peu et je réussis *in extremis* à retrouver l'équilibre. J'ai l'impression de ne plus avoir aucun contrôle sur mon corps. Au sommet de l'échelle, un Régulateur commence à trancher les cordes avec un couteau.

— Avance, Lena, avance !

Julian, qui est juste en dessous de moi, me pousse ; je sors de ma torpeur. Je reprends mon ascension, ignorant la douleur cuisante dans mes paumes. Mieux vaut affronter les Régulateurs sur la terre ferme – où nous avons une chance –, que de rester ainsi, aussi exposés qu'un poisson au bout d'une ligne.

L'échelle frémit. Le Régulateur continue à s'acharner avec son couteau. Jeune, il me paraît presque familier, et la sueur colle des mèches blondes sur son front. Beast vient d'atteindre le sommet du mur. Un son sec, suivi d'un petit jappement, s'élève lorsque son coude rencontre le nez du garde.

La suite se précipite : Beast désarme le Régulateur et lui plante le couteau dans le ventre ; celui-ci s'écroule en avant, le regard vitreux. Beast le fait basculer dans le vide sans y mettre plus de cérémonie que s'il s'agissait d'un sac-poubelle. Il atterrit, lui aussi, dans un bruit mat. Alors, seulement, je le reconnais : un élève de Joffrey's Academy, à qui Hana a déjà adressé la parole sur la plage. Il a le même âge que moi : nous avons été évalués le même jour.

Pas le temps de m'attarder sur ces pensées.

Deux tractions puissantes des bras me permettent d'atteindre le sommet du mur. Je me réceptionne sur le ventre, où le béton s'enfonce profondément, et m'efforce de me faire le plus petite possible. Compacte. De ce côté-ci, la surface du mur est recouverte d'échafaudages. La construction n'est pas encore achevée et seules quelques portions du tour de ronde sont terminées. Partout, des corps enchevêtrés, des êtres qui se battent, aux prises les uns avec les autres, cherchant à avoir le dessus.

Pippa se démène pour monter à une échelle sur ma droite. Accroupi sur une plate-forme, Tack couvre sa progression en balayant de son arme les alentours et en éliminant ceux qui, à terre, se précipitent vers nous. Raven suit Pippa, le manche de son poignard entre les dents, un pistolet accroché à la taille. Ses traits sont crispés par la concentration.

La scène s'imprime dans mon cerveau par images éclatées : ennemis qui fondent sur le mur, surgissant de guérites et d'entrepôts ; hurlements de sirènes – la police, qui répond vite à l'alerte. Et en plus de tout ça, le nœud dans le ventre à la vue de ce paysage de toits et de routes ; les trottoirs, rubans gris terne ; Back Cove, qui scintille devant moi ; les parcs disséminés au loin ; l'échancrure de la baie au-delà du point blanc des laboratoires. Portland. Ma maison.

Je manque de perdre connaissance : il y a trop de monde – ces corps qui se pressent et se poussent, ces visages grotesques qui se contorsionnent – et trop de bruit. La fumée me brûle la gorge. Une partie de l'échafaudage a pris feu. Pourtant, nous n'avons fait passer qu'un quart de notre troupe. Aucun signe de ma mère, je ne sais pas ce qui lui est arrivé... Puis Julian, qui a réussi à grimper jusqu'en haut, m'attrape par la taille et me force à m'agenouiller.

— Baisse-toi ! Baisse-toi ! hurle-t-il.

Au moment où nos genoux heurtent violemment les planches, une série de balles se fichent dans le mur derrière nous, nous arrosant d'une fine poussière et de petits bouts de béton. La plate-forme gémit et vacille. Les gardes au sol tentent de déstabiliser l'édifice fragile pour le renverser.

Julian me crie quelque chose ; ses mots se perdent, mais je devine leur sens : nous devons avancer, rejoindre la terre ferme. Tack a abandonné son poste pour aider Pippa à passer la muraille. Entravée par le sac à dos qu'elle porte, elle se déplace maladroitement. Un instant, j'imagine que la bombe va exploser ici, maintenant – le sang et le feu, l'odeur suave de la fumée et les éclats de béton –, cependant Pippa arrive saine et sauve au sommet. À cet instant précis, en contrebas, un garde l'aligne dans son viseur. Je voudrais hurler pour la prévenir, cependant, aucun son ne franchit mes lèvres.

— Baisse-toi, Pippa !

Raven se jette par-dessus le mur et l'écarte au moment où l'homme presse la détente.

Pan ! Le plus discret des bruits. Un pétard mouillé.

Raven sursaute et se raidit. L'espace d'une seconde, je crois à un simple effet de la surprise : sa bouche s'arrondit, ses yeux s'écarquillent. Puis elle se met à tituber et je comprends qu'elle est morte. Elle tombe, tombe, tombe...

— Non !

Tack bondit et l'agrippe par son tee-shirt avant qu'elle ne bascule au pied du mur. Il la serre contre lui, sur ses genoux. Ça fourmille tout autour de lui, les gens grouillent sur l'échafaudage tels des rats, mais il reste assis là et se balance légèrement d'avant en arrière en lui tenant le visage. Elle le regarde sans le voir, la bouche grande ouverte. Sa tresse noire est enroulée sur la cuisse de Tack. Il remue les lèvres ; il lui parle.

Maintenant, il y a un cri en moi, silencieux et tonitruant, un trou noir. Je ne peux pas bouger ; je ne peux rien faire à part garder les yeux rivés sur eux. Impossible que Raven meure de la sorte, pas ici, pas comme ça, pas en un clignement de paupières, pas sans se battre.

Que fait ma petite main ? Elle frappe : pan pan pan ! Je me souviens soudain de la comptine, celle que nous récitions en jouant dans le parc. *Et puis... elle s'en va !*

C'est de ça qu'il s'agit, un jeu d'enfants. Nous nous amusons avec des jouets étincelants qui font beaucoup de bruit. On est dans deux camps distincts, comme quand on était petits.

Pan ! Une douleur fulgurante rayonne dans mon crâne, puis se dissipe. Par réflexe, je porte une main à mon visage à la recherche d'une blessure ; j'effleure mon oreille et me retrouve les doigts poisseux de sang. Une balle vient de m'effleurer. Le choc, plus encore que le mal, me réveille et remet mon corps en mouvement. Il n'y avait pas assez d'armes à feu pour tout le monde, mais j'ai un couteau qui, bien que vieux et émoussé, vaut toujours mieux que rien. Je me débats avec l'étui en cuir à ma taille pour le sortir. Julian a entrepris de descendre, s'accrochant tel un singe aux barres de fer transversales. Lorsqu'un garde tente de lui attraper la jambe, il pivote et lui balance, de toutes ses forces, son pied dans la figure. Profitant de son avantage, Julian se laisse tomber sur les derniers mètres. Il arrive en plein chaos : Invalides et policiers, nos alliés et nos ennemis, se confondant pour former un énorme animal ensanglanté.

Je m'approche du rebord du chemin de ronde et m'élance. Les quelques secondes où je suis suspendue dans le vide sont les plus terrifiantes. Je suis totalement exposée. Totalement vulnérable. Ces deux secondes, trois maximum, me semblent durer une éternité.

Me tordant la cheville, j'atterris sur un Régulateur et l'entraîne dans ma chute. Nous nous débattons l'un et l'autre, alors que nos membres sont emmêlés, pour prendre le dessus. Il tente de me viser avec son pistolet, toutefois, je réussis à l'attraper par le poignet et à le lui tordre, violemment. Dans un cri de douleur, il lâche son arme. Quelqu'un l'écarte d'un coup de pied et elle m'échappe, tournant comme une toupie dans la poussière grise des gravillons.

Elle s'arrête à quelques mètres de nous. Le Régulateur la repère aussi et nous nous jetons sur elle en même temps. Il est plus grand que moi, mais plus lent. Je referme les doigts sur la crosse une seconde avant lui, et son poing ne rencontre que le vide. Il pousse un rugissement enragé et bondit sur moi. Je le frappe avec le canon et entends un craquement sinistre lorsque celui-ci entre en contact avec son crâne. Il s'évanouit et je me redresse avant d'être piétinée.

J'ai un goût de métal et de poussière dans la bouche, mes tempes palpitent. Je ne vois pas Julian. Je ne vois ni ma mère, ni Colin, ni Hunter. Soudain, un tir de mortier, une explosion de pierre et de poussière. La déflagration manque de me faire perdre l'équilibre. Craignant qu'une des bombes n'ait été déclenchée accidentellement, je cherche Pippa du regard, tout en m'efforçant d'oublier mes oreilles qui tintent et la poussière brûlante qui m'étouffe. *In extremis*, je l'aperçois qui se glisse, en douce, entre deux guérites, en direction du centre-ville.

Derrière moi, l'un des échafaudages gémit et vacille. Les hurlements enflent tout à coup et des mains s'enfoncent dans mon dos : tout le monde pousse en avant pour ne pas être écrasé. Lentement, très lentement, l'édifice oscille avant que sa chute s'accélère et qu'il s'écrase au sol en se brisant et en emprisonnant quelques malheureux sous son poids.

Le mur est à présent percé d'un énorme trou à sa base ; sans doute l'œuvre d'une bombe artisanale, improvisée par la résistance. Celle de Pippa aurait déchiré l'enceinte en deux.

C'est néanmoins suffisant et le reste de notre troupe se déverse par la brèche, marée qui inonde Portland. Les gardes, qui ne forment déjà plus qu'une ligne irrégulière d'uniformes bleu et blanc, sont engloutis par la vague, repoussés et contraints de prendre la fuite.

J'ai perdu Julian, ça ne servirait à rien de le chercher maintenant ; il me reste à prier pour qu'il soit sain et sauf, qu'il s'en sorte indemne. J'ignore aussi ce qui est arrivé à Tack. Une part de moi espère qu'il est reparti dans la Nature avec Raven et je me surprends à rêver que, de retour là-bas, elle se réveillera. Elle ouvrira les yeux et découvrira que le monde a été reconstruit selon son désir. Ou peut-être qu'elle ne se réveillera pas. Peut-être qu'elle a déjà entrepris un autre voyage, qui la conduira à Blue.

Ayant du mal à respirer dans l'air enfumé, je me fraie un chemin jusqu'à l'endroit où j'ai vu Pippa disparaître. L'une des guérites est en feu. Une image surgit brusquement dans mon esprit : celle de la vieille plaque d'immatriculation que nous avions trouvée, à demi enfouie dans la boue, lors de la migration, l'hiver dernier.

Vivre libre ou mourir.

Je bute sur un corps, mon estomac se soulève et une noirceur momentanée me submerge, enroulée dans mon ventre telle la tresse de Raven sur la cuisse de Tack, Raven qui est morte, oh, mon Dieu ! Je la ravale, prends une inspiration et me force à continuer, à poursuivre le combat et ma route. Nous réclamions la liberté d'aimer, la liberté de choisir. Maintenant, il faut se battre pour elle.

Enfin, je réussis à m'échapper de la mêlée. Je me baisse pour passer inaperçue au moment de longer les postes de contrôle, puis je pique un sprint dès que j'ai atteint le chemin de gravier pour me réfugier dans le bosquet d'arbres clairsemés qui encercle Back Cove. Ma cheville m'élance chaque fois que je m'appuie sur elle, mais je ne m'arrête pas. Je m'essuie l'oreille avec ma manche et constate qu'elle saigne déjà moins.

Si la résistance a une mission à remplir à Portland, j'ai aussi la mienne.

Hana

Les alarmes se déclenchent juste avant que le prêtre nous ait déclarés mari et femme. L'instant d'avant, le calme était pourtant parfait. La musique s'était tue, le silence était tombé sur la foule, la voix du prêtre résonnait dans la salle de conférences et portait jusqu'à la masse de curieux, dehors. Dans cette paix, je pouvais entendre le déclic de chaque appareil photo : les obturateurs qui s'ouvraient et se refermaient, s'ouvraient et se refermaient comme autant de poumons métalliques.

Soudain, tout n'est que mouvement, bruit, chaos retentissant et sirènes. Et je sais, à cette seconde, que les Invalides sont ici. Ils sont venus nous chercher.

Des mains m'agrippent de toutes parts et me rudoient.

— Vite, vite, vite !

Des gardes du corps m'entraînent vers la sortie. Quelqu'un marche sur le bas de ma robe, qui se déchire. Mes yeux me piquent ; je suffoque à cause de l'odeur de tous ces après-rasage et parfums mêlés, de ces corps pressés.

— Allez, vite ! Vite !

Les talkies-walkies crachent de la friture ; des voix paniquées hurlent des ordres dans un langage codé qui m'est étranger. Je tente de me retourner pour chercher ma mère et manque d'être soulevée de terre, quasiment portée par le bloc de gardes chargés de m'évacuer. J'aperçois Fred, entouré par son équipe de sécurité. Aussi blanc qu'un linge, il beugle dans un portable. Je m'efforce de capter son attention : à ce moment précis, j'oublie Cassie et le reste. J'ai besoin qu'il me dise que tout va bien, qu'il m'explique ce qui s'est passé. Pourtant, il ne jette pas même un coup d'œil dans ma direction.

Aveuglée par la lumière du jour, je ferme les yeux. Les journalistes, qui se bousculent devant les portes, nous empêchent de rejoindre la voiture. Les longs objectifs de leurs appareils photo, braqués sur moi, m'évoquent brusquement des pistolets. Ils vont tous nous tuer.

Les gardes du corps s'évertuent à dégager la voie à coups d'épaule. Enfin, nous rejoignons la voiture. À nouveau, je cherche Fred. Nos regards se croisent brièvement à travers la foule. Il se dirige vers un véhicule de patrouille.

— Emmenez-la chez moi, crie-t-il à Tony avant de s'engouffrer à l'arrière de la voiture de police.

C'est tout. Pas un mot à mon intention.

Plaçant une main sur le sommet de mon crâne, Tony me force à m'asseoir sur la banquette sans ménagement. Deux des gardes du corps de Fred se glissent à côté de moi, arme au poing. J'aimerais leur demander de les ranger, mais mon cerveau ne me répond plus. Je ne me rappelle le prénom d'aucun des deux.

Tony démarre la voiture, seulement, avec l'affluence dans le parking, nous sommes pris au piège. Il klaxonne ; je me couvre les oreilles et me souviens de respirer : nous sommes à l'abri, tout ira bien. La police s'occupera de tout.

Nous finissons par avancer au pas, fendant la foule qui se disperse. Il nous faut près de vingt minutes pour sortir de la longue impasse qui conduit aux laboratoires. Nous tournons à droite dans Commercial Street, bloquée par davantage de piétons. Tony s'échappe dans une rue étroite, qu'il remonte à contre-courant. Dans la voiture, nous gardons tous le silence, observant la masse floue de gens dans les rues – qui courent, paniqués, sans but. J'ai beau voir qu'ils ont la bouche ouverte et qu'ils hurlent, seule la stridence des alarmes perce les épaisses vitres. Étrangement, c'est ce qu'il y a de plus terrifiant – toutes ces personnes aux cris muets.

Nous déboulons dans une ruelle si étroite que je suis convaincue que nous allons rester coincés entre les deux murs de brique. Puis nous empruntons une autre rue à sens unique, celle-ci presque déserte. Cette fois, nous roulons à vive allure. Nous ne nous arrêtons pas aux stops et virons brusquement à gauche dans une autre ruelle.

J'essaie de joindre ma mère sur son portable, mais je ne peux même pas composer son numéro : un message d'erreur retentit dès que je décroche. Le réseau doit être saturé. Je me sens soudain toute petite. Le réseau est le garant de notre sécurité. À Portland, il y a toujours quelqu'un pour vous surveiller. Et tout à coup, le système de surveillance est devenu aveugle.

— Allumez la radio, dis-je à Tony.

Elle est réglée sur la station des informations nationales. Le ton du journaliste est rassurant, presque indolent ; il annonce des nouvelles effroyables avec un flegme inentamé :

« ... brèche dans la muraille... les autorités enjoignent aux citoyens de ne pas paniquer... jusqu'à ce que la police restaure l'ordre... fermer les portes et les fenêtres, rester à l'intérieur... les Régulateurs et tous les membres du gouvernement travaillent main dans la main... »

Il s'interrompt brusquement et nous n'entendons plus que de la friture. Tony tourne le bouton de la radio, mais les enceintes continuent à grésiller et tressauter. Puis une voix inconnue s'élève, sonore et pressante :

« Nous reprenons la ville. Nous reprenons nos droits et notre liberté. Rejoignez-nous. Faites tomber les murs. Faites tomber... »

Tony coupe la transmission. Le silence dans la voiture est assourdissant. Je suis transportée au matin de la première attaque terroriste quand, à 10 heures, un paisible mardi, à l'image de tous les autres, trois explosions simultanées se sont produites à Portland. J'étais dans une voiture, je m'en souviens ; lorsque ma mère et moi avons entendu la nouvelle à la radio, nous n'avons pas voulu la croire au début. Nous ne nous sommes d'ailleurs rendues à l'évidence qu'une fois que la fumée a obstrué le ciel, que nous avons dépassé des silhouettes pâles, qui couraient, et que la cendre s'est mise à tomber comme de la neige.

Selon Cassandra, Fred a laissé ces attaques se produire afin de prouver que les Invalides étaient là, afin de révéler leur monstruosité. Aujourd'hui, les monstres sont ici, à l'intérieur de nos murs, dans nos rues. Je ne peux pas croire qu'il aurait permis une chose pareille. Je dois avoir confiance dans sa capacité à arranger la situation, même s'il doit pour ça les tuer tous.

Enfin sortis du désordre et de la panique, nous nous trouvons près de Cumberland, le quartier résidentiel où Lena vivait, aujourd'hui décrépit. Au loin, la corne de brume de l'ancienne tour de guet de Munjoy Hill retentit soudain, ajoutant ses notes plaintives à celles des alarmes. J'aurais préféré rentrer à la maison plutôt que chez Fred. J'aimerais me rouler en boule dans mon lit et dormir ; j'aimerais me réveiller et découvrir que cette journée n'était qu'un cauchemar qui s'est insinué dans les fissures du Protocole.

Seulement, je n'habite plus avec mes parents. Même si le prêtre n'a pas eu le temps de prononcer le sacrement, je suis officiellement mariée à Fred Hargrove. Plus rien ne sera jamais pareil.

À gauche dans Sherman, puis à droite dans une ruelle, qui nous conduira à Park. Au moment où nous atteignons l'intersection, quelqu'un se jette sous les roues de la voiture, masse grise et floue. Tony pile en lâchant un juron, mais il est trop tard. J'ai le temps de remarquer les vêtements en guenilles, les longs cheveux emmêlés – une Invalide, donc –, avant que le choc ne la projette dans les airs. Elle roule sur le capot, se déploie un instant contre le pare-brise, puis disparaît à nouveau. La colère monte en moi, une colère subite et surprenante, qui prend le dessus sur la peur. Je me penche en avant et crie :

— C'est une Invalide, c'est une Invalide ! Elle ne doit pas s'échapper !

Tony et les autres gardes n'ont pas besoin de se l'entendre dire deux fois. En un clin d'œil, ils s'élancent dans la rue, arme sortie. Je serre les poings pour empêcher mes mains de trembler, avant de m'adosser et d'inspirer profondément pour me calmer. Avec les portières laissées ouvertes, j'entends plus distinctement les alarmes, et les cris distants, tel le rugissement lointain de l'océan.

Portland est ma ville. À cet instant, rien d'autre n'a d'importance, ni les mensonges, ni les erreurs, ni les promesses que nous n'avons pas su tenir. C'est ma ville, et elle est l'objet d'une attaque. La rage s'accentue.

Tony empoigne la fille et la remet debout. Elle se débat, même si elle n'est évidemment pas de taille à résister. Ses cheveux lui tombent dans la figure, elle donne des coups de pied et griffe comme un animal.

Peut-être que je la tuerai de mes propres mains.

Lena

Lorsque j'atteins Forest Avenue, le bruit des combats s'est estompé, assourdi par les hurlements stridents des alarmes. De temps à autre, je vois une main tirer sur un rideau, un œil me fixer avant de disparaître aussitôt. Tous les citoyens se sont barricadés chez eux.

Gardant la tête baissée, je progresse aussi vite que possible malgré les palpitations douloureuses dans ma cheville, à l'affût d'une patrouille. Aucune chance que je réussisse à me faire passer pour autre chose qu'une Invalide : je suis sale, je porte de vieux vêtements boueux et mon oreille est encore maculée de sang. Bizarrement, il n'y a personne dans les rues. Les forces de sécurité doivent se concentrer ailleurs. Nous sommes, après tout, dans le quartier le plus pauvre de la ville ; pas étonnant que la municipalité ne cherche pas à protéger ces habitants de seconde zone. Une voie pour tout un chacun... et, pour certains, la voie vers une mort certaine.

Je rejoins Cumberland sans encombre. Dès que je tourne le coin de mon ancien pâté de maisons, j'ai l'impression d'avoir remonté le temps. Il y a une éternité, j'empruntais cette rue au retour des cours ; là, je m'étirais après avoir couru, une jambe appuyée sur le banc de l'arrêt de bus ; je regardais Jenny et les autres

375

gosses jouer avec une boîte de conserve ; je leur ouvrais les bouches d'incendie l'été, quand il faisait trop chaud.

C'était dans une vie passée. Je suis une autre Lena aujourd'hui.

La rue, elle aussi, a changé : le bitume s'affaisse, comme si un trou noir invisible aspirait progressivement l'ensemble du quartier. Avant même d'avoir atteint le portail du 237, je sais que l'endroit sera vide. Cette certitude est fichée tel un poids lourd entre mes deux poumons. Pourtant, je reste plantée au milieu du trottoir, les yeux rivés sur la bâtisse à l'abandon – ma maison, mon ancien chez-moi, la petite chambre à coucher au dernier étage, les odeurs de savon, de lessive et de tomates mijotées –, découvrant la peinture écaillée, les marches pourrissantes du perron, les fenêtres obstruées par des planches, la croix rouge sur la porte, peinte à la bombe et décolorée, condamnant les résidents du lieu.

C'est un coup de poing dans le ventre. Tante Carol était si fière de son foyer. Elle ne laissait pas passer une saison sans repeindre, sans nettoyer les gouttières et le perron. Au chagrin succède la panique. Où sont-ils allés ? Qu'est-il advenu de Grace ?

Au loin, la corne de brume mugit, on dirait un chant funèbre. Sursautant, je me rappelle soudain où je suis : dans une ville étrangère et hostile. Ce n'est plus chez moi, je ne suis pas la bienvenue. Un deuxième, puis un troisième mugissement. Le signal : les trois bombes ont été posées avec succès ; une heure avant leur explosion et l'anarchie totale. Une heure, seulement, pour la trouver, et je ne sais pas par où débuter.

Une fenêtre se referme en claquant derrière moi. Je me retourne juste à temps pour apercevoir une pâle figure lunaire avant qu'elle ne disparaisse. Elle ressemblait étrangement à Mme Hendrickson... Une chose est certaine : je dois partir d'ici. Tête baissée, je m'éloigne et me réfugie dans la première ruelle étroite, entre deux enfilades de maisons. J'avance à l'aveuglette maintenant, croisant les doigts pour que mes pieds me portent dans la bonne direction. « Grace, Grace, Grace... » Je prie pour qu'elle puisse, par miracle, m'entendre.

En aveugle, je traverse Mellen pour rejoindre une autre ruelle, bouche noire béante, où je pourrai me fondre parmi les ombres. « Grace, où es-tu ? » Dans ma tête, je hurle ces mots, si fort que leur son engloutit tout le reste, masquant le bruit de la voiture à l'approche.

Brusquement, elle surgit de nulle part : le moteur qui cliquette et halète, le pare-brise qui réfléchit la lumière et m'éblouit, le crissement des pneus tandis que le conducteur cherche à s'arrêter. Puis la douleur et l'impression de tomber... Je vais mourir, je vois le ciel tourner au-dessus de moi, je vois Alex qui me sourit... Mais, ensuite, la morsure de l'asphalte. Le souffle coupé, je roule sur le dos et mes poumons bafouillent, avides d'oxygène.

Dans un moment de flottement, alors que le ciel d'azur s'étire au-dessus de moi, bien tendu au sommet des toits, j'oublie où je suis. J'ai l'impression de dériver à la surface d'une eau bleue. Tout ce que je sais, c'est que je ne suis pas morte. Mon corps m'appartient toujours : je replie les doigts et agite les pieds pour m'en assurer. J'ai réussi, et c'est extraordinaire, à ne pas me cogner la tête.

Des portières claquent. Des voix crient. Je me rappelle que je dois bouger – me relever. « Grace... » Avant de pouvoir faire quoi que ce soit, cependant, je suis empoignée par les bras et remise debout de force. Les événements me parviennent par flashes. Des costumes noirs. Des armes. Des visages hostiles.

La situation est critique.

L'instinct reprend le dessus et je commence à me démener, à donner des coups. Je mords la main d'un des gardes qui m'agrippent ; il ne me libère pas pour autant. Un de ses collègues s'approche pour me donner une gifle. Le coup, cinglant, réduit ma vision à une explosion d'étincelles. Avant d'avoir retrouvé l'usage de mes yeux, je crache dans sa direction. Un troisième homme – ils sont donc trois – pointe son pistolet sur mon crâne. Ses yeux sont noirs et aussi froids que de la pierre, pleins non pas de haine – « les Invulnérables ne haïssent pas, il ne connaissent ni ce sentiment ni la compassion » –, mais de dégoût, comme si j'étais un insecte particulièrement répugnant, et je comprends alors que je vais mourir.

« Je suis désolée, Alex. Julian, aussi. Je suis désolée. »

Je ferme les yeux.

« Je suis désolée, Grace. »

— Attendez !

Je rouvre les paupières ; une fille vient de jaillir de l'arrière de la voiture. Elle porte des cascades de mousseline blanche. Une jeune mariée. Ses boucles soignées sont savamment enroulées autour de sa tête, et sa cicatrice protocolaire a été soulignée par du maquillage, de sorte qu'on dirait une petite étoile de couleur juste en dessous de son oreille gauche. Elle est belle ; elle ressemble aux anges des tableaux dans les églises.

Elle pose les yeux sur moi et mon ventre se tord. Le sol s'ouvre sous mes pieds, je ne sais pas comment je réussis à rester debout.

Je ne parviens pas à parler. Je ne peux pas dire son nom, même s'il est un hurlement qui se répercute en écho dans mon crâne.

Hana.

— Où allons-nous ?

Hana se tourne vers moi. Ce sont les premiers mots que j'ai réussi à prononcer. La surprise se peint sur ses traits, émotion vite remplacée par une autre. Plaisir ? Difficile à dire. Ses expressions son différentes, je ne sais plus les lire.

— Chez moi, répond-elle après un bref silence.

Je pourrais rire aux éclats. Elle conserve un calme parfait, c'en est ridicule. À croire qu'elle vient de m'inviter à surfer sur le site de la BMFA pour écouter de la musique ou à me rouler en boule sur son canapé pour regarder un film.

— Tu ne vas pas me dénoncer ?

Mon ton est ironique. Je sais bien qu'elle va me dénoncer ; je l'ai su à la seconde où mes yeux ont découvert la cicatrice, le vide dans son regard, telle une étendue d'eau sans profondeur. Elle ne perçoit pas le défi dans ma voix, à moins qu'elle ne décide de l'ignorer.

— Si, se contente-t-elle de répondre. Mais pas tout de suite.

Son visage se voile – un moment d'incertitude –, et elle semble sur le point d'ajouter quelque chose. Au lieu de quoi, elle se tourne vers la vitre, mordillant sa lèvre inférieure. Ce tic me trouble. Une faille dans son calme de surface, un trouble auquel je ne m'attendais pas. C'est l'ancienne Hana qui pointe le nez sous la version flambant neuve, et j'en ai le ventre qui se tord, encore une fois. Je suis soudain submergée par l'envie de jeter mes bras autour de son cou, de respirer son odeur – deux gouttes d'essence de vanille au creux des coudes et du jasmin sur son cou –, de lui dire combien elle m'a manqué.

Elle remarque juste à temps que je l'observe et pince les lèvres. Je me répète alors que l'ancienne Hana a disparu. Elle n'a sans doute plus la même odeur. Elle ne m'a pas posé une seule question sur ce qui est arrivé, les endroits où je suis allée, mon retour à Portland dans ces vêtements incrustés de boue, la joue striée de sang. Elle m'a à peine accordé un regard, à vrai dire, et elle l'a fait avec une vague curiosité détachée, comme si j'étais un animal inconnu dans un zoo.

Alors que je m'attends à ce que nous prenions la direction de l'ouest, nous quittons la péninsule. Hana a dû déménager. Les demeures sont encore plus grandes et cossues que dans son ancien quartier. J'ignore pourquoi je suis surprise. S'il y a pourtant une chose que j'ai apprise au sein de la résistance, c'est celle-ci : le Protocole est une affaire de contrôle. De structure. Il permet aux riches de s'enrichir, sans fin, pendant qu'ils entassent les pauvres dans des ruelles obscures et des appartements riquiqui, tout en leur disant qu'ainsi ils seront protégés, tout en leur promettant d'être récompensés, au paradis, pour leur obéissance. La servitude porte le nom de sécurité, ici.

Nous nous engageons dans une rue bordée de vieux érables, dont les branches, qui s'embrassent au-dessus de la chaussée, forment une voûte végétale. Un panneau défile sous mes yeux : « Essex Street ». Mon estomac se soulève aussitôt. Pippa a posé sa bombe au 88 Essex Street. Depuis combien de temps la corne de brume a-t-elle poussé son cri ? Dix minutes ? Quinze ?

La sueur ruisselle sous mes bras. Je scrute les boîtes aux lettres à mesure que nous avançons dans la rue. L'une de ces maisons – l'une de ces splendides maisons blanches, couronnées telles des pièces montées de coupoles et de croisillons, pourvues d'une large galerie circulaire et séparées de la rue par des pelouses vert vif – sera réduite en miettes dans moins d'une heure.

La voiture ralentit puis s'arrête devant une grille ouvragée. Le chauffeur se penche par sa vitre baissée pour entrer un code sur un clavier et les deux pans s'ouvrent dans un léger ronronnement. Ça me rappelle la demeure de Julian à New York, tout en provoquant un émerveillement intact : tout ce pouvoir, toute cette énergie concentrés entre les mains d'une poignée de gens.

Hana continue à regarder par la vitre, impassible, et j'éprouve l'envie subite de planter mon poing dans son reflet. Elle ignore tout du reste du monde. Elle n'a jamais affronté la moindre épreuve, elle n'a jamais été privée de nourriture, de chauffage ou de son confort. Je suis épatée qu'elle ait pu être, un jour, ma meilleure amie. Nous avons toujours vécu dans deux univers parallèles ; et j'ai été assez bête pour croire que ça n'avait pas d'importance.

D'immenses haies encadrent la voiture de part et d'autre, longeant le chemin qui conduit à une autre demeure imposante. Elle est plus grande que celles que nous avons croisées jusqu'ici. Deux chiffres en fer forgé sont cloués au-dessus de la porte d'entrée.

88.

Je perds, un instant, l'usage de mes yeux. Je cligne des paupières : le nombre est toujours là. 88 Essex Street. La bombe est ici. Une goutte de sueur me chatouille le bas du dos. Ça n'a pas de sens… Les autres bombes ont été placées en centre-ville, dans des bâtiments municipaux, comme l'an dernier.

— Tu vis ici ? demandé-je à Hana, qui descend de voiture avec ce même flegme horripilant, à croire que nous rendons une visite de courtoisie.

À nouveau, elle hésite.

— C'est la maison de Fred, répond-elle. Je suppose que c'est aussi la mienne, maintenant.

Devant mon expression interloquée, elle ajoute :

— Fred Hargrove. Le maire.

J'avais complètement oublié que Hana avait été choisie pour être la compagne de Fred. On a entendu dire, dans la Nature, que son père avait été tué au cours des Incidents. Fred a dû lui succéder. Ce qui expliquerait le choix de cette adresse pour y déposer une bombe ; rien de plus symbolique que d'attaquer le leader. Sauf que nous avons fait une erreur de calcul : ce n'est pas Fred qui sera sur place, mais Hana.

J'ai la bouche sèche, irritée. L'un de ses hommes de main tente de m'attraper pour me faire descendre, et je me dérobe.

— Je ne vais pas m'enfuir !

J'ai presque craché. Je m'extrais, seule, de la banquette arrière. Je sais très bien que je ne ferais pas plus de trois pas avant que les balles ne pleuvent. Je dois ouvrir l'œil et rester l'esprit en alerte, à la recherche d'une occasion de prendre la fuite. Hors de question que je me trouve à moins de trois pâtés de maisons de celle-ci quand elle explosera.

Hana nous a précédés sur les marches du perron. Elle attend, dos à moi, que l'un des gardes s'avance et ouvre la porte. Je suis prise d'un élan de haine pour cette gamine pourrie gâtée, qui ne connaît que les draps de soie et les pièces trop grandes.

L'intérieur, étonnamment sombre, n'est que chêne ciré et cuir. La plupart des fenêtres sont à demi masquées par des tentures élaborées et des rideaux en velours. Hana prend la direction du salon avant de se raviser. Elle s'enfonce plus loin dans le couloir sans se donner la peine de mettre la lumière, ne se retournant qu'une seule fois vers moi avec une expression indéchiffrable, puis pousse deux portes battantes et pénètre dans la cuisine.

La pièce, contrairement au reste de la maison, est très lumineuse. De grandes fenêtres donnent sur un immense jardin, à l'arrière. Ici, les éléments en bois, lisses et presque blancs, ont été taillés dans du pin ou du frêne. Les plans de travail, quant à eux, sont en marbre blanc immaculé.

Les gardes nous ont suivies.

— Laissez-nous, leur dit-elle.

Éclairée par un rayon de soleil oblique, elle paraît entourée d'un léger halo et ressemble une fois de plus à un ange. Je suis frappée par son immobilité, et par le calme de la maison, sa propreté et sa beauté. Quelque part dans ses entrailles, profondément enfouie, une tumeur croît, égrenant les secondes jusqu'à son explosion. Le garde qui conduisait – celui qui m'étranglait tout à l'heure – émet un grognement de protestation, mais Hana le réduit aussitôt au silence :

— Je vous ai demandé de nous laisser.

Je vois alors réapparaître l'ancienne Hana : la lueur de bravade dans son regard, l'inclinaison impériale de son menton.

— Et refermez les portes derrière vous.

Les hommes s'éloignent en traînant les pieds. Je sens le poids de leurs regards sur moi et je devine aisément que, sans Hana, je serais déjà morte. Je refuse néanmoins de lui être reconnaissante. C'est hors de question. Après leur départ, Hana m'étudie une minute d'un air impénétrable. Enfin, elle décrète :

— Tu es trop maigre.

Je dois presque me retenir de rire.

— Ouais, figure-toi que la plupart des restaurants dans la Nature ont fermé. Ils ont été bombardés, si tu veux tout savoir.

Je ne cherche pas à étouffer l'agressivité dans mes intonations. Elle ne réagit pas, se contente de m'observer. Un nouveau silence s'écoule, puis elle désigne la table.

— Assieds-toi.

— Je préfère rester debout, merci.

Elle se renfrogne.

— C'était un ordre.

Je ne pense pas qu'elle appellera ses cerbères si je refuse d'obtempérer, mais c'est un risque inutile. Je m'affale sur une chaise tout en la foudroyant du regard. Impossible de me sentir à l'aise, pour autant. Il y a vingt minutes, au moins, que la corne de brume a retenti. J'ai moins de quarante minutes pour lever le camp.

Dès que je suis assise, Hana tourne les talons et disparaît derrière le réfrigérateur, sans doute dans un cellier. Avant que je n'aie eu le temps de penser à une éventuelle voie de sortie, elle revient avec une miche de pain enveloppée dans un torchon. Elle la pose sur un plan de travail pour la débiter en tranches épaisses qu'elle tartine de beurre avant de les placer sur une assiette. Puis elle se dirige vers l'évier et mouille le torchon.

En la voyant ouvrir le robinet, en voyant l'eau fumante qui s'en échappe instantanément, je sens l'envie m'envahir. Il y a une éternité que je n'ai pas pris de vraie douche, que je ne me suis pas lavée ailleurs que dans des cours d'eau glacés.

— Tiens, dit-elle en me tendant le torchon humide. Tu es dans un sale état.

— Je n'ai pas eu le temps de me maquiller ce matin.

J'accepte néanmoins le torchon et le presse avec précaution contre mon oreille. Je ne saigne plus, mais le tissu se tache pourtant de sang séché. Sans la quitter des yeux, je m'essuie le visage et les mains. Je me demande ce qu'elle peut bien penser. Quand j'ai terminé ma toilette, elle place les tartines devant moi, puis remplit un verre d'eau et ajoute cinq glaçons, qui s'entrechoquent avec un son joyeux.

— Mange, m'intime-t-elle. Bois.

— Je n'ai pas faim.

C'est un mensonge, évidemment. Elle lève les yeux au ciel, et l'ancienne Hana prend, à nouveau, le dessus sur la nouvelle.

— Ne sois pas bête, Lena, bien sûr que tu as faim. Tu es affamée. Tu dois mourir de soif, aussi.

— Pourquoi fais-tu ça ?

Elle ouvre la bouche puis la referme, avant de répondre finalement :

— Nous étions amies.

— « Étions », assené-je. Aujourd'hui, nous sommes ennemies.

— Vraiment ?

Elle paraît étonnée, comme si l'idée ne l'avait jamais effleurée. Une fois de plus, j'éprouve une légère gêne, une culpabilité inconfortable. Quelque chose ne va pas... Je fais taire mes sentiments.

— Bien sûr, dis-je.

Elle m'examine une seconde de plus. Puis, tout à coup, elle se lève et se dirige vers les fenêtres. Dès qu'elle a le dos tourné, j'attrape un morceau de pain et l'enfourne, le mastiquant et l'engloutissant le plus rapidement possible sans m'étouffer. J'avale une grande gorgée d'eau pour aider la bouchée à passer et elle est si froide qu'elle provoque une délicieuse décharge électrique dans mon cerveau.

Pendant de longues minutes, Hana ne pipe mot. J'avale un autre bout de pain. Il est évident qu'elle m'entend mâcher, pourtant elle ne fait aucun commentaire et ne se retourne pas. Elle m'évite ainsi l'humiliation d'être témoin de ma faiblesse et j'éprouve pour elle une brusque reconnaissance.

— Je suis désolée pour Alex, finit-elle par dire sans bouger.

Mon ventre se noue aussitôt. J'ai trop mangé, trop vite.

— Il n'est pas mort.

Ma voix me paraît trop forte. Je ne sais pas pourquoi j'ai éprouvé le besoin de l'informer de cette nouvelle. Comme si je voulais qu'elle sache que son camp n'a pas gagné, du moins dans le cas d'Alex. Par ailleurs, bien sûr, les siens ont remporté de nombreuses batailles.

— Quoi ? dit-elle en faisant volte-face.

— Il n'est pas mort, répété-je. Il a été jeté dans les Cryptes.

Elle a le même mouvement de recul que si je venais de la gifler. Elle aspire sa lèvre inférieure, puis se remet à la mordiller.

— Je...

Elle s'interrompt, les sourcils froncés.

— Quoi ?

Je reconnais cette expression. Elle sait quelque chose.

— Quoi, Hana ? insisté-je.

— Rien, je...

Elle secoue la tête pour chasser une idée.

— Je crois l'avoir vu.

Mon estomac remonte jusque dans ma gorge.

— Où ?

— Ici.

Elle me considère avec une de ces expressions indé-chiffrables. La nouvelle Hana est bien plus difficile à comprendre que l'ancienne.

— Hier soir, ajoute-t-elle. Mais s'il est dans les Cryptes...

— Non, il s'est enfui !

Hana, la lumière, la cuisine, et même la bombe au tic-tac silencieux sous nos pieds qui nous conduit lentement vers le néant, me paraissent soudain à des kilomètres de moi. Dès que les mots ont franchi les lèvres de Hana, j'ai compris que c'était possible. Alex était tout seul. Il est retourné en terre connue. Il se peut donc qu'il soit ici, à Portland. Juste à côté. Tout espoir n'est donc pas perdu. Si seulement je réussis à m'échapper de cette maison...

— Alors ? demandé-je en me redressant. Tu comptes appeler les Régulateurs ou pas ?

Tout en parlant, je mets au point mon plan. Je pourrais sans doute me débarrasser d'elle si nécessaire, au besoin, cependant, cette simple idée provoque un malaise. Et elle ne se laissera pas faire, je peux y compter. Le temps que je prenne le dessus, ses porte-flingues auront rappliqué. En revanche, si je réussis à l'éloigner de la cuisine, ne serait-ce que quelques secondes, je casserai une fenêtre avec une chaise, traverserai le jardin et tenterai de semer les gardes dans les arbres. Le jardin doit donner sur une autre rue, et sinon je rejoindrai Essex. C'est risqué, mais jouable.

Hana ne me quitte pas des yeux. Les aiguilles de l'horloge au-dessus de la cuisinière semblent se déplacer à une vitesse record et je ne peux m'empêcher d'imaginer le minuteur de la bombe égrener ses secondes au même rythme.

— J'ai des excuses à te présenter, dit-elle d'un ton calme.

— Ah oui ? Et pour quelle raison ?

Je n'ai pas de temps à perdre avec ça. Nous n'avons pas de temps à perdre. Je m'interdis de penser à ce qu'il adviendra de Hana si je réussis à m'échapper. Elle sera ici, dans la maison... Mon estomac se contracte régulièrement. J'ai peur de vomir le pain que j'ai mangé. Je dois rester concentrée. Le sort de Hana ne me concerne pas, et il n'est pas non plus de ma responsabilité.

— Pour avoir parlé aux Régulateurs du 37 Brooks Street, répond-elle. Pour leur avoir parlé d'Alex et toi.

Il suffit de ces quelques mots pour que mon cerveau ne me réponde plus.

— Quoi ?

— Je vous ai dénoncés.

Elle pousse un petit soupir, soulagée par cet aveu.

— Je suis désolée, poursuit-elle. J'étais jalouse.

J'ai perdu l'usage de ma langue. Je nage en plein brouillard.

— Jalouse ? réussis-je à cracher.

— Je... je voulais connaître ce que tu partageais avec Alex. Mes idées manquaient de clarté. Je ne savais pas ce que je faisais.

Elle secoue la tête. La nausée monte de plus en plus. C'est absurde ! Hana, la fille chérie, ma meilleure amie, l'intrépide Hana... Je lui faisais confiance ! Je l'aimais.

— Tu étais ma meilleure amie !

— Je sais.

À nouveau, elle paraît troublée, comme si elle cherchait à se souvenir du sens de ces mots.

— Tu avais tout !

Je ne peux empêcher ma voix de monter dans les aigus. La colère, vibrante, m'électrise et me déchiquette.

— Une vie parfaite. Les meilleures notes. Tout !

D'un geste circulaire, je désigne la cuisine immaculée, le soleil qui tombe à flots sur les plans de travail comme une pluie de beurre.

— Je n'avais rien, ajouté-je. Je n'avais que lui. C'était le seul...

La vague de nausée monte et je fais un pas vers elle, poings serrés, aveuglée par la rage.

— Tu n'as pas pu me le laisser ? Tu devais me le prendre ? Pourquoi fallait-il que tu aies toujours tout ?

— Je t'ai dit que j'étais désolée, réplique Hana d'un ton mécanique.

Je pourrais hurler de rire. Je pourrais lui arracher les yeux. Et je me contente de la gifler. L'électricité que j'ai en moi s'empare de mon bras et de ma main avant que je ne comprenne ce qui se passe. Je ne m'attendais pas à ce que le bruit soit aussi retentissant et, un instant, je suis convaincue que les gardes vont débarquer aussitôt. Personne ne vient, pourtant.

Le visage de Hana rougit, mais elle ne crie pas. Elle ne produit pas le moindre son. Dans le silence, j'entends ma propre respiration, saccadée et désespérée. Des larmes me brûlent les yeux. J'éprouve tout à la fois honte, colère et un haut-le-cœur me monte à la gorge. Hana relève lentement les yeux vers moi. Elle a presque l'air triste.

— Je l'avais mérité, dit-elle.

Soudain, l'épuisement a raison de moi. Je suis fatiguée de me battre, de donner des coups et d'en recevoir. C'est la marche étrange de ce monde : ceux qui veulent simplement aimer sont contraints de devenir des guerriers. L'absurdité de la vie. Je suis à deux doigts de m'effondrer sur une chaise.

— Je me suis sentie si mal après... dit Hana d'une voix à peine plus forte qu'un murmure. Il faut que tu le saches. C'est pour ça que je vous ai aidés à vous enfuir. J'éprouvais...

Elle cherche le bon mot.

— ... j'éprouvais du remords.

— Et maintenant ?

Elle hausse une épaule.

— Maintenant, je suis guérie, c'est différent.

— Différent comment ?

Je me surprends alors à souhaiter plus que tout, plus que de pouvoir respirer, qu'il en ait été autrement, que je ne sois pas partie, que je ne l'aie pas quittée, que j'aie laissé le bistouri faire son œuvre.

— Je me sens plus libre, explique-t-elle.

Je ne sais pas à quoi je m'attendais, certainement pas à ça. Ma surprise doit transparaître, parce qu'elle poursuit :

— Tout est... assourdi. Comme les bruits sous l'eau. Les autres ne me touchent plus autant qu'avant.

Un coin de sa bouche se soulève.

— Peut-être que tu as raison, ajoute-t-elle, et que je ne me suis jamais vraiment sentie concernée par les autres.

Je commence à avoir mal au crâne. Terminé. Tout est terminé. Je voudrais me rouler en boule et dormir.

— Ce n'est pas ce que je voulais dire, Hana. C'était le cas. Tu avais de l'empathie. Autrefois.

Je ne suis pas certaine qu'elle m'entende. Elle dit, comme si elle y avait pensé après coup :

— Je n'ai plus à écouter les autres.

Ses intonations dénotent une forme de triomphe. Elle me sourit. Je me demande si elle pense à quelqu'un en particulier.

Nous entendons une porte s'ouvrir, puis se refermer, avant qu'un homme aboie un ordre. L'expression de Hana change aussitôt ; elle perd son sourire en un clin d'œil.

— Fred, murmure-t-elle.

Elle se précipite vers les portes battantes derrière moi et passe la tête dans le couloir, avant de se retourner brusquement.

— Viens, souffle-t-elle. Vite, pendant qu'il est dans son bureau.

— Tu veux que j'aille où ?

Elle ne cache pas son irritation.

— La porte de derrière donne sur la véranda. De là, tu pourras couper à travers le jardin et tomber sur Dennett. Ça te reconduira à Brighton. Vite ! ajoute-t-elle. S'il te voit, il te tuera.

Je suis si abasourdie que je reste clouée sur place, la mâchoire décrochée.

— Pourquoi ? Pourquoi m'aides-tu ?

Elle me sourit à nouveau, mais son regard reste voilé et sibyllin.

—- Tu l'as dit toi-même. J'étais ta meilleure amie.

Brusquement, je retrouve mon énergie. Elle va me laisser partir. Avant qu'elle ne change d'avis, je m'approche d'elle. Elle appuie son dos contre l'une des portes battantes pour l'ouvrir, jetant des coups d'œil furtifs dans le couloir afin de s'assurer que la voie est libre. Au moment de sortir, je m'arrête.

Jasmin et vanille. Elle porte toujours le même parfum, finalement. Son odeur n'a pas changé.

— Hana... dis-je.

Je me tiens si près d'elle que je peux voir l'or qui mouchette le bleu de ses yeux. Après m'être humecté les lèvres, je lâche :

— Il y a une bombe.

Elle recule d'un millimètre.

— Quoi ?

Je n'ai pas le temps de regretter mes paroles.

— Quelque part dans la maison. Va-t'en, d'accord ? Pars d'ici.

Elle emmènera Fred avec elle, l'explosion sera un échec, mais ça m'est égal. J'ai aimé Hana dans le passé, et aujourd'hui elle m'a offert son aide. Je lui dois bien ça. Elle ne tombe pas son masque énigmatique pour autant.

— Combien de temps nous reste-t-il ? demande-t-elle tout à coup.

Je secoue la tête.

— Dix, quinze minutes maximum.

Elle opine pour me signifier qu'elle a compris. Je sors enfin et m'enfonce dans l'obscurité du couloir. Elle reste où elle est, plaquée contre la porte battante, aussi rigide qu'une statue. Elle pointe le menton en direction de la sortie. Au moment où je pose la main sur la poignée, elle m'apostrophe en murmurant :

— J'allais oublier...

Elle me rejoint dans un bruissement de mousseline, semblable à une apparition.

— Grace est à Deering Highlands. 31 Wynnewood Road. Ils vivent là-bas maintenant.

Je la dévisage. Quelque part, tout au fond de cette étrangère, est enfouie ma meilleure amie.

— Hana...

— Ne me remercie pas, m'interrompt-elle. Vas-y.

Sans réfléchir à mon geste, je lui prends la main et la serre, deux fois longuement, puis deux fois plus rapidement. Notre ancien signal. D'abord désarçonnée, Hana se détend peu à peu. Un instant, elle s'illumine, comme éclairée de l'intérieur.

— Je me rappelle, murmure-t-elle.

Une porte claque. Hana s'écarte, les traits soudain empreints de terreur. Elle me prend par les épaules et me pousse vers la porte.

— Pars, dit-elle.

Et j'y vais. Sans un regard en arrière.

Hana

J'ai compté trente-trois secondes à l'horloge quand Fred déboule dans la cuisine, écarlate.

— Où est-elle ?

Sa chemise est mouillée de sueur sous les bras et ses cheveux – si soigneusement coiffés et gominés à la cérémonie – sont hirsutes. Je suis tentée de lui demander de qui il parle, mais je sais que ça ne servirait qu'à l'énerver davantage.

— Elle s'est enfuie.

— Comment ça ? Marcus m'a dit...

— Elle m'a frappée.

J'espère que la gifle de Lena m'a laissé une trace.

— Je... je me suis cognée contre le mur, ajouté-je. Elle en a profité.

— Merde !

Se passant une main dans les cheveux, il sort dans le couloir et appelle ses hommes d'un beuglement. Puis il se tourne vers moi.

— Pourquoi as-tu empêché Marcus de se charger d'elle, bordel ? Pourquoi as-tu demandé à rester seule avec elle ?

— Je voulais obtenir des informations. Je croyais qu'elle serait plus disposée à m'en donner si j'étais seule.

— Merde !

Plus il perd ses moyens, plus je me sens calme, étrangement.

— Qu'y a-t-il, Fred ?

Il décoche un coup de pied dans une chaise, qui glisse à l'autre bout de la cuisine.

— C'est le chaos dehors, voilà ce qui se passe !

Il ne tient pas en place ; il serre les poings et, un instant, je crains qu'il ne s'en prenne à moi, n'ayant personne d'autre sur qui cogner.

— Il doit y avoir un millier d'émeutiers, explique-t-il. Certains sont des Invalides. D'autres des gosses. Abrutis, abrutis... S'ils savaient...

Il s'interrompt lorsque ses deux gardes du corps arrivent dans le couloir au pas de course.

— Elle a laissé filer la fille, les informe Fred sans leur donner l'occasion de demander ce qui ne va pas.

Son ton dégouline de mépris.

— Elle m'a frappée, répété-je.

Je sens que Marcus me dévisage et j'évite volontairement de rencontrer ses yeux. Il ne peut pas savoir que j'ai libéré Lena. Je n'ai donné aucun indice que je la connaissais, j'ai fait attention à ne pas la regarder dans la voiture. Quand le garde du corps reporte son attention sur Fred, je m'autorise à respirer.

— Qu'attendez-vous de nous ? s'enquiert-il.

— Je n'en ai aucune idée, répond-il en se frottant le front. Il faut que je réfléchisse. Bon sang ! Il faut que je réfléchisse !

— La fille s'est vantée d'avoir des complices dans Essex Street, dis-je. Elle a prétendu qu'un Invalide était posté dans chacune des maisons de la rue.

— Merde !

Fred s'immobilise un instant, les yeux rivés sur le jardin. Rejetant les épaules en arrière, il reprend :

— Très bien. Je vais appeler des renforts. Pendant ce temps, passez les rues du quartier au peigne fin. Guettez les mouvements dans les arbres. Je veux qu'on déloge un maximum de ces merdeux. Je vous rejoins.

— Compris.

Marcus et l'autre garde du corps s'éloignent dans le couloir. Au moment où Fred décroche le téléphone, je pose une main sur son bras. Il se tourne vers moi, exaspéré, et raccroche.

— Que veux-tu ?

Il a presque craché les mots.

— N'y va pas, Fred. Je t'en prie... La fille a dit... Elle a dit que les autres étaient armés. Elle a dit qu'ils ouvriraient le feu si tu te montrais.

— Ne t'en fais pas pour moi, s'agace-t-il en retirant son bras.

— S'il te plaît ! insisté-je.

Je ferme les yeux et récite une brève prière à Dieu. « Pardonne-moi, Seigneur... »

— Ça n'en vaut pas la peine, Fred. On a besoin de toi. Reste ici, la police fera son travail. Promets-moi de ne pas quitter la maison.

Il contracte la mâchoire. Une longue minute s'écoule. À chaque seconde, je m'attends à une déflagration : une tornade d'éclats de bois, une langue de feu rugissante. Je me demande si ce sera douloureux.

« Pardonne-moi, Seigneur, car j'ai péché. »

— Très bien, finit-il par concéder. Je te le promets.

Il décroche à nouveau le combiné avant d'ajouter :

— Ne reste pas dans nos pattes. Je ne veux pas que tu gâches tout.

— Je serai à l'étage, dis-je alors qu'il m'a déjà tourné le dos.

Je sors dans le couloir, laissant les portes de la cuisine battre derrière moi. Le son étouffé de sa voix me parvient. D'une minute à l'autre, la fournaise...

Je pense monter au premier, dans ce qui serait devenu ma chambre. Je pourrais m'allonger et fermer les paupières ; je suis presque assez fatiguée pour dormir. Au lieu de quoi, je pousse la porte de derrière, traverse la véranda et descends dans le jardin, veillant à ne pas être visible depuis la cuisine. L'air sent le printemps, la terre mouillée et les jeunes pousses. Des oiseaux s'appellent dans les arbres. Des brins d'herbe humide s'accrochent à mes chevilles et salissent le bas de ma robe de mariée.

Les arbres se replient sur moi, et la maison disparaît à ma vue.

Je ne resterai pas pour la regarder brûler.

Lena

Deering Highlands brûle.

Je sens l'odeur du feu bien avant d'arriver et, alors que je suis encore à cinq cents mètres, j'aperçois la fumée qui dépasse de la cime des arbres et les flammes qui lèchent les vieux toits décrépits.

Sur Harmon Road, j'ai repéré un garage ouvert et un vélo rouillé suspendu à un de ses murs tel un trophée de chasse. Même si c'est un vieux clou et que les plateaux protestent en gémissant chaque fois que je tente de changer de vitesse, c'est mieux que rien. Le bruit ne me dérange pas, ni le fracas de la chaîne, ni le sifflement strident du vent dans mes oreilles. Au contraire, même : il m'évite de penser à Hana, d'essayer de comprendre ce qui lui est arrivé. Il noie sa voix, qui répète dans ma tête : « Pars. »

Il ne couvre pas le vacarme de l'explosion, cependant, ni les sirènes qui suivent. Elles me parviennent alors que j'ai presque rejoint Deering Highlands, véritables crêtes sonores. J'espère qu'elle s'en est sortie. Je récite une prière, même si je ne sais plus à qui l'adresser.

Sans m'en rendre compte, j'ai atteint le quartier ; une seule idée occupe toutes mes pensées désormais : trouver Grace.

Je remarque d'abord le feu qui bondit de maison en maison, d'arbre en toit, de toit en façade. Celui qui a initié cet incendie l'a fait de façon délibérée et systématique. Le premier groupe d'Invalides a franchi la frontière près d'ici : ce doit être l'œuvre des Régulateurs.

Je remarque ensuite les gens : les gens qui courent entre les arbres, les silhouettes indistinctes dans la fumée. C'est une surprise pour moi. Quand je vivais à Portland, Deering Highlands était un quartier désert, ayant été évacué et abandonné après les soupçons de contamination. Je n'ai pas eu le temps de réfléchir à la présence de Grace et de ma tante ici, ou de me demander si d'autres avaient pu également élire domicile dans cet endroit.

Difficile de repérer des visages familiers dans la cohue ; les gens filent à toute allure. Je ne distingue rien d'autre que des formes et des couleurs, des silhouettes qui prennent la fuite en emportant leurs possessions. Des enfants vagissent et mon cœur s'arrête : Grace pourrait être parmi eux. La petite Grace qui articulait à peine un son... et qui est peut-être en train de s'époumoner dans la pénombre, quelque part.

Un courant électrique brûlant me parcourt, comme si les flammes avaient gagné mon sang. Je tente de me rappeler le plan du quartier, mais j'ai de la friture dans le crâne : une image du 37 Brooks Street, de la couverture dans le jardin et des arbres dorés par le soleil couchant ne cesse de surgir. En apercevant le panneau d'Edgewood, je comprends que j'ai poussé trop loin. Je fais demi-tour pour rebrousser chemin. J'ai la gorge irritée et l'air résonne de craquements fracassants et tonitruants : des maisons entières sont englouties par les flammes, fantômes frissonnants et chauffés à blanc, portes béantes, peau en fusion. « S'il vous plaît, s'il vous plaît, s'il vous plaît. » Les mots me vrillent le crâne. « S'il vous plaît. »

Soudain, je repère le panneau de Wynnewood Road : une petite rue qui, par chance, contient tout juste trois pâtés de maisons. Ici, l'incendie se cantonne encore aux feuillages touffus des arbres, n'effleurant que les toits, couronne en expansion, blanc et orange. Il y a de moins en moins de monde dehors, pourtant il me semble toujours entendre des enfants crier.

En nage, les yeux irrités, je me débarrasse du vélo. J'ai du mal à respirer ; je plaque mon tee-shirt sur mon nez et ma bouche pour respirer à travers le tissu tout en m'élançant au pas de course dans la rue. La moitié des habitations n'ont pas de numéro apparent. Je sais que, selon toute probabilité, Grace est déjà partie. J'espère qu'elle était parmi la foule de silhouettes qui zigzaguaient entre les arbres, mais je ne peux me défaire du mauvais pressentiment qu'elle est restée bloquée quelque part, que tante Carol, oncle William et Jenny l'ont abandonnée. Elle avait l'habitude de se rouler en boule dans les coins et de se cacher dans des endroits retirés et inaccessibles, cherchant à se rendre invisible.

Une boîte aux lettres décolorée signale le numéro 31, triste bâtisse qui s'affaisse. Des bouillons de fumée s'échappent des fenêtres du premier étage et des flammes se faufilent entre les tuiles disjointes de son toit mal entretenu. Tout à coup, je l'aperçois... ou plutôt c'est ce que je crois. L'espace d'une seconde, je jurerais avoir reconnu son visage, aussi pâle que la lune, derrière l'une des vitres. Avant que j'aie le temps de l'appeler, elle disparaît.

Je prends une profonde inspiration et traverse la pelouse en trombe pour rejoindre les marches à demi pourries du perron. Je me fige au moment de franchir la porte d'entrée, prise d'un vertige momentané. Je reconnais le mobilier – le canapé à rayures délavé, le tapis aux franges élimées et la tache que Jenny avait faite sur le vieux coussin rouge en renversant du jus de raisin, qu'on discerne encore – de l'ancienne maison, sur Cumberland. J'ai l'impression d'avoir remonté le temps et de pénétrer dans un passé déformé : un passé qui sent la fumée et le papier peint humide, dont les éléments ont été gauchis.

Je passe de pièce en pièce, appelant Grace, regardant derrière les meubles et dans les placards – même dans les endroits entièrement vides. Cette maison est bien plus vaste que l'ancienne et il n'y a pas assez de meubles pour la remplir. Elle n'est pas là. Peut-être n'y a-t-elle même jamais été – peut-être ai-je seulement imaginé son visage derrière la vitre.

Le premier étage est noirci par la fumée. Je ne réussis qu'à parcourir la moitié du palier avant d'être forcée à battre en retraite, suffocante et nauséeuse. Le feu a gagné les pièces principales maintenant. Des rideaux de douche bon marché ont été punaisés devant les fenêtres : ils s'enflamment au premier coup de langue, disparaissant dans la puanteur du plastique brûlé.

Je me réfugie dans la cuisine ; j'ai l'impression qu'un géant resserre son poing autour de ma poitrine, je dois sortir, je dois respirer. D'un coup d'épaule, j'essaie d'ouvrir la porte arrière, qui dans un premier temps résiste, gonflée par la chaleur, avant de céder. J'émerge en titubant dans le jardin, les yeux embués de larmes, en proie à une quinte de toux. Mon cerveau ne me répond plus ; mes jambes m'entraînent à l'écart du feu, vers un air plus pur, respirable, lorsqu'une douleur fulgurante irradie dans mon pied et que je m'étale sur l'herbe. Je jette un regard en arrière pour comprendre sur quoi j'ai buté : la poignée de porte d'une cave, en partie dissimulée par les hautes herbes de part et d'autre.

J'ignore ce qui me pousse à revenir sur mes pas pour ouvrir la trappe : l'instinct, peut-être, ou la superstition. Une volée de marches abruptes s'enfonce dans une petite pièce souterraine, creusée grossièrement dans le sol. Sur les étagères du minuscule réduit se trouvent des conserves. Plusieurs bouteilles en verre – des sodas sans doute – sont alignées par terre.

Elle s'est faite si petite, dans un coin, que je la manque presque. Heureusement, juste avant que je referme la porte, elle remue, et l'une de ses baskets apparaît dans mon champ de vision, éclairée par la lumière rougeoyante et voilée qui se déverse par l'ouverture. Les chaussures sont nouvelles, mais je reconnais les lacets violets, qu'elle a coloriés elle-même.

— Grace !

Ma voix est cassée. Je descends sur la première marche. Une fois que mes yeux se sont accoutumés à la pénombre, ses contours se précisent – elle est plus grande qu'il y a huit mois, plus mince et plus sale aussi. Accroupie dans un angle, elle me fixe de ses yeux écarquillés et terrifiés.

— Grace, c'est moi.

Elle ne bouge pas quand je tends une main vers elle. Je descends donc d'une marche supplémentaire, réticente devant l'idée d'aller la chercher. Elle a toujours été rapide ; j'ai peur qu'elle se dérobe et s'enfuie. Mon cœur palpite douloureusement dans ma gorge et j'ai un goût de fumée sur la langue. Il y a une forte odeur âcre dans cette cave que je n'arrive pas à identifier. Je me concentre sur Grace, sur la nécessité de la faire réagir.

— C'est moi, Grace, essayé-je à nouveau.

J'imagine combien elle doit me trouver changée, combien je dois l'effrayer.

— C'est Lena, ta cousine.

Elle se raidit, comme si je venais de l'empoigner et de la secouer.

— Lena ? murmure-t-elle avec incrédulité.

Pour autant, elle demeure immobile. Au-dessous de nous, un craquement tonitruant retentit. Une branche d'arbre, ou un morceau du toit. Je suis prise de la terreur subite que nous finissions enterrées ici si nous ne partons pas tout de suite. La maison s'effondrera, nous nous retrouverons piégées.

— Allez, Gracie, dis-je en convoquant un vieux surnom. On doit filer maintenant, d'accord ?

J'ai la nuque trempée. Enfin, elle se met en mouvement. Au moment où elle étend une jambe engourdie, un tintement de verre cassé résonne. L'odeur âcre s'intensifie, me brûlant les narines, et aussitôt je la reconnais. De l'essence.

— Je ne voulais pas... gémit Grace d'une voix stridente de panique.

Elle s'est accroupie à présent, juste à côté de la flaque noire qui se répand autour d'elle. La terreur m'assaille de tous côtés, m'empêchant de respirer.

— Grace, chérie, viens maintenant. Donne-moi la main...

Je m'efforce de dissimuler ma panique.

— Je n'ai pas fait exprès ! hurle-t-elle, explosant en sanglots.

Je dévale les dernières marches et la soulève dans mes bras. Elle est trop grande pour qu'on la porte, mais incroyablement légère. Elle enroule ses jambes autour de ma taille. Je peux sentir ses côtes et les angles saillants de ses hanches. Ses cheveux, gras, sentent l'huile et, vaguement, très vaguement, le liquide vaisselle.

Au sommet des marches, dans le monde de feu et de flammes, l'air devient aqueux, scintillant de chaleur, comme s'il se transformait en immense mirage. Nous irions plus vite si je posais Grace pour qu'elle puisse courir à côté de moi, cependant, maintenant qu'elle est là, accrochée à moi, son petit cœur battant frénétiquement contre le mien, je ne peux pas la lâcher.

Le vélo est toujours à l'endroit où je l'ai laissé, Dieu merci. Je l'aide à grimper sur la selle, puis je me glisse derrière elle. J'appuie de toutes mes forces sur les pédales, les jambes aussi raides que de la pierre, jusqu'à ce que l'élan finisse par nous entraîner. Je vais alors aussi vite que possible, loin des doigts de fumée, loin de Deering Highlands en feu.

Hana

Je marche sans savoir où je suis ni où je vais. Un pied devant l'autre, mes chaussures blanches ne font presque pas de bruit sur le bitume. Au loin, j'entends la clameur des hurlements. Le soleil, éclatant, me caresse les épaules. Une brise légère souffle dans les arbres, qui s'inclinent et me saluent, s'inclinent et me saluent, à mon passage.

Un pied, puis l'autre. C'est si facile. Le soleil est si éclatant.

Qu'adviendra-t-il de moi ?

Je l'ignore. Je croiserai peut-être quelqu'un qui me reconnaîtra. On me reconduira peut-être à mes parents. Si ce n'est pas la fin du monde et si Fred est bien mort, on m'attribuera peut-être un autre compagnon. Ou peut-être continuerai-je à marcher jusqu'au bout de la Terre.

Peut-être. Dans l'immédiat, pourtant, il n'y a que le soleil chauffé à blanc, le ciel, des volutes de fumée grise et des voix qui évoquent des vagues à cette distance. Il y a le claquement discret de mes chaussures et les arbres qui semblent hocher la tête tout en me disant : « Tout va bien. Tout ira bien. »

Peut-être ont-ils raison, après tout.

Lena

À l'approche de Back Cove, le petit filet de fugitifs enfle pour devenir un torrent puissant, mugissant, et j'ai du mal à diriger le vélo au cœur de cette masse mouvante. Tous courent et crient, agitant marteaux, couteaux et tuyaux métalliques ; ils filent vers une direction inconnue, et j'ai la surprise de constater que les émeutiers ne sont plus seulement des Invalides : il y a des enfants aussi qui, pour certains, n'ont pas plus de douze ou treize ans. Je repère même des Invulnérables qui observent la cohue depuis leurs fenêtres et agitent la main en témoignage de solidarité.

M'échappant du flot, j'engage le vélo sur la rive boueuse de la baie, où Alex et moi avons livré bataille, dans une autre vie – où, pour la première fois, il a sacrifié son bonheur pour le mien. Des herbes hautes ont poussé entre les décombres de l'ancienne route. Des victimes, les blessés comme les morts, s'y sont allongées et gémissent quand elles ne fixent pas le ciel d'azur sans le voir. J'aperçois plusieurs cadavres dans les eaux peu profondes de la baie, et des sillons rouges qui zèbrent la surface de l'océan.

Au-delà, à la frontière, la foule est encore dense, mais principalement composée des nôtres. Les Régulateurs et les policiers ont dû être contraints de se replier vers le vieux port. À présent, des milliers de combattants prennent cette direction, leurs voix à l'unisson, dans une note unique de fureur.

J'abandonne le vélo à l'ombre d'un immense genévrier et ai enfin le temps de saisir Grace par les épaules et de l'examiner, à la recherche d'éventuels plaies et bleus. Elle me considère en frissonnant, les yeux ronds, comme craignant que je disparaisse tout à coup.

— Qu'est-il arrivé aux autres ? lui demandé-je.

Ses ongles sont enrobés de crasse et elle n'a que la peau sur les os, pourtant, elle a l'air d'aller bien. Mieux que ça, même : elle est belle. Je sens un sanglot monter dans ma gorge et je le ravale. Nous ne sommes pas en sûreté, pas encore.

— Je ne sais pas, dit-elle en secouant la tête. Il y avait du feu et... et je me suis cachée.

Ils l'ont donc abandonnée. Du moins, ils ne se sont pas donné la peine de la chercher. J'en ai la nausée.

— Tu as changé, observe-t-elle tout bas.

— Et toi, tu as grandi.

Je pourrais hurler de joie, soudain. Je pourrais hurler de bonheur alors que le monde entier brûle.

— Où étais-tu ? me demande-t-elle. Qu'est-ce que tu as fait ?

— Je te raconterai tout plus tard.

Lui prenant le menton, j'ajoute :

— Écoute-moi, Grace. Je veux que tu saches que je suis vraiment désolée. Je suis désolée d'être partie sans toi. Je ne recommencerai plus jamais, d'accord ?

Ses yeux me scrutent. Elle hoche la tête.

— Je vais te protéger, maintenant.

Les mots menacent de rester englués dans ma gorge, je dois les forcer à sortir.

— Tu me crois ?

Elle acquiesce à nouveau. Je l'attire contre moi et la serre de toutes mes forces. Elle est si frêle, si fragile... Mais je sais qu'elle est forte aussi. Elle l'a toujours été. Elle sera prête à affronter les épreuves qui l'attendent.

— Donne-moi la main, lui dis-je.

Tandis que j'hésite sur la direction à prendre, mes pensées dérivent vers Raven. Je me souviens alors qu'elle est partie, qu'elle a été tuée, et la nausée m'assaille derechef. Je la combats pour Grace. Je dois la mettre à l'abri jusqu'à la fin des combats. Ma mère m'aidera, elle saura quoi faire.

Grace me serre la main avec une force surprenante. Nous longeons la rive, zigzaguant entre les blessés, les mourants et les morts – Invalides comme Régulateurs. Au sommet de la pente, j'aperçois Colin. Il boite et s'appuie sur un compagnon pour rejoindre une étendue d'herbe déserte. Celui-ci relève les yeux et mon cœur s'arrête.

Alex.

Il m'aperçoit presque aussitôt. Je voudrais l'interpeller, mais ma voix reste coincée dans ma gorge. L'espace d'une seconde, il hésite. Puis il aide Colin à s'asseoir dans l'herbe et lui souffle quelque chose à l'oreille. Colin opine du chef et se prend le genou en grimaçant. Alex court alors vers moi.

— Alex !

C'est comme si je le rendais réel en prononçant son prénom. Il s'arrête à quelques centimètres et son regard circule de Grace à moi.

— C'est Grace, dis-je en serrant sa petite main.

Elle recule et se cache derrière moi.

— Je m'en souviens, répond-il.

Il n'y a plus aucune dureté dans ses yeux, plus aucune haine. Il se racle la gorge.

— Je pensais qu'on ne se reverrait jamais, ajoute-t-il.

— Et si...

J'ai l'impression que le soleil brille trop fort. Soudain, je me retrouve à court de mots pour exprimer tout ce que j'ai ressenti et espéré, toutes les questions que je me suis posées.

— Je... j'ai eu ton message.

Il acquiesce. Sa bouche se crispe légèrement.

— Est-ce que Julian...

— Je ne sais pas où il est, dis-je, éprouvant aussitôt la morsure de la culpabilité.

Je pense à ses yeux bleus, à sa chaleur enveloppante la nuit. J'espère qu'il ne lui est arrivé aucun mal. Je me penche vers Grace.

— Assieds-toi là une minute, d'accord, Gracie ?

Elle se recroqueville dans l'herbe sans rechigner. Je ne parviens pas à m'éloigner de plus de deux pas ; Alex me suit. Baissant la voix pour qu'elle ne puisse pas nous entendre, je demande :

— C'est vrai ?

— Quoi ?

Ses yeux ont la couleur du miel. Les yeux que je voyais dans mes rêves.

— C'est vrai que tu m'aimes encore ? demandé-je à bout de souffle. J'ai besoin de savoir.

Il se contente de hocher la tête. Il tend la main vers moi et m'effleure la joue avant d'écarter une mèche.

— C'est vrai.

— Mais... j'ai changé. Et toi aussi.

— C'est également vrai, approuve-t-il calmement.

J'étudie la cicatrice qui lui barre le visage, de l'œil gauche à la mâchoire, et mon cœur se serre.

— Et maintenant ? soufflé-je.

Dans cette lumière trop éclatante, j'ai l'impression que réalité et rêve se confondent.

— Est-ce que tu m'aimes, Lena ?

Je pourrais pleurer. Je pourrais enfouir mon visage dans son torse et respirer son odeur, faire semblant que rien n'a changé, que nous aurons une vie parfaite et tranquille. Sauf que je ne peux pas. Je le sais.

— Je n'ai jamais cessé de t'aimer, dis-je.

Je détourne le regard et le pose sur Grace, puis sur l'herbe jonchée de blessés et de morts. Je pense à Julian et ses yeux limpides, à sa patience et à sa bonté. Je pense à tous les combats que nous avons menés, et à tous ceux qui nous attendent encore. Je prends une profonde inspiration et conclus :

— Mais c'est plus compliqué.

Alex pose les mains sur mes épaules.

— Je ne m'enfuirai plus.

— Tu n'as pas intérêt.

Ses doigts retrouvent le chemin de ma joue et, une seconde, je m'abandonne dans sa paume, laissant la douleur des mois passés s'écouler hors de moi, ne résistant pas quand il incline ma tête. Il se penche et m'embrasse : un baiser léger et parfait, ses lèvres rencontrant à peine les miennes et leur adressant une promesse de renouveau.

— Lena !

Je m'écarte en entendant Grace hurler. Elle s'est redressée et pointe le doigt en direction de l'enceinte, sautant sur place d'excitation, débordante d'énergie. Je me retourne pour voir ce qu'elle me montre. Des larmes brouillent un instant ma vision, transformant le monde en un kaléidoscope – des taches de couleur sur le mur, une mosaïque sur le béton. Non. Pas des taches de couleur, des gens. Des gens qui se jettent sur le mur pour le mettre en pièces.

Galvanisés par leurs hurlements sauvages et triomphants, ils s'arment de marteaux et des débris de l'échafaudage, quand ils n'y vont pas à mains nues, pour le démanteler morceau par morceau, pour abattre les frontières du monde tel que nous le connaissons. La joie m'envahit. Grace s'élance ; elle aussi, elle est attirée par le mur.

— Grace !

Je veux la rattraper et Alex me retient par la main.

— Je te retrouverai, dit-il en me couvant de ce regard familier. Je ne te laisserai plus partir.

N'osant parler, je me contente de hocher la tête, en espérant qu'il comprendra pourquoi je dois m'en aller dans l'immédiat. Il me serre la main.

— Vas-y, Lena.

Et c'est ce que je fais. Grace s'est arrêtée pour m'attendre. Je prends sa menotte dans la mienne et, sans que je m'en rende compte, nous nous mettons à courir : nous franchissons les dernières traînées de fumée, nous traversons la rive qui s'est transformée en cimetière, alors que le soleil continue sa course indifférente et que l'eau ne reflète rien d'autre que le ciel.

À l'approche du mur, je repère Hunter et Bram, côte à côte, transpirants et couverts de boue, qui attaquent le béton à grands coups de tuyaux en métal. J'aperçois aussi Pippa, juchée sur une portion de l'enceinte encore debout, qui agite un tee-shirt vert vif comme un drapeau. Je vois Coral, fière et belle, qui apparaît et disparaît au gré des mouvements de la foule autour d'elle. À plusieurs mètres de là, ma mère est armée d'un marteau, qu'elle abat avec grâce – on dirait qu'elle danse. Cette femme sèche et musclée que je connais à peine, cette femme que j'ai aimée toute ma vie. Elle est vivante. Nous sommes vivantes. Elle va pouvoir rencontrer Grace.

J'aperçois Julian, aussi. Torse nu, dégoulinant de sueur, en équilibre sur un tas de gravats, il défonce le mur avec la crosse d'un fusil, projetant une fine poussière blanche sur les gens en dessous. Au soleil, sa chevelure s'embrase, couronne de flammes pâles, et ses épaules se transforment en ailes blanches.

Un chagrin momentané me submerge à la pensée que tout change, qu'on ne peut jamais revenir en arrière. Je n'ai plus aucune certitude. J'ignore ce qu'il adviendra de nous – Alex, Julian, moi, tous les autres.

— Viens, Lena, dit Grace en tirant sur mon bras.

Il ne s'agit pas de savoir, pourtant. Il s'agit simplement d'aller de l'avant. Les Invulnérables voulaient savoir ; nous avons choisi la foi, nous. J'ai demandé à Grace de m'accorder sa confiance. Et c'est ce que nous devrons faire, nous aussi, avoir foi, croire que la Terre ne s'arrêtera pas de tourner, qu'il y aura un lendemain et que la vérité finira par advenir.

Un vieux vers, tiré d'un texte interdit, que Raven m'a montré un jour me revient en mémoire. « Celui qui s'élance vers le ciel peut certes tomber. Mais il peut aussi s'envoler. » Le moment est venu de s'élancer.

— Allons-y, dis-je à Grace, tout en la laissant m'entraîner vers la foule et en me raccrochant à elle de toutes mes forces.

Nous fendons la marée joyeuse, vibrante de cris, pour atteindre le mur. Grace se hisse sur un tas de débris de bois et de morceaux de béton. J'ai du mal à la rejoindre, mais je finis par trouver mon équilibre. Elle hurle – je ne l'ai jamais entendue parler aussi fort –, exprimant dans un langage incohérent le sentiment de joie et de liberté. Je me rends soudain compte que je me suis mise à l'imiter en griffant le béton, tout en regardant la frontière se dissoudre sous nos yeux, tout en regardant un nouveau monde apparaître derrière elle.

Faites tomber les murs.

C'est la seule chose qui importe en fin de compte. Personne ne sait ce qui arrivera une fois qu'ils seront abattus : on ne voit pas ce qu'il y a derrière, on ignore si on trouvera la liberté ou le malheur, le bonheur ou le chaos. Le paradis ou l'enfer.

Faites tomber les murs.

Sinon, vous mènerez une vie étriquée, une vie de peur, vous vous barricaderez contre l'inconnu, vous réciterez des prières contre les ténèbres, vous laisserez parler la crainte et l'étroitesse d'esprit.

Vous pourriez, bien sûr, ne jamais connaître l'enfer. Mais, dans ce cas, vous vous condamneriez aussi à ne pas connaître le paradis. Vous ne feriez jamais l'expérience du vide et de l'envol.

Vous tous, où que vous soyez : dans vos grandes villes enrobées de barbelés ou dans vos petits trous paumés. Trouvez-les, ces obstacles, ces liens qui vous étouffent, ces cailloux qui pèsent lourd dans votre ventre. Et libérez-vous, libérez-vous, libérez-vous...

Je vous propose un marché : je m'engage à le faire, jour après jour, si vous aussi.

Faites tomber les murs.

Composition *JOUVE* – 45770 Saran
N° 2049404F

Impression réalisée par
RODESA-Espagne
en février 2013

20.20.2863.7/01 – ISBN 978-2-01-202863-0
Dépôt légal : 1re publication mars 2013
Édition 01 – mars 2013

Loi n° 49-956 du 16 juillet 1949
sur les publications destinées à la jeunesse.

CE ROMAN VOUS A PLU ?

DONNEZ VOTRE AVIS ET
RETROUVEZ L'AGENDA BLACK MOON
SUR LE SITE

www.Lecture-Academy.com

☆☆★★★